O ESCOLHIDO

OBRAS DO AUTOR PUBLICADAS PELA EDITORA RECORD

O acerto final
O código dos justos
O escolhido
O último testamento

SAM BOURNE

O ESCOLHIDO

Tradução de
Gustavo Mesquita

EDITORA RECORD
RIO DE JANEIRO • SÃO PAULO
2012

CIP-BRASIL. CATALOGAÇÃO NA FONTE
SINDICATO NACIONAL DOS EDITORES DE LIVROS, RJ

Bourne, Sam, 1967-
B778e   O escolhido / Sam Bourne; tradução de Gustavo Mesquita. – Rio de Janeiro: Record, 2012.

Tradução de: The chosen one
ISBN 978-85-01-09461-2

1. Romance inglês. I. Mesquita, Gustavo. II. Título.

12-2786.   CDD: 823
                                      CDU: 821.111-3

Título original em inglês:
The Chosen One

Copyright © Jonathan Freedland 2010

Texto revisado segundo o novo Acordo Ortográfico da Língua Portuguesa.

Todos os direitos reservados. Proibida a reprodução, no todo ou em parte, através de quaisquer meios. Os direitos morais do autor foram assegurados.

Editoração eletrônica: Abreu's System

Direitos exclusivos de publicação em língua portuguesa somente para o Brasil adquiridos pela
EDITORA RECORD LTDA.
Rua Argentina, 171 – Rio de Janeiro, RJ – 20921-380 – Tel.: 2585-2000,
que se reserva a propriedade literária desta tradução.

Impresso no Brasil

ISBN 978-85-01-09461-2

Seja um leitor preferencial Record.
Cadastre-se e receba informações sobre nossos lançamentos
e nossas promoções.
Atendimento e venda direta ao leitor:
mdireto@record.com.br ou (21) 2585-2002.

EDITORA AFILIADA

Para Fiona, minha irmã — e uma verdadeira heroína

PRÓLOGO

NOVA ORLEANS, 21 DE MARÇO, 23H35

Ele não a escolheu, ela o escolheu. Pelo menos, era o que parecia. No entanto, talvez isso fizesse parte das habilidades dela, a arte da atuação.

Ele não a encarou, não lhe dirigiu o olhar fixo que sabia incomodar as garotas. Não queria deixar ninguém desconfortável. Então fingiu ser um daqueles caras de fora da cidade, tranquilo e sereno. Em uma viagem de negócios, visitando um bar de striptease apenas para dizer que conheceu a verdadeira Nova Orleans, relaxando e desfrutando de um pouco de pecado. A cidade não se incomodava com esses tipos. Que diabo, Nova Orleans se sustentava à custa deles: turismo dissoluto, numa bela embalagem.

Portanto, ele fez o melhor para manter um ar de desinteresse, chegando até mesmo a manter os olhos baixos no BlackBerry, lançando olhares furtivos para o palco apenas ocasionalmente. Não que essa fosse a palavra mais adequada. Grande demais. A "área de apresentação" era pouco maior do que um tablado rodeado por mesas à meia-luz, poucos metros quadrados que mal tinham espaço para as garotas tirarem a parte de cima do biquíni, sacudirem os seios siliconados, curvarem-se para mostrar as calcinhas fio dental e soprar beijinhos para os homens que enfiavam notas de vinte em suas ligas.

A excitação causada por aqueles lugares já devia ter desaparecido há muito tempo, mas ele sempre dava um jeito de voltar: aquela casa era quase um compromisso, visitava-a todas as noites de quarta-feira há anos. Não se tratava exatamente de sexo. Era da escuridão que ele gostava, do anonimato. O atendente do bar o recebia com um cumprimento discreto e um sorriso de reconhecimento, mas era basicamente isso. Os homens evitavam os olhares uns dos outros: se eles se cruzassem, era de interesse mútuo desviá-los.

Ainda assim, ele não corria riscos. Não queria que estranhos o reconhecessem, não depois de tudo o que acontecera. Nem desejava ficar de conversa fiada. Precisava pensar.

Fique calmo, dizia a si mesmo. As coisas estão sob controle. Soltara a isca e a fisgaram. E daí que ainda não tivesse resposta? Era preciso dar tempo ao tempo.

A piscina âmbar de bourbon no fundo do copo era convidativa. Ele a admirou, levou-a aos lábios e bebeu um gole brusco. Queimava.

Voltou a olhar para o palco. Uma nova garota, que não vira antes. Os cabelos eram mais compridos, a pele não exatamente tão lisa e macia quanto a das outras. Os seios pareciam ser verdadeiros.

Ele se controlava para não lhe dirigir o Olhar, mas era tarde demais. A mulher o fitava. E não era o olhar vazio, chapado, das garotas com nomes fictícios de "Savannah" ou "Mystery". Ela o fitava para valer. Será que o reconheceu, talvez da TV?

Ele voltou a mexer casualmente no BlackBerry, escorregadio do suor de suas mãos. Lutou contra o desejo de erguer os olhos, apenas para render-se alguns segundos depois. Quando o fez, ela ainda o encarava. Não com o olhar malicioso e fabricado, lançado com perfeição pelas garotas que sabem como iludir um sujeito bêbado e careca, levando-o a acreditar que ele é atraente. Aquilo era algo genuíno, quase amistoso.

A apresentação dela chegara ao fim, concluída com o rebolado obrigatório. Até mesmo isso parecia ser dirigido a ele.

Para o seu alívio, o aparelho vibrou em suas mãos, forçando-o a ocupar-se com outra coisa. Uma nova mensagem. Ele correu os olhos pela primeira linha. Outro convite da imprensa. Não era a que aguardava. Rolou a tela pelos e-mails do dia, fingindo ler.

— Você conhece o ditado: só trabalho e nada de diversão...

— Isso faz qualquer cara parecer maçante.

Ele a interrompeu antes mesmo de ver o rosto. A mulher puxou uma cadeira para sentar-se à pequena mesa de madeira escura que ele transformara em sua. Apesar de nunca ter ouvido aquela voz, soube desde a primeira sílaba que era ela.

— Você não me parece um cara maçante.

— E você não parece uma dançarina de striptease.

— Ah, não? Você não acha que eu tenho os atributos para...

— Não estava dizendo isso. Estava dizendo...

Ela colocou a mão sobre a dele para silenciá-lo. Mantinha o mesmo calor que ele vira nos olhos dela, no palco. Os cabelos estavam soltos, caídos sobre os ombros. Ela não devia ter mais de 25 anos — quase metade da idade dele —, mas ainda assim exalava uma estranha... o quê? Maturidade? Ou coisa parecida, algo raramente visto naquele tipo de lugar. Comparada a ele, que martelava com os dedos suaves a tela do celular, ela era um poço de calma. Ele gesticulou para que a garçonete trouxesse bebidas.

Em seguida, com um sotaque que não era do Sul, talvez do Meio Oeste, ela perguntou:

— Afinal, com o quê você trabalha?

Ele sentiu uma calorosa onda de alívio. Aquilo significava que ela não o reconhecera. Sentiu os músculos das costas relaxarem.

— Sou de certa forma um consultor. Aconselho...

— Quer saber — disse ela, ainda com a mão sobre a dele, os olhos buscando a porta. — Está abafado demais aqui. Vamos dar uma volta.

Ele não disse nada enquanto a mulher o conduzia para a Claiborne Avenue, que ainda tinha tráfego pesado, apesar da hora. Perguntou-se se ela conseguia sentir, apenas pelo contato físico, que o coração dele estava acelerado.

Por fim, entraram em uma ruela. Estava escuro. Ela caminhou alguns metros e virou à esquerda, em um beco. Dava para os fundos de um bar, um dos poucos das redondezas a sobreviver ao Katrina. Ele ouvia a festa que se desenrolava dentro do lugar, os sons abafados de um brinde.

A mulher parou e olhou para ele, então ficou nas pontas dos pés para sussurrar em seu ouvido.

— Gosto ao ar livre.

Bem antes de ele absorver e compreender as palavras, o sangue já corria na direção da virilha. A sensação daquela voz e a respiração em seu ouvido inundaram-no de desejo.

Ele a apertou com força contra a parede, imediatamente buscando a saia. A mulher pressionou o rosto contra o dele, beijando-o com sofreguidão, depois mordeu seu lábio superior.

A saia estava levantada e ele começou a desatar o cinto. Ela afastou a boca, oferecendo-lhe o pescoço. Ele o atacou com a língua imediatamente, sentindo o cheiro da mulher pela primeira vez. Era familiar — e inebriante.

As mãos dela ignoraram o cinto desfeito e moveram-se para cima, na direção do rosto dele. Ela o tocava com suavidade. Os dedos correram para o pescoço e subitamente o apertaram com força.

— Você gosta de ser agressiva — murmurou ele.

— Ah, gosto — confirmou a mulher, agora apertando a traqueia do parceiro com o indicador e o polegar da mão direita.

Ele queria abaixar a calcinha, mas, subitamente, ela parecia estar mais distante, a virilha não mais pressionada contra a dele. Ele começou a sufocar.

Tentou tirar os dedos femininos da garganta, mas não havia como desvencilhá-los, ela era incrivelmente forte.

— Escute, não consigo respirar — arfou, vendo os olhos da mulher de relance, duas contas brilhantes na noite, sem sinal do calor de antes.

— Eu sei — disse ela, posicionando a mão esquerda ao lado da direita, envolvendo completamente a garganta do parceiro.

Não houve tosse ou balbucios, apenas o lento afrouxamento das mãos dela à medida que o sufocava até a morte. Ele caiu em silêncio, qualquer ruído sendo abafado pela cantoria embriagada de "Parabéns para você" que vinha do bar.

Ela ajeitou a saia, abaixou-se para tirar o BlackBerry do bolso do homem e sumiu noite adentro, seu cheiro ainda pairando no ar da Louisiana.

UM

O DIA ANTERIOR
WASHINGTON, DC, SEGUNDA-FEIRA, 20 DE MARÇO, 7H21

— Merda, merda e merda. Mil vezes merda.

Primeiro ela apenas pensou, agora dizia em voz alta, as palavras carregadas pelo vento.

Maggie Costello girou o pulso para conferir o relógio outra vez, pela quinta vez em três minutos. Não havia escapatória. Eram 7h21: ela chegaria atrasada. Mas estava tudo bem. Era apenas uma reunião entre ela e o maldito chefe de gabinete da Casa Branca.

Ela pedalava furiosamente, sentindo a tensão nas panturrilhas e a pressão cadenciada nos pulmões. Ninguém tinha dito que pedalar seria tão difícil. Culpava os cigarros: estava em melhor forma quando fumava.

Estava cansada desse recomeço. Novo emprego, novo regime, ela dissera a si mesma. Alimentação saudável; mais exercícios; largar o cigarro; nada de ficar acordada até tarde. Se havia uma vantagem em ficar solteira de repente, era poder começar as manhãs mais cedo e disposta. E não apenas um cedo de gente normal, que para Maggie, sem dúvida, incluía as 7h21 da manhã. Não, ela começaria os dias como todos em Washington, de modo que uma reunião às 7h30 não trouxesse a mesma sensação de trombar com alguém no meio da noite. Para a nova Maggie, 7h30 seria um horário comum em um dia de trabalho.

Ao menos esse era o plano. Talvez ela não estivesse conseguindo se adaptar por ter nascido em Dublin e se mudado para os Estados Unidos apenas quando adulta. Qualquer que fosse a explicação, Maggie estava rapidamente chegando à conclusão de que não tinha sincronia com aqueles washingtonianos perspicazes e reluzentes, com sapatos engraxados e autodisciplina impecável, pois, por mais que tentasse abraçar o estilo de vida de DC, levantar-se ao amanhecer ainda era um castigo cruel e incomum.

Então lá estava ela, mais uma vez atrasada, zunindo pela Connecticut Avenue em velocidade letal, ansiando para entrar logo na Dupont Circle, mas sabendo que, mesmo quando isso acontecesse, ainda faltariam pelo menos uns três a cinco minutos para chegar à Casa Branca. E ainda precisaria acorrentar a bicicleta, passar pela segurança, colocando a mochila e o BlackBerry na esteira que alimentava a gigante máquina de raios X, disparar até o banheiro feminino, tirar a camiseta e as presilhas que evitavam que a barra da calça ficasse presa na bicicleta, lavar as axilas, usar o secador portátil para arrumar os cabelos, lutar para entrar no odiado uniforme padrão de Washington — uma versão ligeiramente feminina do terno masculino — e, de alguma forma, transformar a aparência de espantalho maldormido na de um membro do Conselho de Segurança Nacional e assessora de Política Externa de confiança do presidente dos Estados Unidos.

Eram 7h37 quando ela chegou, ofegando e ainda com o rosto corado, à mesa de Patricia, a secretária de Magnus Longley há mais de quarenta anos. O boato é de que Longley a roubara da seção de datilografia no primeiro dia de trabalho no escritório de advocacia do pai. A dupla estava por lá havia eras; ele, um monumento permanente de Washington, ela, a pedra angular do chefe.

Foi Patricia quem convocou Maggie para aquela reunião. Ela acordou sonolenta com o telefonema às 6h29, porém cedeu a um cochilo fatal e só levantou 25 minutos depois.

— Ele está aguardando a senhorita — disse Patricia, olhando-a por cima das lentes dos óculos, presos ao pescoço por uma corrente, tempo o bastante para transmitir uma profunda reprovação. Pelo atraso, é claro, mas também por outros motivos mais importantes. Aquele olhar frio de lagarto medira Maggie de cima a baixo e considerara sua aparência tristemente insatisfatória. Maggie olhou para os pés e percebeu com algum horror que as calças, passadas com tanto cuidado na noite anterior, mas vestidas às pressas naquela manhã, estavam amassadas de modo inaceitável e sujas de graxa na barra. Sem mencionar os cabelos ruivos que, em um gesto de rebeldia, mantinha compridos e desgrenhados numa cidade onde as mulheres tendiam a usá-los curtos e práticos, no típico estilo corporativo. O olhar de Patricia transmitia com mais eficiência do que quaisquer palavras que nenhuma mulher que tivesse respeito por si própria se vestiria para trabalhar daquela forma. E ainda por cima na Casa Branca!

Maggie passou a mão nos cabelos outra vez, em uma tentativa fútil de ajeitá-los, e entrou na sala.

Magnus Longley era o homem que solucionava os problemas na Casa Branca, no Senado ou na Câmara desde a era Carter. Foi o veterano de plantão designado para contrabalançar a juventude do presidente e a sua falta de experiência em Washington — e amainar qualquer inquietação relativa a elas. "Ele sabe onde os corpos estão enterrados", era o que todos diziam a seu respeito. "E como enterrar os novos."

Quando Maggie entrou, a cabeça idosa estava abaixada, avaliando atentamente uma pilha organizada de papéis, caneta à mão. Ele rabiscou um comentário na margem antes de erguer os olhos, revelando um rosto cujas feições permaneciam sempre elegantes e impassíveis. Não perdera os cabelos, que, agora brancos, eram meticulosamente penteados para o lado.

— Sr. Longley — disse Maggie, estendendo a mão. — Desculpe-me pelo atraso, eu...

— Então acha que o secretário de Defesa é um idiota, não é verdade, Srta. Costello?

Maggie, já com sede depois da pedalada insana, sentiu a garganta ficar seca. A mão, ainda estendida, mas ignorada, desceu lentamente até apoiar-se trêmula no encosto da cadeira em frente à mesa de Longley.

— Devo repetir a pergunta? — A voz era grave e forte, algo surpreendente para alguém daquela idade, com sotaque que enfatizava que ele provinha de uma das famílias ricas da Park Avenue. Longley era um aristocrata de Nova York; o pai havia sido amigo de Roosevelt. Falava como os americanos nos filmes da década de 1940, um sotaque com um pé na Inglaterra.

— Eu ouvi a pergunta. Mas não entendi. Nunca chamei o...

— Não tenho tempo para joguinhos, Srta. Costello. Não nesse escritório, não nesse prédio. E não tenho tempo para comportamentos infantis como *esse*. — A palavra foi pontuada com uma batida forte da ponta do dedo em uma folha de papel.

Maggie tentou olhar para a folha de cabeça para baixo, subitamente apreensiva.

— O que é isso?

— Isso é um e-mail que a senhorita escreveu para um dos seus amigos no Departamento de Estado.

Lentamente, uma lembrança começava a clarear. Duas noites atrás, ela trabalhou até tarde. Escreveu para Rob, funcionário do Escritório de Assuntos do Sul da Ásia, pertencente ao Departamento de Estado. Um dos poucos rostos familiares por ali e, assim como ela, veterano de grupos de pressão, organizações de ajuda humanitária e por fim missões de paz da ONU em cantos terríveis e esquecidos do mundo.

— Devo ler o parágrafo relevante, para que fique claro?

Maggie assentiu, a lembrança ficando cada vez menos nebulosa.

Longley pigarreou de forma teatral.

— "Dados de inteligência relativos ao Afeganistão e ao Paquistão sugerem colaboração próxima com Islamabad" et cetera, et cetera, "nada disso parece ser considerado pelos idiotas do Pentágono..."

Ela teve uma suspeita terrível do que estava por vir.

— "... principalmente pelo idiota supremo, o Dr. Anthony Idiota em pessoa."

Longley colocou o papel sobre a mesa e ergueu os olhos gélidos.

Agora ela se lembrava de tudo. Imediatamente sentiu o coração na boca do estômago.

— Como a senhorita deve imaginar, o secretário de Defesa não está exatamente feliz por ser descrito nesses termos por uma servidora da Casa Branca.

— Mas como ele pôde...

— Porque... — Magnus Longley curvou-se sobre a mesa, dando a Maggie a chance de ver os primeiros sinais de manchas senis em suas faces. — Porque, Srta. Costello, o seu amigo no Departamento de Estado não é tão brilhante quanto a senhorita evidentemente acha. Ele reencaminhou a proposta sugerindo cooperação de inteligência com o Paquistão para colegas no Pentágono. Mas esqueceu de usar o botão mais importante dessas malditas máquinas. — Longley gesticulou vagamente para o computador sobre a mesa, cujo monitor, Maggie notou, estava desligado e muito provavelmente coberto de poeira. — A tecla delete.

— Não. — A resposta horrorizada saiu como um sussurro.

— Ah, sim. E toda a troca de mensagens. — Ele lhe entregou uma impressão.

Maggie olhou para o papel, notando a lista de altos funcionários do Pentágono copiados no topo do e-mail, entre os quais os assessores ultraleais escolhidos a dedo pelo secretário de Defesa, e sentiu o sangue sumir do rosto. Ela olhou novamente para o papel, desejando que não fosse verdade. Mas lá estava, preto no branco: *idiota*. Como Rob pôde cometer um erro tão primário? Como ela pôde?

— Gostaria de se defender de alguma forma?

— O senhor tem certeza de que ele sabe? — perguntou ela em voz baixa.

Ele deu o primeiro sinal de escárnio.

— Talvez os assessores não tenham dito para ele, talvez ele não tenha recebido a mensagem. — Ela ouvia o desespero na própria voz.

Longley arqueou as sobrancelhas, como que perguntando se ela realmente queria seguir aquela linha de argumentação.

— Foi ele quem falou comigo a respeito. Pessoalmente, esta manhã. Quer que você seja demitida imediatamente.

— Foi apenas uma palavra em um e-mail. Pelo amor de Deus...

— Não fale comigo neste tom, minha jovem.

— Foi apenas uma piada de escritório. Uma observação...

— A senhorita lê os jornais, Srta. Costello? Ou está mais para uma leitora de *blogs*? — Ele pronunciou a palavra como se acabasse de sentir o cheiro de um pano de prato sujo. — Twitter, talvez?

Maggie decidiu que aquilo era parte da encenação de Longley, fazer o papel de velho antiquado: ele não podia estar tão fora de sintonia como gostava de fingir, não depois de tanto tempo no topo em Washington. Ela se lembrava da entrevista na seção Style do *Washington Post*, na qual Longley afirmava que a última vez que entrou no cinema foi para ver Deborah Kerr e Burt Lancaster em *A um passo da eternidade*. "Perdi grande coisa desde então?", perguntara ele indiferente.

Agora estava recostado na cadeira, relaxado.

— Talvez não tenha percebido, mas o nosso secretário de Defesa não é exatamente um dos maiores aliados do presidente.

— É claro que eu sei disso. Adams concorreu com ele para a indicação do partido.

— A senhorita *está* bem-informada. Sim. E pode ser que volte a concorrer.

— Um embate nas primárias?

— Não é de todo impensável. O presidente reuniu o que costuma ser oportunamente classificado como "uma equipe de rivais". Como

Lincoln compreendeu mais tarde, eles podem fazer parte de uma equipe, mas não deixam de ser rivais.

— Então ele...

— Então ele não vai permitir que isso passe em branco. O Dr. Adams quer mostrar que tem poder, que o seu alcance transcende o Pentágono.

— O que significa que ele me quer fora.

O chefe de gabinete se levantou. Maggie não teve certeza se o rangido que ouviu saíra da cadeira ou dos joelhos de Longley.

— Exato. A decisão final não é do Dr. Adams, claro. Ela será tomada neste prédio.

O que diabos aquilo queria dizer? *Neste prédio.* Longley insinuava que a decisão seria dele ou que a permanência dela no emprego seria decidida pelo próprio presidente?

Ele empinou os ombros para trás, de modo a fazer seus últimos comentários.

— Srta. Costello, temo que tinha esquecido a Primeira Lei da Política de Longley. Não escreva nada, nem mesmo uma nota ao leiteiro, que não deseje ver estampado na primeira página do *Washington Post*. Bem na capa.

— O senhor acredita que Adams vazaria a mensagem para a imprensa?

— E a senhorita não? Reviver as histórias sobre o racha Baker-Adams, posicionando-se implicitamente em pé de igualdade com o presidente? Não, obrigado. Ele foi incluído neste circo para urinar para fora e não sobre o carpete do Salão Oval.

— O presidente sabe algo sobre isso?

A senhorita parece esquecer que Stephen Baker é o presidente dos Estados Unidos da América. Ele não é um gerente de *recursos humanos* — declarou com cara de nojo, como se verbalizar um termo absurdo e moderno como aquele pudesse macular seus lábios. — Não quero ser indelicado, Srta. Costello. Mas centenas de pessoas trabalham para o presidente. A senhorita não está em um escalão no qual o seu desligamento do cargo interesse a Stephen Baker. A não ser que haja um bom motivo para que pense o contrário, e, neste caso, peço que faça a gentileza de me revelar qual seria.

Então aquilo significava que a decisão final estava nas mãos de Longley. Ela estava acabada. Maggie fechou os punhos com força enquanto dois instintos lutavam dentro dela: lutar e fugir. Estava louca para socar aquele idiota santarrão, que parecia gostar da situação um pouco além da conta; ao mesmo tempo, queria correr para casa e atirar-se debaixo do edredom. Fazendo o possível para se controlar, ela mordeu o lábio inferior, forte o bastante para sentir o gosto metálico de sangue.

Longley olhou casualmente para o relógio, um Patek Philippe antigo, elegante, discreto; descaradamente analógico.

— Outra pessoa me aguarda, Srta. Costello. Não tenha dúvida de que voltaremos a nos falar em breve.

Ela estava dispensada.

Ao sair, Maggie passou por Patricia, que, ela notou, não se deu ao trabalho de erguer os olhos, muito menos de fazer contato visual. Sem dúvida, um gesto discreto que aprendera ao longo de tantos anos trabalhando para Magnus Longley, que provavelmente já demitira gente o bastante para encher o estádio RFK.

Ela esperou até chegar à toca de coelho na qual trabalhava, um escritório, com um oitavo da metragem da sala do chefe de gabinete, para voltar a respirar normalmente.

Depois de fechar a porta, passou o braço pela mesa para derrubar tudo no chão: duas pilhas enormes de documentos confidenciais, revistas, sacos de papel da lanchonete, canetas roídas e detritos diversos. O gesto fez com que se sentisse bem por cerca de três quintos de um segundo. Em seguida, deixou-se cair na cadeira.

Será que aquela seria a história do ano, conquistar uma oportunidade mágica apenas para meter os pés pelas mãos de forma majestosa? Não apenas desse ano, será que aquela seria a história da sua maldita vida? E tudo por um momento supremamente estúpido de honestidade descuidada. Não que Adams não fosse um imbecil: ele era, de primeira linha. Mas era de uma ingenuidade estúpida escrever isso em um e-mail. Quantos anos ela tinha? Quase 40, pelo amor de Deus. Quando aprenderia? Para alguém que fizera nome como uma diplomata hábil, uma negociadora de paz, — com toda sensibilidade, discrição e confiança necessárias —, ela era realmente uma idiota. "Idiota", já ouvia até a provocação da irmã Liz, que adorava usar a entonação típica de um operário irlandês para irritar Maggie.

Não foi por falta de oportunidade. Quando voltou de Jerusalém — saudada como a mulher que finalmente conseguira um grande avanço no processo de paz no Oriente Médio —, todos lhe diziam que ela tinha todas as cartas na mão. Foi inundada por propostas de emprego, todas as consultorias e universidades queriam incluir seu nome nos papéis timbrados. Ela poderia ensinar relações internacionais em Harvard ou escrever editoriais sobre relações exteriores. A ABC News até mesmo sugeriu de forma discreta que, com o treinamento certo — e o figurino correspondente —, ela podia se tornar um "talento" na frente das câmeras. Um executivo lhe enviara um bilhete manuscrito: "Eu realmente acredito que você é seja capaz de tornar as relações internacionais algo sexy."

Entretanto, não foi nada disso que fez da volta dela aos Estados Unidos, há quase três anos, algo tão emocionante. Em lugar disso, e para a surpresa de Maggie, as coisas estavam dando certo com Uri. Ela se perguntava se o relacionamento não passaria de pouco mais do que um romance de férias: afinal de contas, tinham ficado juntos durante uma semana das mais estranhas e intensas em Jerusalém; e ele, profundamente perturbado com a perda dos pais num intervalo de poucos dias, mal conseguia pensar direito. Ela aprendera há muito tempo a desconfiar de namoros iniciados em viagens, especialmente aqueles que adquiriam glamour e importância com a presença constante de perigo e a proximidade da morte. O amor entre as bombas era delicioso, mas raramente durava.

Ainda assim, quando Uri a convidou para dividir seu apartamento em Nova York, ela não recusou. É bem verdade que não teve convicção para assinar na linha tracejada do contrato de "coabitação oficial": ela manteve o apartamento em Washington, planejando dividir o tempo entre os dois lugares. Logo, porém, tanto ela quanto Uri descobriram que queriam passar a maioria das noites na mesma cidade — e na mesma cama.

Não parecia haver qualquer motivo para que aquilo chegasse ao fim. No entanto, de certa forma, algumas semanas atrás ela se viu sentada na escadaria do Memorial de Lincoln, olhando para as luzes de Washington, DC, pronta para a posse de um novo presidente, com Uri ao seu lado, esforçando-se para controlar a voz, dizendo que ambos tinham perdido o rumo. Que ainda a amava, mas a relação não funcionava mais. Maggie havia feito a escolha dela, disse Uri. Ao insistir em morar em Washington, ela havia decidido que o trabalho estava acima de tudo. "E o pior, Maggie, é que você se importa mais com Stephen Baker do que comigo. Do que com nós dois."

E, apesar das lágrimas que escorriam pelo rosto, Maggie não foi capaz de argumentar. O que dizer? Uri estava certo: ela dedicara o ano anterior não a construir uma vida com ele, mas a ajudar Stephen Baker a tornar-se o homem mais poderoso do mundo. O fato de ele ter sido eleito — contra todas as chances — era quase milagroso. Ela estava tão arrebatada pela euforia do triunfo que se esqueceu de prestar atenção na própria vida. Em algum lugar, lá no fundo, acreditava que uma vez que as coisas voltassem ao normal, poderia concentrar-se em fazer o relacionamento dar certo; ela consertaria tudo. Mas, subitamente, era tarde demais: ele tomara a decisão e não houve nada que ela pudesse dizer.

Portanto, lá estava ela, mais uma vez, com outro relacionamento oficialmente fracassado e prestes a perder o emprego responsável por isso. Era a história da vida dela. Dê a Maggie Costello uma dose de felicidade e sucesso que ela destruirá ambos. Ela queria uivar como uma *banshee*, botar para fora a frustração e o sofrimento, mas, apesar de imersa no desespero, sabia que não faria isso. Washington era uma cidade conservadora. Expressar emoções não era algo desejado por ali. Esse era um dos motivos pelos quais começava a odiar A Cidade, das profundezas de sua alma irlandesa. Então, em vez disso, enterrou o rosto nas mãos e passou a murmurar consigo mesma: *Idiota. Idiota. Idiota.*

Essa onda de autodepreciação foi interrompida por uma vibração em algum lugar próximo da coxa. Ela pegou o celular. Em vez de um número, estava escrito *Restrito*.

Uma voz que ela não reconheceu falou sem cumprimentá-la.

— É Maggie Costello?

— Sim.

— Por favor, venha à Residência imediatamente. Ele quer falar com você.

— Quem quer falar comigo? — perguntou confusa.

— O presidente.

DOIS

WASHINGTON, DC, SEGUNDA-FEIRA, 20 DE MARÇO, 8H07

Não teria tempo para ir ao banheiro: fora convocada para vê-lo "imediatamente". Mas não havia a menor possibilidade de ir até a Residência com aquela aparência. Maggie abriu a porta do banheiro feminino rezando para não encontrar ninguém com quem precisasse falar.
Merda.
Tara MacDonald, diretora de comunicações, primeiro da campanha de Baker e agora da Casa Branca, uma negra mãe de quatro filhos e matriarca incontestável, bem-arrumada e confiante no auge da meia-idade, saía de uma das cabines e se encaminhava ao espelho para conferir a maquiagem.
— Olá, Maggie. Como está, querida?
Maggie congelou, relutante em assumir uma posição em frente ao espelho da vaidade. Insegura, lavou as mãos de cabeça baixa.
— Tudo bem.
— Você me parece um pouco, você sabe, agitada.
Maggie se voltou para MacDonald tentando sorrir, ainda que tensa.
— Acabo de ser convocada. À Residência. Acho que é melhor... — disse gesticulando para o espelho —, ... você sabe, ficar apresentável.

A mudança instantânea no semblante de Tara — como se os músculos usados para sorrir houvessem sido subitamente paralisados — disse a Maggie que ela cometera um erro.

— Verdade? À Residência? Isso é uma honra e tanto — comentou, contraindo os lábios.

— Tenho certeza de que não é nada importante. Provavelmente, ele quer alguma informação antes do discurso nas Nações Unidas.

— Querida, ele tem um conselheiro de Segurança Nacional para isso. — Tara MacDonald voltou ao espelho, mas Maggie viu que ela não havia terminado. — Mas então você é uma *inside*, das que têm acesso a informações confidenciais. E eu aqui pensando que fosse apenas uma burocrata do Conselho de Segurança Nacional.

Maggie ignorou o comentário, olhando para o espelho, ciente de que devia estar ali havia mais de um minuto — ou seja, já estava um minuto atrasada. Além do mais, aquele tipo de farpa já não era novidade.

O rosto que a encarava estava pálido e tenso: o que não era uma surpresa, é claro, dada a cena excruciante que se desenrolara a poucos instantes na sala do chefe de gabinete. No pânico apressado para chegar lá aquela manhã, esquecera-se de aplicar a maquiagem discreta de sempre: simplesmente não teve tempo de passar corretivo nas olheiras ou a base hidratante, excelente para ocultar os pequenos pés de galinha que agora se espalhavam nos cantos dos olhos, além das rugas ao redor da boca provocadas pelos cigarros. Um toque de rímel e um pouco de batom cor de boca foi tudo o que conseguiu passar, o que era evidente. Nenhum indício no momento do que a coluna de fofocas do *City Paper* qualificara como a "adorável Maggie Costello".

Depois de outra tentativa de domar um pouco os cabelos, ela pôs-se a caminho — andando o mais rapidamente possível sem acionar seu alerta de segurança. Maggie atravessou a sala de imprensa, então saiu e acompanhou as colunas rumo à Residência da Casa Branca, lar, havia pouco mais de dois meses, de Stephen Baker, da esposa Kimberley, da filha de 13 anos do casal, Katie, e do filho de 8 anos, Josh.

Os agentes do serviço secreto a conduziram sem perguntas, certamente já a aguardavam. Depois de passar por uma porta e então por outra, Maggie teve a sensação de entrar em apenas mais um lar americano às 8h10 da manhã. Havia caixas de cereal sobre a mesa, mochilas escolares das quais transbordavam roupas de educação física e vozes de criança no ar. A não ser pelo pequeno detalhe dos agentes armados do lado de fora e dos equipamentos de comunicação com criptografia ultramodernos em todos os cômodos, aquela parecia ser a casa de uma família comum.

Stephen Baker não estava sentado à mesa com óculos de leitura devorando o *The New York Times*, como ela esperava. Em lugar disso, estava no meio da cozinha, sem paletó, segurando uma maçã. À sua frente, a três metros de distância e com o olhar concentrado, estava Josh, segurando um taco de beisebol.

— Certo — disse o presidente. — Está pronto?

O menino fez que sim.

— Aí vai. Três, dois, um. — Ele atirou a maçã, lentamente e na altura certa para ir de encontro ao taco do filho.

Rebatida com vigor, a fruta passou voando pelo presidente e espatifou-se na parede às suas costas.

Uma voz veio do cômodo ao lado, a plenos pulmões:

— Josh! O que eu falei sobre jogar bola dentro de casa?

O presidente olhou para o filho com uma expressão de preocupação e então, conspiratório, levou o dedo aos lábios.

— Está tudo sob controle, amor — disse ele em voz alta, depois pegou a maçã no chão e limpou a parede. Em seguida, vendo o olhar do agente que testemunhara a cena, moveu os lábios sem verbalizar as palavras. "Você também. Nenhum pio."

Mesmo ali, sem os paramentos e a grandeza do cargo, ele era impressionante. Com 1,90m de altura e cabelos castanhos cheios, era sempre o primeiro a ser notado em qualquer lugar. Um homem esbelto, com feições finas. Mas eram os olhos que capturavam a atenção. Verdes, penetrantes, e mesmo quando tudo mais nele era vivo e ágil, pareciam operar em ritmo mais lento, fitar com firmeza, sem nunca se desviarem. Durante os debates na TV, as câmeras pareciam buscá-los, como se estivessem tão hipnotizadas quanto a plateia. Quando os analistas políticos escreviam que o candidato Baker exalava calma e firmeza, Maggie sabia que não eram as respostas ou os projetos que eles queriam dizer. Eram os olhos dele.

E agora aqueles olhos estavam voltados para ela.

— Ei, Josh, olha quem está aqui. Sua tia irlandesa preferida.

— Oi, Maggie.

— Oi, Joshie. O que está achando da escola nova?

— É legal. Eu jogo beisebol, é muito maneiro.

— Isso *é* legal. — Maggie estava radiante. Josh Baker concorria ao posto de menino mais fofo dos Estados Unidos e, por conhecê-lo há quase dois anos, ela sentia como se quase o tivesse visto crescer.

O primeiro encontro aconteceu num sábado de verão em Iowa, na Feira Estadual de Des Moines. Stephen Baker visitou-a com a família — Josh, então com 6 anos, insistia o tempo todo para andar nos carrinhos bate-bate enquanto o candidato tentava cair nas graças do perspicaz e crucial povo de Iowa. Na época, Baker era o azarão dos democratas, o pouco comentado governador do estado de Washington. Era um desconhecido total, sem experiência nacional ou qualquer vantagem regional: historicamente, os democratas preferem governadores do Sul, capazes de reunir um grande volume de votos, algo praticamente inalcançável para candidatos de outras regiões. Estado de Washington? Nas primárias presidenciais, isso era considerado um obstáculo.

Ainda assim, Rob — o velho amigo de Maggie dos tempos de África, que agora trabalhava no Departamento de Estado e acabava de desferir o golpe fatal em sua carreira incipiente — insistira.

— Apenas conheça-o — disse ele. — Você entenderá de imediato.

Maggie ficou na defensiva, resistiu, recusando-se a ser influenciada pela torrente de telefonemas, e-mails e mensagens de texto que se seguiu. Maggie Costello? Trabalhando para um político? A ideia era ridícula. Ela tinha ideais, pelo amor de Deus, e ideais não tinham espaço no covil de cobras da política moderna. Com relação aos políticos, a jovem Maggie Costello só sentia desprezo. Viu o que eles e outros sedentos por poder fizeram com regiões esquecidas da África, os Bálcãs e o Oriente Médio, primeiro atuando em organizações humanitárias e depois nos bastidores, como diplomata. Soava piegas, mas na opinião dela existia apenas uma missão que importava: fazer do mundo um lugar melhor, principalmente para as vítimas de guerra, de doenças e da pobreza. Para ela, os políticos tendiam na melhor das hipóteses, a, interferir nesse processo; na pior, a lucrar com os problemas alheios.

Além disso, ela argumentou com Rob, faltava mais de um ano para as eleições; a candidatura de Baker tinha apenas alguns meses de idade e o mundo da política de Washington já o considerava carta fora do baralho. O consenso geral era de que ele se preparava para uma futura indicação como vice-presidente, tentando ganhar visibilidade. A única pesquisa que Maggie vira dava a Baker menos de um por cento dos votos, um número pequeno demais para estimar. E, afinal, o que ela entendia da política presidencial americana?

— Isso não tem importância — insistira Rob. — Você entende de relações internacionais. Ele é governador de um estado sem representatividade: o mais próximo que ele chega da política externa é quando almoça na International House of Pancakes. Apenas vá, conheça-o e entenderá o que eu quero dizer. Ele é diferente, especial.

Então, suspirando consigo mesma, ela foi até a Feira Estadual de Iowa e observou Baker se entrosar com os criadores de porcos, o que culminou com a coroação de um porco enorme como vencedor do aguerrido Concurso de Porcos Gigantes.

— Ele é maior do que eu, mais bonito — declarou Baker ao entregar o troféu. — Por que o candidato a presidente não é *ele*? — a piada recebeu aplausos entusiasmados. Maggie esperou para se apresentar. Antes queria vê-lo em ação.

Não foi preciso muito tempo para ver que o homem tinha um carisma natural. A postura dele era despreocupada, o interesse pelos outros era percebido como genuíno, não a sinceridade sintética dos políticos com cabelos engomados e dentes branqueados, considerados os candidatos perfeitos a presidente. Ao contrário da maioria, ele conhecia a diferença entre escutar e ficar em silêncio à espera da sua vez de falar. Ele escutava. E qualquer que fosse o traço de personalidade que conquistara Rob, o seu amigo cético, parecia funcionar também com o povo geralmente cauteloso de Des Moines — gente desconfiada da procissão de pretendentes que invadia o estado a cada quatro anos com sorrisos brilhantes voltados para as câmeras de TV, fazendo promessas que nunca cumpriam. Por outro lado, Baker conquistara a multidão: ela o observava avidamente, refletindo suas expressões, sorrindo quando ele sorria, transmitindo de volta a simpatia que sentia por ele. E, ao contrário dos outros candidatos, que pareciam cair de paraquedas em um evento daquele tipo como se vindos de outro planeta, ele parecia estar se divertindo de verdade, fazendo contato genuíno com toda a população, em vez de usá-la como figurante para fotografias.

Por fim, ela se aproximou e o cumprimentou.

— Então você é a mulher que levou paz à Terra Santa — dissera ele, limpando a mão suja de gordura no avental enquanto colocava de lado a espátula que usava para virar costeletas em uma churrasqueira, ao lado da banca da Associação de Produtores Suínos de Iowa. — É um prazer conhecê-la.

— Quase — respondera ela. — Quase levei a paz.

— Bem, quase é muito mais do que qualquer um conseguiu antes.

Eles trocaram algumas palavras enquanto Baker apertava mais algumas mãos, posava para fotos de celular ou disparava comentários espirituosos para algum repórter local. Ele fazia uma pausa — para admirar uma vaca em tamanho natural esculpida com manteiga ou brincar nos carrinhos bate-bate com Josh — e então retomava a conversa exatamente no ponto interrompido.

Por fim, convidou-a a juntar-se a eles no carro que os levaria para o próximo evento, um discurso em Cedar Rapids naquela noite. Kimberley e as crianças ficariam no banco de trás; ela poderia seguir com ele na frente. Quando Maggie olhou-o confusa, imaginando como arrumariam espaço, ele sorriu.

— Tenho o trabalho mais importante da campanha "Baker para Presidente": eu sou o motorista.

Eles conversaram durante toda a viagem de duas horas. Os três Baker no banco de trás logo caíram no sono, a cabeça das crianças repousando nos ombros da mãe. Ele escutava tanto quanto falava. Queria saber como fora o início da carreira de Maggie. Fazia mais perguntas sobre o trabalho voluntário na África, logo após a formatura, do que sobre o trabalho como diplomata de alto escalão em Jerusalém, que a tornara famosa.

— Você não quer saber nada daquilo — ela acabou dizendo, com um gesto envergonhado.

— Não, quero sim. Pelo seguinte: você sabe quem eu vou ser nesta campanha? Eu vou ser o caipira. "O filho do lenhador de Aberdeen, Washington."

— Mas esse é um de seus pontos fortes. Você é o Sonho Americano.

— Sim, sim. O povo gosta disso. Mas vou concorrer com o *Dr.* Anthony Adams, o Ph.D. de Nova York. Eu sou o garoto do interior. Precisarei convencer Georgetown, o *New York Times* e o Conselho de Relações Internacionais, toda essa turma, de que não sou provinciano demais para ser presidente.

— Eu acreditava que você *quisesse* ser o forasteiro: como no filme *A mulher faz o homem* em que o sujeito do interior vai para Washington.

— Não, Maggie. Eu quero vencer.

Logo ele revelou como, depois de conseguir uma bolsa em Harvard, conheceu pessoas que passavam as férias em Paris ou Londres e viajavam de jatinho para as Bahamas nos fins de semana. Ele, por sua vez, precisava voltar para Aberdeen e trabalhar na madeireira ou na fábrica de peixe congelado: o pai estava com enfisema e não havia outro jeito de pagar as contas.

— Mas acabei indo para fora. A primeira viagem para fora do país. E fui para a África. Assim como você.

Ele tirou os olhos da estrada tempo o bastante para sorrirem um para o outro.

— Fui para o Congo, o Zaire, como era chamado na época. Caramba, vi coisas terríveis. Terríveis. E elas ainda estão acontecendo, se não lá, em outros lugares. É como se fosse um revezamento: Ruanda, Serra Leoa, Darfur. As aldeias em chamas, os estupros, as crianças órfãs. Ou pior. — Baker voltou a olhar para ela. — Eu sei que você viu a sua cota de coisas terríveis, Maggie.

Ela fez que sim.

— Bem, já faz muito tempo. — Baker fez uma longa pausa, até que Maggie se perguntou se deveria dizer alguma coisa. Então ele voltou a falar. — Acredito que posso vencer, Maggie. E se isso acontecer, quero fazer algo de que apenas um presidente americano é capaz. Quero destinar parte dos enormes recursos deste país a dar um basta naquela carnificina.

Ela franziu a testa.

— Não estou falando em enviar as nossas forças armadas para invadir países. Já tentamos isso. O resultado não foi dos melhores. — Agora ela sorriu. — Precisamos pensar em outras formas de fazê-lo. É por isso que preciso de você. — Baker deixou aquela frase pairar enquanto ela o observava, surpresa.

— Algo me diz que você não esqueceu o que viu quando tinha 21 anos, Maggie. Nunca esqueceu. É isso que faz com que trabalhe tão duro, mesmo agora, tantos anos depois. Estou certo?

Maggie olhou pela janela do carro, pensando no que consistia sua vida atualmente: relatórios e reuniões intermináveis. Ela sentia que a cada dia se afastava mais da jovem impetuosa de 21 anos que foi um dia. Mas ele estava certo. O que a impulsionava ainda era a fúria que sentiu por toda aquela violência e injustiça — todo o sofrimento — no mundo e a determinação de fazer algo a respeito. Naquela altura da vida, os ideais pareciam ter se tornado tão distantes que era uma luta enxergá-los. Entretanto, Stephen Baker acabava de lembrá-la de que eles ainda existiam. Ela se voltou para ele e assentiu.

— Sinto a mesma coisa. Nunca esqueci o que vi por lá. E daqui a cerca de 18 meses terei a chance de fazer algo a respeito. Algo importante. — Ele reduziu uma marcha do carro. — Você estará comigo, Maggie Costello?

Agora, quase dois anos depois, o presidente segurava uma lancheira de plástico vermelha com uma das mãos e abria a geladeira com a outra.

— Então, o que vai ser, filhão? Maçã ou pera?

— Não posso levar um chocolate?

— Não, filho, não pode. Maçã ou pera?

— Maçã.

Stephen Baker se virou com uma expressão de profunda seriedade.

— Mas não para jogar beisebol, certo?

O menino sorriu.

— Não, pai.

— Josh.

— Prometo.

O presidente guardou a fruta na lancheira, fechou a tampa e a entregou para o menino. Então se curvou e beijou a cabeça do filho. Maggie notou que ele fechou os olhos ao fazê-lo, como se num momento de prece, de agradecimento. Ou apenas para sentir o cheiro dos cabelos de Josh.

— Está bem, filho, cai fora.

Naquele exato instante, Kimberley Baker entrou, segurando uma mochila estufada com a roupa da educação física. Loira e bela nos anos de faculdade, ela agora costumava ser descrita como "cheinha", ou "gorducha" pelos mais maldosos. As revistas ficaram obcecadas com o peso dela quando o marido anunciou a candidatura, a imprensa de celebridades publicava fotos das celulites ou closes dela de costas, vestindo um terninho nada aconselhável. Ela foi a um programa matinal, falou sobre como havia engordado durante a gravidez de Katie e como tentara diversas dietas — "inclusive as malucas!" — para perder alguns quilos, mas sem sucesso. Declarou que atualmente assumira o próprio corpo e decidira dedicar sua energia a algo mais útil do que o tamanho da cintura. As mulheres na plateia se levantaram e aplaudiram, a apresentadora a abraçou e, um ou dois dias depois, ela foi declarada um modelo do poder feminino no país.

De igual importância foi a decisão dos analistas políticos de que Kimberley Baker era um ativo importantíssimo para o marido. Há muito tempo, as eleitoras, em especial, tornaram-se céticas quanto às esposas de políticos com corpo de Barbie e comportamento autômato; por isso, elas consideravam favorável a Stephen Baker ter uma mulher de carne e osso, e não artificial e sem falhas. E o fato de ela ser da Georgia, o que o aproximava do Sul, rico em votos, era um benefício extra.

Os Baker não podiam dizer que estavam acostumados à vida na Casa Branca, apesar de Tara MacDonald já ter soltado para a revista *People* que eles estavam amando morar lá. Mas, sem dúvida, Kimberley se esforçava, principalmente pelo bem dos filhos. Ela ficou preocupada desde o início, apreensiva com o fato de um menino de 8 anos e uma menina de 13 enfrentarem algumas das fases mais difíceis da vida perante os olhos do mundo. Lembrava-se da própria adolescência como uma longa fase de constantes constrangimentos: a noção de enfrentar isso com uma muralha de câmeras permanentemente ao redor, esquadrinhando as suas roupas e o seu cabelo, e de que essas imagens chegariam aos quatro cantos do mundo beirava o insuportável. Durante a campanha, Stephen Baker sempre brincava que os únicos que queriam que fosse derrotado eram o adversário e a esposa.

Agora Kimberley ralhava com Josh e a tímida, desajeitada e bela filha adolescente. Ela levou-os até a porta e os entregou a uma mulher de 20 e poucos anos vestida de modo casual que se parecia com uma babá. Na verdade, ela era Zoe Galfano, uma das agentes da equipe do serviço secreto responsável por proteger os filhos de Baker.

— Maggie, quer beber alguma coisa? Café, chá, suco?

— Não, obrigada, senhor presidente. — A frase ainda saía com dificuldade, mas era inevitável. Todos se dirigiam a ele da mesma forma, inclusive os conselheiros mais próximos e os amigos mais antigos, ao menos dentro da Casa Branca. Ele percebera cedo que, se pedisse para alguém chamá-lo pelo nome, aqueles a quem não fez a mesma oferta ficariam ofendidos. Acabaria dizendo a todos "me chamem de Stephen", o que era casual demais. Melhor manter a formalidade — e a coerência.

Ele conferiu o relógio.

— Quero falar sobre a África. Li o seu relatório. A matança recomeçou no Sudão; centenas de milhares de pessoas correm perigo em Darfur. Quero que elabore uma alternativa.

A mente de Maggie passou a funcionar rápido. Magnus Longley estava decidido a demiti-la e lá estava o presidente oferecendo a oportunidade dos seus sonhos. Aquilo era perverso — e doloroso. Entretanto, sentia uma onda do mesmo otimismo que sempre a colocava em apuros — e também fazia com que desse conta do recado. Ela respirou fundo. Talvez, de alguma forma, o imbróglio com o Idiota Adams ficasse para trás.

— Uma alternativa para ação? — perguntou.

Baker estava prestes a responder quando uma cabeça apareceu na porta. Stu Goldstein, o principal assessor do presidente: o arquiteto da campanha eleitoral, que ocupava a sala mais invejada da Casa Branca, vizinha ao Salão Oval. O veterano da política nova-iorquina que armazenava um milhão de fatos sobre a política americana em um cérebro fenomenal, sustentado por um corpo ofegante e morbidamente obeso.

— Senhor presidente, precisamos ir para o Salão Roosevelt. O senhor tem que sancionar a Lei de Combate à Violência Contra a Mulher daqui a dois minutos. — Uma ligeira inclinação da cabeça. — Oi, Maggie.

Baker tirou o paletó do encosto de uma cadeira da cozinha e o vestiu com um movimento ágil.

— Venha comigo.

No instante em que começou a se mover, ela percebeu a mudança na postura dos agentes do serviço secreto, um deles sussurrando na lapela. "Vaga-lume em movimento". *Vaga-lume* era o codinome escolhido pelo serviço secreto para Baker. Os blogueiros ficaram ocupados por uma semana, tentando desvendar os sentidos subjacentes.

— Que tipo de opções o senhor tem em mente, senhor presidente?

— Quero algo que dê conta do recado. Uma área do tamanho da França está se transformando em campo de matança. É impossível monitorar algo assim do solo.

Ao caminharem, dois agentes se aproximaram e mantiveram-se três passos atrás.

— Então o senhor está falando de vigilância aérea?

Ele voltou-se para Maggie e a fitou com aqueles olhos verdes impassíveis e profundos. Ela entendeu na hora.

— O senhor está sugerindo equipar a União Africana com helicópteros americanos, senhor presidente? O bastante para que monitorem toda a região de Darfur do ar?

— É como você sempre disse, Maggie. Os criminosos escapam impunes porque ninguém está olhando. E *ninguém* está olhando.

— Mas se a UA tivesse Apaches ultramodernos com tecnologia de vigilância, equipados com visão noturna e lentes infravermelhas de alta definição, poderíamos ver exatamente o que estão fazendo e quando — completou Maggie lentamente, pesando bem as palavras. Não haveria lugar para se esconderem. Poderíamos ver quem incendeia as vilas e mata os civis.

— Nós não, Maggie, a União Africana.

— E se as pessoas sabem que estão sendo vigiadas...

— Elas se comportam.

Maggie sentia o coração batendo mais forte. Aquilo era algo pelo que qualquer testemunha dos massacres em Darfur rezava havia anos: um "olho no céu" capaz de dar um basta à matança. Mas a União Africana nunca tivera os recursos necessários para pôr a ideia em prática: eles não possuíam os helicópteros para monitorar o solo, então os assassinos sentiam-se livres para massacrar impunemente. Agora ali estava um presidente americano prometendo oferecer as ferramentas pelas quais os mortos e moribundos clamavam. A centelha de entusiasmo estava se transformando em chama — até ela lembrar que estava prestes a ser demitida do emprego.

— Temos uma maioria muita apertada na Câmara e no Senado, senhor. O senhor acha que...

Ele sorriu. O sorriso amplo e satisfeito de um homem confiante.

— Esse é o meu trabalho, Maggie. Só me dê as opções.

Eles haviam chegado à Ala Oeste, estavam no corredor que levava ao Salão Roosevelt. Um assessor tentou e não conseguiu entregar um texto ao presidente, outro se aproximou e o lembrou de quem estava na primeira fila e precisava ser reconhecido. Um terceiro se adiantou para aplicar quatro pinceladas precisas de pó facial, tendo as câmeras em mente. Alguém perguntou se ele estava pronto e Baker assentiu.

As portas duplas foram abertas e uma voz grave invisível proferiu as palavras ao mesmo tempo eletrizantes e familiares.

— Senhoras e senhores, o presidente dos Estados Unidos!

TRÊS

WASHINGTON, DC, SEGUNDA-FEIRA, 20 DE MARÇO, 8H55

Ela observou quando todos no lotado Salão Roosevelt ficaram de pé, adultos agindo como colegiais, levantando-se em deferência à visão do homem no comando. Aquilo era comum, aonde quer que ele fosse. Maggie já tinha quase se acostumado.

A plateia aplaudia agora, um salão lotado com alguns dos políticos mais graduados do país. A maioria estampava sorrisos amplos e satisfeitos. Espalhados pelo salão, havia rostos que ela não reconhecia. Mulheres, mas não vestindo os terninhos bem-cortados de cores vibrantes preferidos pelo público feminino de Washington. Maggie precisou de um momento para descobrir quem eram. É claro. As vítimas. Uma ocasião como aquela não estava completa sem elas.

Ela tentou entrar discretamente, acompanhando o séquito do presidente, mas notou Tara MacDonald, que olhou para ela com surpresa e irritação ao notar que entrara com Baker.

Em tom firme, quando os aplausos ainda arrefeciam, Stephen Baker começou pedindo ao público sentado na primeira fila que se reunisse atrás dele. Conhecendo bem o procedimento, eles formaram um semicírculo. E permaneceram de pé, com o presidente sentado a uma mesa.

Maggie identificou as principais personalidades: líderes do governo e da oposição no Senado, políticos de destaque e presidentes de comissões da Câmara, além dos dois principais defensores do projeto de lei no Congresso, um deputado e um senador. Mais próximo do presidente estava Bradford Williams, solene e distinto: o ex-congressista cuja escolha como primeiro vice-presidente negro do país foi mais uma das grandes realizações históricas de Stephen Baker.

— Caros americanos — começou o presidente, desencadeando o estrépito de duzentas câmeras, um pandemônio de flashes. — Hoje nos reunimos para testemunhar a assinatura da nova Lei de Combate à Violência Contra a Mulher. Tenho orgulho de sancioná-la. Tenho orgulho de estar aqui com todos que votaram a seu favor. Acima de tudo, tenho orgulho de estar ao lado de mulheres cuja coragem de falar abertamente possibilitou esta nova lei. Sem a honestidade delas, sem a coragem delas, os Estados Unidos não teriam agido. Mas hoje agimos.

Houve mais aplausos. Maggie sorriu consigo mesma ao perceber que não havia nem ao menos uma ficha com anotações sobre a mesa, quanto mais um discurso escrito. O presidente falava de improviso.

— Agimos por mulheres como Donna Moreno, cujo marido a espancou com tanta brutalidade que ela precisou ficar internada por dois meses. Agimos por mulheres como Christine Swenson, que precisou combater a indiferença policial por sete anos até ver seu estuprador condenado e preso. Ambas estão aqui na Casa Branca hoje, e nós as saudamos. Mas agimos por aquelas que não estão aqui.

Maggie olhou para as pessoas a quem se juntara, perfiladas ao longo da parede mais próxima da porta, a zona tradicional ocupada pelos assessores mais graduados do presidente. Eles realizavam uma coreografia curiosa. Por um lado, aquilo deixava claro o papel de meros integrantes de uma equipe de trabalho, servindo aos caprichos do presidente. Eram como mordomos, de prontidão a alguns passos de distância da mesa de jantar, à espera de instruções. A todos os demais era permitido sentar: até mesmo aos jornalistas.

Ainda assim, pertencer àquele grupo era uma marca do maior status possível em Washington. Mostrava a proximidade com o presidente, e o fato de serem indispensáveis, de precisarem estar ali, naquela sala. Enquanto os convidados sentavam-se empertigados, com os ternos passados e os cabelos arrumados para o grande dia na Casa Branca, o pessoal da equipe ficava curvado contra a parede, as gravatas frouxas, como se aquilo não passasse de mais um dia no escritório. Maggie olhou para o secretário de Imprensa, Doug Sanchez, jovem e atraente o bastante para ter chamado a atenção das revistas de celebridades: ele estava de cabeça baixa, mal prestando atenção ao que acontecia, lendo uma mensagem no iPhone. Ciente de que era observado, ergueu os olhos e sorriu para Maggie, gesticulando com a cabeça para o presidente e então para ela, arqueando a sobrancelha de modo lascivo. Tradução: *Vi vocês dois chegando juntos...*

— Por mulheres que foram atacadas e vistas com desconfiança, mesmo pelos agentes de segurança pública que deveriam protegê-las — prosseguia o presidente. — Pelas esposas transformadas em prisioneiras nas próprias casas. Pelas filhas que precisaram temer os próprios pais. Cada uma delas é uma heroína e, a partir de hoje, elas serão beneficiadas pela lei.

Mais aplausos quando o presidente Stephen Baker levou a mão à primeira caneta de um conjunto disposto na mesa à frente. Ele assinou o nome, pegou outra caneta para datar o documento e então diversas outras para rubricar cada página.

— Pronto — disse. — Está feito.

Os convidados voltaram a se levantar, as câmeras clicando ruidosamente. O presidente se levantou e foi até a frente da mesa para cumprimentar as testemunhas daquele momento. Trocou cumprimentos com as duas mãos com líderes do Congresso, uma das mãos no antebraço para transmitir mais cordialidade, abraços com líderes das maiores organizações nacionais de defesa da mulher e então um contato mais cuidadoso com a primeira das "vítimas" cuidadosamente selecionadas pelo setor de Envolvimento Público da Casa Branca.

As câmeras passaram a zunir com mais intensidade e logo o salão foi iluminado pelo brilho de centenas de flashes. Diversos jornalistas estavam de pé, esforçando-se para enxergar o que se passava além dos fotógrafos. Maggie via apenas de relance a fonte de tanto interesse. Christine Swenson havia abraçado o presidente e descansava a cabeça no peito dele. Lágrimas rolavam pelo seu rosto.

— Obrigada — repetia ela. — Obrigada por acreditar em mim.

— Se isso não for o destaque do telejornal da Katie Couric hoje à noite, eu sou um membro da Ku Klux Klan. — Era Tara MacDonald, que mal tirou os olhos do BlackBerry.

Maggie não conseguia desviar o olhar de Swenson, que chorava de gratidão. Apenas depois se lembrou de olhar para o presidente, que, apesar de ser pelo menos uma década mais jovem, a envolvera em um abraço paternal.

Por fim, o abraço se desfez. O presidente estendeu um lenço a Swenson para que enxugasse os olhos.

Em seguida, passou a entregar canetas a Donna, Christine e os mandachuvas do Congresso. Era uma tradição da Casa Branca, uma de dezenas que haviam adquirido a condição de rito religioso: o presidente sancionava leis com diversas canetas, de modo que tivesse pelo menos uma dúzia para oferecer como presente. Os donos de cada uma delas poderiam dizer que "aquela foi a caneta usada pelo presidente Baker para sancionar a lei...".

Os assessores tentavam conduzir o presidente até a tribuna, para responder às perguntas da imprensa. Ele os conteve com uma das mãos, sinalizando que ainda não estava pronto. Continuou a conversar com as mulheres que o rodeavam, uma ou duas com celulares a postos para fotografar o homem de perto. Ele estava parado, escutando atentamente.

Maggie conseguia ouvir a mulher que conquistara a atenção dele.

— ... Ele tirou o cinto e começou a bater no meu menino como se ele fosse um cavalo. O que leva um homem a agir dessa forma, senhor presidente? Com o próprio filho?

O presidente balançou a cabeça, compungido. Phil, o assistente pessoal, colocou a mão no ombro de Baker outra vez: um gesto que dizia *realmente precisamos concluir isso*. Mas o chefe o ignorou. Em lugar disso, usou sua altura para transpor o círculo imediato de mulheres à sua volta, buscando a mão de uma das que haviam se mantido mais reservadas. Maggie já a notara: ao contrário das outras, ela não conseguira superar a timidez para se apresentar. Geralmente, aquelas eram as que passavam despercebidas; elas nunca tinham o seu momento com o presidente. Mas Stephen Baker a notara, como sempre acontecia.

Foi preciso que Tara MacDonald entrasse em cena para impor alguma disciplina. Ela se aproximou e se dirigiu não ao presidente, mas às mulheres.

— Senhoras, se puderem voltar aos seus lugares — disse, com o tipo de voz imponente usado para silenciar uma igreja. — O presidente precisa responder algumas perguntas.

Aquilo era uma inovação, insistência do próprio Baker. Tradicionalmente, os presidentes são pouco disponíveis para a imprensa, apenas em coletivas ocasionais e planejadas. O resto do tempo, os jornalistas tentam disparar perguntas, que geralmente ficam soltas no ar, vítimas da surdez seletiva do chefe da nação.

Baker prometera que com ele seria diferente. Nos eventos públicos, os procedimentos eram encerrados com alguns minutos de contato com os repórteres. Os maiores analistas políticos de Washington deram àquela abordagem nova e transparente a expectativa de vida de duas semanas: logo Baker se daria conta de que havia dado um tiro no próprio pé e voltaria atrás.

— Pois não, Terry.

— Senhor presidente, parabéns por ter assinado a Lei de Combate à Violência Contra a Mulher.

— Obrigado. — Ele disparou o sorriso que era a sua marca registrada.

— Mas alguns comentam que esta pode ser a primeira e a última conquista legislativa da Presidência Baker. A lei foi o único acordo mútuo entre o senhor e o Congresso. Depois disso não haverá uma queda de braço permanente?

— Não, Terry. E vou dizer por quê.

Maggie observou enquanto o presidente enveredava pelo discurso agora bastante familiar, explicando que apesar de as maiorias na Câmara e no Senado serem apertadas, muitos estão bem-intencionados, dispostos a buscar o progresso pelo bem do povo americano.

Ele respondeu a outra pergunta, desta vez sobre os esforços diplomáticos no Oriente Médio. Maggie sentiu uma onda de ansiedade, resquício da campanha, quando era trabalho dela garantir que Baker não titubeasse quando o assunto era política externa. Não precisava mais se preocupar com aquilo agora.

Um jornalista da MSNBC pediu a palavra.

— Senhor presidente, desculpe-me por abordar um assunto que talvez seja desconfortável. O senhor enganou o povo americano durante a campanha presidencial ao deixar de revelar um aspecto determinante do seu histórico médico, o fato de que já recebeu tratamento para um distúrbio psiquiátrico?

QUATRO

WASHINGTON, DC, SEGUNDA-FEIRA, 20 DE MARÇO, 9H24

Houve ao menos dois segundos de um silêncio mortal à medida que a pergunta cortava o ar, como um míssil antes do impacto.

Todas as cabeças no salão voltaram-se para Stephen Baker. Sua postura permanecia a mesma, ele não se encolhera nem brandia o punho. Mas, como percebeu Maggie, agarrava a tribuna com tanta força que os nós dos dedos estavam brancos. Isso foi acompanhado pela palidez que tomou conta de seu rosto à medida que o sangue era drenado de sua face.

Ele voltou a falar.

— Assim como qualquer candidato a este cargo, publiquei um relatório médico durante a campanha. Assinado pelo meu médico. Esse relatório incluía todos os detalhes que ele... — Baker fez uma pausa, olhando para a tribuna como se consultasse um roteiro que não estava lá. A pausa, que mal durou um segundo, pareceu interminável. Ele voltou a erguer os olhos. — Todos os detalhes que ele considerou relevantes. E acredito que este é o momento de atender aos anseios do povo americano. — Com isso, ele se virou e encaminhou-se para a porta, com uma procissão de assessores em seu encalço, deixando para trás um coro de "senhor presidente!", do qual participavam todos os repórteres com perguntas complementares.

A equipe se espalhou em todas as direções. Goldstein, percebeu Maggie, seguiu pelo corredor que levava ao Salão Oval; MacDonald e Sanchez foram para a direção oposta, para a sala de imprensa. A caminho de seu escritório, um dos muitos que se aglomeravam próximos à sala do secretário de Imprensa, ela hesitou, no limiar da porta, olhando para os encarregados de lidar com os repórteres: a cena era insana, todos falavam ao telefone, enquanto simultaneamente martelavam o teclado de um computador. Ela conseguia ver MacDonald e Sanchez falando energicamente. Ela leu os lábios de Sanchez: "O problema é que ele ficou completamente desnorteado."

Maggie sentiu-se tanto deslocada quanto inútil, como uma espectadora em meio a um batalhão de bombeiros em alerta total. Alarmada, ela se lembrou da reunião com Magnus Longley naquela manhã, da ameaça de que o seu emprego estava por um fio. Em pouco tempo, talvez se tornasse de fato pouco mais do que uma espectadora naquele lugar.

Ela se virou para sair, olhando pela última vez para a tela de TV. O rodapé com a notícia de última hora trazia uma única e devastadora frase: "Fonte diz à MSNBC: o presidente Baker recebeu tratamento psiquiátrico para depressão."

Não era de estranhar que Baker tivesse ficado branco como papel. A palavra *psiquiátrico* recendia a morte política. Hoje em dia, as pessoas podem até gostar de alardear que são liberais e tolerantes, mas doença mental? Era outra história. Talvez com uma celebridade refestelada no sofá da Oprah, que admitisse ter feito alguns anos de terapia... Mas *tratamento psiquiátrico*: isso soava a eletrodos, salas acolchoadas e homens vestindo jalecos brancos. Era *Um estranho no ninho*.

Além disso, Stephen Baker não era um astro do cinema que podia verter algumas lágrimas confessionais em um programa matinal na TV e deixar o assunto para trás. Ele era o presidente dos Estados Unidos.

Os americanos eram capazes de tolerar todo tipo de fraqueza uns nos outros — principalmente se fosse acompanhada de arrependimento e redenção —, mas não no presidente. Eles precisavam que o seu presidente estivesse acima de tudo aquilo, que fosse mais forte do que eles. Poucos estiveram à altura desse padrão impossível. Mas as expectativas de uma nação que via o seu líder como um tipo de patriarca tribal nunca arrefeciam.

Os eleitores ficariam abalados com aquela notícia, independentemente de quem ocupasse a Casa Branca, sabia Maggie. Mas Stephen Baker fora endeusado desde que a sua campanha decolou das profundezas do inverno de Iowa. O consenso era de que, enfim, havia surgido um tipo diferente de político: um homem que realmente parecia falar com sinceridade.

Clipes dele no YouTube dizendo ao público o que ele não queria ouvir haviam adquirido uma aura cult. Ele declarara a fazendeiros da região de Sioux Falls que os subsídios ao etanol precisariam acabar: cultivar milho para produzir combustível fazia tanto sentido quanto destilar o melhor dos uísques e usá-lo para limpar ralos. Apesar de alguns protestos, a maior parte dos presentes ficou de queixo caído. Nenhum candidato jamais ousara dizer coisa parecida, não na cara deles. Como era possível aquele sujeito não puxar o saco deles, como todos os outros?

— Odeio o que o senhor está dizendo, mas é preciso muita coragem para vir até aqui e fazer isso! — gritou uma mulher tão grande quanto um caminhão sentada na primeira fila. Logo todos assentiam e pouco depois passaram a aplaudir, mais surpresos com a própria reação do que com o candidato à frente. O vídeo de três minutos virou fenômeno na internet.

Em pouco tempo, a imprensa passou a classificar Baker como algo mais do que um político comum. Ele era um homem que dizia a verdade, destinado a conduzir o povo americano na travessia de um momento negro da sua história. Os jornalistas mais exaltados ficaram líricos: "Quando chega a hora, chega o homem..." Uma matéria delicada do *The New Republic* que detalhava algumas das batalhas travadas entre o governador Baker e os inimigos que fizera no seu estado natal em Washington era encerrada com uma citação de Jesus: "Um profeta só é desprezado na sua pátria, entre os seus parentes e na sua própria casa."

Entretanto, agora Baker era acusado de não ter sido honesto com a nação. E, em vez de rebater a acusação, empalideceu ao ouvi-la.

Maggie entrava no escritório quando viu Goldstein sair do Salão Oval a caminho da sala de imprensa. Apesar da posição de Stu na cadeia alimentar de Washington ser superior a de Maggie, ela o considerava um dos poucos rostos claramente amistosos por ali. Eles haviam passado muitas horas juntos em voos durante a campanha, conversando enquanto os repórteres digitavam, o pessoal da equipe cochilava e Baker relaxava, com os fones do iPod nos ouvidos para evitar qualquer tentativa de aproximação. Ela acreditava que se alguém sabia a verdade sobre a história da MSNBC, seria Goldstein — o homem que estava com Stephen Baker desde o começo.

Ela desceu o corredor de modo a topar com ele no caminho, e foi direto ao assunto.

— Entramos pelo cano, não é?

— Sim. Estamos em algum lugar entre o sifão e o esgoto.

Ele continuou a andar. Dado o seu tamanho, avançava a uma velocidade respeitável.

— É verdade?

— Vamos fazer assim, por que *você* não vai até o Salão Oval agora mesmo, enfia a cabeça pela porta e diz: "Senhor presidente, é verdade que o senhor costumava consultar um psiquiatra porque estava prestes a atirar-se da Memorial Bridge?"

— Ninguém falou nada sobre suicídio.

— Não, Maggie, ninguém falou. Mas acesse as notícias no site da Drudge daqui a trinta minutos. Aposto que vão publicar coisa do tipo.

— Meu Deus.

— Pois é.

— O que você acha que vai acontecer?

— Bem, como se dizia quando Dick Nixon usava este lugar para transformar a Constituição em um circo, nunca é o crime, é sempre a...

— ... armação.

— A maioria do povo não se importa se o presidente for um *meshugge*, um doido varrido — arfou, sem fôlego para chegar ao fim da frase. Ela notou as migalhas na lapela de Goldstein. — Contanto que saibam disso antes de votarem no cara.

— Vão ficar irritados por não terem sido informados durante a campanha.

— Pode apostar — disse contrariado.

Maggie não sabia se Goldstein estava irritado por causa do vazamento de uma informação de que tinha conhecimento ou se estava decepcionado porque o presidente escondera algo dele.

— O que ele vai fazer?

— Ele quer fazer um pronunciamento pessoal. Imediatamente.

— E isso é uma boa ideia?

— Neste momento, Maggie, nada relacionado a isso é bom.

Ela se lembrou, então, da breve controvérsia sobre os registros médicos durante a campanha. Mark Chester, o adversário bem mais velho de Baker, se recusara a publicar os seus, tornando público apenas um conciso "resumo médico". Muitos esperavam que Baker aproveitasse o momento para revelar o seu histórico na íntegra, esfregando um certificado de saúde impecável no rosto de Chester, com cada detalhe imaculado proporcionando um contraste implícito com o relatório pálido e breve do republicano. Mas não foi o que aconteceu. Baker optou por também publicar um resumo médico. Todos deram crédito ao candidato por isso: ele havia mostrado compaixão, poupara o oponente mais velho do constrangimento.

Agora, parada no corredor da Ala Oeste, Maggie se perguntava se não haviam sido ludibriados. Ela nunca sequer cogitara que Baker evitara publicar os registros na íntegra não para jogar limpo com Chester, mas para poupar a si mesmo. E isso era exatamente o que todos estariam pensando agora. Ou a MSNBC estava completamente enganada, o que renderia uma das maiores mancadas jornalísticas de todos os tempos, ou Stephen Baker precisaria oferecer uma explicação muito boa para se justificar.

Ela voltou para o escritório, sentou-se ao computador e tentou se concentrar no memorando com as opções de ação no Sudão. Era para isso que estava ali; foi isso que *ele* lhe pediu para fazer em uma conversa que já parecia pertencer a outra era. Mas agora Maggie entendia o comentário de que a Casa Branca só era capaz de lidar com uma crise de cada vez. A equipe ficava dispersa demais para pensar em outra coisa.

Ela ligou a TV. Todos os canais abordavam o furo da MSNBC. Na CNN, um suposto especialista em depressão era entrevistado.

Os blogueiros estavam obcecados. Ela acessou a página de Andrew Sullivan.

Este pode ser um momento definitivo para a República. A doença mental é um dos últimos grandes tabus, um assunto mantido no escuro. E, apesar disso, um em cada três americanos é afetado por elas. Stephen Baker deve ser corajoso, dizer a verdade e clamar pelo fim do preconceito.

Em seguida, Maggie moveu o mouse para a direita, acessando o The Corner.

Normalmente, são necessários alguns anos para que um político democrata comece a degringolar. Baker merece crédito por ter acelerado o processo. Agora, tudo o que ele precisa é demonstrar o mesmo entusiasmo e acelerar o plano de redução do déficit.

No liberal Daily Kos ela detectou uma clara preocupação:

> Até agora, a MSNBC citou apenas uma fonte anônima. É melhor que tenham provas.

Ela olhou para a TV; nenhuma novidade ainda. O tempo parecia estar se arrastando. A mente dela encontrava-se dispersa, algo que tentava evitar a todo custo nas últimas semanas. Estava de volta à escadaria do Memorial de Lincoln, revivendo a conversa com Uri. À medida que projetava a cena, sentiu a melancolia voltando a invadi-la, como vapor entrando nos pulmões. Para afastá-la de vez, pegou as pastas sobre o Sudão: talvez aquela caixa cheia de memorandos e telegramas, todos confidenciais, ajudasse Maggie a orientar o presidente. E a distraí-la de si mesma.

A TV anunciou um plantão especial. A rede responsável pelo furo confirmava que tinha provas documentais de que Stephen Baker recebera tratamento para depressão.

— A MSNBC confia na veracidade desses documentos — declarou o âncora, com a voz grave e portentosa que Maggie acreditava ser reservada apenas para as notícias de assassinatos presidenciais.

Então era verdade. Maggie recostou-se na cadeira. Até aquele momento, percebeu, ela havia contido a reação, insegura quanto ao que, exatamente, reagiria. Agora já não tinha mais aquela desculpa.

Ela queria ser como aquele blogueiro, estar cheia de compaixão e mostrar-se aparentemente inabalada pela perspectiva de um presidente com um histórico de doença mental. Ela sabia que devia agir assim, como também sabia que devia comer alimentos orgânicos. Mas não conseguia se convencer disso.

Além do mais, a atitude de Maggie era a mesma do "povo" que Stuart citara. Não era o crime — é claro que ficar deprimido não é um crime —, mas a armação. Se a revelação dos registros médicos significava algo, era a honestidade total com o eleitorado.

Mas também não era exatamente isso. Maggie sabia do risco, quase suicida de um candidato falar sobre consultas a um psiquiatra em plena campanha, principalmente quando o adversário permitira a omissão dos detalhes. Ela sabia por que Baker não fora sincero com os eleitores. Mas isso não abrandava o desconforto que sentia em algum lugar entre o cérebro e a intuição. Por um segundo fugaz, essa sensação ganhou a forma de uma frase: Baker devia ter sido sincero com *ela*.

Maggie tentou afastar esse sentimento, clicando outra vez no botão atualizar para conferir as novidades no site do *The New York Times*, sem absorver uma palavra sequer do que lia. Era ridículo, ela sabia, ver aquilo como uma traição pessoal. Havia pessoas bem mais graduadas do que ela na equipe da campanha; Stephen Baker não tinha qualquer obrigação de compartilhar histórias do passado com ela. Ele não mentira. Ela é que nunca fez a pergunta.

Ainda assim, a sensação incômoda persistia. Ela abandonara o emprego para trabalhar para Baker havia quase 18 meses, nos tempos em que toda a equipe cabia em uma van e o cenário mais realista para os analistas políticos era Baker lançar uma candidatura viável para presidente só dali a quatro anos. Eles viajaram dezenas de milhares de quilômetros juntos. Ela comera na casa de Baker, brincara com os filhos dele e conversara com a sua esposa. Depositara toda a fé nele. E o mesmo acontecera com o país.

O ícone que sinalizava as notícias de última hora piscava novamente na tela. Maggie aumentou o volume.

— Acabamos de receber a notícia aqui na CNN: o presidente fará um pronunciamento.

A convite de Sanchez, ela assistiu ao comunicado na sala de imprensa, combatendo o desejo de cobrir o rosto com as mãos e espiar entre os dedos, como quando via filmes de ficção científica na infância.

— Caros americanos — começou Baker, com voz firme, o rosto calmo e sério. — Não estou aqui para negar o que ouviram hoje. Estou aqui para dizer o que aconteceu. Com a franqueza e a honestidade que sempre usei.

"Há muito tempo, quando tinha pouco mais de 20 anos, passei por um momento complicado da minha vida. Não falei sobre isso porque a fonte desta infelicidade envolvia outra pessoa.

"Como vocês sabem, a minha mãe morreu há alguns meses, na última semana da campanha. Então talvez agora eu possa falar abertamente sobre isso. Ainda assim, ao me preparar para dizer essas palavras, tremo ao cogitar desonrar a memória dela. Mas vocês precisam ouvir a verdade.

"Quando eu era adolescente, suspeitava de que minha mãe fosse alcoólatra. Precisei de algum tempo para chegar a essa conclusão. Um jovem de 13 anos nem sempre percebe a mãe pôr vodka no suco de laranja no café da manhã. E, quando percebe, nem sempre sabe que isso não é normal. Que não é assim que todas as mães se comportam. Mas quando estava na universidade, tive certeza.

"Conforme trilhava o meu próprio caminho no mundo, essa constatação passou a me angustiar. Será que eu estava fadado a seguir os passos dela? A tropeçar como ela? Será que eu também ficaria viciado em álcool?

"Esses pensamentos tiveram forte efeito sobre mim. E, sim, em determinado momento busquei ajuda profissional. A ajuda de um psiquiatra, entre outros. Queria saber se o meu destino já estava determinado, se aquilo estava escrito nos meus genes.

"Por fim, saí do que os poetas chamam de 'o pântano do desespero'. No entanto, não foram os médicos que me tiraram daquele lugar escuro. Ao saber que eu buscara ajuda, minha mãe tomou consciência da própria doença. Pode-se dizer que foi um alerta. Ela juntou-se ao AA e ficou sóbria. Quando morreu, em outubro passado, orgulhava-se de dizer que ficou sóbria por 24 anos, oito meses e 19 dias. Foi uma grande conquista. Tenho tanto orgulho dela por isso quanto ela tinha de mim, por ter chegado à Presidência. Mas esse era um assunto particular. E escolhi honrar isso.

"Talvez tenha sido um erro. Mas espero que entendam por que precisei buscar ajuda e por que não contei tudo a vocês, povo americano. Não tenho como saber como reagirão a essa notícia. Mas assumo o risco de que a receberão da mesma forma que muitas famílias americanas quando confrontadas com notícias decepcionantes. Com a generosidade de espírito que nos fez, e ainda nos faz, uma grande nação. Obrigado."

Maggie ficou imóvel, com os olhos cravados na tela, mal ousando respirar. No silêncio, escutou o som de um único aplauso. Depois mais um, e outro, até chegar a uma ovação alta e prolongada. Ela teve certeza de ter ouvido Tara MacDonald gritar "uhu" uma única vez.

Sanchez lhe passou o seu iPhone, já com o blog de Sullivan na tela. Ela só precisou ler a primeira frase: *Stephen Baker acaba de lembrar ao povo americano por que foi escolhido para presidente no outono passado.*

— Está bem, pessoal — gritou Tara, silenciando as últimas palmas. — Ainda não estamos fora de perigo. A Fox e outros canais continuarão a matraquear sobre "as perguntas que ainda precisam ser respondidas". Precisamos estar prontos. — Ela fuzilou Maggie e Sanchez com os olhos. — Não devemos perder tempo falando uns com os outros, precisamos falar com o povo americano. Quero que me seja entregue uma lista, daqui a não mais de dez minutos, com os nomes dos voluntários dispostos a aparecer diante das câmeras louvando o presidente Stephen Baker por ser corajoso, honesto e um filho fiel. Alguma pergunta? — Ela não esperou por uma resposta. — Bom. Agora, ao trabalho.

Maggie decidiu aproveitar a deixa e sair, murmurando um agradecimento para Sanchez. Tara MacDonald tinha toda razão para estar cautelosa, mas Maggie morava nos Estados Unidos a tempo suficiente para saber que o público gostou do que viu. O povo não rejeitaria um presidente jovem, há pouco tempo no cargo, pelo crime de amar a mãe e se preocupar com a herança que ela poderia ter-lhe transmitido.

Maggie estava certa. Os canais a cabo foram benévolos, transmitiam discussões que questionavam se o alcoolismo era mesmo hereditário e a validade da terapia. Foi uma bênção quando, por algumas horas, os autores de livros como *Por favor, mamãe, pare* e *Conversar ajuda* substituíram os analistas políticos de costume. Quase todos falavam de Stephen Baker em tom compreensivo, apesar de Rush Limbaugh ter agarrado o microfone uma hora depois do pronunciamento do presidente para perguntar aos ouvintes: "Será que realmente precisamos de um maluco no comando?"

O consenso na Casa Branca era de que Baker se esquivara da bala. O alívio durou até o dia seguinte. A não ser no lar dos Baker. De onde seria expulso da forma mais cruel possível.

CINCO

WASHINGTON DC, SEGUNDA-FEIRA, 20 DE MARÇO, 19H16

— Jen, seus tênis novos são DEMAIS!

Katie Baker leu as mensagens no mural do Facebook de sua nova amiga Jennifer e estava prestes a escrever uma. No entanto, os dedos hesitavam no teclado. Em Olympia, ela já teria escrito diversas mensagens àquela altura, mas ali era tudo muito diferente. A mãe lhe recomendara cuidado redobrado.

— Não se esqueça, querida: nada de nomes, nada de fotos.

Nada de fotos? Aquilo era tão injusto! *Todo mundo* postava fotos em suas páginas do Facebook, mas ali, desde novembro, ela não podia postar nada.

— Você *pode* colocar fotos, querida — dissera a mãe. — Apenas não pode colocar fotos com você, o seu irmão e as suas amigas mais próximas. Nada que a identifique.

O irmão? Nem morta. Ela não se importava de deixar aquele idiota irritante de fora das fotos. Mas as *amigas*? Por que ela precisava ser diferente de todo mundo?

Ah, sim. Porque o pai dela era o presidente dos Estados Unidos, só por isso. O que era legal, sem dúvida. Ela já tinha conhecido vários dos seus astros preferidos e aparecido na revista *People*, mas de mãos dadas com o irmão na foto. Eca!

Alguém enviou uma mensagem que apareceu no mural de Jen.

Ouvi dizer que Brandon convidou você para o show dos Zygotes no 9.30. Isso quer dizer que vocês estão tipo ficando?!!

Ela começou a digitar. *Meu Deus, Jen! Se isso for verdade eu estou com tanta inveja! Adoro os Zygotes!*

Ficou em dúvida se revelava demais. O 9.30 não contava como revelar demais, contava? Certo, o 9.30 Club ficava em Washington, DC. Será que havia alguém no mundo que não sabia que a adolescente de 13 anos Katie Baker morava em Washington, DC?

Ela saiu da página de Jen e voltou para a sua. O que viu a fez franzir a testa.

Kimberley Baker preparava o jantar, fazia o máximo para manter a normalidade. Em parte pelo marido, mas principalmente pelas crianças. Politicamente, o presidente dos Estados Unidos havia sobrevivido ao que acontecera hoje, mas ela não tinha certeza de como Stephen Baker lidaria com a situação.

Seu segredo mais íntimo agora fazia parte do domínio público. Quando ainda namoravam, aquela tinha sido a última revelação que ele fizera. Apenas após vários meses de relação, ele falou sobre o alcoolismo da mãe e o tratamento que buscou. Depois de contar tudo, e de Kimberley reagir com um longo e apertado abraço, ele a pediu em casamento. E agora ele fora forçado a expor o segredo que guardava com tanto cuidado em rede nacional. Ela sabia o quanto o marido odiaria aquilo.

Ainda assim, ele era um homem forte; ele sobreviveria. Mas, e quanto a Katie e Josh? Para sua surpresa as crianças pareciam estar bem. Eles haviam começado na nova escola, feito alguns amigos; Katie tinha ido até mesmo à primeira festa do pijama em DC. É claro que Kimberley havia questionado as motivações tanto de Jennifer, a colega mais do que ansiosa por fazer de Katie a sua melhor amiga, quanto dos pais dela, igualmente ávidos. Kimberley não precisava abrir o *Washington Post* para saber que os Baker eram agora considerados o casal mais quente da cidade e que qualquer contato com eles, mesmo casual, era um grande troféu.

Ela se perguntara se a revelação daquela manhã faria tudo aquilo ruir. Ela não se preocupava consigo mesma; não se importava se nunca mais colocasse os pés numa festa em Washington. Mas não tolerava pensar nas consequências para as crianças. Stephen concordara que mantivessem o acordo que fizeram no Oeste de restringir o acesso a jornais. Tampouco era um grande sacrifício banir a TV a cabo. E a equipe era maravilhosa, nunca mencionava nada.

Entretanto, não era aí que o perigo espreitava. Era a escola, especificamente a maldade de outras crianças, que a preocupava. Ela sabia como as crianças podiam ser cruéis. Sim, a maioria dos alunos da escola bajularia Katie e Josh, mas era necessário apenas um rebelde, um encrenqueiro que decidisse transformar em esporte as provocações à filha do presidente dos Estados Unidos. E que munição qualquer candidato a torturador de recreio acabara de receber. *Tratamento psiquiátrico*.

E ainda assim os dois não falaram nada a respeito. Eles voltaram para casa, depois de recepcionados no portão por Zoe, a agente do serviço secreto fantasiada de babá — apesar de dirigir uma minivan blindada com filme preto nas janelas —, e subiram para os quartos como se aquele tivesse sido um dia normal. No caso de Josh, Kimberley Baker sabia que estava tudo bem de fato. O filho não conseguia esconder nada, mesmo que quisesse.

Mas com Katie era diferente. O silêncio dela seria prova de que nada havia acontecido, de que sobrevivera ao dia sem provocações, ou evidência de que sofrera uma indignidade tão grande que não podia ser expressa?

Havia uma mensagem da amiga Alexis.

> Oi, K, espero que esteja tudo bem. Sinto muito que hoje tenha sido difícil. Mas você parecia estar aguentando firme. Você é uma garota durona!

Katie Baker releu a mensagem, conferindo o nome. Era definitivamente de Alexis, mas não fazia sentido. Alexis não havia ido à escola hoje. Ela tinha pegado aquela virose que deixou tanta gente doente. Como Alexis podia saber como ela estava enfrentando a situação?

Ela escreveu uma resposta.

> Não estou entendendo! Você não está de cama com aquela gripe que derruba todo mundo?!!

Katie clicou em outra janela: as datas de turnê da banda que Emily e Hannah disseram ser *a* melhor do ano. Ela estava prestes a abrir a guia com amostras de algumas músicas quando escutou uma batida suave na porta.

A agente Zoe colocou a cabeça na fresta da porta, tomando o cuidado de permanecer fora do quarto.

— Sua mãe disse que está na hora de descer para o jantar.

— Certo. Já estou indo.

A porta bateu e Katie fechou a aba com o site da banda. Estava prestes a sair do Facebook quando escutou a campainha anunciando a resposta de Alexis. Ela olhou para a porta. Só mais um minuto

A primeira-dama olhou para o marido, que cortava alho para o molho de tomate. Ele estava acomodado na bancada, descalço e sem gravata. Sempre que lamentava a carreira escolhida pelo marido, o que acontecia com frequência, Kimberley Baker recorria àquele consolo. Ela seguira a mesma linha de raciocínio quando o marido era governador.

Como ele disse em pelo menos três dúzias de entrevistas, antes de dar aquele sorriso de um milhão de kilowatts: "Pelo menos moro no meu local de trabalho."

Portanto, ela aproveitava para saborear aquela singela cena de vida doméstica — os quatro fazendo uma refeição juntos — e fazia de conta que o conselheiro de Segurança Nacional não aguardava no corredor.

Na verdade, eles ainda eram três. Katie ainda não descera, apesar de já ter sido chamada por Zoe. Kimberley decidiu que já bastava de transmitir mensagens por intermédio da agente do serviço secreto, e já inspirava para chamar a filha a plenos pulmões — para o inferno com as dezenas de funcionários e agentes que a ouviriam gritar — quando a porta abriu.

— Ah, boa noite, filha — disse o presidente, com os olhos ainda concentrados no trabalho meticulosamente lento na tábua de cortar. Ele não viu a mesma cena que a esposa: a filha de 13 anos parada, sem uma gota de sangue sequer no rosto.

— Katie, o que foi? — disse Kimberley. — Katie!

A menina fitava o vazio à sua frente. A mãe a agarrou pelos ombros, tentando arrancar-lhe uma resposta.

— O que aconteceu? O que ACONTECEU!?

Instintivamente, Stephen Baker olhou para a porta. Teria acontecido algum tipo de ataque, teria um intruso invadido a Casa Branca? Zoe, que entrara em silêncio na cozinha atrás da sua protegida, leu a expressão do presidente e balançou a cabeça negativamente. *Não vimos nada.*

Quando ele falou, a voz tinha a mesma calma firme que os eleitores passaram a admirar antes mesmo que fosse eleito. Ele se ajoelhou para poder olhar a filha nos olhos.

— Foi alguma coisa no computador?

Katie assentiu.

— Uma das suas amigas disse alguma coisa maldosa?

— Achei que fosse. Assim que li.

O presidente e a esposa entreolharam-se.

— O que falaram?

— Não quero dizer.

O presidente se levantou e gesticulou para Zoe. Ela deixou a cozinha imediatamente e voltou alguns segundos depois com um laptop aberto nas mãos. A capa do computador era uma explosão de contornos psicodélicos. Chic adolescente.

Kimberley tirou o laptop das mãos de Zoe e olhou para a tela. Era a página do Facebook da filha. Katie implorara para continuar a usá-lo e os pais acabaram cedendo, relutantes e com condições rígidas. Nada de fotografias dela ou que pudessem identificá-la. Nenhuma informação de perfil. E um endereço IP providenciado pelo Departamento de Comunicações da Casa Branca que revelaria como o lugar de residência apenas os Estados Unidos, sem cidade específica. Apenas os amigos mais próximos de Olympia, e talvez alguns poucos acrescentados em DC naquela semana, sabiam que Sunshine12 era na verdade a filha do presidente americano.

Stephen Baker correu os olhos pela tela, vasculhando as muitas janelas, anúncios e fotos abertas para descobrir o que perturbara tanto a filha.

E então encontrou. Uma mensagem de uma das colegas de Katie: Alexis. Ele ouvira a filha mencioná-la algumas vezes.

Não, não estou na cama. Não estou doente, na verdade. E, para ser sincero, também não sou Alexis. Mas sinto muito pelo seu pai. Deve ter sido um choque descobrir detalhes sobre antigos problemas médicos dele. Alguma vez ele lhe disse algo a respeito quando, sentado na sua cama, afagava os seus cabelos e contava histórias para você dormir? Ele contou que a vovó era uma cachaceira e que precisou procurar um psiquiatra porque era um doente mental? Minhas desculpas por revelar o segredo. Ih. Vacilo meu. Mas me pergunto se você podia ser uma boa menina e transmitir uma mensagem para ele. Obrigado, meu anjo. Diga a ele que tenho mais histórias para contar. A próxima será divulgada amanhã pela manhã. E se isso não estraçalhar aquela cabecinha bonita dele em mil pedaços, prometo para você — a próxima vai. Não tenha dúvida: eu quero destruí-lo.

SEIS

WASHINGTON DC, TERÇA-FEIRA, 21 DE MARÇO, 5H59

Maggie recebeu o telefonema antes das 6h da manhã: Goldstein, agitadíssimo, já devia ter tomado muitos cafés.

— Ligue a TV na MSNBC. Agora.

Ela tateou o chão à procura do controle remoto, que estava ao lado da cama. Não estava lá. Virou-se para a outra metade da cama, um espaço totalmente vazio, e o encontrou abandonado ali. Apertou os botões, e a tela finalmente brilhou com uma luz azulada forte demais.

— É o anúncio de uma seguradora, Stu.

Espere. É uma notícia especial.

Após o som portentoso de abertura do telejornal e um gráfico cheio de efeitos, a âncora da manhã surgiu, com lábios brilhantes e cabelos estáticos. A imagem acima do ombro da apresentadora mostrava o presidente, e havia as seguintes palavras no rodapé da tela: Notícia de Última Hora.

— Documentos analisados pela MSNBC sugerem que Stephen Baker recebeu, indiretamente, contribuições de campanha do governo do Irã. Os detalhes ainda são imprecisos, mas tal doação constituiria uma séria violação a leis federais, que proíbem os candidatos de receberem contribuições de quaisquer fontes estrangeiras, quanto mais de um governo hostil aos Estados Unidos. Entraremos ao vivo com...

Irã? O que diabos Stephen Baker tinha a ver com o Irã? Eles não podiam estar falando sério. Algo muito bizarro estava acontecendo. Bizarro e sinistro. Duas bombas em 24 horas. Maggie sabia que todos os colegas da Casa Branca pensariam o mesmo: "O que diabos está acontecendo?"

Ela escutou Goldstein vociferando instruções para alguém fora do escritório.

— O que diabos é isso, Stu?

— Você provavelmente tem uma boa palavra irlandesa para isso, Maggie?

— Para quê?

— Para quando alguém está determinado a te enrabar e apunhalar seu coração ao mesmo tempo. Qual é a palavra em gaélico?

— Você acha que isso faz parte de algum tipo de plano?

— Duas histórias, em dois dias seguidos, na mesma rede de TV. Isso não acontece por acaso, meu anjo. Isso quer dizer que eles têm um informante. Uma *fonte*. — Goldstein fez uma pausa para respirar. — Alguém, em outras palavras, determinado a destruir esta Presidência.

— Mas essas histórias não têm nada a ver uma com a outra. Estão separadas por 25 anos.

— O que prova que é algo organizado. Algum grupo bem-estruturado, com dinheiro o bastante para fazer uma oposição da pesada.

— Stuart — disse Maggie, já fora da cama, a caminho do chuveiro. — Agradeço por ter ligado, mas por que eu? Você não devia estar falando com Tara e...

— Fiz isso há trinta minutos. *Irã.* Você é a garota do Oriente Médio, lembra? Preciso que pense nas possibilidades. Se essa história não for apenas papo furado, quem pode ter feito isso e com que objetivos? Governo ou grupo terrorista? E por que agora? Que jogo eles estão... merda.

O celular de Goldstein tocou, as primeiras notas do tema de *O poderoso chefão*, um clássico amado por todos os obcecados por política. "É assim que funciona o poder, Maggie", dissera ele quando o filme foi exibido em um voo de volta da Califórnia. "Assista e aprenda."

Ele deve ter acionado o viva-voz, pois Maggie ouviu uma voz, alta e tensa do outro lado. Não conseguia entender as palavras, mas percebia a urgência.

— ... *na soleira da porta do Capitólio, exigindo um promotor especial.*

A resposta de Stuart foi instantânea e feroz.

— Aquele cretino. Estava sozinho ou com os colegas?

— *Apenas um. Vincenzi. Você sabe, esse papo furado de bipartidarismo: um republicano e um democrata* — *disse a voz.*

— Idiotas — berrou Stuart.

Maggie tentou se despedir, mas ficou claro que Stuart não escutava. Estava absorto nesta nova conversa, aparentemente alheio ao fato de que segurava o fone. Tudo o que ela podia fazer era desligar. Ou ficar na linha e bisbilhotar...

— O que ele disse que quer? — Stuart voltou a falar, um som parecido com o de um ar-condicionado defeituoso saindo do peito. — Um conselho independente ou um promotor independente? Quais foram as palavras exatas?

Maggie escutou um som abafado, que acreditou ser o pobre assessor, intimidado pelos disparos do interrogatório de Goldstein. Este voltou a mandar chumbo grosso:

— Vou dizer qual é a diferença. Os *promotores especiais* não existem mais. Foram abolidos. Alguém só fala em promotores especiais se for um idiota, coisa que o senador de Connecticut não é, ou se quiser provar algum impacto.

Mais sons abafados e Stuart prosseguiu:

— O impacto em questão é que as palavras *promotor especial* têm um significado muito particular nesta cidade. Soam a Archibald Cox.

Não me diga... *puta merda*. Será que eu sou um ancião na Casa Branca? Archibald Cox? Watergate?

— Stuart? Stuart! — Maggie tentou chamar a atenção dele. Mas era tarde demais. Ela desligou.

Maggie percebeu o novo patamar de seriedade da situação. Se um democrata solicitasse que um conselho independente investigasse um presidente democrata, não havia nada a ser feito. Não era mais uma ação "partidária", era algo acima da política do partido. Baker seria forçado a concordar. No decorrer de algumas semanas ele passara de Santo Stephen — a manchete da matéria de capa de uma revista britânica sobre o novo presidente — a Richard Nixon, sob investigação.

Maggie sentiu-se como se estivesse no convés de um navio que está se enchendo de água. Todos ficaram muito eufóricos naquela noite abafada de novembro, quando Baker venceu. Ela foi contagiada, aceitando as brincadeiras de Stu e Doug Sanchez, que zombavam do seu pessimismo inicial. "Costello, a mulher de pouca fé que disse que isso nunca aconteceria", disse Sanchez ao abraçá-la, sustentando o abraço por um ou dois segundos a mais do que o necessário, descendo as mãos um pouco mais do que devia, de forma não exatamente acidental. Aquele rapaz era atrevido, mais de dez anos mais novo do que ela. Mas foi uma noite daquelas.

Ela tranquilizara os pensamentos, permitira a si mesma acreditar que desta vez seria diferente. A experiência pessoal dizia que a política estava fadada a acabar em fracasso. Pôde constatar isso quando trabalhou para as Nações Unidas, onde mesmo as verdades mais elementares e óbvias — "Essa gente está morrendo e precisa de ajuda" — podiam perder-se em meio a disputas internas, rivalidades, indecisão burocrática, vaidade e, a mais decisiva das categorias, "interesses". Quantas vezes acreditou — mas deixou de dizer as palavras, sabendo que, ao proferi-las, seria vista como uma hippie, uma ingênua a ser ignorada — que algo precisava ser feito. E quantas vezes nada aconteceu.

Há alguns anos ela chegara à conclusão de que o último trabalho realmente útil que fez na vida foi no início da carreira, quando trabalhou com ajuda humanitária no Sudão. Tirar sacas de grãos da carroceria de um caminhão para dar aos necessitados: isso tinha valor. No instante em que saiu da linha de frente, seduzida pela promessa de ajudar mais de uma pessoa de cada vez, ela deixou de ter grande utilidade. Os títulos eram mais pomposos — primeiro esteve envolvida em *formulação de políticas*, então em *estratégia* e, por fim, na ONU e no Departamento de Estado, ocupou os escalões mais altos da *diplomacia* —, mas recusava-se com teimosia a ficar deslumbrada. *Ajuda* era o que a interessava, e ela passou a não acreditar mais que ela, ou qualquer outro naqueles cargos pomposos, seria capaz de oferecê-la.

Até que Stephen Baker apareceu. Relutante e a contragosto, ela permitiu que a couraça que crescera sobre o seu outrora delicado idealismo fosse rasgada. Ele fizera isso com Maggie, rompera camada após camada de ceticismo até encontrar o que elas ocultavam — a pessoa que ela deixara de ser desde os 25 anos.

Agora, entretanto, o navio estava afundando. Ela entendera tudo errado. Outra vez. A política sempre crescia e sufocava a esperança, como uma erva daninha faz com uma flor. Foi estúpido acreditar que seria diferente desta vez.

Mas outra dor, mais aguda, corroía-lhe o estômago. O erro de Maggie não foi apenas se esquecer de que a política sempre se intrometia, sempre se interpunha entre gente de boa intenção e o bem maior. Também se iludira ao acreditar que trabalhava para boas pessoas. Para um bom homem.

Afinal, Goldstein não negara a acusação. *Se essa história não for apenas papo furado* foi a melhor desculpa que ofereceu. Isso significava que Baker *havia* aceitado dinheiro dos iranianos? Se fosse verdade, isso o transformava em um idiota — e coisa pior.

Ela já havia saído do chuveiro e estava enrolada numa toalha, olhando para o armário aberto, se perguntando qual a roupa adequada para uma crise política estrondosa. Um promotor especial, Deus do céu.

O celular tocou outra vez, e "restrito" piscava na tela. Maggie agarrou o aparelho.

— Stu, não precisava ter ligado de volta.

— Como? — perguntou uma mulher. — É Maggie Costello quem fala?

— Sim.

— Um momento. Vou transferir para Magnus Longley.

Maggie sentiu um aperto no estômago.

— Srta. Costello? — A voz estava áspera o bastante para lixar uma mesa. — Desculpe-me por incomodá-la tão cedo, mas é melhor informá-la imediatamente da minha decisão. Temo que o Sr. Adams esteja... inflexível. — Longley soava satisfeito consigo mesmo. — Ele insiste que a senhorita seja dispensada do cargo. E não vejo alternativa a não ser atender ao desejo do secretário de Defesa.

Maggie sentiu como se alguém tivesse enfiado uma agulha em seu pescoço, injetando fúria em sua corrente sanguínea.

— O presidente sabe algo a esse respeito?

— Talvez a senhorita não tenha assistido ao noticiário, mas o presidente tem mais com que se preocupar no momento.

— Eu sei disso, mas ontem ele me pediu que...

— A senhorita deve limpar a sua mesa esta manhã. A senha de acesso ao seu computador na Casa Branca expirará ao meio-dia. E também tem que entregar o seu cartão de acesso.

— Eu não posso ao menos...

— Sinto muito, mas a minha reunião das 6h45 está para começar. Adeus, Srta. Costello. E muito obrigado pelos seus serviços.

Ela ficou parada, em silêncio, por pelo menos cinco segundos, a fúria crescendo e ganhando força. Como podiam ter feito aquilo com ela? Depois de todo seu sacrifício? E justamente quando tinha tanto a oferecer. Há menos de 24 horas o presidente dos Estados Unidos lhe requisitara um plano que salvaria vidas — talvez dezenas de milhares de vidas — em Darfur. E, além disso, ela era necessária para ajudá-lo a lidar com o recente problema do Irã, segundo Stuart.

E agora tudo aquilo ruiria. Por quê? Por chamar um velho cretino e pomposo de idiota — quando isso era exatamente o que ele era.

Ela se virou, ergueu o braço e estava prestes a atirar o telefone na parede do quarto, antecipando a satisfação de vê-lo despedaçar-se, quando o aparelho começou a tocar. Aquilo a conteve. Com o braço ainda erguido, ela subitamente sentiu-se ridícula. Ela olhou para o visor: *Restrito*.

Maggie apertou o botão verde. Outra voz de mulher, mas diferente desta vez.

— Um momento, por favor. Vou transferir para o presidente.

Um segundo depois, era ele. Uma voz conhecida por milhões, mas num tom ouvido raramente e apenas pelos mais próximos.

— Maggie, preciso vê-la. Imediatamente.

SETE

WASHINGTON, DC, TERÇA-FEIRA, 21 DE MARÇO, 7H33

Baker insistira que se encontrassem na Residência: ele, ela e Stuart. Maggie ligou para Goldstein imediatamente e explicou que acabava de ser demitida.

— Preciso devolver o meu cartão de acesso ao meio-dia, pelo amor de Deus!

— Está bem — disse ele. — Isso quer dizer que temos algumas horas.

— Era para ser engraçado?

— Não. E Maggie, passe no meu escritório antes. Preciso adiantar o assunto para você antes de entrarmos.

Ela chegou vinte minutos depois. Stuart lia um memorando, os olhos vermelhos e agitados. Ele estava péssimo.

— Essa é a ficha do iraniano? — perguntou Maggie no batente da porta.

Goldstein não ergueu os olhos, manteve-os fixos no documento sobre a mesa.

— Conhecido neste país como Jim Hodges, residente no estado do Texas.

— Ele é um cidadão americano! Então estamos fora de perigo. Toda a...

— Mas ele também é Hossein Najafi, cidadão da República Islâmica do Irã. Um veterano do Exército dos Guardiães da Revolução Islâmica, mais conhecida como Guarda Revolucionária.

— Mas ele fez a doação como Jim Hodges. Como alguém adivinharia que ele na verdade..:

— Porque temos que checar essas coisas! — Agora Goldstein ergueu a voz e os olhos repletos de fúria. — Somos a porra da Casa Branca. *Ele* é a porra do presidente dos Estados Unidos. Manda cidadãos para a guerra. Para morrer. Devia saber com quem se encontra, pelo amor...

— Eles se *encontraram*?

— Sim! Em um evento beneficente qualquer. Durante a transição.

— Então existe uma fotografia.

A resposta de Stuart foi dada em um tom mais baixo.

— Sim.

— E as pessoas vão questionar por que não tínhamos as informações de inteligência básicas para evitar que um espião iraniano se aproximasse do presidente eleito.

— Sim. — Stuart espalmou as mãos na mesa e apoiou a cabeça nelas. — E por que...

— ... Diabos os iranianos desejariam financiar Stephen Baker.

— Imagina só a propaganda. — Ele ergueu a cabeça e falou num tom de publicidade partidária. — "Os aiatolás gostam tanto de Stephen Baker que dão dinheiro para ele. Em segredo. Baker está trabalhando para você... ou para eles?"

— É um pesadelo — concordou Maggie.

— Mas não foi por isso que ele a convocou. Nos convocou. Não só por isso, de qualquer forma.

— Então por quê?

Stuart aprumou-se na cadeira e contou a Maggie sobre a mensagem enviada para Katie Baker via Facebook. Ele pegou uma folha de papel e leu o último parágrafo: *E se isso não estraçalhar aquela cabecinha bonita dele em mil pedaços, prometo para você — a próxima vai. Não tenha dúvida: eu quero destruí-lo.*

— Meu Deus.

— Pois é. — Stuart consultou o relógio. — Ele nos quer lá agora.

Dentro da Residência, a diferença de clima em relação ao dia anterior era palpável. Kimberly Baker levara as crianças para a escola mais cedo — o café da manhã na Casa Branca do qual ela seria a anfitriã, um evento pela conscientização acerca do câncer cervical, precisaria começar sem ela — para que elas não fossem afetadas pela atmosfera pesada. Durante o trajeto, ela repetiu diversas vezes o que dissera na noite anterior: garantiu para Katie que o papai ficaria bem, que a polícia encontraria e puniria o autor daquela mensagem horrível e garantiria que aquilo não voltasse a acontecer.

Como no dia anterior, o presidente estava na cozinha, mas desta vez andava de um lado para o outro. Maggie vira Stephen Baker receber todo tipo de más notícias durante a campanha e em todas, a não ser em pouquíssimas ocasiões, ele permanecera calmo, de forma quase inexplicável. Ele mantinha a voz baixa, quando outros teriam perdido a compostura; perdoava, quando outro candidato exigiria vingança imediata; ficava sentado, quando os demais saltavam de pé. Mas agora andava de um lado para o outro.

— Obrigado por terem vindo. — Ele gesticulou para duas cadeiras, mas se manteve de pé. — Maggie, imagino que já tenha sido informada do acontecido.

— Sim, senhor presidente.

— E você sabe por que está aqui?

— Não exatamente, senhor.

— O canalha que escreveu aquela mensagem para a minha filha. Ele alertou sobre outra grande história "amanhã de manhã". O que ocorreu. Isso quer dizer que, não era um trote.

— Ou que, pelo menos, trata-se de um canalha capaz de hackear computadores para passar trotes — interveio Goldstein. — Ele deve ter identificado o endereço IP da Casa Branca e trabalhado a partir daí, buscando páginas de adolescentes até encontrar o mesmo IP numa delas. Então conseguiu acesso à conta da colega...

— Alexis — acrescentou o presidente.

— Isso. Conseguiu acesso à conta dela. Inteligente.

Para a surpresa de Maggie, o presidente se virou de repente e a fitou com os olhos verdes profundos. Desta vez, a firmeza não estava lá. Ele parecia sentir-se acuado.

— Você devia ter visto a minha filha, Maggie. Ela estava aterrorizada.

— Isso é terrível.

— Eu sempre prometi a Kim que o que quer que acontecesse, manteríamos as crianças de fora.

— E mantiveram, senhor — retorquiu Stuart.

— Até agora, Stu. Até agora.

Tanto Maggie quanto Stuart ficaram em silêncio, enquanto Baker voltava a andar de um lado para o outro. Por fim, Maggie achou que era a sua vez de falar:

— Desculpe-me, senhor presidente. Não tenho certeza se sei o que precisa ser feito. Ou o que o senhor quer que façamos.

Baker olhou para Stuart e assentiu, dando a ele a deixa para responder em seu nome.

— Isso precisa ser conduzido com extremo cuidado, Maggie. Nós precisamos saber quem é o homem que contatou Katie. Se ele realmente for a fonte dessas histórias e estiver determinado a revelar mais, precisamos identificá-lo. E rápido.

— O serviço secreto não pode ajudar? Ele fez uma ameaça direta ao senhor.

Mais uma vez Baker não respondeu, apenas olhou para Stuart.

— A agente que faz a proteção de Katie está rastreando a mensagem.

— Bom — disse Maggie. — Então veremos o que ela descobre.

Foi a vez de o presidente intervir:

— Preciso de alguém em quem eu confie, Maggie.

— O senhor pode confiar no serviço secreto.

— Eles investigarão a ameaça à minha *vida*.

— Mas essa não é apenas uma ameaça física, certo? — sugeriu Stuart, inclinando-se para a frente. — Isso é político. Alguém está determinado a destruir esta Presidência. Dois vazamentos para a imprensa, cuidadosamente orquestrados para provocar o maior impacto possível. E existe a ameaça de mais.

— Eu sei — assentiu Maggie.

— E é por isso que precisamos de um dos nossos envolvidos. Alguém que se importe. Alguém que tenha os recursos para, você sabe, fazer trabalhos incomuns.

— O que você quer dizer com *incomuns*?

— Ora, vamos, Maggie. Nós sabemos o que você fez em Jerusalém. Sejamos francos, você não estava lá apenas escrevendo planos de ação, certo?

— Mas eu não trabalho mais para vocês! — O desabafo saiu mais alto e irritado do que o planejado. A intensidade do rompante impressionou até mesmo a ela.

— Sinto muito por isso — disse o presidente, em voz baixa.

— Longley tem autonomia de decisão. Você sabe disso, Maggie. — Stuart fez uma pausa, então adotou um tom mais empolgado. — Mas isso não quer dizer que você não possa ajudar. Pode ser até melhor. Você terá distanciamento. Isenção.

— Não terei qualquer ligação com vocês. Vocês ficarão livres para negar tudo. — Ela olhava fixamente para Goldstein.

O presidente empertigou-se e buscou os olhos de Maggie.

— Eu preciso de você, Maggie. Há tanta coisa que esperamos realizar. Juntos. Para isso, preciso permanecer no cargo. E isso implica encontrar esse homem, quem quer que ele seja.

Ela sustentou o olhar do presidente por um longo segundo ou dois, enquanto pensava na conversa que tiveram naquele mesmo lugar há menos de 24 horas. Ela pensou no relatório recém-começado, ainda no seu computador, para o plano de ação em Darfur, nos helicópteros que aquele presidente estava disposto a enviar e nas vidas que seriam salvas. Pensou numa vila prestes a ser reduzida a cinzas e nos milicianos a cavalo prontos a incendiá-la; viu os malfeitores puxando as rédeas dos animais e dando meia-volta por terem ouvido o som dos helicópteros, significava que seriam vistos e pegos. Pensou em tudo isso e na certeza de que ninguém além de Stephen Baker moveria um dedo para ajudar os aldeões.

— Está bem — disse ela, ainda olhando no fundo dos olhos verdes de Baker. — Nós o encontramos. E depois?

— Vemos o que ele quer — respondeu Stuart. — Perguntamos o que...

O presidente se voltou para falar com o seu conselheiro mais próximo.

— Espero que não esteja sugerindo que eu dialogue com um *chantagista*...

— Não o senhor. Ninguém próximo do senhor. Alguém a um milhão de quilômetros do senhor.

— Você?

— Nem mesmo eu. Ou pelo menos não como assessor do presidente.

— De jeito nenhum.

— Ele disse que tem mais uma história que vai...

— Eu não vou autorizar uma coisa dessas. E você me conhece o bastante para nem ao menos pensar em sugeri-la.

Stuart fez um gesto de desculpas e levantou-se pesadamente da cadeira, murmurando "um, dois, três" ao realizar o esforço necessário.

Maggie aproveitou a deixa e seguiu para a porta.

Eu não vou autorizar uma coisa dessas. Tanto Maggie quanto Stuart sabiam o que isso queria dizer. Eles haviam recebido as suas ordens.

Poder de negação, o lubrificante da alta política. A mensagem havia sido clara. Façam o que for necessário. Apenas garantam que isso não tenha nada a ver comigo.

Ao voltarem para a Ala Oeste, Maggie se voltou para Stuart.

— É melhor começarmos a montar uma lista.

— Uma lista do quê?

— De todos que desejam derrubar Stephen Baker.

OITO

WASHINGTON, DC, TERÇA-FEIRA, 21 DE MARÇO, 9H16

No gabinete do novato senador do grande estado da Carolina do Sul, todos se orgulhavam de saber que o visitante precisava apenas passar pela soleira da porta para sentir-se no Velho Sul. A recepcionista era geralmente loira, tinha menos de 30 anos, vestia roupas com estampas florais e tinha sempre um sorriso de boas-vindas estampado no rosto, um "sim, senhor" ou "sim, senhora" nos lábios. Quase sempre um "sim, senhor". Daquela porta para fora, eles não podiam oferecer quaisquer garantias. Entrava-se no pântano que era Washington, DC, pela própria conta e risco. Mas ali, desde que se fosse convidado do senador Rick Franklin, o visitante estava ao sul da linha Mason-Dixon.

E depois de servir-se da jarra de água com gelo na sala de espera, o visitante notaria mais do que sorrisos sulistas. A atenção talvez se voltasse primeiro à placa de bronze acima da mesa da recepcionista, com os Dez Mandamentos como que talhados em placas de pedra. Não convinha ao senador Franklin a sutileza de separar Igreja e Estado em um prédio público.

Então, se fosse suficientemente atento, o visitante perceberia a TV sintonizada não na CNN ou na MSNBC, como no gabinete da maioria dos democratas, nem mesmo na Fox News, como seria o caso da maior parte dos republicanos, mas na Christian Broadcasting Network. As eleições para o Senado aconteceriam dali a 19 meses, mas havia contribuições a arrecadar — e transmitir a impressão certa rendia bons frutos.

Essa era a área externa. Depois de deixá-la e entrar no escritório do senador, o visitante teria uma visão mais terrena das realidades da vida política. Lá dentro, seria a Fox ou a MSNBC, geralmente a segunda. "Conheces o teu inimigo", diria Franklin.

Nas últimas 24 horas, contudo, ela mal parecia ser uma inimiga. A rede de TV, frequentemente ridicularizada nos mailings de Franklin por exibir "notícias para liberais comedores de rúcula", vinha deixando o tempo fechado para a Presidência de Baker; mas para os companheiros de ala de Franklin, o sol parecia brilhar forte. Alguns dos seus colegas simplesmente se recostaram e apreciaram o espetáculo. Primeiro, foi revelado que o Santo Stephen de Olympia era algum tipo de maluco, que precisava de tratamento. O melhor de tudo é que a história ainda tinha muito o que render. Que tipo de tratamento exatamente? Foram administrados choques elétricos? Ele chegou a ser internado? Foi em alguma "clínica" que pudesse ser fotografada, imagens externas de um prédio parecido com o de *Um estranho no ninho* que pudessem ir ao ar na Fox?

O senador Franklin sentia a boca salivar quando imaginava a carne que ainda podia ser tirada daquele osso.

E, naquela manhã, a Conexão Iraniana. Primeira regra dos escândalos: eles precisam ter bons nomes. "Conexão Iraniana" dava conta do recado com perfeição. Era exótico e dramático, como um filme, e reforçado por um ar de ameaça sombria e perigosa. É claro, os detalhes eram obscuros, os especialistas entrevistados na TV, carecas confusos descritos como "peritos contábeis" nas legendas, o que só deixava as coisas ainda melhores. Os conselhos editoriais liberais podiam suar o quanto quisessem as camisas sem gravatas, explicando que "não havia provas suficientes, portanto não havia a necessidade de defesa", mas isso não colaria com o povão. Ah, não. Eles veriam a confusão de números, leis e regulamentos e concluiriam que, apesar dos argumentos da imprensa, o Senhor Presidente Perfeito não era mais tão imaculado quanto se pensava.

E foi por esse motivo que ele telefonou para o colega democrata alguns minutos depois da divulgação do caso. Solicitar um conselho independente era uma manobra sem riscos. Se a investigação não descobrisse nada, Franklin alegaria que prestou um serviço à população, ajudou a deixar claro que os rumores não tinham qualquer fundamento. Mas, se algo fosse descoberto, ah! E, nesse meio-tempo, seriam dias e mais dias de matérias com detalhes atordoantes sobre a legislação de financiamento de campanhas e o espetáculo de horrores que era o regime iraniano. A mera associação desses assuntos com o nome de Stephen Baker produziria o fedor perfeito de um escândalo. Os eleitores seriam forçados a concluir, como tantas vezes antes, que "não há fumaça sem fogo".

Ele sabia que Vincenzi seria um aliado confiável. Era claro que era apenas um democrata de fachada e que todos sabiam que ele não suportava Baker, mas a presença de Vincenzi ao seu lado daria a Franklin a aura elevada de bipartidarismo à qual a imprensa não conseguia resistir. "Isso está acima da política partidária", ambos escreveram em suas declarações. A imprensa sempre devorava esse tipo de coisa.

Quanto à expressão "promotor especial", esse lampejo de inspiração lhe ocorreu quando estava a caminho da coletiva de imprensa, organizada às pressas. Os nerds diriam que era incorreto, mas seria tarde demais. A flecha envenenada já estaria no ar.

Então o senador Franklin murmurava satisfeito "Happy Days Are Here Again" ao arrumar o mata-borrão sobre a mesa e afastar o peso de papel — que, se observado de perto, revelava uma bandeira confederada preservada como que em âmbar dentro do vidro grosso. Tudo corria como planejado.

Ele continuou a murmurar a melodia mesmo depois de escutar uma batida suave na porta. Cindy, sua coordenadora de Assuntos Legislativos, entrou com um sorriso no rosto que ele não via desde que fora eleito, havia quatro anos. Sempre era um prazer vê-la se mover, o traseiro firmemente contido por uma saia nunca abaixo do joelho. Mas agora havia nela uma vivacidade que proporcionava uma dose extra de deleite.

— Vejo que traz boas novas, meu anjo.

— Sim, senhor. Certamente trago.

Eles faziam aqueles joguinhos, o cavalheiro sulista e a jovem recatada, com diálogos à la *E o vento levou*. Mas apenas quando o clima político ou pessoal era clemente.

— Peço à senhorita que diga.

— Devo dizer, senador — começou ela com uma agitação colegial; apesar de Franklin já tê-la visto dezenas de vezes, aquilo ainda enviava uma corrente elétrica para sua virilha —, que a fonte das recentes histórias trágicas da MSNBC foi, qual é a palavra, *revelada*.

— Revelada? Já? O que diabos aconteceu? — O joguinho estava encerrado. Aquilo era importante demais para joguinhos.

— O Daily Kos. Eles revelaram o nome. Parece que um hacker liberal invadiu o sistema da MSNBC e encontrou os e-mails entre o escritório deles em Washington e a fonte. Então divulgou o nome do homem em seu site. O Kos descobriu.

— Você tem certeza de que a Casa Branca não está por trás disso?

— É impossível ter certeza. Mas o Kos afirmou que foi um maluco ultraliberal ultrajado por causa do ataque contra seu amado Baker. Faz sentido.

— E o que descobriram sobre ele?

— O hacker?

— Não! Foda-se o hacker. A fonte.

— Tudo que divulgaram até agora é que ele tem quase 50 anos, é branco e mora em Nova Orleans.

NOVE

WASHINGTON, DC, TERÇA-FEIRA, 21 DE MARÇO, 10H55

— Entre. Darei as informações no carro.

Maggie obedeceu, impressionada com a autoridade daquela mulher, que ainda não chegara aos 30 anos. Maggie a vira na Residência da Casa Branca, vestida como uma babá, jovem e discreta. O nome dela era Zoe Galfano e ela era a chefe da segurança dos filhos de Baker, com responsabilidade especial por Katie.

— É uma mensagem clássica de ameaça — disse Zoe, enquanto Maggie afivelava o cinto de segurança. — Não é exatamente incomum na Casa Branca. Mas esta foi diferente.

— Por ter sido endereçada a Katie?

— Por isso e pelo fato de não ser muito fácil enviar uma mensagem direta para ela. Hackear uma conta do Facebook foi uma solução criativa.

— Foi fácil rastreá-lo?

Zoe se voltou para Maggie com um sorriso.

— Não sabemos se é um homem — declarou Zoe, sorrindo ao fitar Maggie.

— Certo.

— Sem pressuposições. Faz parte do treinamento.

— E toda essa coisa de internet, você também aprendeu isso?

— Sim. Cheguei à conclusão de que nunca teria muitas chances com meus músculos. — Ela flexionou o bíceps. — Então decidi me concentrar em áreas nas quais pudesse competir em condição de igualdade com os homens.

— Sei exatamente do que você está falando — murmurou Maggie, olhando pela janela.

— Fui a primeira da turma em psicologia e ciências da computação.

Elas saíam do Distrito e entravam em Maryland, seguidas por dois agentes a uma distância de dois carros. Era estritamente contrário ao protocolo o envolvimento de funcionários da Casa Branca em assuntos do serviço secreto, mas Goldstein enxergara uma brecha nessa norma:

— A partir de hoje, você não trabalha mais para a Casa Branca. É uma amiga da família. Katie Baker a quer lá, então você estará lá.

Pouco antes de ela entrar no carro da agente Galfano, a identidade da suposta fonte das histórias da MSNBC veio à tona em um blog, embora sem qualquer confirmação oficial da rede de TV. E ainda não havia um nome. Tudo que sabiam era que a fonte era um homem branco de Nova Orleans. A primeira tarefa de Maggie era conferir se o canalha que aterrorizara Katie e o sujeito que vazava informações para a MSNBC eram o mesmo homem.

Zoe estacionou. Estavam em uma rua residencial em Bethesda, tranquila naquela manhã de meio de semana. A agente conferiu o endereço outra vez e olhou de volta para a casa. Número 1.157. Em voz alta, ela confirmou que era a rua certa, o quarteirão certo. A quatro casas dali, uma senhora com cerca de 60 anos estava ajoelhada na grama, aparentemente examinando o caule de uma roseira.

— Precisamos ser discretos — disse a Maggie, então falou no rádio:
— Estão prontos, rapazes?

Maggie não ouviu resposta.

— Espere pela minha ordem, Ray. Eu saio primeiro, caminhando, vocês vêm atrás, a alguns metros de distância. Lembrem-se, sem armas visíveis. Repito, *sem armas visíveis*.

Ela se voltou para Maggie.

— Srta. Costello. É provável que o suspeito esteja armado e seja perigoso. A senhorita entendeu?

Maggie fez que sim.

— Considero a sua presença um grande risco. Mas o Sr. Goldstein insistiu que me acompanhasse o tempo todo, então aqui estamos. Isso significa que a senhorita fará tudo o que eu mandar. Abaixar, correr, deitar no chão. Na mesma hora. Fui clara?

— Sim.

Ela observou Zoe inspecionar a casa outra vez. As cortinas do segundo andar estavam abertas, as persianas do primeiro, entreabertas. O jardim estava bem-cuidado. Não havia carro estacionado em frente à garagem. Uma luz estava acesa no segundo andar. Ela viu a agente tatear a arma, num coldre abaixo da axila.

Zoe voltou a usar o rádio.

— Vamos.

Após o comando, ela abriu a porta do carro e caminhou decidida pela calçada, sem esperar que Maggie a alcançasse. Ela passou pela caixa do correio, abrindo-a com um único movimento ágil: vazia. Olhou sobre o ombro e verificou que a dupla de agentes a acompanhava na calçada, a três metros de distância.

Eles não estavam uniformizados, mas eram inconfundíveis. Se os utilitários pretos com vidros escuros não os traíssem, os ternos pretos e os fios em espiral nos ouvidos certamente o fariam. Zoe disse a Maggie que pensara em solicitar veículos diferentes, mas que isso apenas implicaria mais preenchimento de documentos e explicações. O Sr. Goldstein havia sido claro: a ação deveria ser o mais discreta possível, e sem perda de tempo.

A porta da frente não revelava nada, pois não havia uma placa com um nome. Zoe olhou para os outros agentes, um dos quais conferia a lixeira, em busca de cartas ou envelopes que pudessem trazer um nome. Ele fez que não.

Zoe tocou a campainha, aproximando o ouvido da porta para ouvir possíveis passos. Maggie imaginou um homem dentro da casa, vestindo um roupão, de pernas abertas e com o rosto iluminado de azul pela tela do computador, se masturbando ao admirar os corpos de garotas não muito mais velhas do que Katie Baker.

Sem pressuposições. Foi o que disse Zoe.

A agente bateu na porta com força. Maggie a viu olhar para o relógio, esperar cinco segundos e então assentir para Ray. Sem hesitar, ele lançou os seus cem quilos contra a porta, arrebentando a fechadura na primeira tentativa.

Logo, Zoe entrou, de pernas afastadas, brandindo a arma com as duas mãos. Ray e o parceiro a seguiram; depois era a vez de Maggie. Ela hesitou, então deu um passo à frente, como fez certa vez ao fechar os olhos e saltar da pedra mais alta na praia de Loughshinny: sem pensar no que fazia.

— SERVIÇO SECRETO! — gritou Zoe. — Levante as mãos!

Algo chamou a atenção da agente. Ela se virou e viu uma arcada que dava para o que parecia ser uma cozinha. Um gesto de cabeça para Ray o instruiu a segui-la. Um movimento com a arma instruiu o outro agente, parado na porta da casa, a conferir o segundo andar.

Ela avançou cautelosamente, percebendo uma mudança na luz que vinha da cozinha. Um passo atrás, com o coração batendo acelerado, Maggie também notou a mudança. Alguém se movia ali dentro. Em silêncio, mas se movia.

— Somos agentes do Serviço Secreto dos Estados Unidos! — gritou Zoe outra vez. — Saia com as mãos levantadas.

O primeiro ruído foi um som metálico. Seria uma chave girando na fechadura da porta dos fundos? Será que ele tentava escapar?

Zoe passou pela arcada, com o dedo no gatilho.

— Parado!

Meio segundo depois, viram a fonte tanto da mudança da luz quanto do ruído. A imagem mental formada por Maggie não estava de todo errada. Havia um computador, mas não um homem. Apenas uma máquina solitária sobre a mesa da cozinha, as luzes de um roteador piscando ao lado.

Zoe baixou a arma e foi até a máquina. Constatou que estava ligada porque um cursor piscava na tela. Ela se voltou para Maggie.

— Sinto muito, Srta. Costello, nossa busca parece ter sido em vão. Eu realmente...

Maggie a conteve.

— Olhe...

O cursor se movia, aparentemente por conta própria. Elas o viram cruzar a tela, encontrar o ícone do Word e clicar sobre ele. Um documento em branco foi aberto. E então palavras passaram a se formar na tela, letra a letra, digitadas por dedos invisíveis.

Bem-vindos à minha casa. Desculpem-me por estar fora. Fiquem à vontade. Devo concluir, pela visita, que o seu chefe está disposto a conversar?

DEZ

WASHINGTON, DC, TERÇA-FEIRA, 21 DE MARÇO, 14H26

— Será que as pessoas não vão comentar?
— O quê? Sobre você e eu?
— Sim. Pelo fato de eu estar aqui.
— Algo me diz, Maggie, que as pessoas já concluíram há muito tempo que não há chance de acontecer algo entre nós, você não faz o meu tipo.

Um sorriso se formou no rosto grande e corado de Stuart Goldstein, o primeiro sorriso que Maggie via no que pareciam ser semanas, mas na verdade não passava de 36 horas.

A pedido de Goldstein, ela foi direto ao seu escritório quando voltou da invasão à casa em Maryland. Ele a inserira na lista de visitantes da maldita entrada de turistas, na esquina da Fifteenth Street com a Hamilton Place; ela precisou apresentar o passaporte para ter acesso à Casa Branca.

— Estou falando sério, Stu. Vão desconfiar da gente.
— Maggie, neste momento temos sete senadores solicitando uma comissão independente para investigar o presidente por "supostas ligações financeiras" com Teerã. Todos neste prédio têm mais com que se preocupar do que com a sua situação empregatícia.

Maggie fez com a cabeça uma reverência que significava "você é quem sabe" e voltou ao relatório: o serviço secreto estava executando um rastreamento de urgência no terminal ridículo que descobriram em Bethesda. Até o momento, a localização do servidor se restringia ao sudoeste dos Estados Unidos, mas ainda não havia nada específico.

Eles esperavam que a rede de TV divulgasse o que prometera. Quinze minutos antes, Goldstein recebera a ligação de um contato na MSNBC, informando que estavam para levar ao ar uma entrevista com a fonte das duas histórias recentes sobre Stephen Baker. A identificação parcial na blogosfera possibilitou uma identificação completa uma vez que o poder de investigação coletiva da internet entrou em cena.

A fonte foi identificada como Vic Forbes, de Nova Orleans, Louisiana. Imediatamente, Stu acionou um de seus melhores investigadores: ele sabia que estavam numa corrida tanto com a mídia quanto com os republicanos para descobrir tudo sobre Forbes. E para *defini-lo*. Excêntrico, raivoso, drogado. O que quer que pudesse comprometer sua credibilidade.

— Mas tem uma coisa que eu não entendo — disse Maggie, quando o noticiário passou para a previsão do tempo. — A história do psiquiatra. Como isso não veio à tona antes?

— Ainda não cheguei a uma conclusão a esse respeito, pelo menos não uma que me satisfaça.

— Você acha que os adversários já sabiam a respeito disso e não usaram a informação?

— Sem chance. Adams e Rodriguez jogaram duro nas primárias. E Chester nas eleições gerais. Todos tinham equipes de pesquisa em ação, fuçando sem parar o passado de Baker. E a imprensa trabalhava 24 horas, sete dias por semana.

— E você? Você sabia?

— Ora, vamos, Maggie. Você é a minha irlandesa preferida, mas não posso entrar em detalhes do meu relacionamento pessoal com ele.

— Então você *sabia*.

Goldstein sorriu de forma enigmática, uma expressão acompanhada por um resfôlego, quando a expiração que normalmente teria saído pela boca foi canalizada pelo nariz. Ele estava monumentalmente fora de forma.

— Se eu sabia ou não, pouco importa agora. A questão é como diabos esse tal de Vic Forbes descobriu.

— Talvez ele tenha conversado com o psiquiatra.

— Difícil. Ele morreu há 15 anos.

— Mas deve haver registros. Documentos.

— Não. Nenhum.

— Contas?

— Coloquemos desta forma: seu amigo aqui não nasceu ontem. Estou acostumado às sujeiras mais sujas. Você não é eleito vereador em Nova York a não ser que saiba como arrancar o coração de um sujeito com os dentes. Na primeira campanha de Baker, me certifiquei de que nenhum inimigo desenterraria qualquer surpresa.

— Porque você as desenterrou primeiro.

— Exatamente. Usei a pá eu mesmo. — Ele ergueu as mãos, um esforço que mais uma vez alterou o ritmo de sua respiração. — Então voltei a fazê-lo na campanha para governador.

— Com ajuda profissional dessa vez, aposto.

— Você está certíssima. Contratei dois dos melhores ex-policiais de Seattle para investigarem Stephen Baker como se estivessem determinados a condená-lo por um crime. Para descobrirem tudo. Os caras fuçaram as contas telefônicas, a escritura da casa, os pagamentos da hipoteca, as contas bancárias, o histórico universitário. Hackearam o e-mail dele e grampearam os telefones, até onde eu sei. Falaram com todo mundo, entrevistaram ex-namoradas, garantiram que não havia antigos namorados. Se Stephen Baker um dia mijou numa parede, eles a farejaram. E voltaram a fazê-lo antes de anunciarmos a candidatura à Presidência.

— Antes?

— Ah, sim. Não adiantaria fazer isso depois, não é?

— E eles encontraram alguma coisa?

— Você sabe tudo o que eles descobriram. Assim como o povo americano.

Maggie sorriu ao compreender o que ele dizia.

— É claro. A grande admissão de que fez "experimentações com drogas". Ficar chapado foi reclassificado como um projeto científico. *Experimentação* o caralho.

— Claro, conversa pra boi dormir. Mas funcionou, não funcionou? Depois que se expõe os podres, é preciso definir a si mesmo...

— ... antes que outros te definam. E quanto ao Irã?

— Bem, isso não poderia ter vindo à tona durante a campanha porque ainda não havia acontecido. Foi preciso cavar bem fundo. De alguma forma, Forbes sabia de algo do qual nem mesmo nós estávamos cientes.

— Você não sabia que Jim Hodges era Hossein Najafi?

Goldstein inclinou a cabeça para trás, como que insultado.

— Escute, Maggie. Até mesmo a minha *booba*, que ela descanse em paz, sabia que não se aceita dinheiro da porra do I-rã! É claro que nós não sabíamos.

— Foi uma armação contra nós? Alguém enviou Hodges para nos constranger?

— Talvez. Talvez tenham sido os iranianos. Para fazer Baker ficar com cara de idiota. Mas, neste momento, a única coisa que me incomoda a respeito de Hodges é como Forbes sabia a respeito dele. E sobre o psiquiatra. — Ele olhou para a TV. — Quero saber quem *é esse* canalha.

No final das contas, ela ficou decepcionada. Vic Forbes não se parecia com um monstro ou um vilão estereotipado. Na verdade, o rosto dele, quando olhou direto para a câmera durante uma entrevista ao vivo num estúdio em Nova Orleans, era totalmente inconspícuo. Fino, como a cara de um dos galgos que amigos de seu avô tinham em Dublin. O nariz parecia ter sido espremido, era fino demais. Ele era careca, com um pouco de cabelo grisalho nas têmporas. Maggie estimou que estivesse na casa dos 50, mas era possível que tivesse a mesma aparência desde os 30 anos.

Se precisasse dar um palpite sobre como aquela cena se desenrolaria ela teria imaginado que em algum momento certo constrangimento viria à tona. Talvez "vergonha" fosse pedir demais nos dias de hoje, mas era de se esperar que um homem que manchou a imagem do presidente de forma anônima tivesse ao menos a cortesia de aparentar um desconforto, ou uma inquietude, como não conseguir parar quieto na cadeira.

Entretanto, Forbes estava impassível. Maggie olhava impressionada para a tela à medida que ele rebatia uma série de perguntas, como se fizesse aquilo a vida toda.

Descrevendo a si mesmo como "pesquisador", ele insistiu que não tinha relação com "qualquer partido ou facção", declaração que, para os ouvidos de Maggie ao menos, recendia a soberba.

— Sou um contador de verdades, se preferir — disse. — Tinha nas mãos essa informação, essa verdade, e me sentia culpado por não dividi-la com o povo americano. É uma frase antiquada, mas eu acredito que eles têm o direito de saber a verdade. Eles têm o direito de saber quem o presidente é de fato.

— Mas *como* você teve acesso a ela? — perguntou a entrevistadora.

— O povo americano também tem, sem dúvida, o direito de saber isso, não tem?

Maggie sentiu que fechava os punhos, de forma involuntária. *Vamos*.

— Bem, Natalie — começou ele.

Bom, pensou Maggie. Ele parecia aturdido.

— O que acontece é que... Veja bem, em um mundo ideal...

Maggie olhou para Stuart, tão paralisado quanto ela, esperando testemunhar a queda da máscara de Vic Forbes ao vivo, na TV.

— Vou expor o meu ponto de vista com uma pergunta, Natalie. Você revelaria as suas fontes caso a sua rede houvesse divulgado um furo como esse sem a minha ajuda? É claro que não. — Maggie sentiu-se murchar. — E tampouco alguém lhe exigiria isso. É um princípio básico do jornalismo.

— Sim, mas você não é um jornalista, seu covarde! — Stuart atirou um copo de plástico vazio na TV.

"Quem é esse homem?", a mente de Maggie repetia a frase sem parar.

O telefone de Stuart tocou e ele apertou uma tecla, colocando a chamada em viva-voz.

— Oi, Zoe. O que conseguiu?

Maggie ouvia a voz da agente, firme e formal.

— *Nossas investigações ainda estão apenas no início, Sr. Goldstein.*

— Eu sei disso. E também sei como dados eletrônicos desse tipo são complexos e como as buscas podem durar diversas semanas... — declarou, aumentando o tom. — ... E que é impossível ter certeza, eu sei de tudo isso, Zoe. Mas preciso saber. O. QUE. CONSEGUIU?

O som do manuseio de folhas de papel foi finalmente seguido por uma inspiração.

— *Está bem, Sr. Goldstein. Nossa investigação preliminar...*

— Zoe.

— *Nova Orleans. Acreditamos que o autor da mensagem na página do Facebook de Katie Baker é branco, do sexo masculino, extremamente hábil com tecnologia de computadores e de Nova Orleans, Louisiana, senhor.*

Ele desligou, com um olho em Maggie, outro na TV.

— Então, Stu, é o mesmo cara, certo?

— Confirmado — disse Goldstein, olhando para a tela, analisando o desempenho de Forbes. — Como esse cara pode ser tão bom? Todo esse papo furado de "o povo tem o direito de saber". De onde saiu isso? O sujeito tem aparência péssima; está todo suado. Mas impressiona. É cuidadoso. Parece ser um maldito político.

Sem tirar os olhos da tela, ele pegou o controle remoto e apertou *pause*. (Um gravador digital, que permite que se pause e volte uma transmissão de TV ao vivo, era agora uma ferramenta essencial no meio: significava nunca mais deixar passar uma gafe do inimigo.) Ele voltou e assistiu ao último minuto outra vez.

— O que você está procurando? — perguntou Maggie.

— Não sei — murmurou ele. — Mas saberei quando vir.

Forbes voltava à carga, com mais conversa fiada sobre o seu "dever" de expor os fatos ao povo americano. Ele não podia fazer o papel de juiz e jurado ao mesmo tempo, mas a nação deveria saber que ele falava sério, assim como o presidente.

No entanto, nessa segunda vez Stuart não escutava. Ele *assistia*. E agora percebeu o que vislumbrara de forma tão fugaz. Maggie também. Um movimento dos olhos, ainda voltados para a câmera, mas não mais como se tentasse corresponder o olhar do entrevistador oculto: ele estava, na verdade, fitando a audiência. Mais do que isso, parecia se dirigir a um ouvinte específico.

O presidente deve saber que estou falando sério.

Goldstein apertou *pause* outra vez, congelando Vic Forbes no momento em que ele erguia os olhos, o sinal de que se dirigia especificamente a uma pessoa.

O presidente deve saber que estou falando sério. Muito sério.

ONZE

WASHINGTON, DC, TERÇA-FEIRA, 21 DE MARÇO, 18H15

Pela terceira vez em dois dias, Maggie estava na Residência da Casa Branca. "Talvez eu devesse ser demitida com mais frequência", dissera ela para Stuart. "Parece fazer bem para a carreira."
Era uma reunião de emergência, convocada pelo presidente. Ele não andava de um lado para o outro desta vez; por fora, pelo menos, estava calmo e impassível. Escolhera uma das cadeiras de madeira, que permitia que se sentasse ereto, quando todos seriam forçados a refestelar-se no sofá.
Maggie olhou em volta. Havia cinco convidados presentes: Goldstein, ela, Tara MacDonald, Doug Sanchez e Larry Katzman, o responsável pelas pesquisas de opinião.
— Obrigado por terem vindo — disse Baker com firmeza. — Esta não é uma reunião da Casa Branca, por isso estamos nos encontrando na área residencial. Vocês podem perceber que o meu chefe de gabinete não está presente. Esta é uma discussão entre o meu time de campanha. Velhos amigos. — Ele ensaiou um sorriso. — Alguns de vocês trabalham na Casa Branca. Outros não.
Maggie olhou para os pés.

— Preciso das opiniões de vocês — prosseguiu. — A Presidência está sob forte ataque. Sabíamos que isso aconteceria um dia. Mas não tão cedo. — Ele fez uma pausa. — Stuart, lembre-nos do que sabemos.

— Obrigado, senhor presidente. — Stuart Goldstein pigarreou e moveu o corpo para a ponta do sofá para manter contato visual com todos os presentes.

Ele parecia estar terrivelmente desconfortável. Maggie sempre se compadecia de Stuart em situações casuais. O corpo dele não fora projetado para elas. Ele precisava de um terno e uma cadeira firme, de preferência do outro lado de uma mesa. Vestindo roupas casuais, sentado num sofá, ele estava perdido.

— Vic Forbes, de Nova Orleans, Louisiana, forneceu duas histórias à MSNBC no decurso de pouco mais do que um único ciclo de notícias. Ambas foram calculadas para provocar o máximo de estrago e exigiram enorme habilidade investigativa. Ou informações privilegiadas.

Maggie viu Tara MacDonald mexer-se na cadeira.

— Ele estabeleceu um contato indireto e, ao mesmo tempo, pessoal com a Casa Branca.

Tanto MacDonald quanto Sanchez ficaram atentos.

— Na noite passada, alguém se fazendo passar por uma amiga de Katie Baker enviou uma mensagem para ela via Facebook.

Seguiram-se alguns suspiros de perplexidade. Stuart prosseguiu.

— Essa mensagem assumia a responsabilidade tanto pela primeira história da MSNBC quanto, antecipadamente, pela segunda, que, ele disse, seria divulgada pela manhã, o que de fato aconteceu. E também fazia uma ameaça muito direta e pessoal ao presidente.

Houve uma pausa. Todos os olhos estavam voltados para Baker, que, por fim, falou.

— Conte o que ele disse, Stuart. As palavras exatas.

Goldstein pigarreou. Maggie notou que ele parecia nervoso. Será que não estava acostumado a dirigir-se a grupos pequenos como aquele? Não. Enquanto Maggie o observava, uma leve cor surgiu na face dele, e ela se deu conta de qual era a fonte do desconforto. Ele entrava, mesmo que de forma indireta, em território completamente desconhecido. Falar sobre Katie Baker e a amiga Alexis, discutir o bate-papo no Facebook, forçava Stuart Goldstein — casado com uma colega consultora, mas sem filhos — a penetrar no âmbito da família, de pais e filhas, de adolescentes vulneráveis, um mundo, em suma, completamente remoto do seu.

Ele começou a ler.

— "Tenho mais histórias para contar. A próxima será divulgada amanhã pela manhã. E se isso não estraçalhar aquela cabecinha bonita dele em mil pedaços, prometo para você — a próxima vai. Não tenha dúvida: eu quero destruí-lo."

Tara MacDonald arfou, subitamente assumindo o papel de mãe de quatro filhos, uma matriarca irada e protetora.

— Aquela pobre criança — disse, balançando a cabeça.

Em um instante, a fúria que fervilhava na Casa Branca desde que fora divulgada a história do psiquiatra tinha um foco: a repugnância por aquele homem que não apenas estava determinado a descarrilar a Presidência Baker logo em seu início, como também ousava aproveitar-se de uma criança.

— O serviço secreto rastreou a mensagem até uma casa em Bethesda, Maryland — prosseguiu Stuart. — Eles invadiram o imóvel. O computador estava lá, mas não o dono. A máquina era um terminal operado de forma remota. Por fim, a mensagem foi rastreada até Nova Orleans.

— Então é o mesmo cara? Forbes? — Era Sanchez, com urgência na voz, como se não precisasse de mais nada para vestir o paletó e sair à caça do sujeito.

— Sim.

Os presentes se mexeram discretamente nos assentos, preparando-se para o foco da reunião: o que fazer agora?

Stuart ergueu um dedo gordo.

— Há mais uma coisa. A agente Galfano fez mais algumas sondagens, com base no endereço IP do computador em Nova Orleans. Ela examinou os registros de dados do suposto blogueiro liberal que tão diligentemente hackeou o sistema da MSNBC, leu os e-mails e divulgou a fonte deles.

Um passo à frente, como sempre, Tara MacDonald fez um movimento com a cabeça.

— Não me diga. Nova Orleans.

— Isso. Forbes.

Sanchez assobiou com aparente admiração.

— O cara se desmascarou.

Um ruído parecido com uma porta sendo aberta durante uma tempestade de neve cortou a sala. Qualquer um que o escutasse pela primeira vez ficaria confuso. Mas aqueles veteranos de 18 meses na estrada estavam acostumados ao som dos suspiros de Stuart Goldstein.

— É o que parece — disse ele.

Sanchez franziu a testa, de uma forma que lembrava o adolescente brilhante que ele, sem dúvida, havia sido sete ou oito anos antes.

— Por que ele faria isso?

Foi a vez de Maggie falar.

— Para que o escutássemos. — Todos se voltaram para ela, inclusive, Maggie notou, o presidente. — Ele sabia o que faríamos. Sabia que rastrearíamos a mensagem enviada para Katie. Queria ter certeza de que, uma vez que o tivéssemos encontrado, soubéssemos que não está brincando. Ele *quis* que o identificássemos como a fonte da MSNBC.

Stuart se juntou a ela.

— A primeira regra da chantagem "não basta possuir a mercadoria, o alvo precisa *saber* que você a tem."

Baker decidiu que já ouvira o bastante.

— Obrigado, Stuart. Pessoal, esse é o contexto da decisão que precisamos tomar esta noite. Quem quer começar?

Tara MacDonald não esperou pelo silêncio cortês de costume.

— Quero ter certeza do que exatamente estamos falando aqui. Estamos discutindo a *negociação* com um chantagista?

Nem Baker nem Goldstein disseram nada.

— Porque entraremos em um terreno pantanoso se seguirmos por esse caminho. Quer dizer, será que realmente acreditamos que algo assim permaneceria em segredo? Não falo do que quer que esse sujeito tenha em mãos, mas do fato de *dialogarmos* com ele. Será que realmente acreditamos que isso ficará por baixo dos panos? Hã-hã.

— Isso não dependeria um pouco do que acreditamos que esse cara tenha em mãos? — perguntou Sanchez, mexendo casualmente no relógio.

Maggie sentiu como se o ar tivesse sido sugado para fora da sala. Era preciso admirar a coragem do rapaz, o destemor da juventude e tudo mais. Mas apenas uma pessoa era capaz de responder àquela pergunta, e ninguém queria ser o responsável por fazê-la.

Para o alívio de todos, bateram na porta. Um mordomo que provavelmente tinha 70 anos de idade.

— Senhor, tenho um recado urgente da Assessoria de Imprensa. Para a Sra. MacDonald.

Baker pediu que o empregado entrasse; ele caminhou com passos rígidos e entregou um envelope para Tara. Ela pôs os óculos que estavam sempre pendurados numa corrente no pescoço, e leu rapidamente.

— Forbes acaba de divulgar uma declaração. A maioria das redes de TV está citando apenas trechos, mas, ao que parece, a versão completa foi publicada no Drudge. O texto é o seguinte: "Quero deixar claro que a próxima informação que tenho a respeito de Stephen Baker não tem relação com o financiamento da campanha ou a sua saúde."

Maggie percebeu que prendia a respiração. Assim como todo mundo. MacDonald prosseguiu.

— "Ela diz respeito ao passado de Baker. Um aspecto do passado que chocará muitos americanos. Um aspecto que o presidente não compartilhou com a nação. Que ele não compartilhou nem ao menos com a própria família."

Maggie sentiu um novo clima tomar conta da sala. Era uma sensação de que ela se lembrava vagamente dos anos de adolescência em Dublin. Ela conseguia se ver mais jovem, sentada no sofá ao lado da irmã Liz, encolhendo-se quando uma cena de conteúdo levemente sexual aparecia na TV; o pai levantando-se da cadeira, mexendo no botão do aparelho para trocar de canal. Essa era a sensação que sentia tomar conta dela e, sem dúvida, a mesma experimentada pelos outros: constrangimento. Constrangimento puro, daqueles que esquentam o rosto e nos fazem desviar o olhar.

Que segredo humilhante o presidente teria escondido da própria esposa? Ninguém conseguia encará-lo.

Maggie olhou de relance para Stuart: ele também evitava fitar Baker. Entretanto, ela percebia que o constrangimento de Stuart Goldstein era reforçado por algo que a abalou ainda mais: pânico político.

Quanto mais a Presidência seria capaz de suportar? Ali estava um assassino empenhado, de alguma forma armado com histórias sujas, determinado a destruir Baker. Ele já tinha acertado dois golpes em cheio, e agora, ao que parecia, se preparava para o terceiro. É claro que haveria um quarto. E quinto. A confiança de Vic Forbes, arrogante até mesmo na declaração escrita, sugeria que ele não descansaria até terminar o trabalho. E Baker também não.

Com a voz seca, Tara voltou a falar:

— Há um último parágrafo. "Não tenho intenção de divulgar todos os detalhes hoje. Quero apenas que o povo americano saiba que os tenho. Quero que todos que acompanham essa história, principalmente aqueles que a acompanham de perto, saibam que os tenho."

A audácia era impressionante. Vic Forbes usava uma combinação de televisão ao vivo e internet para chantagear o presidente dos Estados Unidos.

Stuart não deixou que o silêncio se prolongasse.

— Como eu disse, essa é uma tentativa de destruir o presidente. Ideias quanto ao que fazer, pessoal.

Tara MacDonald falou primeiro.

— Sugiro participarmos do programa do Letterman. Vamos à polícia e então à TV. Expomos Forbes pelo que ele é, um criminoso barato e desprezível.

Foi a vez de Larry Katzman, o responsável pelas pesquisas de opinião.

— Temo essa abordagem. A reação inicial pode até ser positiva, mas há grande volatilidade. Quando se vai a público com uma coisa dessas, de certa forma dá-se às pessoas liberdade para...

— Elas podem dizer o que diabos quiserem a seu respeito — acrescentou Sanchez, claramente se esforçando para substituir o palavrão que tinha em mente. — E isso se torna legítimo. Lembrem-se, David Letterman só seria capaz de aceitar algo assim se soubesse o que o chantagista tem em mãos. Se soubesse do que se trata de antemão.

O especialista em opinião pública voltou a falar, encorajado.

— Em outras palavras, a variável crítica é a natureza das... é... alegações, das acusações... — A voz de Katzman pairou no ar, então ele levou a mão ao copo d'água sobre a mesa de centro à sua frente.

Tara MacDonald interviu, talvez, pensou Maggie, em um ato de compaixão, preenchendo o silêncio constrangedor criado pelo desajeitado Katzman.

— Parece que não temos boas opções. Se não dissermos nada, Forbes continuará a nos atacar, a soltar essas bombas. Se tentarmos agir, a bomba explodirá de qualquer forma. Claro que o dedo no detonador, seria nosso e isso ajuda. Mas ainda não sabemos o tipo de estrago que causaria. O que nos deixa com a alternativa de fazer contato e entrar em acordo com esse canalha. E nem quero pensar nisso. Quer dizer, mesmo que conseguíssemos fazê-lo se calar, o que eu duvido, seria possível abafar o caso? É claro que não. Porque não é assim que as coisas acontecem nessa cidade.

Agora foi a vez de Sanchez fazer seus comentários.

— Devo dizer, isso é péssimo. — Quando viu Goldstein franzir a testa numa expressão de dúvida, ele fez um gesto amplo. — Isso. Essa reunião. Apenas imaginem a notícia no programa de Glenn Beck: funcionários da Casa Branca reuniram-se na Residência para discutir possíveis negociações com um...

— Está bem, está bem — interrompeu Stuart. — Já temos uma ideia. Uma série de becos sem saída. Mas nesse momento também não temos certeza de nada. Não sabemos o que Forbes sabe, e precisamos saber. De alguma forma, entre hoje e amanhã, precisamos entrar na cabeça de Vic Forbes. O que quer que ele tenha...

Mas Goldstein não terminou a frase. Stephen Baker, o seguro, firme e imperturbável Stephen Baker, o homem que não deu praticamente um passo em falso sequer durante uma campanha presidencial de dois anos como azarão, que debateu com rivais bem mais experientes sem um único deslize, que nunca perdeu a serenidade, nem mesmo quando a sua participação nas pesquisas era quase inexistente e as contas bancárias estavam no vermelho, finalmente explodiu.

Ele esmurrou a mesa e levantou a voz, algo que a sua equipe nunca vira ou ouvira antes.

— Vic Forbes! VIC FORBES! Não quero voltar o ouvir o nome desse homem! Estão me entendendo? — Ele balançou a cabeça e então, em tom bem mais baixo, murmurou, quase para si mesmo: — Quero que ele suma.

DOZE

WASHINGTON, DC, QUARTA-FEIRA, 22 DE MARÇO, 6H35

Ela estava com Liz na área sombreada dos fundos do jardim. Caminhavam de mãos dadas e Liz a puxava, uma menina de 5 anos impaciente para mostrar à irmã mais velha o que descobrira. Atravessavam a grama mais alta do que elas, que roçava em seus braços. A qualquer segundo, encontrariam o que procuravam. Estava lá, nos fundos do jardim.

Uma sirene alta a despertou do sonho e a fez sentar-se na cama num movimento brusco. O coração batia acelerado. A sirene soou outra vez, mas agora Maggie percebeu que era o celular, sobre o criado-mudo. Ela olhou para o relógio: 6h35.

— Alô.

— Maggie, é Stuart. Acordei você?

— Não, não. — Era uma mentira involuntária. Ninguém em Washington admitia que estava dormindo, nem mesmo às 6h35. Em DC, ajustar o alarme para as 7h era considerado um protesto.

— Desculpe. Mas, enfim, ligue a TV.

— Isso é algum tipo de serviço de despertador diário? Por que eu não me lembro de tê-lo contratado.

— Agora. — Havia algo diferente na voz de Goldstein. Não exatamente pânico, algum tipo de energia maníaca.

Os olhos de Maggie permaneciam fechados, como se ela ainda esperasse ver o que quer que Liz prometera mostrá-la. Ela tateou à procura do controle remoto, derrubando tanto um copo com água quanto o relógio no processo.

— Meu Deus.

— Também foi a minha primeira reação.

— Espere um pouco, ainda não liguei a TV. — Ela inclinou-se para procurar no chão. As mãos tocaram uma camiseta e um par de tênis, além de uma máscara para dormir que ela pegou em um voo na primeira classe.

Por fim, o controle remoto. Ela apontou para a pequena caixa no canto do quarto e esperou que viesse à vida com um brilho. Estava sintonizada na MSNBC: sem sono na noite anterior, ela assistira à reapresentação de um programa de Olbermann.

Ainda estreitando os olhos, ela ficou boquiaberta com o que viu.

— Puta que pariu.

— Concordo plenamente.

Ela não conseguiu dizer nada mais, apesar de saber que Stuart esperava por uma reação imediata. Tudo o que conseguia era olhar para as palavras no rodapé da tela.

Notícia de última hora: Vic Forbes encontrado morto em Nova Orleans.

TREZE

THE CORNER, NATIONAL REVIEW ONLINE, POSTADO EM 22 DE MARÇO, ÀS 7H39:

É cedo demais para especular, os detalhes ainda são imprecisos, blá-blá-blá. (O relato mais completo até o momento parece vir da Associated Press.) Mas basta dizer que sabemos o que os democratas estariam bradando neste momento se tivéssemos um republicano na Casa Branca. Não sabemos? Bem, os conservadores não devem rebaixar-se ao nível deles. Em lugar disso, não devemos fazer nada além de salientar que algumas mortes são mais convenientes do que outras. E, para Stephen Baker, a morte de Vic Forbes é, de fato, muito conveniente.

COMENTÁRIOS DOS LEITORES, TALKING POINTS MEMO, 22 DE MARÇO, POSTADO ÀS 8H01:

Não devemos falar mal dos mortos e eu não quero falar mal de Vic Forbes. Assim como todo mundo em Washington, ao que parece, eu também não conhecia o sujeito, nem ao menos ouvira falar dele até esta semana. Mas estaria mentindo se dissesse que uma grande onda de alívio não me invadiu quando ouvi a notícia há pouco. Não sinto orgulho disso, mas enfim. Quero ser honesto. Em suma: Forbes tentava destruir o presidente eleito deste país e era uma ameaça não apenas a Baker e aos democratas — apesar de certamente tê-lo sido —, mas à Constituição dos Estados Unidos. Com a morte dele, esse perigo claro e imediato à República ficou para trás...

QUATORZE

WASHINGTON, DC, QUARTA-FEIRA, 22 DE MARÇO, 6H37

Maggie continuava com os olhos cravados na tela, que mostrava uma rua residencial em Nova Orleans, ladeada por casas de madeira pintadas em tons claros de verde e azul. Uma delas, em evidência, estava isolada com a fita preta e amarela da polícia. Mesmo dali, as palavras eram visíveis: *Linha Policial Não Atrevesse*.

Ela trocou os canais: a mesma rua, ângulos diferentes. Um repórter falava ao vivo. Maggie ouvia Stuart respirando pesado na linha, esperando que ela falasse alguma coisa. Ela aumentou o volume da TV.

— *... Poucos detalhes até o momento, Tom. O que algumas fontes disseram a esta rede, extraoficialmente, é que as circunstâncias nas quais o Sr. Forbes foi encontrado são...* — declarou o repórter, tentando provocar impacto ao olhar para um bloco de anotações que segurava —*... bizarras*.

— Bizarras? — repetiu Maggie.

— Abra a porta para mim que eu conto.

— Você está aqui?

— O táxi acaba de estacionar.

Agora ela precisava absorver a estranheza tanto do que acabava de ouvir na TV quanto da notícia de que Stuart Goldstein estava em seu prédio. Por mais que tivesse uma afinidade com o colega de trabalho, ela nunca o descreveria como um amigo. Stuart nunca estivera na casa dela, nem ela na dele; nunca atravessaram aquela linha.

— Você está aqui — disse Maggie outra vez, em vão. — Pode me dar cinco minutos?

— Dois.

Sob o edredom, ela vestia apenas uma camiseta masculina: branca, grande e estampada com o nome de um time de basquete israelense. Era de Uri e, apesar de ela nunca tê-la usado quando estavam juntos, tirou-a da gaveta na noite anterior. Maggie cheirou o tecido antes de vesti-lo, apesar de saber que o cheiro dele havia sido lavado há muito tempo.

Ao se apressar para vestir uma calça jeans e procurar um suéter, grata por saber que Stuart demoraria mais do que qualquer um para entrar no prédio e pegar o elevador, ela continuava atenta à história intrigante contada na TV.

— ... *Não podemos divulgar todas as circunstâncias da morte do Sr. Forbes neste momento, Dan, e não só porque algumas das nossas fontes falam apenas extraoficialmente, mas também porque esta é uma rede familiar e ainda é cedo.*

Do que eles estavam falando? O que diabos havia acontecido com Vic Forbes a ponto de impedi-los de dar os detalhes? Na noite anterior, ela e o grupo que elegera Stephen Baker presidente se defrontaram com uma série de obstáculos. Não havia boas opções. Independentemente do caminho que tentassem seguir, Vic Forbes, com aquela cabeça careca e aquele rosto sorridente fino e inexpressivo, estaria bloqueando a passagem.

E agora ele estava morto, retirado do caminho como que num passe de mágica em um momento mais do que oportuno.

Maggie ouviu uma batida na porta e a inconfundível respiração ofegante de Stuart Goldstein do lado de fora. Ela correu os olhos pelo apartamento uma última vez, à procura de possíveis constrangimentos. Com a porta do quarto fechada, o ambiente estava apresentável. Uma das vantagens da jornada de trabalho de Washington: não se ficava em casa tempo o bastante para bagunçá-la.

Ainda assim, num vislumbre fugaz, viu algo que a deixou não exatamente constrangida — não era roupa suja no chão —, mas um tanto envergonhada. Naquele segundo efêmero e penetrante ela analisou o apartamento com os olhos de um estranho.

Viu que era elegante, localizava-se no tão admirado e imponente edifício art déco Kennedy-Warren e era decorado com estilo, com algumas peças que sugeriam um passado de viagens constantes e exóticas. Mas também que, mesmo que sutilmente, era vazio. A olhos vistos, era o lar de um solitário. E, ao passar os olhos pelas folhas murchas de um fícus moribundo, constatou que era o lar também de alguém sem habilidade para cuidar nem mesmo de uma planta.

— Stuart — disse, dando um passo atrás com o meneio exagerado de um mordomo ao convidá-lo a entrar, um gesto teatral pensado para evitar qualquer confusão quanto a cumprimentos, beijo no rosto ou aperto de mãos. Nunca passara por aquilo no trabalho ou na campanha. Entretanto, nunca haviam visitado a casa um do outro.

Maggie seguiu direto para a cozinha para preparar café, apesar de Stuart ter dito que não precisava.

— Bebi tanto café que estou suando. — Dava para ver que ele estava de pé havia horas. Quando Forbes morrera? Há quanto tempo Stu sabia? Maggie pressionou o pó no filtro: Goldstein podia não precisar daquilo, mas ela sem dúvida precisava.

Ele entrou na cozinha, impaciente para ir direto ao assunto, puxou uma cadeira da pequena mesa e acomodou-se. Pelo olhar fixo de Stuart, Maggie entendeu que devia fazer o mesmo.

Com os rostos separados por apenas alguns centímetros, as palavras transbordaram.

— Forbes foi encontrado enforcado no quarto, em sua casa em Nova Orleans.

Ela já sabia daquilo.

— Sim...

Stuart abaixou a voz.

— Ele vestia lingerie. Meias, cinta-liga, o pacote completo. E estava com uma laranja enfiada na boca.

— Com o quê?

— Um pedaço de laranja. Ao que parece, é usado para mascarar o gosto de nitrato de amila. É amargo, então você morde uma laranja.

— Isso é algum tipo de brincadeira?

— Eu pareço estar brincando?

— Ele vestia meias femininas?

— Sim. Ainda não é oficial, mas é o que a polícia está dizendo.

— Meu Deus. — Maggie se levantou irrequieta.

— A polícia disse que não é tão incomum quanto se pensa. Casais se estrangulam para aumentar o prazer. Caras sozinhos se enforcam. Privar o cérebro de oxigênio dá barato. "Asfixia autoerótica", é como chamam.

— Eu posso ter estudado numa escola católica, mas não sou uma freira. Eu sei o que é isso. — A expressão no rosto de Goldstein a levou a se explicar rapidamente. — Quer dizer, *ouvi falar*. Meu Deus. — Houve uma pausa. — E para que mesmo serve a laranja?

— Mascarar o gosto do nitrato de amila. Que, aparentemente, aumenta ainda mais o prazer. — Ele deu de ombros, um gesto que dizia *o que eu posso saber sobre essas coisas?* — Uma teoria é de que Forbes estaria comemorando o sucesso de seu pequeno projeto. Fazer contato com o presidente, ser entrevistado por canais de TV a cabo. Ao que parece, ele ficou excitado.

— É isso o que a polícia está dizendo?

— Não. Tudo o que eles sabem é que Forbes ganhou notoriedade nos noticiários nas últimas 48 horas como fonte de duas histórias danosas ao presidente. Lembre-se, ninguém sabe o que nós sabemos. Você tem cereal?

— O quê?

— Cereal matinal.

Maggie passou para ele uma caixa de Cheerios. Imediatamente, Goldstein enterrou a mão nela e levou um punhado generoso à boca.

Nenhum dos dois verbalizou a impressão que, Maggie sabia, todos compartilhavam na Casa Branca — inclusive ela. Numa situação comum, ela teria resistido, sabendo que, como funcionária da Casa Branca, era desaconselhável confessar aquela sensação até mesmo para um colega, pelo temor de que se espalhasse. Mas que se dane. Agora ela era Maggie Costello, cidadã independente. Podia dizer o que bem entendesse.

— Mas isso resolve um problema, não é verdade, Stu?

— Eu temia que você dissesse isso.

— Temia? Por quê?

— Porque se você está dizendo, muitos outros também estarão. Na verdade, já começaram.

— O que você quer dizer?

— Blogs. Radicais, principalmente. Mas sempre é assim que começa. Pelas beiradas, então se espalha para o centro.

— Estão dizendo que Baker teve alguma relação com a morte?

Goldstein levou a mão ao bolso interno do paletó extragrande e pegou o iPhone. Alguns toques na tela, seguidos por um ou dois movimentos laterais, e ele começou a ler.

— "Foi Napoleão quem disse que não queria generais corajosos ou brilhantes, mas sortudos. Parece que Stephen Baker é um dos generais sortudos da vida. No exato instante em que estava no precipício, olhando para o abismo, adivinhem o que acontece? Isso mesmo: o sujeito que ia empurrá-lo para o vazio amanhece morto em Nova Orleans. Ame-o ou odeie-o, não há como negar que esse presidente tem alguém por aí que gosta dele. Mas, como diz o ditado, cada um faz a própria sorte..."

— E daí?

— Qual é, Maggie. "Cada um faz a própria sorte"? Nós sabemos qual é o resultado disso. — O telefone de Goldstein vibrou. Ele olhou para a tela, então ergueu o aparelho para que Maggie visse a tela. — Outro.

Maggie deu um passo à frente e se inclinou para enxergar a tela. Um e-mail de Doug Sanchez. Sem texto, trazia apenas o trecho de uma reportagem publicada em outro site de política, não exatamente popular, mas conhecido. A manchete: *"A Presidência de Baker se transforma em O poderoso chefão: principal inimigo agora descansa em paz."*

Goldstein soltou o peso do corpo no encosto da cadeira, um modesto modelo de cozinha da Crate & Barrel que travava uma batalha praticamente perdida para suportá-lo.

— Eu diria que estamos a 24 horas de uma acusação direta de assassinato.

Maggie não disse nada. Ela entendeu perfeitamente: Stuart tinha razão de esperar aquela reação à morte de Forbes e de querer antecipar-se a ela. Ele não demonstrava nem um pouco o alívio que a dominou no instante em que viu a notícia. Pelo contrário, parecia tão perturbado quanto no momento em que Forbes acessou o Facebook de Katie Baker, anunciando a intenção de destruir o presidente.

Ela serviu-se de um pouco de café e voltou à mesa.

— Tínhamos sete senadores pedindo um conselho independente *antes* de isso vir à tona. Agora não será apenas o cretino do Rick Franklin falando em um promotor especial, escreva o que eu digo — disse Goldstein com amargura. Ele levou outro punhado de Cheerios à boca.

— Entendo.

— Tudo se trata de contexto. A política é isso, Maggie. *Contexto.* Normalmente, os únicos que dariam a mínima por Vic Forbes ter sido encontrado enforcado com o pau na mão seriam lunáticos da direita que acreditam que o Federal Reserve faz parte de um complô europeu para destruir os Estados Unidos. Mas, há dois dias, entramos em um contexto diferente.

— Graças a Forbes.

— Ironicamente, sim. Graças a ele, quem costumava confiar no presidente agora não confia mais. Acredita que Baker pode ser louco e que está na folha de pagamento dos aiatolás. Então agora essas pessoas estarão prontas para acreditar que ele é capaz...

— ... de assassinato.

— Você ouviu o que ele disse ontem à noite — declarou olhando para ela com firmeza.

Maggie hesitou. É claro que ela ouvira o que Stephen Baker tinha dito na noite anterior, mas tomara a decisão instantânea, agora percebia, de deletar aquilo da memória.

— Preciso lembrá-la?

— Você não precisa me lembrar — disso Maggie, quase sussurrou.

— "Quero que ele suma", foi o que ele disse.

— Eu ouvi.

— Bem, se você ouviu, então todos os presentes naquela sala também ouviram.

— Meu Deus, Stuart, você acha que alguém do time vai deixar isso vazar? — A simples menção àquela palavra, "time", evocava uma sensação agridoce de nostalgia. O pessoal da Casa Branca era conhecido como "a equipe", mas o grupo de veteranos da campanha sempre foi conhecido como "o time", e ainda era assim que viam uns aos outros. Ela podia ter sido dispensada da primeira, mas sempre faria parte do segundo. Magnus Longley não podia tirar-lhe isso.

— Vejo dois cenários possíveis, Maggie, e ambos cheiram a merda. O primeiro cenário, e admito que fede ainda mais do que o outro, é que alguém diga ao seu melhor amigo do *Times* algo como "você não vai acreditar no que o presidente disse..."

— Ninguém faria isso.

— Não deliberadamente. No calor de uma conversa, de um bate-papo informal. Você sabe como é DC: as pessoas falam. É inevitável.

— Então você não devia ter reunido o time. Não se não confia neles.

— Se dependesse de mim, Maggie, eles não teriam sido chamados.

Ao ouvir aquilo, Maggie não resistiu a erguer uma sobrancelha. Stuart Goldstein costumava ter a disciplina de um cortesão Tudor, respeitava zelosamente o protocolo da responsabilidade coletiva: ele defenderia qualquer decisão do rei como se fosse sua. Maggie nunca o escutara verbalizar um desentendimento entre ele e Stephen Baker, ao menos não um em que sua opinião não beneficiasse o presidente, oferecido como uma prova autodepreciativa do poder de julgamento sobrenatural do homem para quem trabalhavam. ("Eu disse a ele, você não precisa comparecer pessoalmente. Faça isso por telefone. Mas ele insistiu. E quer saber? Ele estava certo.")

Mas aquilo era diferente. E, apesar de não chegar a ser uma crítica severa, Maggie viu o comentário como um sinal de choque entre as placas tectônicas, de que a crise era real.

— Se isso acontecer, Maggie, se a declaração feita algumas horas antes de Forbes ser encontrado morto vazar, então... — A voz falhou, como se o pensamento fosse terrível demais para ser dito em voz alta.

— E qual é o outro cenário?

— Que ninguém vaze a informação. Mas que os assessores mais graduados do presidente, seus conselheiros da maior confiança, façam o que você fez: guardem o comentário em algum recôndito do cérebro, de onde nunca sairá. Com o tempo eles pensarão: "Aquilo foi estranho. Baker disse que queria que Forbes sumisse e então, abracadabra, Forbes aparece morto na manhã seguinte."

— Mas se eles não disserem nada...

— Ainda é um desastre! — Stuart esmurrou a mesa. O semblante geralmente bem-humorado, semelhante ao de um gnomo, havia desaparecido, transformado pela aflição ou pela raiva, Maggie não sabia qual. — Maggie, você sabe qual é a duração de um mandato presidencial? Em dias? — Ele não esperou pela resposta. — São 1.460 dias. Você sabe quantos já tivemos? Sessenta e um. Apenas isso. Você pode imaginar se ele for forçado a se arrastar por malditos

1.400 dias sem a confiança dos assessores mais graduados? Se eles pensarem o que você pensou, no momento em que ouviu a notícia agora há pouco?

Maggie olhou para o café, relutante em travar contato visual com Stuart, principalmente por não poder negar o que acabara de dizer.

— Precisamos saber a verdade, Maggie. Tudo. É a única forma de refutarmos todas essas mentiras e teorias de conspiração que estão se formando e espalhando nesse exato momento. — Ele gesticulou para o iPhone, como se o aparelho carregasse um vírus letal que crescia a cada segundo. — Precisamos chegar aos fatos, Maggie. Toda a história. Caso contrário, a presidência de Stephen Baker afundará.

Maggie sustentou o olhar de Goldstein e, em um novo tom, enérgico e prático, passou a fazer as perguntas que precisavam ser respondidas.

— Primeiro, você precisa saber se foi suicídio. Depois, se Forbes atuava sozinho.

— Isso lhe parece ser o trabalho de um atirador solitário, Maggie? Pense na escala da operação. A profundidade das pesquisas. O domínio sobre o funcionamento da mídia. O computador operado remotamente em Maryland, a partir de Nova Orleans. Tudo isso exigiria tempo e dinheiro. Recursos.

— Então você precisa saber se ele fazia parte de uma equipe. Se fazia, a ameaça ainda está lá fora.

— Exato. Quem são eles? Isso é jogo sujo dos republicanos? De estrangeiros? De alguém em quem não pensamos?

— E qual era esse segredo bombástico que ele estava prestes a divulgar?

Stuart apontou o dedo para Maggie, um gesto teatral que ela aprendera a amar: ele o empregava durante discussões e explanações, um sinal de que ela fizera a pergunta precisa ou levantara o argumento central.

— Isso. Qual era o segredo? O que exatamente eles sabem a respeito de Stephen Baker a ponto de convencer Forbes a chantagear o presidente dos Estados Unidos?

E, pensou Maggie, o que poderia ter levado o presidente dos Estados Unidos a cogitar ceder. Por que isso, certamente, era o que estava por trás da reunião da noite anterior: Baker não os reuniria se não cogitasse de fato ceder às exigências de Forbes.

A mente dela disparava entre múltiplas perguntas, e cada uma levava a dezenas de outras, formando um labirinto vasto e complexo que ela era perfeitamente capaz de visualizar. Uma Árvore de Decisão, era o nome dado pelos gurus da administração, a descrição de uma pergunta que se ramificava em dois galhos — sim e não —, que por sua vez se ramificavam repetidamente. É bem provável que a maioria das pessoas fique atônita ao ver algo parecido, mas Maggie se deleitava com a complexidade do método. As negociações diplomáticas que dominaram sua vida profissional recentemente funcionavam da mesma forma: era preciso considerar os caminhos que cada parte poderia seguir e os possíveis desvios e atalhos, dedicando atenção permanente aos becos sem saída. No entanto, antes de tudo isso, havia uma grande bifurcação na estrada.

— Você tem muito trabalho a fazer — disse.

— O que quer dizer com "você"? "Nós", Maggie. Eu, você e Stephen Baker.

— Preciso lembrá-lo outra vez, Stuart? Eu fui demitida.

— E eu preciso lembrá-la de que já disse que isso é uma vantagem? Distanciamento. Além disso, se fizer isso por ele, não há possibilidade de o presidente não trazê-la de volta. Ele quer que você cuide daquela história da África. — Goldstein pegou outro punhado de cereal.

Maggie o observou mastigar, olhando para ela, à espera de uma resposta. Ela se deu conta de que sentia uma pontada de decepção com o último comentário, com a insinuação de que a recuperação do emprego no governo seria um atrativo para fisgá-la. Se fosse ajudar, não seria por esse motivo. Seria por acreditar em Stephen Baker, por acreditar no que ele tentava fazer, por acreditar nele, na verdade, desde aquela primeira viagem de carro pelas vastidões desertas de Iowa. Ela não podia ficar sentada e assistir a presidência dele ser destruída por uma campanha de golpes baixos baratos. Havia muito em jogo.

— Está bem — disse por fim. — É melhor você ir andando. Preciso sair agora.

— Para onde você vai?

— Para onde você acha? Não vou conseguir respostas aqui, Stu. Vou para Nova Orleans.

QUINZE

Troca de e-mails interceptada pela Agência de Segurança Nacional, em Fort Mead, Maryland. Supostamente uma declaração divulgada por um importante líder do jihadismo radical, de paradeiro desconhecido.

Sou testemunha de que não há outro Deus senão Alá e de que Maomé é o Seu mensageiro.

O líder internacional dos infiéis tem um novo rosto, mas o coração putrefato continua o mesmo. Eles tentam nos enganar e ludibriar, mas a nossa nação, o mundo islâmico, é antiga e sábia e não há de ser ludibriada. Baker permanece o mesmo infiel, o mesmo covarde, mesmo que tente abanar o rabo em vez de mostrar os dentes.

Mas nem todos os muçulmanos são sábios como deveriam. Alguns se esquecem de como os Estados Unidos abusaram do povo e dos lugares sagrados do Islã por décadas, de como, com fogo do norte ao sul, do leste ao oeste, esse *shaitan* massacrou os nossos filhos. Tais muçulmanos insensatos desejam tocar a mão de Baker, por acreditarem que ele a estende em nome da paz.

Isso feriu a nossa causa. Os nossos inimigos alardeiam que perdemos apoio, que nossos adeptos diminuem. Profiro essas poucas palavras aos guerreiros do Islã: estamos em uma nova luta para manter a fé de cada muçulmano, para evitar que irmãos e irmãs ingênuos sejam iludidos pelo sorriso e pelas palavras de mel do impostor Baker.

Que Deus encontre uma forma de derrubar este homem, para que os muçulmanos sejam capazes de novamente ver a verdadeira face dos Estados Unidos.

Deus é grande e odeia confusões. Que a paz e a piedade de Deus recaiam sobre vós.

DEZESSEIS

NOVA ORLEANS, QUARTA-FEIRA, 22 DE MARÇO, 18H15 CST

Os outdoors da interestadual 10 diziam que ela estava em um novo país, um universo distante do recato reservado da capital. Um promovia uma feira de armas, o seguinte, uma nova casa noturna cujo slogan fez Maggie sorrir: *Dez belas garotas e uma feia!*

— Essa é a primeira vez da senhora em N'Awlins? — perguntou o taxista com o típico sotaque local.

Maggie fez que sim, sem desejar entabular uma conversa com o sujeito: ela queria continuar a olhar pela janela. Precisava pensar.

— É uma pena — respondeu ele, ignorando as tentativas de indiferença da passageira. — A senhora devia ter vindo aqui antes do Katrina..Não é mais o mesmo lugar.

Maggie se rendeu.

— O senhor ficou aqui o tempo todo?

— Fiquei até ver a água subir tanto que inundou a minha igreja. Fui para Atlanta. Mas a minha mãe se recusou a partir. Ela acabou como um daqueles corpos que a senhora viu no jornal da noite. Boiando.

— Oh, meu Deus. Sinto muito.

— Não há do que se desculpar. A senhora não é o governo. A culpa não é sua. A senhora está fazendo a coisa certa, vindo para cá. Precisamos de todos os visitantes que conseguirmos.

Ela pediu que o taxista a levasse ao Quarteirão Francês, para ficar o mais próxima possível de Forbes. Também era um disfarce seguro. Podia bancar uma turista de Dublin ingênua demais para conhecer qualquer outro lugar para se hospedar. Ou podia ser uma jornalista.

Foi a mensagem melancólica da secretária eletrônica de Nick du Caines, o dissoluto correspondente em Nova York de um amado, apesar de decadente, jornal dominical britânico, que lhe deu a ideia. Ela escutara o bastante das histórias de Nick para saber que ele tratava a credencial de imprensa como se fosse um bilhete mágico, que garantia admissão a todos os brinquedos do parque. Se fosse possível acreditar em Nick, não havia pessoa ou lugar ao qual um jornalista não tivesse acesso.

Se fosse possível acreditar em Nick. Parte do charme dele, caso não se levasse em conta o desastre que era a sua vida pessoal e a aparência castigada por três décadas de "experimentação" com vodka, uísque e todo tipo de droga — legal e ilegal — já produzida pela indústria farmacêutica, era a zona cinza que ele habitava quando o assunto era a verdade. Ou *la veracité*, como a chamava, recorrendo ao sotaque francês caricato sempre que desejava abordar um assunto que podia ser delicado. ("Mags, está tarde, você está linda, estou cheio de *ardeur*, então que tal um pouquinho de *liaison*, *dangereuse* ou nem tanto?")

Maggie tentou entrar em contato com ele assim que decidiu ir para Nova Orleans. Enquanto arrumava a mala às pressas, ligou para o celular de Nick pelo menos três vezes. Era inútil telefonar para o escritório: ele o alugara para o correspondente de uma TV dinamarquesa — "Fica entre nós, se não se importa, Mags. Londres não ficaria nem um pouco satisfeita" — por preferir trabalhar em casa. Apesar disso, Maggie suspeitava ser um eufemismo risível: pelo que ela sabia, Nick du Caines não tocava no trabalho durante a semana. Ao invés, mergulhava em um estado febril que chegava ao auge na sexta-feira, quando varava a noite despejando milhares de palavras, martelando o teclado até o amanhecer de sábado — cumprindo, no limite, o prazo de entrega das reportagens, meio-dia em Londres.

Portanto, o paradeiro do augusto correspondente naquela hora de uma manhã de meio de semana era imprevisível. Apesar de uma boa aposta ser a cama de alguma solitária expatriada europeia — a esposa do embaixador da Bélgica, talvez, ou aquela kosovar de olhos pretos que trabalhou como intérprete para Du Caines durante a guerra nos Bálcãs e, de repente, apareceu ao lado dele em DC anos depois.

Não teve sorte a caminho do Aeroporto Reagan, mas o celular dele deu sinal de vida quando ela chegou ao Aeroporto Internacional Louis Armstrong: o telefone estava ocupado. Enquanto o táxi percorria ruas de nomes improváveis como Abundance, Cupid e Desire, ela finalmente conseguiu.

— Mags! Minha camarada sumida! O que diabos está acontecendo na Casa Branca? Parece que o lugar está desmoronando. Acabo de saber do seu indesejado *au revoir*. Parece-me que você saiu bem a tempo. Mas que canalhas por demitirem você. Ou "dispensá-la", como os cretinos do RH sem dúvida chamariam. Há algo em que o seu tio Nick possa ajudar?

— Bem, na verdade...

— Talvez uma pequena entrevista para o jornal, colocando os pingos nos is? Você sabe, "O Novo Macarthismo que custou a Baker a sua melhor diplomata", esse tipo de coisa. Adoro histórias do "Novo Macarthismo": a versão dos jornais elitistas para "o politicamente correto endoidou de vez". Mas pode ser difícil conseguir espaço essa semana, já que...

— Nick...

— Ainda assim, qualquer porto em uma tempestade. As coisas estão terríveis nos jornais, ameaçado por um maldito...

— Nick!

O taxista se virou, incomodado. Maggie apontou para o telefone e murmurou um pedido de desculpas. Certa de que agora teria o silêncio de Nick, ela abaixou o tom de voz.

— Nick, preciso de uma coisa.

— Você não imagina há quanto tempo espero ouvir essas palavras, Mags, meu amor. Devo aparecer às oito? Ou agora mesmo? Amo as tardes.

— Não é isso, Nick. Preciso de algumas dicas.

— Sim.

— Sobre ser uma jornalista. Ainda não posso revelar muito, mas prometo que quando puder, você será o primeiro.

— Uma matéria?

— Sim.

— Que Deus abençoe o seu coraçãozinho irlandês. O que você precisa saber?

Nos dez minutos seguintes, Nick du Caines transmitiu os elementos fundamentais de um curso relâmpago sobre a magia negra do jornalismo. Eles concordaram que ela seria Liz Costello do *Irish Times*: se alguém fosse desconfiado o bastante para pesquisá-la no Google, "uma prática abominável, mas cada vez mais comum hoje em dia", lamentou Nick, ao menos encontraria alguma coisa. O fato de a repórter fictícia Costello assinar matérias espirituosas sobre a vida noturna de Dublin seria um problema, todavia, algo fácil de contornar.

— Diga que está comparando as noites das duas cidades para uma matéria do jornal — aconselhou Nick, que então teve outra ideia. — Diga que está escrevendo para o caderno de turismo: uma matéria pós-Katrina, "Volte a Nova Orleans". Eles ficarão tão gratos que não se importarão por você não ter uma credencial.

— E por que eu não tenho uma credencial?

— Diga que foi roubada. Isso fará com que se tornem ainda mais desesperados para receber seu amor.

— Eles não pedirão os detalhes? Uma queixa de roubo?

— Bom argumento. Diga que aconteceu em DC. Você já entrou com o pedido para receber uma credencial nova. Enquanto isso, se tiverem qualquer dúvida, peça que entrem em contato com o seu editor em Washington, um certo Nicholas du Caines.

— E se procurarem você no Google?

— Nunca fazem isso. O nome é complicado demais. E lembre-se, você não tem um tema, mas uma pauta. Não é uma reportagem, é uma *matéria*. E não salve nada no computador. Certa vez o meu laptop foi esmagado pela Harley de um motoqueiro cabeludo: perdi uma matéria de 3 mil palavras sobre os novos Hell's Angels. Aqueles pendrives também são uma merda. Salve tudo na internet, Mags. Na rede, sempre ao seu alcance. — Ele suspirou. — Nova Orleans, hein? Será uma loucura.

Nick a alertou de que a cidade estaria infestada de jornalistas depois da morte de Forbes.

— Eu mesmo estaria aí se a editoria internacional não estivesse mais quebrada do que eu.

Ela deveria ir para o hotel onde todos os jornalistas estariam hospedados. Sempre havia um, explicou Nick. Ele prometeu que, no segundo que desligasse, telefonaria para um amigo do *Telegraph* e descobriria o nome. Dois minutos depois, o BlackBerry vibrou: *O Monteleone. Exija um quarto que não dê para a rua. O barulho é insuportável à noite.*

Assim que desceu do táxi, Maggie foi dominada por um cheiro que a fez pensar em uma combinação de África e Washington em agosto: o odor subtropical de umidade e decomposição com um toque de doçura. Ela olhou em volta, imediatamente surpresa com a abundância que parecia transbordar de todas as varandas em estilo parisiense: buganvílias de um roxo vibrante ou trepadeiras de verde intenso. O lugar parecia exalar fertilidade, ébria e estonteante.

Ainda era cedo, mas Nick a orientou a ir até o bar, de qualquer forma: graças à diferença de fuso horário, os jornalistas europeus já teriam cumprido os prazos àquela altura. Até mesmo os "malditos sites deles" estariam dormindo.

"Eles são melhores, de qualquer forma", dissera Nick. "Bem mais acessíveis do que os nossos taciturnos colegas americanos, a maioria só toma água mineral a noite toda."

O Carousel Bar era o tipo de lugar que normalmente espantaria Maggie: pelo amor de Deus, ele tinha um tema, o circo, que culminava com um carrossel giratório ricamente decorado no centro do salão. Mas também havia retratos em preto e branco de antigos frequentadores, entre os quais Tennessee Williams, Truman Capote e William Faulkner, o que de certa forma a levou a perdoar os excessos.

Ela olhou para um grupo — cinco homens e uma mulher — sentado a uma mesa de canto. Por experiência própria imaginou que era a imprensa estrangeira; e ela estava certa. Um homem que bebericava um drinque de aparência abominável atendia à risca a descrição feita por Nick de seu amigo do *Telegraph*: cabelos aloirados, desajeitado, ansioso.

— Tim? — perguntou ela, levando o sujeito a ficar de pé, simultaneamente colocando a taça sobre a mesa e estendendo a mão. No rosto dele, Maggie viu a expressão com a qual estava acostumada desde os 18 anos, um olhar que nem mesmo os homens mais sofisticados conseguiam evitar totalmente, que incluía tanto uma avaliação de fração de segundo quanto um veredito positivo. Ela estava amarrotada depois do voo e exausta em função dos dois últimos dias. Mas o olhar de Tim, do *Telegraph*, provavelmente dez anos mais novo do que ela, comprovava que seus atrativos aos 18 anos ainda não haviam sumido totalmente.

— Furacão? — propôs, erguendo a taça com um sorriso. — O coquetel preferido no pós-Katrina, ao que parece.

Lembrando-se da primeira lição do curso de jornalismo para iniciantes de Nick du Caines, Maggie insistiu que pagaria aquela rodada, então foi até o bar para pedir Furacões para todos. Ao fazê-lo, notou um homem em uma mesa de canto, sozinho. Um sujeito de cabelos pretos e rosto fino, mais velho do que os outros, que tinha um laptop aberto à sua frente e falava em voz baixa ao celular. Também seria um jornalista?

Quando Maggie voltou à mesa, Tim já havia fornecido as informações aos colegas: ela era Liz do *Irish Times*, uma amiga de Nick e, portanto, bem-vinda.

— Tudo o que temos até o momento, Srta. Costello — explicou Francesco do *Corriere della Sera*, um homem calvo que se aproximava dos 50, mas que, apesar disso, exalava um glamour de correspondente internacional, a começar pelo surrado jaleco de fotógrafo, repleto de bolsos —, é a declaração divulgada hoje pela polícia de que "não procuram por ninguém" que tenha relação com a morte de Forbes.

— O que significa que o caso é tratado como suicídio — acrescentou Tim agudamente.

— E o que achamos disso? — disse Maggie, dando um pequeno gole no coquetel. Aversivamente doce, a bebida a fez sentir ânsia de vômito: como alguém podia preferir aquilo a uma dose de Jameson estava além da sua compreensão.

— Não podiam chegar a outra conclusão — disse Francesco. — Não havia sinal de arrombamento — acrescentou ele, enumerando as opções com os dedos para dar ênfase às palavras. — Não havia impressões digitais além das de Forbes. E aquilo é uma forma conhecida de... como se diz? *Fetiche*.

— O legista deve classificar o ocorrido como morte acidental — concluiu a mulher, cujo sotaque soava como do sudoeste da Inglaterra para Maggie, mas que, aparentemente, era a correspondente do *Der Spiegel* em Nova York. Assim como os outros, ela entrou no avião assim que a morte de Forbes foi anunciada: uma vez que estavam em Nova Orleans desde a hora do almoço, já eram oficialmente especialistas. — Só seria suicídio se Forbes tivesse tirado a própria vida de forma intencional.

— Ao que parece — disse Tim, voltando-se para Maggie, abaixando a voz, como se esperasse transformar a conversa em grupo em algo mais íntimo —, o nosso Sr. Forbes ficou tão excitado com o sucesso da investida contra o presidente que quis comemorar, por assim dizer.

— E acreditamos que Forbes era praticante dessa história de autoasfixia?

— Ah, sim. Ele era um *gasper*. — Tim sorriu, satisfeito consigo mesmo.

— Um *gasper*?

— Essa é a palavra que eles usam, pelo que me disseram, para definir quem tem tara por ser sufocado. — Ao ver Francesco fazer menção de juntar-se à conversa, Tim decidiu falar mais, para manter a atenção exclusiva de Maggie. — Recebemos uma matéria do nosso correspondente médico que diz que Forbes se encaixa perfeitamente no perfil. Homem de meia-idade, apreciador de riscos e emoções fortes, solitário.

— Sabemos de tudo isso, certo?

— E não se esqueça do fator Nova Orleans.

— Como assim?

— N'Awlins! — disse, tentando imitar o sotaque do sul. — A Big Easy, a Big Sleazy. E ele morava perto da Bourbon Street, pelo amor de Deus. Forbes vivia bem no centro desta cidade do pecado. O sujeito tinha todas as qualificações necessárias.

— Será isso que o *Telegraph* dirá amanhã?

— Será isso o que *eu* direi. Não posso garantir nada quanto aos malditos editoriais. O editor *despreza* Baker, acha que ele é algum tipo de socialista desvairado. Orientou a editoria internacional a pedir que eu escrevesse "As dez pistas que sugerem que Forbes foi assassinado". O cara lê blogs demais.

— Essa seria uma matéria e tanto, não seria? — perguntou Maggie, antes de perceber que a jornalista do *Der Spiegel* a encarava. Estaria com ciúmes? Será que Maggie se intrometera entre ela e Tim?

— Eu não a conheço de algum lugar?

— Duvido muito. A não ser que costume frequentar as casas noturnas às margens do Liffey. — Maggie percebeu a mudança no próprio sotaque, que voltava a se parecer com o irlandês.

— Não, você definitivamente me parece familiar — insistiu, mantendo o inglês polido, com pronúncia impecável. Contudo a entonação alemã ficou mais audível. — Você já saiu em alguma revista?

— Não sou modelo, se é isso que quer dizer. — Maggie percebeu Francesco e Tim sorrindo e se divertindo. Não gostou do rumo que a conversa estava tomando. — Na verdade, ouço muito isso. Tenho um daqueles rostos. Costumam dizer que eu me pareço com tanta gente.

— Deve ser isso então.

Maggie sorriu com o que esperava ser simpatia, mas conseguiu apenas uma reação fria da alemã. Ela olhou para a pilha de BlackBerrys e iPhones sobre a mesa: com duas ou três buscas do nome Costello na internet, aquela mulher a desmascararia.

O telefone de Francesco tocou e, por sorte, o clima foi quebrado. Aproveitando a chance, Tim se voltou para ela e sugeriu que saíssem para comer alguma coisa.

— Podemos comparar as nossas anotações sobre a história, se você quiser. Mas, obviamente, apenas se achar que possa ser útil.

Maggie se lembrou de outra das regras de Nick: é melhor caçar em bando, especialmente se você for um novato. Ela precisava da companhia de alguém, então que fosse um homem interessado.

Ela ficou de pé, aceitando os cumprimentos da mesa pela rodada, incluindo um obrigado silencioso de Francesco, e acompanhou Tim até a porta. Ao sair, olhou mais uma vez para o sujeito de rosto fino, e percebeu que ele a fitava fixamente.

Eles desceram a Iberville Street, ouvindo frases de jazz que flutuavam como fumaça de cigarro de todas as portas. Por fim chegaram à Acme Oyster House: Maggie pediu ostras grelhadas, tão frescas que a fizeram estremecer, Tim, lagostins cozidos em molho apimentado.

Durante a refeição, ela ouviu educadamente Tim do Telegraph contar sua história de vida: Eton, Oxford, então direto para Cabul como correspondente, onde causou forte impressão na editoria internacional e conquistou a condição de protegido do novo editor e, por fim, a transferência para Washington. O pai, um general aposentado; a vida, de privilégios ininterruptos. Maggie assentiu e riu nos momentos certos, e balançou a cabeça ocasionalmente para exibir os cabelos soltos, um gesto que tendia a ser recebido com uma reação quase pavloviana pelos homens heterossexuais.

Depois do jantar eles caminharam pela Bourbon Street, continuando a trocar especulações sobre o caso Forbes e observando universitários saindo de diversos bares. Forbes era do Sul? Era nativo de Nova Orleans? Se não, chegara à cidade antes ou depois do Katrina?

— Não podemos ir até lá? — disse Maggie de súbito.

— Para onde? — respondeu Tim, buscando com os olhos o que havia chamado a atenção de Maggie.

— A casa. A casa de Forbes.

— Foi lacrada pela polícia, Liz. Cena de crime e tudo mais. Está proibida à imprensa.

— Não quis dizer entrarmos na casa. Quero apenas vê-la de fora.

Tim, que já visitara a residência mais cedo, ficou mais do que satisfeito por fazer as vezes de guia. Eles seguiram alguns quarteirões a leste, entraram à esquerda e então seguiram em meio aos antiquários, restaurantes e hotéis da Royal Street, até finalmente chegarem à arborizada e residencial Spain Street.

As casas eram de madeira e decentes, pintadas em tons pastéis, mas pequenas, algumas com apenas um andar e sem as balaustradas ornamentadas de ferro fundido que faziam do Quarteirão Francês uma região tão sedutora quanto uma Paris subtropical. E sugeriam que Forbes não era nem de longe rico.

— Ali está — disse Tim, gesticulando à frente. A varanda e os três degraus de acesso estavam isolados com fita policial preta e amarela, algumas vans com antenas para transmissão via satélite estavam estacionadas nas proximidades.

Maggie olhou para a casa, tentando imaginar a vida do último morador. Quem ele foi e o que queria. Foi então que notou uma movimentação. Um policial se aproximava e, atrás dele, o que parecia ser um colega vestindo roupas civis. Ela se voltou para Tim.

— Aquele não é... — Mas o jornalista estava um pouco distante, conversando com um técnico ao lado da van de uma das redes de TV, perguntando se havia alguma novidade.

Maggie olhou outra vez. Era ele: o homem de rosto fino do bar do Monteleone, agora sendo conduzido à casa de Vic Forbes, um lugar vedado à imprensa. E ainda assim ele estivera em meio aos jornalistas, no hotel frequentado por eles. O que estava acontecendo?

Tim estava outra vez ao seu lado e Maggie não disse nada. Ela rabiscou algumas linhas em um bloco de anotações, então concordou em caminharem juntos de volta ao Monteleone. Eles entraram outra vez na Royal Street, repleta de pedestres e lojas ainda abertas ao ar inebriante da noite. Ao passarem por uma vitrine com velas perfumadas e diversas máscaras góticas para o Mardi Gras, Tim enveredou por uma longa história sobre o clube de críquete que criara em Nova York, dando a Maggie uma chance para parar de escutar e pensar.

A explicação mais simples para o que acabara de ver era que o homem era na verdade um policial vestindo roupas civis, que estivera mais cedo no Monteleone à paisana. Mas por quê? Certamente não espionava os jornalistas: o que conseguiria com isso?

Eles chegaram ao hotel e Maggie concordou, com relutância, em voltar ao Carousel Bar, onde a mesa dos correspondentes internacionais continuava movimentada, mas com um elenco um pouco diferente. Desta vez ela pediu uísque.

Vinte minutos depois, o cara de rosto fino estava de volta. Novamente ocupou uma mesa sozinho e sacou o laptop como se retomasse o trabalho.

Maggie pediu licença para deixar a mesa e, sem um plano definido, seguiu direto até o homem.

— Com licença — começou, esperando chamar a atenção do sujeito.

— O que é? — disse ele. Americano, com sotaque mais carregado do que ela esperava. Não do Sul, estava mais para Nova Jersey.

— Quem é você?

— Direi se você me disser. — Ele sorriu, mostrando dentes feios.

— Meu nome é Liz Costello. *Irish Times*.

— Lewis Rigby. *National Enquirer*. Frila.

Não era o que ela esperava.

— O tabloide de supermercado?

— É, o tabloide de supermercado que publicou o maior furo político do ano passado, obrigado.

— O filho bastardo de Mark Chester? Foram vocês?

— Não eu pessoalmente. Mas sim. Quer sentar?

Maggie puxou uma cadeira, montando uma nova estratégia à luz daquela informação.

— Então — disse, com voz cordial agora. — Você está aqui trabalhando na história de Forbes?

Ele sorriu, passando a língua levemente pelos lábios, cheio de expectativa.

— Pode apostar.

— Certo — disse Maggie lentamente. — Acontece que acabo de receber a informação de que, hoje mais cedo, um repórter do *Enquirer* subornou um policial de Nova Orleans para ter acesso à cena do crime. Não me pareceu o tipo de expediente ao qual o *Philadelphia Enquirer* recorreria, então deve ter sido você. Você sabe que isso é crime em todos os cinquenta estados, com penas pesadas.

O homem ficou lívido.

— É. Minha fonte tem provas. — O blefe era o truque mais antigo do negociador. Depois de anos de experiência, Maggie sabia que era possível fisgar até mesmo os interlocutores mais astutos.

— Meu Deus do céu.

— Não se preocupe. Não vou dar com a língua nos dentes. Nem para a polícia, nem para o *Enquirer*.

— Não vai?

— Todos temos um trabalho a fazer.

O homem soltou um longo suspiro e Maggie prosseguiu:

— Contanto que você compartilhe comigo tudo o que conseguiu.

— Você só pode estar brincando. Sem chance que o *Nat*...

— *National Enquirer* estará disposto a enfrentar uma acusação de corrupção?. Sério demais. E é por isso que você vai pegar o telefone, ligar para o seu amigo e providenciar outra visita à casa. Comigo como parceira.

O sujeito precisou de cinco segundos para processar o que escutara.

— Mas sem fotografias, certo? Serão exclusivas. Senão estou ferrado.

— Fechado.

O homem continuava com a testa franzida.

— Como posso ter certeza de que você não vai levar as informações para outro lugar?

— Você não terá certeza. — Maggie sorriu. — Mas não tem muita escolha.

Ele assentiu abatido.

— Então — disse Maggie, gesticulando para que saíssem do bar. — Quando faremos isso?

— Só há um momento em que *podemos* fazer isso. Ele só estará de serviço hoje à noite. Temos que ir agora.

DEZESSETE

NOVA ORLEANS, QUARTA-FEIRA, 22 DE MARÇO, 23H03 CST

As vans das redes de TV ainda estavam lá, mas, segundo Rigby, uma pertencia a um canal local e, portanto, estaria fora do ar àquela hora, enquanto a outra era de um canal japonês: não havia nada com que se preocuparem. No dia anterior, mais de vinte vans haviam permanecido no local. O Departamento de Polícia de Nova Orleans batia na mesma tecla, repetindo a declaração de que não havia qualquer suspeito da morte de Victor Forbes, de que as circunstâncias bizarras de seu falecimento apenas reforçavam a teoria de que ele provocara a própria morte, mas, se isso acontecera de forma deliberada ou não, era algo difícil de determinar e talvez nunca fosse esclarecido.

A mensagem parecia ter sido compreendida. Maggie ligou a TV no instante em que chegou ao quarto depois de fazer o check-in no hotel. Ao zapear os canais, ela detectou uma mudança imediata de tom. É verdade que a Fox e os lunáticos ainda bradavam assassinato, mas as vozes mais influentes estavam mais calmas. "Uma tragédia pessoal para o Sr. Forbes parece ter trazido um fim ao que ameaçava ser uma calamidade política para o presidente Baker", afirmou um jornalista seriíssimo de 20 e tantos anos do *The New Republic*.

Rigby insistiu em esperar do outro lado da rua, oculto nas sombras, onde não seria visto. Por fim, o policial que Maggie vira mais cedo — negro, pelo menos 1,85m de altura — apareceu. Rigby saiu para encontrá-lo. Ele gesticulou com a cabeça na direção de Maggie e disse uma única e relutante palavra, "colega". O policial deu de ombros, como que dizendo "e eu com isso?"

Em silêncio, ele os conduziu sob a fita e pelos degraus. Sem lançar olhares furtivos sobre o ombro, ele agia como se aquele fosse um procedimento policial corriqueiro. Qualquer um que os observasse concluiria que se tratava de um policial dando acesso a uma cena de crime a, digamos, dois detetives.

Uma vez dentro da casa, com a porta fechada, ele estendeu um par de luvas de borracha para cada um, tirados de uma caixa. Ele também fez o mesmo e depois acendeu as luzes.

— Vocês conhecem as regras, mas vou repeti-las. Não mexam em nada, não levem nada. Vocês têm cinco minutos, no máximo.

Maggie correu os olhos pela sala, tentando absorver o máximo de informação possível. Piso de madeira. Pouquíssimos móveis. Pinturas nas paredes: reproduções mais adequadas para um quarto do Holiday Inn do que uma galeria de arte. Sobre uma mesa de centro, dois livros grandes: fotografias aéreas da Terra e um atlas. Não havia fotos. Não parecia ser o lar de alguém, lembrava mais uma casa que se aluga mobiliada. A sensação era de vazio.

— É assim que estava, policial? — perguntou Maggie. — Ou vocês levaram alguma coisa?

O policial se voltou, o corpanzil parecia preencher a sala. Sério, ele parecia ofendido, mais pela ideia de ser forçado a falar do que pela pergunta.

— Nada foi tirado dessa área, até onde eu sei. Alguns itens foram levados do quarto pela perícia. — Ele concluiu com um olhar duro. — Sem mais perguntas.

Rigby já tinha percorrido o primeiro andar e pisava no primeiro degrau de uma escada em espiral que levava ao quarto, aparentemente grato por vistoriar a residência uma segunda vez, mesmo que tivesse desembolsado mais algumas centenas de dólares por isso.

Maggie o seguiu, lançando um olhar para a copa/cozinha, que ficava em um canto da sala de estar; não havia paredes dividindo os dois cômodos. Não havia nada sobre a bancada. Ela abriu o forno: ao que parecia, nunca fora usado.

Ela começava a ficar para trás, ouvia os passos de Rigby pelo teto. Sem dúvida, ele estava no local onde foi encontrado o corpo de Forbes.

Maggie avançou pela escada de ferro fundido e chegou a um pequeno patamar que dava para três cômodos: banheiro, quarto e um pequeno gabinete.

Ela lembrou outra dica de Nick du Caines. "O primeiro lugar investigado pelos jornalistas que traçam perfis é o banheiro", dissera ele durante a aula relâmpago. "A mina de ouro está lá. Peça para ir ao banheiro e então confira o armário de remédios. Viagra? Você pode sair feliz da vida e fazer ao entrevistado perguntas incisivas sobre impotência. Rogaine? Ótimo, principalmente quando se questiona um ator. Mas o grande prêmio mesmo é o Xanax. Ou Prozac. Ou lítio. A sorte grande. Você pode fazer a sua cara mais compungida e perguntar se os rumores são verdadeiros: 'O senhor vem fazendo tratamento para depressão?' Tiro certeiro."

Maggie entrou apressada, notou a cortina de boxe mais limpa que já vira na vida e abriu o armário: vazio, a não ser por um tubo de pasta de dente e uma lata de espuma para barbear. Nada de pincel ou aparelho de barbear.

Do outro lado do patamar, ela via Rigby parado no centro do quarto, ao que parecia fotografando todas as superfícies não registradas na primeira visita.

Ela olhou para o pequeno gabinete. Ainda da porta, era possível ver que, ao contrário do térreo, o lugar era atulhado. Em um canto havia uma mesa de vidro, quase toda ocupada por um monitor enorme. A tela era ladeada por outras duas, em ângulos opostos. Ao se aproximar, ela viu prateleiras com o que pareciam ser os brinquedos de um adolescente: um helicóptero de controle remoto em uma, duas miniaturas de carros em outra. Apenas alguns segundos depois percebeu que carregavam microcâmeras.

Maggie olhou para o quarto, ansiosa para não perder tempo: o policial encerraria a visita a qualquer momento e ela precisava ver tudo. Ela olhou sob a mesa e viu uma cortina de cabos soltos no vazio, conectados a nada. Então eram apenas os monitores sobre a mesa; a polícia devia ter levado as máquinas.

Ela ouviu um rangido, o som de Rigby deixando o quarto.

— Serei rápida — disse Maggie, ao passar por ele no patamar.

— Eu me concentraria na viga perto da janela — disse Rigby, numa demonstração de prestatividade. — Foi lá que aconteceu — acrescentou, imitando o formato de um laço com as mãos. Então seguiu, com a câmera em punho, para o escritório.

Ela entrou, preparando-se emocionalmente. Mas não havia necessidade. Aquele quarto era tão desprovido de alma e vazio quanto o primeiro andar. Tinha uma cama, uma mesa de cabeceira, um armário antiquado, mas nenhuma fotografia.

Mesmo sabendo que era inútil, ela puxou a gaveta da mesa de cabeceira: vazia. Qualquer objeto que pudesse lançar luz sobre Vic Forbes fora removido pela polícia. O que Maggie acreditava ser um primeiro passo crucial — não um salto extraordinário, mas um começo — estava se tornando um beco sem saída.

Uma voz alta veio da escada. Era o policial.

— Precisamos deixar o recinto nos próximos noventa segundos.

Foi então que ela ouviu.

O primeiro som veio logo depois do ultimato do policial, e Maggie acreditou que, de alguma forma, estivesse ligado a ele: talvez fosse um alarme acionado pelo sujeito ou uma arma de choque sendo aquecida.

Mas, quando o segundo zumbido soou, ela percebeu que vinha de perto. De dentro do quarto.

Deixando a cautela de lado, Maggie abriu o armário com um movimento brusco. Encontrou uma fileira de ternos: a maioria cinza, alguns azul-escuros. Ela afastou os cabides e correu os olhos pelas peças, que não revelaram absolutamente nada. (Não havia, ela percebeu, qualquer vestido ou peça de lingerie. Provavelmente foram levadas pela polícia.)

Ela se virou. Olhou primeiro para a cama e então para a viga onde Rigby disse que Forbes foi encontrado enforcado. Nada.

Ela se agachou e olhou sob o armário. Apalpou o vão escuro furiosamente, à procura de qualquer coisa que explicasse o zumbido. Então se levantou e ficou na ponta dos pés para inspecionar a prateleira mais alta, mais uma vez usando o tato para fazer a busca. Nada.

De repente, ouviu o som outra vez, um zumbido baixo, que durou não mais do que dois segundos.

Ela tateou o próprio bolso, em busca do celular. Sacou o aparelho, mas sabia que era inútil: o BlackBerry estava configurado para tocar, não vibrar.

— Vamos — disse Rigby. — Estamos de saída.

O armário ainda estava aberto, formando uma barreira entre eles, evitando que o jornalista visse as mãos de Maggie. E foram as mãos que se deram conta do que demorou tanto tempo a chegar ao cérebro consciente. Elas passaram a vasculhar os bolsos dos ternos, um a um, até que, por fim, dentro de uma peça com cheiro diferente das demais, elas encontraram o que procuravam.

Voltando-se para o repórter do *Enquirer*, ela deu o que acreditava ser o seu mais ingênuo e encantador sorriso enquanto fechava a porta do armário com uma das mãos e, com a outra, pegava o pequeno aparelho. Não ousou nem mesmo olhá-lo, e guardou-o no próprio bolso.

DEZOITO

WASHINGTON, DC, QUARTA-FEIRA, 22 DE MARÇO, 22H15

— Então agora a decisão é sua.
— Eu sei.
— Seus colegas já disseram que terá apoio total da bancada republicana no Congresso.
— Eles *disseram* isso. Você sabe o quanto valem acordos meramente verbais nesta cidade.
— Sei, senhor. Eles não valem o papel no qual são escritos.

Aquela palavra alcançou o objetivo, como ela sabia muito bem. *Senhor*. Dita daquela forma, doce e coquete. Ele sentiu uma excitação na virilha. A brincadeira rotineira com Cindy sempre o excitava, mas ela desempenhava o papel com mais habilidade do que nunca naquela noite, a beldade sulista recatada mas atrevida, com uma sugestão de malícia sob a aparência cortês. Era preciso apenas que o chamasse de "senhor" com aquele sotaque refinado de Charleston para que fosse transportado ao século XIX: ele era o mestre da casa e ela se curvava para submeter-se à sua vontade...

Ele olhou para o relógio: 22h15. Precisaria ser rápido. Mas, ainda assim, queria discutir a situação uma última vez.

— Para que isso funcione, Cindy, a história de Forbes é crucial. São apenas os lunáticos agora, mas precisamos fazer com que a base *acredite*. Diga outra vez. O que Rush tem dito?

— Que o povo americano tem o direito de fazer perguntas. Não mais do que isso.

— Beck?

— Bom. Ele entrevistou um especialista em casos de assassinato disfarçados para parecerem suicídio.

— Então você acha que isso pode pegar? Se eu der este passo, nosso pessoal precisa ter certeza absoluta de que Stephen Baker providenciou a morte de Vic Forbes.

Com graça, Cindy se virou, dando a ele a chance de admirá-la de costas, e se curvou para pegar um documento na pasta — demorando um pouco mais do que o necessário.

— Não temos muitos aliados por lá, não depois... — Ela fez uma pausa, relutando em dizer a palavra que causara tanto prejuízo aos republicanos. — Depois do Katrina. O governador Tett é nosso, obviamente, mas ele está cercado por democratas. Principalmente em Nova Orleans.

— Jornalistas?

— A boa notícia é que o *National Enquirer* está fuçando por lá.

— Essa *é* uma boa notícia.

— Se houver o que encontrar, eles encontrarão.

Ele olhou pela janela, contemplando a amplitude de luzes cintilantes que era a capital americana. Observou o lento tremeluzir vermelho no topo do Monumento a Washington.

— Você percebe a gravidade disso, não percebe, Cindy?

— Sim.

— Esse é o golpe final. O míssil balístico. Se agirmos corretamente, Baker estará acabado.

— E o senhor, senador, estará apenas começando — declarou, com um movimento coquete e sensual dos cílios, para sinalizar a volta da personagem. — Bata em mim com força se eu estiver errada.

Estava feito. O rompante de luxúria era forte demais para resistir. O senador Rick Franklin olhou de relance para o retrato sobre a mesa, a fotografia em que ele e os quatro filhos sorriam felizes para a câmera enquanto a esposa, de um casamento de 18 anos, o fitava com adoração: o retrato Nancy Reagan, como aquela pose era conhecida na indústria do marketing político. Ele deitou o porta-retratos, para que ficasse com a face voltada para a madeira, bem ao lado da discreta estatueta que recebeu quando agraciado com o título de "Herói da Família Americana" pela Coalizão Cristã.

Ele olhou para o relógio. Se fossem rápidos, haveria tempo.

— Agora, Cindy, vou seguir as regras desta casa e administrar a punição que você merece. Mas, primeiro, a porta do gabinete está trancada, como de costume?

— Está sim, senhor.

— Segundo, você está usando a lingerie que sabe tentar o seu mestre?

— Aquela que o senhor chama de "tapa-olho"?

— Isso.

— Sim, senhor. Tenho vergonha de dizer que sim.

Eles já tinham prática o bastante, o senador e a assessora, de modo que podiam levar a cabo todo o ritual — até o clímax (dele) — em uma questão de minutos.

Assim que terminaram, ele sentiu-se pronto para dar o passo que sabia ser definitivo para a sua carreira e que poderia muito bem mudar o curso da história americana. Ele fechou a braguilha, afivelou o cinto e fez um gesto com a cabeça para que Cindy, que arrumava a meia-calça, permanecesse na sala.

Ele discou o número que a assessora colocou na sua frente, o primeiro ato de uma sequência que nunca precisara seguir antes; ouviu a telefonista e deu-se conta, com uma carga de adrenalina, da importância do que estava prestes a fazer.

— Aqui é o senador Rick Franklin. Preciso falar com o presidente dos Estados Unidos.

DEZENOVE

NOVA ORLEANS, QUARTA-FEIRA, 22 DE MARÇO, 23H45 CST

O aparelho que encontrara queimava e parecia fazer um buraco no bolso de Maggie há quase uma hora. Lewis Rigby insistira que fizessem as pazes com um drinque. Sem ressentimentos e tudo mais.

Durante toda a conversa, apesar de não desviar os olhos, Maggie não escutou uma palavra do que o jornalista amarfanhado dizia. Em lugar disso, todas as forças de seu cérebro estavam concentradas nas pontas dos dedos, ao girar repetidamente no bolso o objeto roubado do terno de Forbes.

Era arredondado e plano, um disco; e ainda assim zumbira. Era fino demais para ser um celular, mesmo um aparelho ultramoderno. Não havia botões, tampouco um flip que pudesse ocultá-los. Um momento de pânico a dominou, e torceu para Rigby não notá-lo enquanto fingia estar fascinada pela história sobre como ele grampeou o celular do ex-prefeito de Atlanta no exato momento em que o político telefonava para um número de telessexo gay.

E se ela estivesse apenas parcialmente certa? E se o zumbido tivesse vindo, de fato, do armário e dos ternos, mas ela tivesse pescado do bolso errado? E se houvesse tido a chance de pegar o celular de Vic Forbes e, em vez disso, tivesse saído com um brinquedinho qualquer ou o que quer que aquela porcaria fosse?

Voltaram finalmente ao Monteleone, onde ela inventou uma desculpa para subir, mas não sem antes topar com um Tim cabisbaixo, que gentilmente perguntou se a dor de cabeça havia passado.

— A minha o quê?

— Sua dor de cabeça.

Deus do céu, ela havia se esquecido completamente da desculpa para deixar o bar, na esperança de que Tim não visse Rigby a aguardando do lado de fora.

— Ah, sim. Completamente. Obrigada por perguntar.

— Então você gostaria de um último drinque, talvez?

Ela conferiu o relógio: já passava da meia-noite.

— Você sabe que eu tive um longo dia, Tim. O voo e tudo mais. Você me odiaria se eu fosse deitar mais cedo?

É claro que não, ele insistiu, as palavras transbordando a solicitude atenciosa de um cavalheiro inglês, apesar de os olhos indagarem se — já que estava indo para a cama — ela não gostaria de um pouco de companhia.

Quando entrou no quarto, depois de desvencilhar-se de Tim e fechar a porta, ela enfiou a mão no bolso e tirou o objeto. Que droga, não passava de um pager eletrônico, do tipo que indica aos clientes em restaurantes quando uma mesa está livre. Era do maldito "Midnight Lounge, em South Claiborne Street".

Ela o atirou na cama, convencida de que fizera uma burrada fatal. O que diabos ela estava fazendo ali? Ela era uma analista de relações internacionais, uma diplomata, e lá estava, farejando naquelas bandas, fingindo ser jornalista, brincando de Sherlock Holmes. E era péssima nisso. Em algum lugar naquela casa — naquele *armário* — estava o BlackBerry de Forbes, transbordando de informações que responderiam a cada uma das perguntas que salvariam Baker, e ela se confundira, deixando escapar a lâmpada mágica e pegando a colher de pau no seu lugar. Ela poderia amaldiçoar...

Lá estava ele outra vez. O zumbido. O pager estava zumbindo. Ela o pegou e fitou atentamente. Por fim sorriu. Então aquilo era isso. Maggie não via um daqueles há anos. Não era exatamente o tipo de lugar onde costumava jantar nos últimos tempos. Não era a cara de Washington.

Mas talvez espeluncas como o Midnight Lounge em Nova Orleans ainda entregassem um pager aos clientes enquanto eles esperavam por uma mesa. O freguês toma uma bebida no bar; quando o pager zumbir, ele pode se sentar. Como a polícia podia ter deixado aquilo passar? Talvez o aparelho só tenha começado a vibrar tarde da noite, quando o Midnight Lounge reabriu as portas.

E se ainda estava vibrando, se as pilhas ainda funcionavam, isso não sugeria que Forbes o pegara recentemente, talvez até *muito* recentemente?

Maggie olhou para a cama, com a oferta sedutora de descanso depois de um dia exaustivo que já tinha 18 longas horas de duração, e então de volta para o pager.

Ela não fazia ideia da explicação que daria sobre a milagrosa volta de energia se topasse com Tim do Telegraph, mas esperava conseguir evitá-lo. Decidida, ela desceu as escadas, saiu do hotel e parou um táxi.

— Midnight Lounge, na South Claiborne Street, por favor. O mais rápido possível.

Na pressa, ela não notou um sujeito observando-a do outro lado da rua. O mesmo que a vira chegar do aeroporto, sair com o jornalista britânico e então voltar com outro homem — branco, oitenta quilos, 1,80m de altura — até a residência de Forbes. Tampouco percebeu o estranho fazer sinal para outro táxi, de modo a segui-la pela noite de Nova Orleans.

VINTE

WASHINGTON, DC, QUARTA-FEIRA, 22 DE MARÇO, 22H55

Enquanto Stuart Goldstein seguia para a Residência — um pulo para a maioria dos funcionários da Casa Branca, mas não para Stuart, cuja última lembrança de ter dado um pulo coincidia com a administração Ford —, ele concluiu que Stephen Baker não era como a maioria dos homens.

Mas é claro, ele já sabia disso. Sempre soube, desde que o conheceu havia quase vinte anos em Nova Orleans, numa conferência para as estrelas em ascensão no firmamento democrata. Naquela época, Baker era o novato no qual todos deveriam ficar de olho no noroeste do Pacífico; ele construía uma carreira como advogado em Seattle e entusiasmava os liberais-democratas com pose de hippie pela forma destemida como defendia até mesmo o mais pobre dos pobres-diabos.

Baker chamou de imediato a atenção de Goldstein. Boa pinta, articulado e inteligente, ele também tinha a qualidade mais rara em um político: coragem. Enfrentara batalhas contra forças poderosas do estado, figurões que jovens ambiciosos na faixa dos 20 anos se desdobrariam para beijar a mão. E de alguma forma o fez sem que passassem a odiá-lo. O rapaz saíra da faculdade havia apenas alguns anos e já o consideravam um adversário digno de respeito. As diretorias de grandes corporações, os lobistas, a indústria madeireira: todos amavam o seu perfil: o filho de um lenhador que chegara à faculdade caminhando com suas botas cem por cento americanas. Quando o assunto era o jovem Stephen Baker, tinham uma única pergunta: o que fazer para que ele venha trabalhar para nós?

Mas, naquele tempo, depois do primeiro almoço juntos no Metropolitan Grill em Seattle, quando os dois descobriram que tinham afinidade intelectual, política e tática, Stu Goldstein ficou com um vago senso de insatisfação. Era uma sensação que, naqueles velhos tempos, costumava incomodá-lo: faltava alguma coisa, alguma camada que ele não conseguira atravessar.

Mesmo depois de se lançarem juntos na primeira campanha malsucedida e, mais tarde, no primeiro sucesso — com todas aquelas horas na estrada, apenas os dois na perua castigada de Baker, com o candidato ao volante, pois Goldstein nunca aprendera a dirigir —, não foi diferente. A esposa brincava às vezes, dizia que Goldstein passava mais tempo com Baker do que com ela. E era verdade. E talvez também fosse verdade que ninguém conhecia Stephen Baker melhor do que ele. Mas ainda assim, ele diria, havia uma parte de Baker que ninguém conhecia de verdade.

Até recentemente, quando isso deixou de incomodá-lo. Ele desistira de pensar a respeito quando se lançaram na campanha para governador. Baker era, ele decidira, simplesmente diferente dos outros. É possível conhecer a maioria compartilhando uma cerveja; duas, no caso dos mais complicados. Mas Baker era talhado em outro tipo de madeira. E por isso era possível se passar 18 horas por dia na estrada com ele, dividindo os mesmos quartos de hotel durante a campanha, e ainda assim não conhecê-lo de verdade. E foi por isso que um dia ele se tornou o presidente dos Estados Unidos.

Então não era de surpreender que Goldstein não soubesse o que esperar daquela conversa tão tarde da noite que estava prestes a ocorrer.

Ele recebera a ligação convocando-o à Residência, mas de uma telefonista, então não havia como avaliar o estado de espírito.

Será que Baker estaria tão ansioso — e também tão incapaz de disfarçar seus sentimentos quanto na noite anterior, quando disse que queria Vic Forbes morto? Será que o encontraria andando de um lado para o outro, que ele exigiria saber o que diabos Goldstein estava fazendo para salvar a sua pele, que pediria detalhes a respeito do que Maggie Costello descobrira em Nova Orleans? Será que estaria irritado com o aumento dos rumores dos programas mais ousados do rádio e da TV a cabo, com insinuações sobre a esquisita conveniência da morte de Vic Forbes?

Ou estaria aliviado pelo simples fato de Forbes estar de fato "morto"? Será que ele sentiria, como o próprio Stu sentiu em diversos momentos durante o dia, que se Forbes levou mesmo o segredo radioativo para o túmulo não havia desafio político ou nenhuma tensão que não fossem capazes de suportar e por fim repelir?

Como constatou, a reação do presidente parecia se encaixar na segunda categoria. Ele falou mais sobre o estado de espírito da primeira-dama do que dele mesmo. Disse que Kimberley estava, muito francamente, grata por saber que o bandido que ousou aproveitar-se de Katie nunca mais os incomodaria.

— E o senhor? O que pensa a esse respeito?

— Eu penso, Stuart, que um problema que estava consumindo tempo demais da Casa Branca, pelo qual, devo acrescentar, culpo a mim mesmo e não a você, não precisa mais nos incomodar.

— É um alívio, não é?

— Sim, é um alívio. — Ele se permitiu um sorriso. Não o sorriso largo de um milhão de watts conhecido no mundo todo, mas um sorriso que iluminava apenas a sala, e não toda a região metropolitana.

— Essas histórias estavam me dando dor de cabeça. E não parecia haver qualquer solução simples.

— A não ser a que caiu no seu colo.

— Não tenho certeza se colocaria dessa forma, Stuart.

— Não. É claro que não.

Houve uma pausa. Em seu silêncio, Goldstein lembrou a si mesmo que, apesar de compartilharem uma história, Baker pertencia agora a outra esfera, o que o impedia de falar como um amigo, mesmo que quisesse. Entretanto, ele não podia sair sem antes fazer a pergunta.

— Senhor presidente, há algo, qualquer coisa que eu deva saber a respeito de Vic Forbes e da morte dele?

— O que você quer dizer, Stuart?

— Quero dizer se há algo que eu deva ter conhecimento sobre esses eventos. Algo que me permitiria, err... cuidar desse processo? — Ele usava evasivas para não expressar abertamente o que pensava.

— Stuart, você me conhece há muito tempo. Em toda a minha carreira política, você teve conhecimento de todo o caminho que segui. Você seguiu por quase todos; que diabo, você seguiu por *todos*. Comigo.

— Para que eu faça o meu trabalho...

— Stuart, você sabe tudo o que há para saber.

O tom era resoluto. O presidente pegou os papéis que tinha ao seu lado, um gesto que sinalizava o fim da reunião. Goldstein começou a fazer o esforço titânico necessário para se levantar do sofá.

— Antes que você vá, Stu: esta manhã me peguei lembrando de uma regra de ouro de Goldstein.

— E qual é, senhor?

— Nunca esqueça a base.

— Se eu disse isso, deve ser verdade.

— Precisamos mobilizá-los. Temos inimigos aí fora, preparando as armas para a batalha. Essa história do Irã será muito difícil para nós. Precisamos dos nossos amigos com os cavalos arreados.

— O que o senhor tem em mente?

— Um esforço de aproximação. Muito discreto, neste estágio. Mas precisamos descobrir uma forma de fazer com que continuem a dialogar conosco e nós com eles.

— Por exemplo?

— Nada espalhafatoso, nada que pareça defensivo. Apenas conseguir que políticos centrais dialoguem com as suas bases. Pôr Heller em contato com os judeus, Williams em algumas estações de rádio negras.

— O vice-presidente tem se dedicado totalmente ao processo de Helsinque, mas se...

— Eu sei. Apenas algo para promover uma aproximação. Como eu disse, nada exagerado. Mas é melhor estarmos prontos. Obrigado, Stu.

Ele acabava de chegar à porta quando o telefone tocou. A linha privativa.

Baker consultou o relógio e franziu a testa ao olhar para Goldstein. Quem estaria ligando, quem seria transferido a uma hora daquelas? Algum líder estrangeiro solicitando ajuda urgente? Ele tirou o fone do gancho, sinalizando em silêncio para Stuart ficar.

— Sim. Boa noite, senador.

Goldstein fez uma careta. *Quem?*

Baker murmurou uma única palavra: "Franklin".

Franklin? Por que diabos aquele cretino estaria ligando para lá, e àquela hora? Goldstein observou o chefe escutando atentamente. Então viu nele uma mudança que nunca testemunhara antes. O telefonema foi encerrado com as seguintes palavras de Baker:

— Senador, agradeço a cortesia do telefonema. Boa noite.

No entanto, Stuart mal prestava atenção nas palavras. Ele estava paralisado pela visão do rosto do presidente dos Estados Unidos adquirindo uma palidez mortal.

VINTE E UM

NOVA ORLEANS, QUINTA-FEIRA, 23 DE MARÇO, 0H06 CST

O táxi seguiu primeiro pelas ruas próximas ao hotel, onde o famoso blues ainda flutuava pelo ar, envolvendo grupos de garotas vestindo minissaias e que, embriagadas, tentavam equilibrar-se nos saltos altos. Mas então o carro deixou o Quarteirão Francês para trás e lentamente as ruas passaram a ficar mais largas e desertas. Logo eles passavam por lojas com as fachadas cobertas com tapumes e quarteirões inteiros que pareciam abandonados.

Maggie curvou-se para fazer uma pergunta ao taxista, um negro cujos cabelos começavam a ficar grisalhos.

— Para onde estamos indo?
— Para onde a senhora me pediu para levá-la.
— Ainda está longe?
— Uns dez minutos. Talvez menos. A senhora não quer ir?
— Não, eu quero. Apenas pensei que fosse mais perto, só isso.
— Poucos turistas vêm para essas bandas. Estou seguindo pelo caminho mais famoso. Este é o Ninth Ward.
— Entendo. — Qualquer morador dos Estados Unidos já ouvira falar do Lower Ninth Ward de Nova Orleans, a parte da cidade atingida

com maior violência pelo Katrina. Maggie vira imagens nos noticiários centenas de vezes, mas ainda era um choque deparar com uma casa arrancada das fundações, escorada em uma árvore a 3 metros de distância. Era um choque ver que ainda estava lá, e que uma área tão grande desse a impressão de que o furacão acabara de passar.

Mesmo no escuro ela conseguia ler a advertência escrita a tinta branca na porta de uma moradia arrasada — "Vc Rouba Vc Morre" — e ver outras habitações ainda com um X pintado em tinta spray cor de laranja, um legado, explicou o motorista, das equipes de resgate que marcavam apressadas os locais já vasculhados em busca de sobreviventes ou corpos. Mais difíceis de discernir no escuro, mas não menos impressionantes, eram as tábuas lascadas vistas de telhado em telhado: os buracos que as vítimas abriram ao tentar escapar da água que as levara ao sótão, mas que continuava a subir.

Por fim, surgiram algumas luzes em um dos lados da avenida: um posto de gasolina, um Denny's, uma loja de bebidas, em frente à qual homens sentados no meio-fio bebiam do gargalo o conteúdo de garrafas envoltas em sacos de papel pardo. E então, o que parecia ser um armazém ou um galpão gigante, um edifício térreo com aço cinza corrugado, decorado com um letreiro vertical: The Midnight Lounge. A imagem preta e branca iluminada de uma stripper curvilínea com lábios carnudos deve ter tido seus dias de glamour. Agora não passava de gasta e decadente.

Maggie pagou o motorista, assentiu para um leão de chácara, um verdadeiro armário parado na porta, como se frequentasse lugares como aquele o tempo todo, e entrou.

A não ser por algumas velas com chamas fracas sobre as mesas, o lugar estava imerso em penumbra, o que combinava com o cheiro de mofo que pairava no ar. Ela precisou passar pela chapelaria e um bar para que as dimensões do espaço se revelassem. Agora entendeu bem: havia um palco com parca iluminação roxa, voltado para mesas pequenas cobertas pela escuridão. Era um bar de striptease, projetado para poupar os frequentadores de constrangimentos e, a julgar pela mulher que se curvava em um ângulo improvável no momento, para que nenhum detalhe das garotas fosse poupado.

— Está sozinha?

Ela ergueu os olhos e viu uma garçonete que vestia uma tira de tecido, que poucos reconheceriam como uma saia, e um sutiã microscópico, dentro do qual havia dois globos imóveis que nem pareciam feitos de carne. Ela notou o olhar de Maggie.

— Está aqui a negócios, amor? Que tal deixarmos você calma e relaxada com uma dança privativa, só nos duas, o que me diz?

Maggie já tinha uma resposta pronta.

— Preciso falar com o gerente. É um assunto pessoal — disse nervosa, mas se esforçando ao máximo para ser amistosa.

O semblante da boneca inflável humana mudou na hora, ela se tornou tão entediada e mal-humorada quanto qualquer caixa de supermercado 24 horas. Ela inclinou a cabeça na direção de uma mesa próxima do bar e saiu furtivamente, em busca de alvos mais lucrativos em um dos cantos, onde um homem barbado, com suor visível na testa, admirava o palco boquiaberto, como se estivesse em um transe profundo.

Apenas a poucos metros de distância ela conseguiu ver quem ocupava a mesa do gerente. Uma loura com cabelos curtos, da idade de Maggie, vestida — para o alívio dela — com roupas de verdade. Calças justas, blusa bordada com lantejoulas.

— Posso ajudar?

— Podemos conversar em particular?

— Isso *é* particular. — A voz, assim como as palavras, era firme, mas não exatamente dura.

Maggie incorporou a personagem criada durante a corrida de táxi. Ela se curvou sobre a mesa e abaixou a voz.

— Preciso falar sobre um assunto pessoal. Muito pessoal.

— Vai precisar ser aqui mesmo.

— Está bem. Posso me sentar?

A mulher gesticulou para a cadeira à frente. Uma pasta de couro sintético preto ocupava o espaço entre elas na pequena mesa circular. Sobre ela, papéis que pareciam ser levantamentos de estoque, contas, recibos e coisas do tipo, como se o Midnight Lounge fosse apenas mais um pequeno negócio americano. O que, supôs Maggie, talvez fosse verdade.

— Eu sei que você tem regras sobre privacidade e tudo mais — começou Maggie, hesitante, justamente como pretendia. — Mas preciso de um favor. Preciso saber se o meu marido esteve aqui ontem à noite.

— Me desculpe. Temos uma política rígi...

— Eu sabia que você diria isso, mas é diferente. — Maggie esperava que os seus olhos estivessem suplicantes e carregados de desespero, e, para sua surpresa, viu que a expressão de sua interlocutora não era calorosa, mas ao menos não era fria.

— Eu sei que você tem um negócio para administrar, mas se trata da minha *vida*.

— Eu adoraria ajudar, mas fecharíamos as portas se os nossos convidados não sentissem que a privacidade deles seria respei...

— Sabe — sussurrou Magie, recorrendo ao trunfo bem-elaborado —, eu estou grávida.

O rosto da loura suavizou-se, apenas por uma fração de segundo, mas de forma visível.

— E preciso saber com que tipo de homem me casei. — Ela abaixou os olhos, fitando as mãos. — Tirei a aliança esta manhã. Entenda, eu preciso saber se esse cara tem condições de ser o pai do meu filho. Ou se preciso me proteger.

— O que você quer dizer?

— Eu não quero insultar o que você faz aqui.

— Que tal ir direto ao ponto?

O tom era irônico, mas a expressão no rosto da mulher incentivou Maggie a prosseguir.

— Ele disse que havia parado com tudo: os bares de striptease, as prostitutas. Prometeu isso meses atrás. Expliquei que isso era necessário para nos tornarmos uma família.

— Mas você acha que ele tem vindo aqui?

Maggie assentiu em silêncio, tentando parecer o mais angustiada possível, apesar do esforço necessário para tal. Há muito tempo, ela aprendera que certos homens não conseguem ficar distantes de lugares como aquele. Eles simplesmente são assim.

— Vou dizer uma coisa, meu anjo, se uma mulher não odeia os homens antes de começar a trabalhar nessa espelunca... Eu diria que a gente estaria melhor sem eles. Mas você não veio até aqui em busca de conselhos matrimoniais.

Maggie deu um sorriso triste.

— Como eu disse, gostaria muito de ajudar. Mas não pedimos exatamente os nomes na porta.

— Mas vocês têm um circuito interno de TV.

— Sim, mas...

— Então por que não me deixa assistir às fitas de ontem à noite? Vocês têm uma câmera na porta, eu a vi quando entrei. Isso é tudo o que eu preciso. Deixe-me entrar na sala e assistir. Por favor...

— Deve ter, sei lá, milhões de leis contra isso.

— Eu não contarei a ninguém. Juro. Mas pelo menos saberei se ele está me fazendo de besta ou não. — Ela colocou as mãos na barriga. — Apenas me deixe assistir.

A loura balançou a cabeça com um sorriso sutil, cansado do mundo.

— Nenhum homem no mundo deixaria você chegar perto daquelas fitas. Eu devo ser uma idiota.

Maggie soltou um suspiro de alívio e estendeu a mão sobre a mesa num gesto de agradecimento. A gerente a aceitou e manteve o cumprimento por um segundo ou dois, sem tirar os olhos dos de Maggie. Finalmente, ela se levantou e, quando Maggie fez o mesmo, notou que a mulher a olhou de cima a baixo, os olhos se demorando, ela acreditou, em seu traseiro.

— Devo dizer que, culpado ou inocente, seu marido deve ser um idiota completo. Por que beber Sprite aqui quando se pode tomar champanhe em casa?

Maggie não disse nada. Ela seguiu a gerente, que desceu uma escadaria, passou pelos banheiros e abriu uma porta com os dizeres "Apenas funcionários autorizados". Do outro lado havia um corredor que aparentemente dava acesso a escritórios.

Elas pararam na terceira porta, a única que parecia destrancada e cuja luz estava acesa. Um das paredes laterais estava atulhada de equipamentos velhos, incluindo o que devia ser um aparelho de fax há muito sem uso, o cabo pendendo como um rabo inerte, enquanto a outra era dominada por quatro telas de TV. Mal olhando para elas, preferindo concentrar-se na revista *Puzzler* à sua frente, estava um homem que Maggie identificou como o outro leão de chácara grandalhão, colega do armário que ficava na porta do clube.

— Frank, essa senhora é minha amiga — disse a gerente, na porta, sem entrar na sala. — Ela quer ver as fitas de ontem à noite. Mostre o que ela precisar. E pegue um copo d'água. Ela está grávida.

Com isso, ela se voltou e olhou para Maggie uma última vez.

— Tenho uma filha de 12 anos em casa. Ela não vê o pai há dez anos. Você é mais inteligente do que eu fui. Boa sorte.

Ainda entediado, Frank puxou outra cadeira giratória da bancada que fazia as vezes de mesa e sinalizou para que Maggie se sentasse.

— A senhora sabe o horário que deseja procurar?

Uma vez que não acreditava que chegaria tão longe, Maggie nem sequer pensara àquele respeito. Ela tentou lembrar o que Tim do Telegraph dissera mais cedo. Eram tantos detalhes que a certa altura não prestou mais atenção. Mas o jornalista dera uma informação importante.

— A senhora escutou o que eu disse?

— Me desculpe. Preciso pensar.

O segurança voltou ao livreto de palavras cruzadas.

Meia noite e meia. A hora estimada da morte; Tim o mencionara duas vezes. Mas não havia como saber em que horário começara a noite de Forbes. Ele poderia ter estado ali horas antes. Será que Frank precisaria passar quatro ou cinco horas de imagens, procurando por, o quê, um relance de um homem que ela nunca vira pessoalmente, mas apenas na TV?

Televisão. Era isso. Ela assistira à entrevista de Forbes na sala de Stu, antes da reunião na Residência. Transmitida pouco antes das 20h. O que significava que eram 21h no horário local. E então, quase uma hora depois, eles haviam sido interrompidos pela declaração recém-publicada de Forbes. Portanto, eram 22h em Nova Orleans.

— Frank, há apenas uma porta de acesso ao prédio?

Lentamente, fazendo um esforço para deixar o sudoku de lado, o segurança se voltou para Maggie.

— Para funcionários ou clientes?

— Clientes.

— Hum-hum — confirmou e, antecipando a próxima pergunta, acrescentou —, e não há uma câmera na outra entrada.

— Então ficarei com essa — disse Maggie, grata por ter uma decisão a menos a tomar. Ela esfregou as têmporas: de repente, barganhar com a União Europeia às 3h da manhã quanto à redação de um acordo de redução de emissões de carbono em um tratado de mudanças climáticas passou a parecer um passeio no parque.

Enquanto Frank apertava os botões para acessar as gravações da noite anterior, soou uma campainha no BlackBerry de Maggie. Uma mensagem de Stuart.

Telefone urgente. Situação grave.

— Algo aqui, moça?

Ela forçou a si mesma a voltar. Precisava se concentrar.

Até então, olhava sem muita atenção os rostos que entravam e saíam. Ignorava grupos, principalmente de jovens. Estava à procura de homens calvos de meia-idade, o que, dada a clientela do Midnight Lounge, não restringia muito a busca.

Ela olhou para o relógio no canto superior esquerdo da tela. Passava um pouco das 23h. Uma procissão de homens gordos, magros, negros, brancos, furtivos, enrubescidos, alguns com cara de adolescentes inseguros, outros que pareciam bater nas esposas. Meu Deus, não era de impressionar que a gerente odiasse o sexo oposto. E Maggie assistira apenas ao equivalente a uma hora da clientela do Lounge, e no dobro da velocidade normal.

Quando estava na metade da segunda hora, por volta das 23h30 do tempo real, algo chamou a atenção de Maggie.

Não era um homem, mas uma mulher. Alta, cabelos escuros com corte curto e chique, ela instantaneamente se destacava das demais: era dotada de mais classe do que o punhado de mulheres registradas pela câmera naquela noite, que ou tinham o semblante desamparado da esposa forçada pelo marido a participar da sua fantasia de *ménage à trois*, ou irradiavam a vivacidade ébria cambaleante das damas da noite.

Não que Maggie tenha conseguido ver o rosto; ela manteve a cabeça baixa. Mas caminhava com elegância. E algo mais. Determinação.

E agora entendeu por quê. Caminhando alguns passos atrás, como que puxado por uma corda invisível, vinha um homem de boné — com a pala abaixada para ocultar o rosto — e terno cinza escuro. Ele olhou bruscamente para a esquerda e a direita ao sair, então colocou uma gorjeta na mão do leão de chácara parado à porta. Voltou a olhar para a esquerda e a direita, dessa vez expondo o rosto para a câmera. Não havia som, portanto não dava para saber se arfava. Mas os olhos estavam quase saltando das órbitas com o que Maggie percebeu, mesmo daquele ângulo granulado, ser desejo.

Foi apenas então, depois de determinar que aquele era um homem deixando o Midnight Lounge com uma bela mulher, que ela pensou em identificá-lo. Mas não havia dúvida.

Ela pediu para congelar a imagem, de modo a olhar longa e fixamente para o sujeito que fitara com tanta confiança as câmeras de TV na noite passada. Pois, registrado em fita e no auge da excitação, estava ninguém menos do que Vic Forbes.

VINTE E DOIS

NOVA ORLEANS, QUINTA-FEIRA, 23 DE MARÇO, 0H52 CST

Tentando soar o mais indiferente possível, ela perguntou ao segurança ao lado a respeito do homem na tela.
— Você reconhece este cara?
— Esse é o seu marido?
— Você o reconhece?
— Não sei bem o que dizer, moça.
— Você escutou o que a sua chefe disse. Você deve me ajudar.
— Não sei o que ajudaria a senhora. Dizer que reconheço ele ou não.
— Que tal dizer a verdade?
— Ele me parece familiar, sim.
— Você sabe quem ele é? — Por um momento, ela hesitou: será que o segurança vira Vic Forbes na TV?
— Bem, eu não saberia dizer o nome dele, se é isso o que a senhora está perguntando.
— Não saberia?
— Não é assim que as coisas funcionam por aqui. Não devemos saber o nome de ninguém. Nunca perguntamos. Isso aqui não é o Cheers.

— Mas você já o viu antes?

— Ele já esteve aqui uma ou duas vezes.

— Uma ou duas vezes?

— Certo. Um pouco mais de uma ou duas.

— Ele é cliente da casa?

— Sinto muito, moça. Isso deve ser muito difícil.

— Então ele é cliente da casa.

O segurança assentiu.

— E quanto a ela? — Maggie gesticulou para a imagem pausada. A mulher estava cortada, na extrema direita da tela.

O segurança voltou a fita e apertou o play novamente, reproduzindo-a em uma velocidade um pouco mais lenta: a cabeça baixa, os cabelos curtos, a postura elegante.

— É difícil dizer — concluiu por fim. Ele voltou novamente a fita e olhou fixamente para a mulher. Mas ela mantinha a cabeça baixa, recusando-se a revelar o rosto.

— Ah. Sim, sei quem é agora.

— Ela também é cliente da casa?

— Ela trabalha aqui.

— Aqui? Quer dizer que posso falar com ela?

— Precisaria falar antes com a chefe. Mas ela não está aqui hoje.

Maggie franziu a testa, confusa.

— Ela é dançarina. Começou há alguns dias, acho. Mas não apareceu para trabalhar hoje.

— E você lembra o nome dela?

— A senhora está brincando, certo?

— Não.

— Como eu disse, isso aqui não é o Cheers.

— Achei que isso se aplicasse apenas aos clientes.

— Olha só — disse, permitindo-se um discreto sorriso condescendente, como se explicasse a uma criança inocente como funciona o mundo. — As garotas têm nomes. Mas são nomes falsos. Mystery, Summer, e por aí vai.

— Então como era o nome dessa?

— Não lembro, moça. Desculpe. Eu não fico dentro da casa, não assisto ao show. Fico na porta.

— E você estava na porta ontem à noite?

Antes que ele tivesse chance de responder, a porta foi aberta. Era a gerente, que sorriu para Maggie e perguntou:

— Conseguiu o que queria?

— Eu não diria que era o que eu queria.

A gerente mudou de expressão, adotou um semblante de comiseração sincera.

— Não, claro que não.

Frank, ansioso para parecer prestativo, gesticulou para que a chefe se aproximasse e olhasse para a tela.

— A moça quer saber quem é ela. Eu disse que ela é nova.

A gerente se curvou de modo a olhar mais atentamente para a tela, e Maggie sugeriu apressada que Frank voltasse a fita: queria retornar à imagem da stripper sozinha, antes que Forbes entrasse em cena. O segurança podia não ter TV a cabo e não reconhecer instantaneamente o rosto de Vic Forbes, mas ela não tinha certeza quanto à gerente.

Os contornos da dançarina dominaram a tela, o corte do cabelo era o traço mais nítido. Depois de um segundo ou dois a gerente falou:

— Frank está certo. Ela é nova. Começou esta semana.

— Quem é?

— Ela dança sob o nome de Georgia, se isso ajuda.

— Você sabe o nome verdadeiro?

— Nunca pergunto.

— E ela começou apenas esta semana?

— Sim. Apareceu por aqui anteontem, acho. Se ofereceu para começar imediatamente.

— Assim, do nada.

— Bem, não foi uma decisão difícil, se é que você me entende.

— O que você quer dizer?

A gerente voltou a olhar para a tela, com um sorriso no canto da boca.

— Você acha que o seu marido deixou o clube com essa mulher?

Maggie fez que sim, abaixando a cabeça: a angústia da esposa traída.

— Então não quer ouvir mais nada a respeito, certo?

— Você disse que não foi uma decisão difícil. O que quis dizer? — perguntou Maggie fitando a gerente.

— Eu não devia ter dito nada. Me desculpe.

— O que você quis dizer?

— Eu só quis dizer que ela era... — A gerente hesitou, insegura sobre como explicar. — *Incomum*. Neste lugar, quero dizer.

Maggie não tirou os olhos da mulher, deixando o silêncio ganhar peso. Por fim, a gerente voltou a falar:

— Olha, a maioria das garotas daqui se *parece* com dançarinas de striptease. As unhas são falsas, os seios são falsos, os cabelos são falsos. Os universitários as adoram, mas os clientes mais sofisticados procuram algo real. Beleza natural. Eles pagam por isso. E voltam em busca disso, vezes a fio.

— Então você a contratou de imediato.

— Sim. Ela era linda, não tenha dúvida. — A gerente olhou para Maggie, que franzia a testa em uma representação de esposa ferida. — Me desculpe.

— E onde ela está agora? — perguntou Maggie se recompondo.

— Não sei.

— Não se preocupe, não vou atrás dela.

— Não a julgaria se fizesse isso. Mas estou dizendo a verdade: eu não sei.

— Ela não apareceu para trabalhar?

— Não desde ontem à noite — disse a gerente. Então, fazendo a conexão, gesticulou para a tela com a cabeça. — Não desde então.

— Você tentou entrar em contato com ela?

— Liguei para ela hoje à noite. Ninguém atendeu.

Maggie olhou para as mãos, digerindo o que acabara de ouvir. A outra mulher voltou a falar.

— Escute, querida, você não quer perder o seu tempo numa espelunca como essa. Por que você e o seu bebê não vão para casa, tomam um longo banho quente e deixam tudo isso para trás? Passe o pega-ladrão na porta e troque as fechaduras amanhã. O que me diz?

— Obrigada — disse Maggie, dando um sorriso marejado.

— Sinto muito que você tenha descoberto tudo assim, querida. Mas antes agora do que depois. Digo por experiência própria, não é nem um pouco divertido. Nem para você, nem para o seu filho.

Maggie reuniu os pertences, vasculhou a bolsa em busca de um lenço de papel para enxugar as lágrimas falsas, agradeceu a Frank e deixou que a gerente a acompanhasse até o térreo. De volta ao salão, olhou pela última vez para as mesas penumbrosas e para o palco, imerso numa bruma roxa. Uma loira oxigenada com olhos vazios erguia as mãos sobre a cabeça, preparando-se para uma manobra que a deixaria literalmente com o tronco muito flexionado para trás e as partes íntimas projetadas para frente.

Maggie seguiu para a porta. Imitando "Georgia", manteve a cabeça baixa o tempo todo para não ser flagrada pela câmera.

Uma vez do lado de fora, expirou profundamente, grata por estar de volta ao frio da noite, por ter deixado o ar mofado e asqueroso do Midnight Lounge. Ela lutou contra o impulso de telefonar para Stuart. Ainda não; aquilo ainda não estava terminado. Ela olhou para o outro lado, onde um carro passava lentamente. O motorista olhou diretamente para ela, então voltou a concentrar-se na pista. Não era um táxi, então. De repente, bateu um desespero e ela quis dar o fora dali.

Enquanto o leão de chácara da porta chamava um táxi, ela passou a andar de um lado para o outro, ansiando por um cigarro.

A cena que acabava de ver só podia ter um significado. A hora estampada na gravação era inequívoca: 23h05. Na noite passada, Vic Forbes esteve em um estúdio de TV, então se acomodou em algum lugar — talvez em casa, talvez num cybercafé, talvez em uma esquina armado apenas com um BlackBerry — e publicou a sua "declaração" ameaçando revelar um aspecto chocante do passado de Stephen Baker. Em seguida, aboletou-se na mesa de sempre no Midnight Lounge, de onde saiu com uma garota. E não uma stripper qualquer, mas uma mulher de beleza incomum. Que, coincidentemente, começara a trabalhar no lugar — do qual Forbes era um cliente regular — na véspera e agora havia desaparecido da face da Terra.

Eles saíram juntos e, pouco mais de uma hora depois, Forbes estava pendurado em uma corda, vestido como uma drag queen viciada em vitamina C.

Havia apenas uma forma de isso ter acontecido, não era verdade? Ou ainda era concebível que Vic Forbes se matara de algum modo?

Está bem, Maggie disse a si mesma. *Pense.* Forbes voltou ao apartamento com Georgia, eles curtiram um pouco, se despediram, e então ele — ainda não saciado — pegou o seu figurino do Rocky Horror Show para um pouco de asfixia solo, que deu terrivelmente errado.

Em teoria era possível. Mas esse era, sem dúvida, o cenário menos provável. O que as freiras haviam lhe ensinado nas aulas de filosofia moral? A Navalha de Occam: sempre escolha a explicação mais simples, aquela que exige o menor número de suposições.

E essa versão apontava apenas em um sentido.

A bela Georgia começara a trabalhar no Midnight Lounge no mesmo dia em que Forbes deu início ao seu ataque pessoal contra o presidente.

Maggie se lembrou de Frank, o segurança, assentindo quando ela perguntou se Forbes era cliente da casa. Ele estivera ali uma ou duas vezes? *Um pouco mais de uma ou duas.*

Quem quer que estivesse vigiando Forbes, sabia que ele frequentava o Lounge. Provavelmente também conhecia os seus gostos. Então mandou Georgia.

Sem conseguir acreditar na própria sorte, Forbes mordera a isca. Levou-a para casa, ela fez o trabalho e então o vestiu para que parecesse um suicídio acidental por asfixia autoerótica.

Haveria outra explicação? E se ela realmente tivesse feito o programa? Maggie imaginou Forbes na porta de casa, tateando o bolso em busca da chave, então entrando, ávido por sexo. Ele conta à dançarina sobre o fetiche por lingerie e asfixia. Ela concorda, mas algo dá errado. Com medo de levar a culpa, ela foge...

Novamente, era possível. Mas quais eram as chances de a mulher que começara a trabalhar no Midnight Lounge quando Forbes entrou em atividade ir para casa com ele justo na noite em que ele estava prestes a lançar o ataque definitivo contra o presidente e desaparecer depois de sua morte? Quais eram as chances de tudo isso ser coincidência?

Além disso, Maggie lembrou que Tim do Telegraph dissera que as únicas impressões digitais encontradas na casa pertenciam a Forbes. Se ela fosse apenas uma prostituta azarada, no lugar errado na hora errada, teria deixado impressões digitais por todo lado.

Não, havia apenas uma explicação plausível para o desaparecimento de Georgia — e era a mesma explicação para ela ter aparecido no Midnight Lounge, antes de mais nada. Era a clássica armadilha da mulher sedutora como isca — mas essa daí era uma isca venenosa e mortal.

A polícia estava enganada. Tim e os outros jornalistas estavam enganados.

Forbes não se matara, intencionalmente ou não.

Victor Forbes havia sido assassinado.

VINTE E TRÊS

DO THE PAGE, QUINTA-FEIRA, 23 DE MARÇO, 0H03:

Impeachment! Republicanos devem entrar esta manhã com um pedido de impeachment na Comissão Judiciária da Câmara, acusando o presidente Baker de ter cometido "crimes e delitos graves". Este é o primeiro passo de um processo cuja intenção é fazer de Baker o primeiro presidente do século XXI a ser destituído do cargo. Uma notícia bombástica e que deve dar muito o que falar...

VINTE E DOIS MINUTOS DEPOIS, NA COLUNA PLAYBOOK DO POLITICO.COM:

Fiquei sabendo que o senador Rick Franklin telefonou para a Casa Branca há pouco mais de uma hora, notificando pessoalmente o presidente da intenção de entrar com um pedido de impeachment. O telefonema foi uma cortesia motivada por "respeito pelo cargo de presidente". A minha fonte afirma que Stephen Baker "implorou a Franklin" que não o fizesse, alegando, com argumentos de alto teor emocional, que ameaçar destituir um presidente há tão pouco tempo no cargo contrariava todas as regras da "justiça natural". Sem dúvida, é um recorde. Tanto <u>Andrew Johnson</u>, no século XIX, quanto <u>Bill Clinton</u>, no século XX, governaram por um bom tempo antes de se defrontarem com o mecanismo que permanece a arma nuclear da Constituição: o impeachment. Baker está no cargo há apenas 62 dias.

É muito tarde para que eu levante mais do que algumas especulações a esse respeito, então aqui vão duas. Primeiro, isso aconteceu apenas em decorrência da morte de Vic Forbes. É claro, o nome não constará do documento de acusação que será apresentado na Comissão Judiciária da Câmara esta manhã. Franklin e seus amigos deputados farão da Conexão Iraniana o elemento jurídico central contra o presidente. Dirão que a venda de influência a uma potência inimiga constitui uma violação relevante ao <u>artigo II, seção 4</u> da Constituição, que afirma: "O presidente, o vice-presidente e quaisquer servidores públicos dos Estados Unidos devem ser destituídos do cargo por impeachment em casos de, e condenação por, traição, suborno ou outros crimes e delitos graves." Mas esse é o processo legal. Não tenham dúvida, o fundamento político tem Forbes estampado na testa.

A morte dele mudou o cálculo político em Washington. Os rumores, as suspeitas e a inegável conveniência da morte de Forbes criaram um clima desfavorável para Stephen Baker, um clima de desconfiança em meio ao qual republicanos influentes acreditam ser capazes de acusá-lo de qualquer coisa.

E, se Franklin estiver falando sério, ele deve ter certeza de que terá o apoio de democratas conservadores suficientes para levar o processo adiante. Convenhamos, não são poucos os democratas céticos em relação a Baker, os quais nunca gostaram do presidente — e do seu discurso de estender a mão em vez de brandir o punho para o mundo. Se eu estivesse na Casa Branca hoje à noite, ficaria de olho no Dr. Anthony Adams, o secretário de Defesa.

Segundo, isso acontecerá muito rápido. A maioria democrata é tão tênue que os republicanos precisarão do apoio de pouquíssimos democratas conservadores para que a Comissão Judiciária concorde em submeter o processo de impeachment à votação na Câmara, já no início da próxima semana. O tempo está correndo para a Presidência de Baker. Se houver até mesmo uma pequena evidência confiável de que Forbes de fato foi vítima de um crime, e não de suicídio, certamente o futuro da Presidência de Baker será medido em dias.

VINTE E QUATRO

NOVA ORLEANS, QUINTA-FEIRA, 23 DE MARÇO, 1H22 CST

Maggie estava no táxi a caminho do hotel, a respiração mais acelerada agora, a mente disparando em função das implicações. Apenas uma pergunta importava, apesar de a resposta fazer o seu sangue gelar.

Quem poderia desejar a morte de Forbes?

Como resposta, uma única frase insistia em se repetir, uma frase que ela tentava expulsar da mente.

Quero que ele suma.

Era a explicação mais óbvia, que qualquer observador imparcial faria. Por quê? Essa era a primeira pergunta que um analista imparcial deveria fazer: quem se beneficia? E quem se beneficiaria mais da morte de Victor Forbes do que Stephen Baker?

Pela quinta vez em dois minutos, ela apertou a tecla redial numa tentativa de falar com Stuart. Ainda ocupado. *Situação grave*, dissera ele. O que diabos estaria acontecendo por lá?

Eles passavam por um terreno baldio. Parecia um matagal, porém, dada a localização, certamente fora um quarteirão habitado antes de os diques se romperem.

Havia uma placa presa na tela de arame, anunciando um projeto de reconstrução, com uma fotografia que mostrava as casas neocoloniais reluzentes que seriam construídas no local. Mas isso apenas fez Maggie pensar sobre a dificuldade de trazer de volta à vida uma cidade que havia sido quase totalmente inundada.

O BlackBerry, agora no silencioso, vibrou. Ela pegou o aparelho, apertando o botão freneticamente.

— Stuart? É você?

Apenas silêncio. A vibração anunciava não uma chamada, mas uma mensagem de Stuart: *Não consigo falar com você. As coisas estão insanas por aqui. Franklin e os republicanos entrarão com processo de impeachment contra nós pela manhã. Você precisa conseguir algo rápido. Qualquer coisa. Maggie, dependemos de você. ELE depende de você.*

Ela sentiu a garganta ficar seca. Impeachment. Parecia que Forbes conseguiria depois de morto o que estava determinado a fazer no final da vida — derrubar Stephen Baker.

As veias do pescoço dela começaram a pulsar. Como eles ousavam? Um homem decente finalmente emerge da lama da política e qual é a reação deles? Derrubá-lo, usando os ardis mais sujos e baratos imagináveis. Não era de estranhar que não suportassem um gigante como Stephen Baker. Ele expunha aos demais o que eram: anões.

O trabalho era claro. Ela precisava encontrar algo que inocentasse o presidente, que provasse que Baker não havia cometido qualquer crime. Precisava comprovar, sem sombra de dúvida, que Forbes tirara a própria vida. Essa era a sua obrigação. A sua obrigação para com Stephen Baker. *Ele depende de você*

E o que ela fizera? Exatamente o contrário. Ela encontrara evidências que Franklin poderia usar, que sugeriam que os lunáticos e os teóricos da conspiração estavam certos. Forbes havia sido assassinado.

Acalme-se. Esse fato não necessariamente implicava o presidente. Baker tinha aliados, incluindo alguns que poderiam considerar Forbes uma ameaça aos próprios interesses. E se um deles houvesse decidido fazer um favor a Baker — e providenciado a morte de Forbes?

Então ela se lembrou da matéria que Goldstein lhe mostrou na mesa da cozinha. "*A Presidência Baker se transforma em* O poderoso chefão." Essas matérias haviam se proliferado desde então, cada uma chegando mais perto de uma acusação direta de assassinato.

Seria possível? Será que alguém havia despachado Forbes não para ajudar Baker, mas para *prejudicá-lo*, para fazer com que ele se parecesse um mafioso cujos inimigos apareciam misteriosamente mortos? Afinal de contas, o que ela descobrira no Midnight Lounge não permaneceria em segredo para sempre. Se ela estivesse certa quanto ao assassinato de Forbes, era apenas uma questão de tempo para que essa informação caísse no domínio público. Mesmo que os republicanos não fizessem uma acusação direta de assassinato, eles poderiam usar a suspeita para exigir a destituição do presidente dos Estados Unidos.

Dois minutos depois que ela chegou ao hotel, quando estava no corredor destrancando a porta do quarto, o telefone vibrou. Stuart.

— Stu, o que diabos está acontecendo?

— Rick Franklin está tentando entrar para a História.

— Isso não pode acontecer, pode?

— Não podemos descartar a possibilidade.

— Mas ele não tem os votos. Quer dizer, somos o partido majoritário.

— *Deveríamos* ser o partido majoritário. Não somos por um triz. E esse triz é formado pelos idiotas da Coalizão Blue Dog, que votarão com os republicanos se acreditarem que é para eles que o vento está soprando.

— E é para eles que o vento está soprando?

— Depende.

— Do quê?

— De você, em parte, Maggie. Você precisa descobrir algo que ajude o nosso garoto.

Ela engoliu em seco. Dava para sentir a alta carga de estresse na ligação, e ela estava prestes a acrescentar outra dose generosa.

— Bem, eu descobri uma coisa, mas não sei se vai ajudar. — Houve um estalo estranho na ligação. — Que barulho é esse?

— Pepino em conserva — disse Stuart, fazendo um barulho repulsivo ao mastigar. — Não como de verdade há 48 horas. Mantenho um vidro no meu escritório para emergências. — Ele arrotou. — Pode mandar, Maggie. Eu aguento.

— Forbes esteve num bar de striptease na noite em questão. Saiu de lá cerca de uma hora antes do horário da morte. Com uma mulher.

— Meu Deus.

— Não é uma prova irrefutável, mas acho que faz sentido.

— A polícia sabe disso?

— Duvido. Acredito que ninguém saiba que ele esteve lá.

— Poderia ser uma coincidência? Cata uma prostituta e então dá cabo da própria vida? Ou talvez a tenha levado para casa, eles curtem um pouco, as coisas dão errado e ela entra em pânico. Teme levar a culpa.

— Pensei nisso, Stu. Mas só foram encontradas impressões digitais dele na casa. Parece, não sei, *profissional*. A mulher era dançarina no clube, mas só começou a trabalhar lá na véspera da morte de Forbes. Exatamente quando o sujeito começou a fazer as revelações bombásticas. E ela não foi vista desde então.

Maggie conseguia escutá-lo pensando. Mastigando e pensando.

— O que acontece — disse ele por fim —, e essa talvez seja a única boa notícia que recebemos por aqui, é que a polícia de Nova Orleans está encerrando a investigação. Ao que parece, o legista afirma que não há evidências suficientes para mudar o veredito de morte acidental por asfixia. E se não há impressões digitais na cena do crime...

— Ele pode ter sido morto em outro lugar, perto do bar. Então levado de volta para casa, travestido e pendurado em uma corda. Contanto que usassem luvas, as impressões digitais de Forbes seriam as únicas em toda a casa e eles não deixariam rastros. Eu sei que soa absurdo, mas faz sentido.

— Escute, Maggie, eu acho que a polícia quer deixar essa investigação como está. Ao que parece, algumas pessoas por aí estão tentando ser prestativas.

— Quem está tentando ser prestativo?

— É uma cidade democrata, Maggie. É claro que os radicais também já estão nos culpando por isso. Obstrução da justiça e baboseiras afins.

— Stuart, todos os computadores foram retirados da casa de Forbes.

— A polícia deve ter levado.

— Eu sei. E também estão com o telefone e o BlackBerry.

— Sim.

— Nós sabemos que Forbes fazia tudo por meio de computadores. A história do Facebook. A suposta invasão das contas de e-mail da MSNBC. O que estou dizendo é que, qualquer segredo a ser descoberto, o que exatamente Forbes sabia, está naquelas máquinas. Se nós pudéssemos...

— Impossível, Maggie. Nossa única rota possível seria via serviço secreto. Eles poderiam entrar com um pedido de apreensão. Mas o que ia parecer? Que a Casa Branca enfiou o nariz numa investigação criminal.

— Mas você poderia alegar que ele representava uma ameaça à segurança da filha do presidente.

— *Representava*. No passado.

— Certo. O serviço secreto poderia alegar a suspeita de que Forbes tivesse cúmplices.

— No quê?

— Na agressão premeditada a Katie Baker.

— Sim. Mas não se esqueça, Maggie, ninguém sabe disso. Até onde se sabe, Forbes era apenas um sujeito que apareceu na TV a cabo posando como o destemido portador da verdade que revelaria quem era

Stephen Baker ao povo americano. Eles não sabem que o sujeito ameaçou uma menina de 13 anos.

— Bem, então por que você não...

— O quê, torno isso público? E desta forma convido a imprensa a noticiar que nós não fomos imediatamente à polícia, apesar das ameaças de chantagem, porque estávamos preocupados que Forbes realmente tivesse alguma carta na manga?

— Então todos passariam a querer saber por que estávamos tão assustados.

— Exatamente. O que, por sinal, eles já querem saber, de qualquer forma. Lembre-se: Forbes apareceu na TV prometendo outro grande capítulo da história. Já devem estar fuçando por aí. É bem possível que Nova Orleans já tenha sido invadida por detetives particulares.

Maggie pensou em Lewis Rigby. Ela não pedira uma credencial, não fizera uma busca por ele no Google. Aceitara a palavra dele quanto a ser jornalista freelancer do *Enquirer*.

— Voltando aos computadores, Stu. Você está dizendo que se fosse descoberto que o serviço secreto estava analisando as máquinas...

— Mas as manchetes não fariam referência ao serviço secreto. E sim à Casa Branca. Que é tudo do que precisamos agora. Talvez fosse melhor vestir uma máscara de Dick Nixon em Stephen Baker e dar um fim a essa história de uma vez por todas.

— Ok.

— Além disso...

— Além disso o quê?

— Zoe, você sabe, a agente que a levou para a invasão em Maryland. Ela acredita que Forbes tenha feito tudo on-line ou coisa parecida.

— On-line? O que isso quer dizer?

— Como se eu soubesse. Ele não gravou nada em uma máquina, apenas na internet.

— Ah, entendi. — Maggie lembrou a história do motoqueiro cabeludo de Nick, além de uma dura que recebeu de Liz, quando, durante uma visita à Irlanda, a irmã a encontrou prestes a arrancar os cabelos. Ela havia perdido um estudo crucial que escrevera para o enviado da ONU ao Oriente Médio. Redigira o documento no computador, ainda em Nova York, e fizera um backup em um pendrive. Lembrara até mesmo de levar o pendrive, mantendo-o em segurança no bolso durante a viagem. O problema foi que a mãe insistiu em jogar todas as roupas de Maggie na máquina, inclusive a calça jeans com o pendrive no bolso. Resultado: as palavras viraram um borrão de dados corrompidos. Então Liz entrou no quarto que as irmãs costumavam dividir e encontrou Maggie de joelhos, sacudindo o conteúdo da mochila para ver se caía no chão uma cópia impressa do documento, apesar de saber que essa cópia nunca existira.

— Mags, posso fazer uma sugestão? — dissera Liz com calma e presunção.

— Não, a não ser que envolva você dar o fora agora mesmo. — Foi a resposta à irmã que a buscara no aeroporto de Dublin havia pouco mais de uma hora, depois de seis meses sem se verem.

— O que você faz com as suas fotografias?

— O quê?

— Onde você as guarda?

— Numa droga de caixa, sei lá!

— Por que...

— Se isso não tiver nada a ver com me ajudar a recuperar o documento, não quero falar a respeito.

— Você armazena as suas fotos no Flickr ou um site parecido?

— Que porra é Flickr?

— Bem, o que eu ia dizer é que você devia fazer o mesmo com os seus documentos. Não os armazene na máquina, mas on-line. Você tem uma senha, pode trabalhar neles sempre que quiser, contanto que tenha acesso à internet. E se der a senha a alguém, vocês podem trabalhar...

Foi então que Maggie atirou um sapato na cabeça da irmã. Ela não ouvira o que exatamente era possível fazer caso compartilhasse uma senha, mas entendera a mensagem.

Ela ainda conseguia escutar Stuart mastigando. Devia ser o sexto picles seguido.

— A questão principal, Maggie, é que não tenho certeza se há algo naqueles computadores que valha a pena ser encontrado. O que quer dizer que você precisará achar outro caminho. Não sei qual é esse caminho, mas você precisará achá-lo. Se Forbes foi assassinado, precisará descobrir o assassino. Mais especulações são feitas sobre Stephen Baker a cada minuto que passa sem que tenhamos uma resposta.

— Tem a dançarina que fisgou Forbes.

— O quê, a stripper? — O barulho de mastigação era pavoroso, mesmo ao telefone. — Inútil. Se você estiver certa, se a mulher era algum tipo de profissional, ela não vai deixar um cartão de visita para trás, vai?

Era verdade. Ela havia sido contratada pelo Midnight Lounge sob o nome falso de Georgia, sem dúvida com documentos falsos, e desaparecido sem deixar rastros em seguida. Se foi esperta o bastante para limpar as impressões digitais da casa de Forbes, era pouco provável que Maggie viesse a encontrá-la.

— E, além disso — continuou Stu, se preparando para engolir. — Se ela é uma matadora de aluguel, não é nela que estamos interessados, certo? Mas sim em saber quem foi o mandante. É isso o que precisamos descobrir. *Com urgência.*

— Eu sei. — Maggie desejava que Goldstein parasse de repetir sob quanta pressão ela estava: ela sabia. Estava com a mente concentrada nisso, e somente nisso, há quase 19 horas ininterruptas. — E não se esqueça, Maggie. Também precisamos saber qual era o saco de merda que aquele canalha do Forbes estava prestes a lançar sobre nossas cabeças.

— Certo.

— E quem mais sabe o que havia dentro do saco.
— Ok.
— Maggie? — Ele soava diferente, como se sinalizasse uma mudança de direção.
— Sim, Stu?
A voz estava mais branda agora, a voz das primeiras horas da manhã.
— Nós meio que abrimos mão da nossa vida por esse cara, não é?
— Como?
— Eu e você. Eu tenho uma esposa e tudo mais, mas passo mais tempo com a CNN do que com Nancy. E, convenhamos, você é casada com o trabalho.

Maggie sentiu uma pontada de vergonha. Uri não lhe dissera o mesmo, que a devoção dela ao trabalho fez com que o relacionamento se tornasse impossível? Eles brigaram vezes sem fim por aquilo. Talvez Uri estivesse certo, talvez ela tenha sacrificado o relacionamento em favor de Stephen Baker. O que apenas tornava a situação atual ainda mais insuportável. Se a Presidência de Baker ruísse, teria sido tudo em vão.

Stuart voltou a falar:
— Não podemos deixar isso afundar. Não assim. Não tão cedo. Ele mal teve a chance de fazer qualquer uma das coisas com que sonhamos, com que *você* sonhou. Ainda não salvamos o mundo, Maggie.

Apesar de tudo, Maggie sorriu. *Salvar o mundo.* Ela sabia que Stuart a provocava, como sempre fez: a mulher apaixonadamente idealista entre homens políticos e pragmáticos. Mas também sabia que Stuart — cínico e aficionado por estatísticas — só trabalhava tão duro por também acreditar. Essa era a magia de Stephen Baker: ele tornava o idealismo possível. Quando ele falava, mudar o mundo deixava de ser um sonho ingênuo de adolescente, era algo possível e ao alcance das mãos. E por isso Baker foi o primeiro político em quem ela confiou. Maggie faria qualquer coisa — qualquer coisa — que estivesse ao seu alcance para deter aqueles que queriam destruí-lo.

— Não vamos deixá-lo naufragar — disse ela, com uma injeção de confiança na voz. — Vamos sobreviver a isso. Assim como sobrevivemos a todo o resto. Você lembra quando Chester...

— Isso é diferente, Maggie. Nós dois sabemos. Quando amanhecer, começarei a contar os votos. Para ver se Franklin tem gente o bastante do nosso lado, mesmo que em potencial, para aprovar essa coisa.

— E se ele tiver?

— Estava pensando em aconselhar o presidente a renunciar.

— Meu Deus do céu, Stuart.

— Pense bem, Maggie. Pense no que significaria continuar lutando. Ficar se arrastando por toda essa merda. E o que dirão os livros de História? Que Baker foi destituído depois de apenas dois meses no cargo. Antes sair com alguma dignidade.

— Como Nixon, você quer dizer?

— Mau exemplo. Mas então penso em nós. Eu e você. Não podemos deixá-lo fazer isso, certo? Se ele se for, o que será de nós? Na verdade, você não precisa se preocupar muito. Você é brilhante, você é bonita.

Maggie não sabia o que dizer. Ela sentiu os olhos marejarem, com lágrimas sinceras desta vez. Ela já conversara com Stuart Goldstein sobre todos os cantos do planeta, cada possível permutação na política, doméstica e internacional, mas nunca o ouvira falar daquela forma antes.

— Mas e eu, Maggie? Não restaria grande coisa de mim, não é? Por vinte anos, fui Stuart Goldstein, o cara por trás de Stephen Baker. Sem Baker, não existe Goldstein. Quem mais vai contratar um judeu gordo que come picles direto do vidro de conserva? Baker foi o único que nunca se importou com essas coisas.

Era terrível para Maggie ouvir aquilo.

— Stuart, não. Nós vamos superar...

— Então o que eu preciso decidir é se ajo por egoísmo ao tentar enfrentar isso. Se o faço por mim, não por ele. Talvez o melhor para ele seja deixarmos que siga em frente.

— Já basta, Stu. Já basta de conversas emotivas tarde da noite. Isso eu posso ter na Irlanda. — Maggie quis que ele risse, mas não conseguiu.

— Você está certa. Eu sei. Eu sei. Estou cansado, apenas isso. Trabalhamos tão duro... — A voz dele esmoreceu, exausta, à beira da derrota.

Maggie sentiu o coração inchar. Precisava fazer aquilo por eles dois: por todos eles.

— Vá para casa, Stu. Vá para casa e descanse. Volto a ligar pela manhã. As coisas vão parecer melhores, confie em mim.

— Boa noite, Maggie.

Ela encerrou a ligação e fechou os olhos. No que se metera?

VINTE E CINCO

WASHINGTON, DC, QUINTA-FEIRA, 23 DE MARÇO, 7H55

— Eu adoro o cheiro de bagels frescos pela manhã.

O senador Rick Franklin e sua coordenadora de Assuntos Legislativos, Cindy Hughes, acabavam de deixar o elevador no quinto andar de um edifício na L Street que, à primeira vista, parecia ser apenas mais um prédio comercial da década de 1970 em Washington, DC. Funcional e desinteressante.

Entretanto, para aqueles que o conheciam, ele era — ao menos àquele horário nas manhãs de quinta-feira — o epicentro do conservadorismo americano. Ou, como os envolvidos o chamavam, do "Movimento".

Era a Sessão de Quinta-Feira, quando o salão de conferências da sede de uma organização de direita recebia ativistas, lobistas, congressistas e seus assessores e personalidades influentes, que, juntos, formavam a vanguarda conservadora do Movimento em Washington. No fundo do salão, garrafas de café e bandejas com bagels frescos, ao lado de tigelas com cream cheese. Os que chegavam 15 minutos antes do início dos procedimentos ainda conseguiam fazer um prato e sentar-se. Quem chegasse depois disso precisaria se contentar em ficar de pé no fundo, nas laterais ou mesmo no corredor. A Sessão de Quinta-Feira era o evento mais disputados pela direita americana.

Quando apareceu, Franklin viu algo inédito: um surto espontâneo de aplausos que logo se transformou em ovação. Ele havia se acostumado ao tratamento estilo tapete vermelho na Sessão de Quinta-Feira há pelo menos um mês, desde que conquistara a condição de herói popular ao interromper o primeiro discurso do presidente no Congresso. A imprensa odiou, é claro; os jornalistas do seu estado ficaram envergonhados: "Francamente, Sr. Franklin, o senhor é um vexame!", foi o título de uma coluna publicada no *The Greenville News*. Entretanto, o acontecimento fez de Rick Franklin, até então pouco conhecido fora da Carolina do Sul, um astro.

Aquilo, contudo, era diferente: era a recepção de um *líder*. Ele pensou no comentário feito por Cindy na noite anterior, pouco antes de acomodá-la entre os joelhos e antes do telefonema para o presidente para informá-lo do iminente impeachment. *E o senhor, senador, estará apenas começando.* O movimento para destituir Baker já o ungira como líder *de facto* da oposição. Se tivesse sucesso, dali a três anos certamente seria o principal candidato na corrida para...

Ele gesticulou, recusando as ofertas de lugares vazios: era humilde demais para tais deferências. Em lugar disso, e com modéstia, ficou de pé próximo à porta. A linguagem corporal era um indicador político de "estou aqui para ouvir".

Matt Nylind, o ativista responsável pela transformação daquela reunião em uma força dominante, pediu silêncio. Franklin o observou atentamente. Um clássico artífice dos bastidores; ele se parecia com um estudante universitário crescido. Uma ponta da camisa já começava a escapar para fora das calças; os óculos estavam sujos. Já incomodava o simples fato de usar óculos: nenhum político usa óculos. Quem foi o último? Truman? Mas aqueles caras — os nerds que faziam o levantamento dos números, redigiam os projetos políticos republicanos e descobriam as falhas nos democratas, que blogavam 24 horas por dia e nunca deixavam de trabalhar para promover a causa, centímetro a centímetro —, aqueles caras tinham aparência péssima. Ninguém se importava. Ninguém nem ao menos os via. Talvez Nylind aparecesse uma ou outra vez na Fox. No entanto, eles eram basicamente criaturas da noite. Era melhor assim: se os eleitores os vissem à luz do dia, correriam feito o diabo da cruz. Não, a atual divisão do trabalho fazia mais sentido. Homens como Franklin — com dentes brancos reluzentes, cabelos vistosos e esposas bonitas — ocupavam os palanques, enquanto os elfos permaneciam escondidos nas cavernas, fazendo a sua mágica.

Franklin olhou para eles e sentiu uma onda de gratidão. Não fosse por aqueles caras, com os seus BlackBerrys e a leitura obsessiva dos indigestos relatórios de análise política do Cato Institute, o trabalho dele seria bem mais difícil. E ele adorava o trabalho. Olhou para Cindy, de pé ao seu lado, o semblante de concentração diligente, e pensou no quanto também gostava das vantagens que sua função lhe trazia.

Nylind fazia comentários introdutórios:

— ... Grandes notícias de uma hora para outra, mas, antes disso, gostaria de revisar os itens da nossa pauta. Primeiro, as eleições para governador na Virgínia e em Nova Jersey. Baker nos roubou ambos no último outono, mas estamos apenas dois pontos atrás nas primeiras pesquisas de intenção de voto. E isso antes de ontem à noite. — Seguiram-se algumas risadas de desdém e mais aplausos dirigidos a Franklin, que ele prontamente agradeceu com um leve e humilde aceno com a cabeça.

Nylind retomou a explanação:

— Muito bem, passemos às questões legislativas. O projeto da Lei Bancária. As pesquisas estão péssimas para nós neste momento. Sugestões para reverter a situação?

Uma voz bem alta imediatamente foi ouvida, apesar de Franklin não ter visto de quem era:

— Precisamos dar a ele o tratamento de "imposto da morte". Quando os democratas o chamaram de "imposto sucessório", ele foi popular. Quando acrescentamos a denominação "morte", nós o matamos. Precisamos fazer o mesmo com essa lei.

— Quem é esse? — sussurrou Franklin para Cindy, desfrutando do cheiro que vinha da assessora quando ela se inclinou em sua direção.

— Michael Strauss. O presidente da Associação Americana de Banqueiros. Lobista de todo o setor financeiro. Normalmente envia um representante. Acho que estão tramando alguma coisa em segredo.

Nylind passou a pedir nomes para o novo projeto de lei. Uma mulher sentada numa das primeiras filas sugeriu "Lei Antirriqueza". Nylind assentiu, mas sem entusiasmo.

— Lembremos os elementos centrais do projeto. Esta lei propõe a limitação dos bônus a partir de agora até que os bancos paguem ao governo federal cada centavo que devem. O que pode levar décadas. Será a maior interferência na riqueza e na liberdade individual desde Leonid Brezhnev.

— Por que não a chamamos de "Lei Brezhnev"? — perguntou a mulher, sem esmorecer.

Nylind murmurou, mais para si mesmo do que para a plateia:

— É, e o sucesso vai ser arrasador entre o público de 18 a 24 anos.

— Então, retomou o volume da voz. — Passemos ao assunto do momento. Os republicanos no Congresso conquistaram uma liderança notável, dando uma resposta agressiva à Conexão Iraniana por meio do pedido de impeachment do presidente.

Mais aplausos, que pareceram deixar Nylind impaciente. Aquele tipo de demonstração podia ser ótimo para as câmeras, mas, ali, naquela reunião, apenas desperdiçava tempo.

— Isso claramente dependerá do apoio conquistado, de quantos democratas conservadores conseguiremos trazer para o nosso lado. O que, por sua vez, implicará o apoio do público ao nosso ponto de vista. Acredito que o clima dependerá não tanto dos pormenores técnicos da doação feita pelo Irã, mas predominantemente do impacto criado pelo Caso Forbes. Qual a impressão do povo a esse respeito?

Era aquilo que Franklin estava lá para ouvir.

Um homem à sua frente, também de pé, se apresentou como produtor de um dos programas de rádio mais populares do país.

— Ainda há bastante carne nesse peru — começou, com um sotaque que Franklin identificou como sendo do Alabama. — Assim como na história do psiquiatra. Acredito que ainda vai dar pano para a manga. E qual era a bomba que Forbes estava prestes a soltar? O povo está muito interessado nisso, posso garantir.

— A Casa Branca está tentando sustentar que isso é notícia antiga agora que Forbes está morto — interrompeu Nylind. — Quer encerrar o assunto, considera-o papo furado.

— Papo furado? A Comissão Judiciária da Câmara vai manter a história do Irã viva. E vamos continuar a martelar o assunto no programa. Exatamente quanto dinheiro trocou de mãos? Quando isso terminou?

— *Se* terminou! — exclamou alguém no meio do salão, rápido demais para que Franklin o identificasse.

Uma mulher se levantou em uma das fileiras do fundo. Franklin a reconheceu; já a vira no *Hannity*. Bonita, apesar de um pouco sem sal; cabelos compridos, talvez uma ou duas cirurgias plásticas. Atraente, mas não exatamente sensual. Parecida com a sua Cindy, mas sem o tempero. Uma imagem da assistente vestindo a lingerie tapa-olho lhe veio à mente. Esforçou-se para se concentrar.

— Será que somos conservadores demais para discutir a outra dimensão do caso Forbes? — Agora Franklin se lembrou. Ela foi promotora antes de passar a trabalhar como comentarista politica na TV.

— A outra dimensão? — Nylind sorria, satisfeito consigo mesmo. Ele, que sempre ficava entusiasmado nas Sessões de Quinta-Feira, parecia ainda mais arrebatado naquele momento.

— Sim, Matthew. — O tom era o de uma diretora de escola impaciente, que remetia à série *Os pioneiros*. E ainda dizem que os conservadores não têm senso de humor. — Todos sabem a que me refiro. À morte mais do que *conveniente* do Sr. Forbes. Num momento oportuno para o presidente.

Nylind olhou em volta e continuou:

— Mais uma vez, permitam-me lembrar aos colegas da imprensa que as Sessões de Quinta-Feira são e sempre serão extraoficiais. Se estão aqui, é por serem participantes, não comentaristas. Lembrem-se da regra. Vazou, saiu.

Após uma pausa, prosseguiu:

— Ótimo. Todos ouvimos o que a moça disse. Desejamos explorar o assunto?

— Alguns já fizeram isso. — O comentário provocou risadas contidas.

— Mas isso faz sentido, do ponto de vista estratégico? — Nylind, o eterno universitário, encarnava o papel de adulto no comando.

— Há um risco nisso — disse o sujeito do programa de rádio. — Pode fazer com que pareçamos lunáticos. Mesmo que tenhamos razão. Pode parecer um pouco, vocês sabem, o movimento pela verdade sobre o 11/9.

— E há outro problema. — Todas as cabeças se voltaram para o fundo do salão, onde estava sentado o assessor-chefe do deputado Rice, da Louisiana. — O laudo do legista será divulgado hoje, atestando a morte de Forbes como suicídio. — O salão se calou, dominado pelo silêncio que sempre se abate sobre reuniões marcadas por opiniões acaloradas quando atingidas por rajadas frias de fatos.

— Telefonei para o Departamento de Polícia de Nova Orleans antes de vir para cá — prosseguiu o assessor. — Eles vão anunciar esta manhã que a investigação está formalmente concluída.

Sons altos de reprovação e acenos negativos com a cabeça.

— Rápido demais, me parece — declarou a ex-promotora.

Nylind tomou a palavra, antecipando-se ao burocrata da delegação da Louisiana:

— Não nos esqueçamos, cavalheiros — afirmou, apesar de um quarto a um terço dos presentes serem mulheres, embora do tipo cujo

DNA político as impedia de levantar a voz em protestos contra o machismo —, de que há muitos democratas na Louisiana. Desde o Katrina, a maior parte do Executivo e do Legislativo, na verdade. Inclusive o prefeito de Nova Orleans, que nomeia o chefe de polícia.

— Não acredito que devemos ficar calados apenas porque gente do partido está abafando o caso para ajudar o amigo Stephen Baker. O que torna a situação ainda pior — protestou a ex-promotora.

— Apenas lembrem o que eu disse — interveio novamente o produtor do programa de rádio. — A turma que acredita que a CIA derrubou as Torres Gêmeas. Explosões controladas e tudo mais. As teorias deles fazem muito sentido quando debatidas em espaços como esse. — Alguns murmúrios de apoio, mas sem muito entusiasmo. — Não estou dizendo que não se deve tocar no assunto — prosseguiu. — Que diabo, é provável que façamos exatamente isso no programa desta tarde. — Risos. — Mas isso é o rádio. E não resta dúvida de que ajuda nos esforços pelo impeachment. Ainda mais se acompanhado do tipo certo de música sombria. Mas não pode ser uma estratégia para o Movimento.

Algumas mãos foram erguidas, mas Nylind seguiu em frente para concluir os assuntos do dia. Ele queria falar sobre a Presidência do Federal Reserve, prevendo uma vulnerabilidade na indicação de Baker.

Franklin olhou para Cindy e sinalizou que deveriam deixar a reunião.

Já no táxi, ele olhava pela janela, admirando os fiapos de nuvens no céu azul. Quis pedir ao taxista para desligar a terrível música estrangeira que tocava no rádio, que soava como árabe ou coisa parecida, mas Cindy o deteve. A última coisa de que precisavam era uma discussão sobre insensibilidade racial.

— Sabe o que estou pensando, Cindy?

— Sim, senador?

— Estou pensando que é interessante que os democratas lá de Nova Orleans estejam cerrando fileiras desta forma, encerrando a investigação. Isso quer dizer que há algo que eles não querem que gente como eu e você descubra Como a minha mãe costumava dizer, quando uma mulher sai com uma vassoura, é grande a chance de que haja um monte de merda que precise ser limpo em algum lugar.

— Bem argumentado, senador.

— E também quer dizer que esse é o momento de maior vulnerabilidade para a Casa Branca. Você conhece o ditado: se não se pode chutar um homem quando ele estiver caído, quando poderá fazê-lo?

— Gosto dessa ideia, senhor.

— É — disse Franklin, olhando para a sucessão de prédios neoclássicos na avenida que leva à Colina do Capitólio, como se Washington fosse, de fato, a nova Roma. — Acho que é hora de pressionar Baker de verdade. E aqueles que trabalham para ele.

VINTE E SEIS

NOVA ORLEANS, QUINTA-FEIRA, 23 DE MARÇO, 9H12 CST

— Bom dia, Liz. Você está cordialmente convidada para um enterro.
— Como?
— Um enterro!
— Enterro? De quem?
— Você está bem, Liz? Você me parece um pouco...
— Desculpe. Não dormi bem essa noite.

Tim do Telegraph pareceu ficar sentido, então dirigiu um olhar involuntário para o outro extremo do salão de café da manhã do Monteleone Hotel, onde estava Francesco, do *Corriere della Sera*: será que o homem mais velho — italiano e experiente — tivera sucesso com a adorável Liz Costello enquanto ele fracassara?

Maggie leu a expressão no rosto do rapaz e tentou aliviar a dor dele.

— Você sabe, a dor de cabeça. Não consegui dormir. — A verdade era que, pouco depois das 2 da manhã, caiu na cama exausta depois do dia iniciado quase vinte horas antes em Washington e dormiu profundamente. — Mas de quem é o enterro, afinal?

Enquanto ela contemplava os ovos mexidos e os tomates cozidos do bufê, Tim explicava, animado, as novidades da manhã.

Ao que parecia, Forbes não deixara mulher, filhos ou família de qualquer tipo que pudesse ser identificada. Na maioria das cidades, esse seria apenas mais um acontecimento triste e solitário. Mas não em Nova Orleans. A cidade ainda tinha a Sociedade para o Enterro de Indigentes, uma relíquia das ações assistenciais dos grandes proprietários de terras nos tempos pré-Guerra de Secessão. Os produtores de fumo vestidos em ternos brancos podem ter sido escravocratas, mas havia algo de bom em um pequeno recôndito dos seus corações. Tim parecia citar a matéria que ele já escrevera para o jornal.

— Eles deixaram uma fortuna a ser gasta nos enterros dos pobres. O fundo ainda existe, ainda paga as contas.

— Mas Vic Forbes não era pobre. — Maggie teve que se conter para não soltar que visitara a casa do morto.

— Essa é a beleza da história. Não é apenas para os pobres. É para qualquer um que morra dentro dos limites de Nova Orleans. Se a polícia for incapaz de encontrar um parente, a Sociedade para o Enterro de Indigentes entra em ação.

— E deve ser um grupo bem liberal, dadas as circunstâncias em que Forbes foi encontrado — comentou Maggie sorrindo.

— Ao que parece eles não se importam com isso. Mas, de qualquer forma, a decisão não foi deles.

— Não? — perguntou Maggie, escolhendo entre suco de grapefruit ou laranja.

— Não — disse Tim, pairando atrás dela. Ele explicou que enquanto a maioria das cidades desejaria que o caso Forbes fosse esquecido o mais rápido possível, o prefeito e o órgão de turismo local haviam adotado uma atitude indiferente depois do Katrina: não tinham nada a perder. E perceberam uma oportunidade de marketing no caso. Com tantos jornalistas na cidade, por que não proporcionar um espetáculo? Querem provar ao mundo que a cidade não afundou, que ainda é um lugar com festa na alma.

* * *

Uma hora depois, Tim se balançava, trocando o peso do corpo de um pé para o outro de tanta empolgação. Não conseguia acreditar na própria sorte. Aquilo era o que qualquer editor em Londres desejaria para uma matéria sobre Nova Orleans.

— Liz — disse para Maggie —, é sério, fomos abençoados com essa história. Sexo, morte, homens de lingerie e agora isso!

Parado na calçada, ele acenou para a procissão que passava na rua. À frente estava um trio — clarinete, banjo e tuba — tocando o que começou como um lento e fúnebre *spiritual*: "Nearer My Good to Thee". Atrás deles havia um grupo maior, todos vestidos da mesma forma: calças pretas e camisas vermelhas, com trombones, trompetes e saxofones, um homem com um tarol pendendo do pescoço por uma alça. Três músicos não tocavam, apenas moviam-se com altivez. A procissão era lenta, não exatamente uma marcha, estava mais para uma caminhada graciosa ao ritmo da música que vinha da parte da frente do cortejo. Por fim, atrás, vinha o carro funerário.

Quando se aproximaram do grupo de jornalistas, uma mulher com uma prancheta — uma assessora de imprensa do órgão de turismo, supôs Maggie — disse algo e a marcha parou, apesar de os músicos continuarem tocando.

Agora mais homens, dos quais apenas um era branco, reuniram-se ao redor do carro funerário. Depois de um minuto de puxões e empurrões, emergiram carregando um caixão prateado. Eram ao menos 12, agarrando os tubos laterais que faziam as vezes de alças. Por que tantos, perguntou-se Maggie, que nunca vira mais do que seis pessoas carregando o caixão em um enterro. Um momento depois ela entendeu.

O refrão continuava sendo tocado, mas o volume aumentava. Em vez de conduzida apenas pelo clarinete, a melodia era agora reforçada pelos metais, com o acréscimo de um trompete ou saxofone por alguns compassos. Então, como se impulsionados pela música, o grupo em volta do caixão executou um movimento súbito e ágil que arrancou alguns suspiros nos jornalistas, dos quais apenas um era negro.

Os homens ergueram o caixão, de modo que ficasse acima das suas cabeças. Mas não o mantiveram estático, e sim balançaram a urna. Então trouxeram o caixão de volta à altura da cintura e voltaram a balançá-lo, como se embalassem um berço. Sussurrando a explicação dada pela assessora de imprensa, um repórter de TV que estava mais atrás disse a uma mulher ao seu lado que aquela era outra tradição dos funerais de jazz: permitir que o falecido dançasse uma última vez.

A procissão desceu a Bourbon Street, a caminho do cemitério. As equipes de TV entraram em ação: os cinegrafistas tiraram as câmeras dos tripés e as apoiaram em cima do ombro, e os jornalistas apressaram-se para acompanhá-los. Maggie, de volta à personagem Liz Costello do *Irish Times*, fez o mesmo, juntando-se à multidão crescente atrás do caixão.

Algumas caminhavam e dançavam ao som da música, girando guarda-chuvas e agitando lenços. Uma mulher branca grandona com pouco senso de ritmo sorriu para Maggie.

— Essa é a segunda fila!

— Como? — perguntou Maggie, lutando para ser ouvida acima da música, que agora trovejava.

— A segunda fila! — disse a mulher, sem deixar de sorrir. — Está no meu guia de viagem. Você dança com a procissão fúnebre. É uma tradição de Nova Orleans! — Com isso, ela levantou um lenço de papel branco e passou a girá-lo.

Quando chegaram ao cemitério, Maggie já havia se afastado dos jornalistas. Ela guardou a caderneta e observou a longa fila se transformar em uma multidão nos portões. A música ficou mais lenta, até parar quando um padre pediu silêncio.

O sacerdote disse algumas palavras de boas-vindas, então discorreu sobre Nova Orleans e seus costumes. Como que lembrando a si mesmo, ele acrescentou uma menção rápida a Vic Forbes e sugeriu que todos seguissem para a sepultura.

A multidão estava menor agora, dominada por homens de vermelho e preto — pagos para estar lá, suspeitou Maggie. Ela ficou para trás, evitando demonstrar uma proximidade que não tinha, perto o bastante para ouvir, distante o bastante para não ser vista.

O padre enveredou por algumas trivialidades, prova de que ele, assim como todos os presentes, desconhecia Vic Forbes. As palavras pareciam pairar no ar e morrer com a brisa.

Maggie olhou em volta, e só então percebeu que havia alguém ao seu lado. Um homem de cabelos brancos que rareavam, com talvez 60 e poucos anos, que vestia um terno cinza — camuflado para ficar indistinto no cemitério. Contra o tom das lápides, ele era quase invisível. Assim como Maggie, não tinha uma caderneta nas mãos. E, como ela, não estava vestido como um turista: usava um terno escuro e formal. Seria o único verdadeiro enlutado por Vic Forbes?

Ele a dirigiu um olhar solene, sobrancelhas arqueadas, do tipo de olhar que se costuma trocar em enterros.

— Olá — sussurrou Maggie. Então, arriscando a sorte, acrescentou — O senhor o conhecia?

O homem continuou a fitar fixamente a cerimônia, observando o padre, mas falou de imediato. Em vez de responder, fez outra pergunta:

— Qual a sua linha de trabalho?

Por instinto, não afirmou ser jornalista, pelo menos ainda não.

— Atuo na área de relações exteriores.

— Você o conhecia da Companhia? — indagou ele, fitando Maggie.

Mais uma vez, a intuição cuidou da resposta.

— Isso mesmo.

— Está aqui como a representante oficial?

Maggie aprendera aquele truque em centenas de negociações. Por mais que a mente disparasse, por mais que se esforçasse para assimilar novas informações, não se deve dar qualquer indício externo disso. O melhor era reagir como se não houvesse nada a que reagir. Portanto, ficou impassível ao processar o que acabava de ouvir. *A Companhia... a representante oficial.* Maggie olhou para as próprias roupas, para as dele, e começou a entender a situação:

— Estou aqui para prestar os respeitos da Companhia. Sim.

O homem expirou, como se acabasse de derrubar a primeira de diversas muralhas protetoras.

— Imaginei que sim. Bob não tinha muitos amigos, se entende o que quero dizer — insinuou, enfatizando a palavra *amigos* para se referir a mulheres. — Isso é bom. Eu não sabia que ainda o faziam, mas é bom.

Maggie assentiu com rigidez, tentando incorporar o papel atribuído por aquele homem. Representante oficial. A mente dela concentrava-se, contudo, em uma única palavra. *Bob.*

— Já faz um bom tempo, é claro. Mas ele era competente no trabalho. Mesmo em regiões de alta tensão. Honduras, El Salvador, Nicarágua.

Maggie voltou-se para ele, um giro curto para transmitir cordialidade. A ficha havia caído.

— Um trabalho importante. A nação está em dívida com vocês. Com vocês dois.

— Ah, mas não me entenda mal, ele também podia ser um idiota. Engraçado ter vindo parar em Nova Orleans. Éramos quase vizinhos, provavelmente. E eu não fazia ideia disso.

— Então não eram amigos?

— Não o via há quase vinte anos. Então aparece na televisão essa semana, caluniando o presidente. — Ele esperou que Maggie assentisse. — Pensei em retomar o contato, em nome dos velhos tempos. Quando menos espero, ele aparece morto.

— Sim.

Ambos ficaram em silêncio, observando o padre atirar um punhado de terra sobre o caixão. Maggie refreou o impulso de bombardear o homem com perguntas: ela precisava agir como uma representante da "Companhia". E isso, ela decidiu, significava manter o controle total.

O cortejo começava a se dispersar e Maggie sentiu que sua chance estava prestes a escorrer pelos dedos. Teria que forçar a sorte.

— Confesso que não soubemos o que pensar deste... desfecho final.

— Como eu disse, ele podia ser um idiota. Esse era Bob Jackson. Ele marchava em seu próprio ritmo.

Bob Jackson. Estariam lidando com alguém que tinha uma vida dupla? Seria Vic Forbes a verdadeira identidade ou uma falsa? Imperturbável, ela guardou a informação para depois.

— E quanto à morte dele? A polícia diz que foi suicídio.

Ele sorriu, como se aquela fosse uma piada antiga e boa.

— Eu sei. Mas depois que o sujeito ameaçou o presidente daquela forma, a imaginação fica a mil, não é verdade?

Maggie manteve o rosto impassível. A banda passou a tocar uma versão ruidosa de "When the Saints go Marchin' In". Ela se voltou, como que sugerindo que estava de saída, rezando para que o homem não visse o gesto como uma deixa para se despedir. No entanto, ele era um sessentão solitário em meio à multidão com lembranças dos anos de glória na "Companhia", que encontrara alguém — uma mulher — disposto a ouvir. De alguma forma, Maggie suspeitou de que ele não tivesse pressa de partir.

O homem a acompanhou, mantendo o passo do cortejo. Maggie não disse nada, à espera de que ele rompesse o silêncio. Homens, especialmente os ansiosos, quase sempre se sentem obrigados a isso.

— Escute, eu não descartaria a possibilidade. Jackson não era do tipo popular, mas solitário e um tanto obsessivo. Pode ter feito alguns inimigos, mesmo antes dessa história com Baker.

Maggie arqueou uma sobrancelha num gesto de estímulo. *Continue*.

— Mas algo me faz duvidar disso. Qualquer um que saiba o mínimo a respeito de Bob Jackson sabe que ele faria o que foi treinado para fazer. O que todos fomos treinados para fazer.

Os trompetes e os trombones dificultavam a conversa.

— Não entendi — confessou Maggie.

— O lençol. Não faria sentido dar cabo de um sujeito como Bob Jackson. Ou de qualquer um de nós. Não se estiverem preocupados com o que sabemos. Ele teria preparado um lençol.

— É claro — disse Maggie, que agora estava com a cabeça a mil. *O que diabos é um lençol?* Estavam de volta aos portões do cemitério, prestes a serem engolidos pela multidão que esperara para fazer o caminho de volta. Maggie viu Tim do Telegraph entrevistando um dos trompetistas. Ele poderia se aproximar a qualquer momento, acabando com o disfarce dela. Virou de costas, esperando não ser identificada.

Precisava de muitas informações daquele homem. Deveria perguntar o nome dele e pedir o número do telefone para marcar um encontro? Ela podia dizer que a Companhia ainda tinha algumas perguntas sem respostas sobre "Vic Forbes" e perguntar se ele estaria disposto a ajudar. Mas hesitou. O cara era experiente e bem-treinado. Exigiria um cartão de visita; telefonaria para Langley e pediria informações sobre ela. Já tinha sorte de ter conseguido tanto. Seria loucura abusar.

Não. Ela precisava conseguir tudo agora. Os dois haviam parado de caminhar e pela primeira vez Maggie o fitava nos olhos. Era impressionante o quanto o homem era parecido com Forbes, ou Jackson. As mesmas feições comuns: rostos feitos para desaparecerem.

— Jackson era um profissional, não resta dúvida disso — disse Maggie por fim, a representante oficial prestando homenagem. — Ele teria preparado um lençol, assim como o senhor também teria feito. E, além disso, saberia o que fazer com ele.

Pronto. Ela lançara algo parecido com uma das linhas de pesca do pai, com a mesma chance de sucesso. Por dentro, a falta de jeito a corroia.

— Sim. Sem dúvida — disse o homem.

Maggie estava prestes a pressionar mais o sujeito quando sentiu uma mão no ombro e se virou, dando de cara com Tim, com um olhar possessivo. Ela adotou uma expressão que dizia *agora não*. O rapaz pareceu ficar desapontado, talvez até mesmo um pouco ofendido, mas para o alívio dela, se afastou.

No entanto, quando ela se voltou, o homem que estivera ao seu lado nos últimos dez minutos havia desaparecido, sumido na multidão.

Ela precisava telefonar para Stuart imediatamente. Poderiam usar aquela informação, que talvez fosse o grande avanço que procuravam. Apressada, ela apertou as teclas do telefone, digitando o número direto do escritório. Caiu na caixa postal. Em seguida, tentou o celular. *Desculpe, mas este número está fora de serviço. Desculpe, mas este número está fora de serviço. Desculpe...*

Droga! Ela telefonou para a mesa telefônica da Casa Branca.

— Stuart Goldstein, por favor — disse Maggie, em meio a encontrões dos "enlutados" que passavam por ela nos portões.

A telefonista pareceu hesitar.

— Quem gostaria de falar com o Sr. Goldstein?

— O meu nome é Maggie Costello. Trabalho no Conselho de Segurança Nacional. Quer dizer, trabalhava no...

— Srta. Costello, fui orientada a transferir os seus telefonemas para o Sr. Sanchez. Aguarde, por favor.

Seguiu-se uma espera interminável, preenchida por uma música clássica estridente. Maggie sentia as mãos suarem. Por fim, ela escutou a voz de Doug Sanchez, mas sem a energia característica à qual ela estava acostumada.

— Oi, Maggie. Não sei onde você está, mas pode ser que queira sentar-se. Receio ter uma notícia muito ruim. Stuart está morto.

VINTE E SETE

Telegrama diplomático:

Da Seção de Interesses da República Islâmica do Irã, instalada na embaixada da República Islâmica do Paquistão, em Washington, DC.
Ao comandante do Exército dos Guardiães da Revolução Islâmica, em Teerã.

ULTRASSECRETO. CONFIGURAÇÃO DE CRIPTOGRAFIA: MÁXIMA

Situação de SB deteriorando-se. Dando continuidade à nossa última conversa, posso reportar que SB não conta mais com os conselhos do principal assessor. Podemos não ter o problema da "mão estendida" por muito mais tempo. É provável que serviço normal seja retomado em breve. Fim.

VINTE E OITO

NOVA ORLEANS, QUINTA-FEIRA, 23 DE MARÇO, 11H23 CST

Com a voz embargada, Doug Sanchez explicou que dois corredores encontraram o corpo de Stuart às 6 horas daquela manhã no Rock Creek Park. Exames iniciais sugeriram que ele morreu depois de ingerir trinta comprimidos de dextropropoxifeno — um analgésico cuja bula adverte quanto ao uso por pacientes com histórico de "depressão com tendências suicidas" — e cortar o pulso esquerdo. A polícia divulgaria em breve um comunicado no qual afirmava não procurar por suspeitos. O presidente já havia falado com a esposa de Stuart. Doug estava prestes a enfrentar a imprensa em uma coletiva sem câmeras.

Maggie estava aturdida demais para falar. Ela se preocupava com a expectativa de vida de Goldstein desde praticamente o dia em que o conhecera. Acreditava que a simples existência dele — o enorme peso e as altas cargas de estresse — representava um desafio à ciência, como se Stuart definisse novas fronteiras para o que é possível. Com frequência, ela o imaginava nos fundos de um ginásio de escola durante algum evento de campanha, mastigando ruidosamente um cachorro-quente até sofrer um infarto. Mas suicídio? O simples pensamento de Stu Goldstein — um homem que devorava a vida da mesma forma que devorava comida — suicidar-se pareceria absurdo.

Até a noite anterior. A última conversa entre ambos a deixara preocupada. Ela nunca o ouvira soar tão cansado, tão completamente derrotado antes. Escutava mentalmente a voz de Stuart, mais suave do que de costume. *Não restaria grande coisa de mim, restaria?* E então: *Sem Baker, não existe Goldstein.*

Descanse. Foi o melhor conselho que ela conseguiu dar. Que tipo de amiga era? Por que não percebeu que Stu estava no limite? Ela sentiu o forte desejo por uma bebida.

— Olha, Maggie — prosseguiu Sanchez —, preciso ir a essa coletiva. Mas o que está acontecendo é o seguinte. O presidente me pôs a par do seu trabalho com Stuart. Sobre Forbes. Ele me pediu que... — Sanchez hesitou, aparentemente constrangido. — Ele me pediu que desse prosseguimento ao trabalho de Stuart. De agora em diante, eu sou o seu contato. — Normalmente, haveria um tom sugestivo, de flerte, naquela frase. Mas não naquele momento. — Mas me parece que há coisas que ele precisa discutir pessoalmente com você — comentou Sanchez, parecendo incomodado. — E, inclusive, me pediu que transferisse a ligação assim que terminássemos. Certo? Nos falamos mais tarde.

— Certo.

— E Maggie. Sinto muito por ter sido eu a, você sabe, a...

Houve um clique e então mais música de espera. Tim do Telegraph e os outros jornalistas olhavam para ela agora. Pareciam estar curiosos, talvez até mesmo um pouco incomodados pela sua separação deliberada do grupo: por que os ignorava? Com quem falava tão ansiosamente ao telefone? Teria descoberto algo que passara despercebido a eles? Quando acenou para que partissem sem ela, alguns a olharam de cara feia, mas eles se foram, o que foi um alívio. Maggie encontrou um lugar à sombra de uma árvore. O cemitério estava quase deserto agora, salvo um ou dois retardatários, entre os quais um homem branco de terno escuro parado próximo dos portões, também falando ao celular.

— Um momento, por favor. O presidente já vai atender — disse uma voz distante no BlackBerry.

— Obrigada.

Outro clique.

— Maggie, estou muito feliz por termos conseguido encontrá-la. — Era o mesmo tom que ouvira quando Baker falou com os filhos na cozinha da Residência e durante os primeiros dias da campanha. Calorosa, gentil, cheia de empatia. A voz de um pai forte e protetor.

— Sim, senhor presidente.

— Este é um golpe terrível para todos nós. Eu sei o quanto você e Stuart eram próximos.

— Vocês também eram próximos, senhor.

— Sim. Éramos. — Ele fez uma pausa, como se tentando manter as emoções sob controle. — Mas acredito que ambos sabemos o que Stuart desejaria. Ele desejaria que combatêssemos essa situação, Maggie. Principalmente agora.

— Não tenho certeza do estado de espírito em que ele se encontrava, senhor presidente.

— Ontem estava muito diferente, eu sei disso. Mas Stuart não era um homem que desistisse de nada. Ele era um lutador. — O tom mudou. — Eu simplesmente não consigo acreditar... — A frase ficou no ar. — Suicídio: não o Stu...

— O senhor não está dizendo que alguém pode ter feito isso? — A pergunta saiu quase como um sussurro.

— Vou dizer o que penso, Maggie. Penso que esta Presidência está sob ataque. Penso que estamos enfrentando nada menos do que uma tentativa de golpe de estado. E que precisamos combatê-la com tudo que temos. Não se trata mais de mim ou da Presidência, Maggie. O que está em jogo é a Constituição dos Estados Unidos. Se eles forem capazes de destituir um presidente eleito, serão capazes de qualquer coisa.

— Quem são "eles", senhor?

Ela o ouviu suspirar.

— Ainda não sabemos, não é verdade? E mesmo falar nisso soa disparatado. Mas precisamos descobrir quem eles são. Estou contando com você, Maggie. Continue a cavar essa história de Forbes. Precisamos de informações, e rápido.

— Entendo.

— Faremos o que estiver ao nosso alcance por aqui. Já suportei quatro dias dessa merda na defensiva. Vamos passar ao ataque agora mesmo. Vamos fazer umas ligações, diremos aos democratas da Comissão Judiciária para honrarem os colhões e começarem a defender o seu presidente.

— Fico feliz por ouvir isso, senhor.

— E então, o que conseguiu?

Maggie tentou se concentrar, tirar Stuart da cabeça, agir como se colocasse o presidente a par de uma explosão de violência na Cisjordânia. Ela se recompôs, extraindo uma migalha de confiança do pouco que descobrira.

— Senhor, não está confirmado, mas tenho fortes suspeitas de que Vic Forbes era na verdade Bob Jackson, ex-agente da CIA.

Seguiu-se uma inspiração forte no outro lado da linha.

— Meu Deus. De onde veio isso?

— Acabo de comparecer ao enterro. Encontrei um ex-colega que fez repetidas referências à "Companhia". Era bem mais velho do que Forbes, mas disse que trabalharam juntos em Honduras, El Salvador e Nicarágua. Contou que ambos estavam aposentados.

Silêncio, por dois ou três segundos.

— Você sabe o que Stuart diria, não sabe? "Com Kennedy, pelo menos, eles esperaram alguns anos. Deram uma chance ao sujeito."

— O senhor não acha...

— Bem, com o que isso lhe parece, Maggie? Um ex-agente da CIA? É quem eles usam, pelo amor de Deus. É quem eles sempre usam.

— Quem?

— Consigo imaginar as palavras de Stuart. "A invasão do Watergate? Quem eram os 'encanadores', Stephen? Quem era o esquadrão dos golpes sujos? Ex-agentes da CIA. Howard Hunt, aqueles caras." Meu Deus.

— Então o senhor acha que Forbes estava trabalhando para...

— Não sei.

— Bem, só pode haver duas possibilidades. Ou a CIA contratou Forbes para chantageá-lo ou ele estava trabalhando para outras pessoas.

— Já estamos sentindo a falta de Stuart, não é verdade, Maggie? Eu contava demais com ele — confessou Baker em um tom mais brando.

— Eu sei, senhor.

— Ele diria que Hunt e os outros, os "encanadores", eram ex-agentes da CIA, mas não trabalhavam para a agência.

— O que nos deixa com a pergunta central: para quem Forbes trabalhava?

— É isso que você precisa descobrir, Maggie. Diga-me, quando Forbes trabalhou na Agência?

— Ele era Jackson então. Bob Jackson. Foi recrutado décadas atrás. Devia ter 20 e poucos anos. E tinha 47 quando morreu.

— Passarei isso para Sanchez. Para que ele confirme a informação. O secretário de Estado me aguarda. Fale com Sanchez. E se cuide, Maggie. Precisamos de você forte, precisamos de você saudável. Conto com você; todos contamos.

— Obrigada, senhor presidente. Farei tudo o que puder. — Ela disse as palavras, aceitou o fardo, mas aquilo soou falso. O que poderia fazer, sozinha? Ela não era detetive. Não era espiã ou investigadora. Era apenas Maggie Costello, diplomata fracassada, funcionária fracassada da Casa Branca, amiga fracassada. Fracassara em... tudo.

As mãos estavam trêmulas. Maggie estava parada nos portões do cemitério, na chuva, e Stuart Goldstein estava morto. Ela sentiu uma necessidade desesperada, urgente, de estar longe dali. De estar em casa, tomando um banho quente de banheira, com um copo de uísque na mão e nada daquilo acontecendo.

Ela seguiu para a calçada e, depois de entrar em um táxi, pegou o BlackBerry. Sem pensar, guiada apenas por instinto e necessidade, digitou uma letra da agenda que raramente ousava consultar: U. De Uri.

O telefone tocou três vezes. Ela sabia que desligaria se a ligação caísse na caixa postal. Mas, assim como tantas vezes no passado, Uri a surpreendeu. Ele atendeu e, sem hesitar, disse:

— Oi. Como vai a minha ex-funcionária preferida da Casa Branca?

Ela fez uma pausa, sem desejar ser traída pela própria voz.

— Maggie? Você está bem?

Ela assentiu, sabendo da inutilidade do gesto. Então engoliu em seco, determinada a se controlar.

— Stuart está morto.

— Ah, meu Deus. Sinto muito. O que aconteceu?

— Não sei. — Ela sentiu a voz ficar embargada, um sinal de que lágrimas estavam por vir. — Dizem que foi suicídio. Mas simplesmente não consigo acreditar.

— Eu sei o quanto vocês eram próximos, Maggie. Você sempre dizia que ele tinha um coração enorme.

Ela deixou um soluço escapar. Percebeu que os últimos dias a haviam transformado em uma mola comprimida, que fora pressionada demais.

— Onde você está, Maggie?

— Não posso dizer. — Isso só a fez querer chorar mais. — Em um táxi.

— Quer que eu vá até aí?

Ela quis dizer que aquilo era o que mais desejava no mundo, mas era impossível.

— Eu só precisava ouvir a sua voz.

— Certo, então eu vou falar. — O simples fato de ouvir o sotaque de Uri, ainda estranho apesar de todo o tempo que passou nos Estados Unidos, desencadeou algo em Maggie, apesar de tudo o que acontecera entre eles. — Quer saber? Pensei em você hoje. Eu estava assistindo imagens de Baker na Feira Estadual de Iowa... — A mudança de tom sugeria que ele mudava o assunto de Stuart para um terreno mais seguro, dando a Maggie algo mais em que se concentrar. Ele era assim, Uri: sensível aos estados de espírito dela. Exageradamente sensível algumas vezes, conhecia-a bem até demais.

Ela tentou recompor-se, entabular uma conversa.

— Eu apareço nelas?

— Não — disse Uri, adotando o tom monótono que se usa para dizer a uma criança que o mundo não gira em torno dela. — Não aparece. Mas me lembraram de você. Foi onde vocês se conheceram, não foi?

— Você faz com que pareça um caso amoroso — comentou Maggie, fungando. — "Onde vocês se conheceram."

— Bem, sempre fomos três naquele casamento, Maggie — disse gentilmente, ainda com uma voz doce. — Você, eu e o futuro presidente dos Estados Unidos.

— Onde você está?

— Em um estúdio de edição em Manhattan, escutando milhões de horas de entrevistas sobre o mesmo assunto.

— Está fazendo o filme sobre Baker?

— Eu não contei? Há quanto tempo não nos falamos? Fechamos no mês passado. A PBS quer noventa minutos. A história completa. Baker, o homem.

Ela fez o possível para soar entusiasmada.

— Nossa. Isso é ótimo, Uri. Parabéns.

— Obrigado, Maggie.

— Mas é melhor você correr.

— A situação não está boa, não é verdade? Eu não entendo. Esse cara era o Sr. Invencível e agora luta pela própria vida.

Aquilo foi fundo demais. Ela sentiu as lágrimas chegando outra vez.

— É ótimo ouvir a sua voz, Uri. — Aquilo saiu como um soluço.

— A sua também. Tem certeza de que está bem?

Ela quis dizer a verdade, desabafar tudo, saber o que Uri achava do aparente suicídio de Stu, das revelações no cemitério, montar as peças do quebra-cabeça junto com ele como conspiradores, como quando se conheceram, ainda em Jerusalém. Aqueles dias haviam sido aterrorizantes — e violentos — e ainda assim pensava neles como um dos momentos mais felizes da sua vida. Apesar de tudo aquilo, e quando nem mesmo esperava, tinha se apaixonado.

— Eu gostaria de poder falar a respeito. Mas estou em uma missão. Você sabe, as regras de sempre. — Com determinação de ferro, ela segurou as lágrimas.

— Bico fechado.

— Bico *calado*.

— Ah, é? E como vai seu hebraico coloquial?

Apesar de tudo, ela sorriu, imaginando os cachos dos cabelos pretos dele, lembrando o cheiro de Uri ao seu lado. E aquilo quase acabou com a sua determinação.

— É melhor eu ir andando, Uri. Tenho outra ligação em espera.

— Está bem.

— Obrigada, Uri.

— Não por isso. E quando quiser conversar, sabe onde me encontrar. Dia e noite.

Ela apertou a tecla vermelha, encerrando o telefonema. Um instante depois, como que para não macular sua honestidade, o telefone tocou. Sanchez.

— Precisamos nos encontrar, Maggie. Urgentemente. Volte para Washington. Mas não aqui. Avisarei por torpedo quando e onde. Há algo que preciso lhe entregar. O mais rápido possível.

Ela desligou com o coração batendo acelerado, pensando, *o que será agora?*

E a milhares de quilômetros de distância um homem que nunca vira escutava cada palavra.

VINTE E NOVE

LOCALIZAÇÃO DESCONHECIDA, QUINTA-FEIRA, 23 DE MARÇO, 18H GMT

— Estamos em uma linha segura?
— Sim, senhor. Criptografia máxima.
— Bom. — Ele se curvou para frente, apoiando os cotovelos na mesa e preparando-se para começar. A tecnologia era ultramoderna, mas ele ainda resistia àquela forma de comunicação. Podia ser chamado de antiquado, mas ainda preferia olhar um homem nos olhos. Ou diversos homens, como era o caso agora.

Os técnicos garantiram que não havia possibilidade de serem monitorados por qualquer agência de inteligência doméstica ou estrangeira, ou ainda por atores não estatais. Racionalmente, ela sabia que deveria aceitar isso, porém, invejava os seus antecessores. Eles atuaram em uma época na qual tudo aquilo era feito pessoalmente, cara a cara. Não em uma sala sem janelas e subterrânea, muitos metros abaixo do solo, olhando para um painel com diversos monitores. Já era ruim o bastante se fosse apenas um interlocutor, mas uma teleconferência?

Ainda assim, não havia alternativa. A discussão era urgente e precisaria ser feita desta forma.

— Cavalheiros, todos temos acompanhado os últimos acontecimentos.

Os outros murmuraram em consentimento.

— Sei que há preocupações quanto a... como devo explicar? A lei das consequências inesperadas.

Uma voz o interrompeu, uma linha proveniente da Alemanha.

— *Temo que a cura possa ser pior do que a doença.*

Ele a interrompeu, ansioso por manter a autoridade.

— Entendo esses temores. Mas peço aos colegas que não subestimem o homem que escolhemos.

— Concordo. — Outra voz, desta vez de Nova York. — *Ele não deve ser subestimado. Mas o meu colega da Alemanha está certo. A eliminação de Victor Forbes solucionou muitos problemas, porém criou outros.*

Novamente, ele sentiu a necessidade de restabelecer o comando. Será que o seu antecessor chegou a ser desafiado daquela forma? Talvez devesse ter perguntado durante a transição.

— Cavalheiros, como disse antes, entendo a ansiedade. Tenho a convicção de que removemos um problema que representava uma grande e imediata ameaça. Caso continuasse, todo o nosso projeto poderia ter sido comprometido. Agimos com rapidez e eficiência. Entretanto, devo admitir que essa ação impôs outros desafios. Nenhum deles, contudo, nos ameaça por si só. São manejáveis.

— *E quanto a Goldstein?* — Alemanha outra vez.

— Na condição de presidente deste grupo, agi com base em informações em tempo real. O risco de que ele pudesse neutralizar o nosso projeto era grande demais.

— *Está bem* — disse a voz de Nova York.

Ele se perguntou se aqueles dois, Alemanha e Manhattan, estariam se revezando para bater no adversário. Teriam se comunicado antes do início da teleconferência? Isso era motivo de preocupação?

— *Aceito sem reservas as decisões tomadas. Mas é o momento de proteger o nosso ativo, por assim dizer* — prosseguiu Nova York. — *Caso contrário, arriscamos destruir todo o projeto.*

— Entendido — respondeu o presidente do grupo, ansioso por aproveitar aquela declaração de apoio, mesmo que pouco entusiasmada. — Esse será o próximo passo do nosso trabalho.

Houve murmúrios de aprovação.

— Uma última coisa, cavalheiros. Ao que parece, alguém está investigando o caso Forbes com mais interesse do que gostaríamos. Uma mulher. Quero que fique claro para todos que estamos cientes dela, e vamos garantir que não cause problemas.

— *Cuide para que isso aconteça.* — Uma primeira intervenção de Londres.

— Vocês têm a minha palavra — disse o presidente do grupo. — Ela será removida do quadro se necessário.

TRINTA

WASHINGTON, DC, QUINTA-FEIRA, 23 DE MARÇO, 19H41

As instruções de Doug Sanchez foram claras. A informação não podia ser transmitida por telefone, e-mail ou fax. Eles precisavam se encontrar pessoalmente. Ela deveria embarcar no primeiro avião para DC, seguir direto para a Union Station e ficar de frente para o painel de partidas da Amtrak. Em tempos mais felizes, Maggie acharia graça de toda aquela intriga, burocratas políticos fazendo as vezes de agentes secretos. No entanto, a conversa sobre o assassinato de Kennedy e a CIA partira do próprio presidente. Estava claro que Stephen Baker sentia que não podia mais confiar em ninguém.

Houve uma onda súbita de movimento quando os passageiros que aguardavam deixaram seus lugares, apressados. Ela olhou para o painel e viu que, por fim, fora anunciado o horário da partida do Acela Express para Nova York, que sairia dali a dez minutos. Em meio à multidão, sentiu um empurrão. Ao olhar para o lado, viu Doug Sanchez. Elegante, envergando sobretudo e cachecol, ele fitava o painel.

Sanchez manteve o olhar fixo acima, incitando-a a participar da encenação. Maggie pegou o BlackBerry, sorrindo e dizendo alô como se o aparelho houvesse vibrado e ela estivesse atendendo uma ligação.

— Maggie, escute. Isso é radioativo. Vazar a identidade de um agente da CIA é um crime federal.

— Mesmo de um agente morto.

— Perante a lei, não tenho certeza. Aos olhos da Fox News, definitivamente.

— Então eu estava certa. Forbes foi agente da CIA.

Ele ainda estava com os olhos fixos no painel.

— Deu um trabalho enorme para confirmar, mas sim. O problema é que ainda não temos ninguém nosso lá. Droga de Senado. São funcionários remanescentes da última administração.

— Então quem o ajudou? — perguntou Maggie, ainda sorrindo ao telefone e olhando na direção oposta.

— O número três é remanescente da *penúltima* administração. Um dos nossos.

— E?

— Ele fez mais do que o necessário. Pedi uma simples confirmação. Forbes foi agente ou não? Mas ele me mandou a ficha pessoal.

— Meu Deus.

— Não a ficha completa. Um resumo.

— O que ela diz?

— Que você estava certa. Jackson tem a mesma idade de Forbes. Ele se aposentou há três anos. Serviu por toda parte. Arábia Saudita, Paquistão. América Central na década de 1980.

— Por que saiu?

— A ficha não diz. Consta apenas "desligado". Isso pode significar qualquer coisa. Inclusive aposentadoria.

— Certo. E o que mais?

— Há um currículo completo. Nem li direito. Precisamos de distanciamento nisso, da negação plausível. Como eu disse, não pedimos a ficha do sujeito. — Ele fez uma pausa. — Tenho me perguntado se é algum tipo de armação. Se mandaram o arquivo completo para ver o que faremos com isso.

— Então o documento não pode deixar rastros. Entendi.

— Nenhum rastro. Você se lembra do lendário "diário de Josh"?

Os funcionários da Casa Branca morriam de medo dessa história: o jovem assessor cujo diário pessoal foi incluído como prova em uma investigação presidencial há muito esquecida, de modo que o júri e as equipes de advogados passaram a esmiuçar os detalhes de quando ele terminou com a namorada e o porquê. Detalhes que, é claro, vazaram para a imprensa. Um conselho independente, ou um promotor especial, exigiria tudo: os registros telefônicos, de faxes e e-mails seriam apenas o começo. Precisavam garantir que não houvesse registros daquela conversa e da transmissão de informação de Sanchez para Maggie.

— Então como fazemos isso?

— Vou deixar cair os jornais que tenho sob o braço...

— Max! — Maggie deu uma risada falsa, como se tivesse ouvido algo engraçado no celular.

— Vou soltá-los, você se abaixa para me ajudar, devolve tudo...

— A não ser...

— A não ser o envelope pardo. Pronta?

— Sim.

Ele contou até três e então deixou cair a pilha de papéis: o *Washington Post*, duas pastas azuis, algumas folhas impressas. Maggie se abaixou na hora para ficar de frente para Doug, que se desculpou profusamente.

— Sou um idiota — disse o assessor. — Muito obrigado.

— Volto a ligar — Maggie prometeu ao amigo imaginário. — Tome aqui — disse a Doug com um sorriso radiante, devolvendo a pilha de papéis. Entretanto manteve o envelope pardo.

— Obrigado — disse Doug, fazendo contato visual pela primeira vez. Maggie viu que o pavor do rapaz era autêntico, a vermelhidão ao redor dos olhos era um testemunho das noites privadas de sono. Talvez também estivesse desnorteado com a morte de Stu. O que a fez gostar ainda mais dele.

— Não nos deixe na mão, M — sussurrou para ela. — Precisamos de você. Ele precisa de você. — Então se virou e partiu.

TRINTA E UM

WASHINGTON, DC, QUINTA-FEIRA, 23 DE MARÇO, 20H14

Maggie foi para casa de metrô, com os dedos coçando para abrir a bolsa. Mas não podia arriscar. E se alguém espiasse sobre o seu ombro? E se a deixasse cair e alguém a pegasse? E, pensando bem, e se — justamente hoje — fosse roubada? Ela se lembrou de histórias de funcionários do governo que esqueceram laptops em trens ou táxis, levando à perda de segredos vitais para a segurança nacional. Apertou a bolsa entre o braço e a coxa, segurando a alça com força para garantir. Se algum vagabundo quisesse roubá-la, seria forçado a escolher outro alvo.

Ela caminhou a distância curta entre a estação Cleveland Park e o apartamento, lutando contra o impulso de olhar sobre o ombro a cada passo. A mão tremia quando enfiou a chave na fechadura. Depois de destrancada, a porta não abriu com a mesma facilidade de sempre; parecia emperrada. Maggie deu um solavanco com o ombro e a empurrou.

Ela levou a mão ao interruptor e então correu os olhos pelo espaço amplo, observando o hall onde estava, a cozinha à esquerda e o resto da sala de estar. Será que a faxineira tinha vindo? Ela não pedira. E, ainda assim, sentiu um cheiro no ar, de produto de limpeza. Maggie fechou a porta e passou o pega-ladrão.

Ela abriu a mala e viu a bolsa, o telefone, um batom — mas nenhum sinal do envelope! Instantaneamente, passou a tirar tudo o que havia dentro até que, graças ao bom Deus, lá estava. A paranoia é infecciosa.

Ela abriu o armário da cozinha e pegou uma garrafa de Jameson. Umas gotinhas d'água, um gole ainda de pé, então o sofá. Com o coração batendo acelerado, pegou o envelope.

Dentro havia um documento de duas folhas grampeadas, com o timbre da Agência Central de Inteligência discretamente situado no canto superior direito. No outro, uma fotografia 3x4 que, depois de alguns instantes, ela reconheceu como sendo de Vic Forbes quando jovem. No centro, em negrito, apenas um nome: Robert A. Jackson.

A semelhança entre o jovem Jackson e o Forbes que aparecera na televisão no início da semana mal era discernível. Ele tinha cabelo então, castanho e curto, mas cobria toda a cabeça; e também um bigode. Óculos grandes do tipo que se usava no início dos anos 1980, mas que agora tinham aparência cômica.

Ela começou a ler, concentrando-se em cada linha. O documento iniciava com o ano de nascimento, em seguida, um resumo da formação: ensino médio em Washington, ensino superior na Penn State, especialização em espanhol. Três anos na Marinha até o recrutamento para a Agência. Enviado quase que imediatamente para as Américas Central e Latina. Primeiro posto, adido econômico na embaixada americana em Tegucigalpa, dois anos. Transferência para San Salvador, desta vez como adido comercial, 18 meses. Por fim, Manágua.

Maggie conferiu as datas. Jackson esteve nesses lugares quando eles se encontravam em ebulição: trabalhou na Nicarágua no exato momento em que Oliver North e sua turma forneciam armas para os Contras e mentiam para o Congresso a respeito. Talvez Jackson, fluente em espanhol, tenha sido o contato.

Ele era jovem. Tinha 20 e poucos anos e circulava por zonas de guerra, bebia tequila com paramilitares, entregava mochilas cheias de dólares da CIA. Nessa idade, Maggie percorria estradas de terra esburacadas da Eritreia a Kinshasa, de carona com guerrilheiros nas carrocerias abertas de caminhões. Ela se perguntava se o jovem Jackson sentira a mesma emoção que ela, a energia singular provocada pelo fato de se estar em um lugar onde todo dia é uma questão de vida e morte.

E então, o que acontecera com Bob Jackson? Uma longa temporada em Langley, do final dos anos 1980 até a década seguinte. Provavelmente andando de um lado para o outro nos corredores, em busca de uma função. Depois da queda do Muro e do fim das famosas guerras por procuração dos tempos da Guerra Fria, guerreiros como Bob Jackson ficaram subitamente de mãos abanando. Maggie olhou para a fotografia imaginando como ele deve ter se sentido.

Havia a menção de um posto temporário na Espanha, que ela percebeu coincidir com o atentado a bomba no metrô de Madri, e outras passagens rápidas pela Ásia, também presumivelmente relacionadas ao que os mestres políticos de Forbes chamariam de Guerra ao Terror.

Entretanto, ela ainda não conseguia compreendê-lo.

Na próxima folha estavam os detalhes pessoais que revelavam apenas que havia pouquíssimo a ser revelado.

Estado civil: solteiro.

Filhos: Não.

Associações significativas: nenhuma atividade da qual a Agência tenha conhecimento.

Então ele havia sido um solitário que morrera completamente sozinho. Maggie lembrou outra vez o desejo ardente que vira no rosto dele nas imagens do circuito interno de TV do Midnight Lounge e, pela primeira vez, sentiu uma pontada de compaixão. Talvez os olhos de

Forbes não expressassem simplesmente luxúria, mas uma necessidade diferente. Do calor de outra pessoa.

Maggie o imaginou indo àquele lugar semana após semana, quarta-feira após quarta-feira, sentando-se à mesma mesa pequena no escuro, olhando boquiaberto para os corpos plastificados se contorcendo — e então voltando para o mundo lá fora, para a casa espartana na Spain Street, onde passaria a noite com o conforto apenas da própria mão direita. Talvez tenha sido essa a razão de toda a excitação flagrada nas imagens granuladas do circuito de TV. Finalmente estava com alguém.

Ela expirou alto e bebeu outro gole de uísque. Deus do céu, ainda vestia o casaco. Deveria se levantar, tomar um banho, talvez comer. Depois de se levantar a caminho do banheiro, ela viu a luz da secretária eletrônica piscando, o aparelho que Liz chamara de "retrô chique" em sua última visita. Maggie foi até lá e apertou "play".

Uma mensagem de uma amiga casada perguntando por que não fora ao brunch. Ela esquecera completamente daquilo. Outra, da lavanderia, informando que o casaco estava pronto. Então uma terceira:

Eu podia ter mandado uma mensagem de texto, um e-mail ou um maldito "tweet", dizia a voz com sotaque inconfundível. *Podia ter escrito alguma coisa no seu mural do Facebook ou tentado mandar uma mensagem instantânea, ou o quer que aquilo se chame, mas algo me diz que você quer ouvir uma voz humana ao retornar da Cidade Perdida de Atlântida. Mags, é Nick, querida, ávido por saber como a minha aluna mais brilhante se saiu no curso prático de jornalismo para iniciantes. Com louvor, se puder acreditar em Tim do Telegraph, mas ao que parece você sumiu sem se despedir. Muito rude da sua parte. E espero que não tenha traído o nosso acordo tácito de fidelidade, Srta. Costello. Por um acaso do destino, estou em Washington por alguns dias. Me ligue se estiver a fim de uma tigela de papa etíope no Adams Morgan. Ou talvez um drinque no Eighteenth Street Lounge.*

A reação que teve a surpreendeu. O normal era que dispensasse Nick. Sempre estava ocupada demais ou com Uri. No entanto, naquela noite, queria vê-lo. Não simplesmente por precisar de companhia, apesar de esse ser um dos motivos. O último visitante ao seu apartamento havia sido Stuart: sentado na cozinha no dia anterior, enchendo a cara lúdicra de Cheerios e contendo a ansiedade. A memória provocou uma onda de dor, seguida por uma pontada de pânico. Ela estava sozinha e precisava de ajuda. Aquela situação era complicada demais para ela e tinha facetas demais. Sanchez era inteligente, mas não possuía uma fração da astúcia ou da experiência de Stuart; ou de sua humanidade. Além disso, ser visto ao lado de Maggie já o deixara uma pilha de nervos, conversas por telefone ou e-mail então, nem pensar.

A cabeça dela estava em parafuso: horas demais sozinha. Em voos, em táxis, ela pensara e repensara naquilo, repetidamente. Precisava saber se a chantagem de Jackson havia sido sancionada por seus antigos empregadores, a CIA, ou por outra facção qualquer do governo americano. Ou se o presidente estava certo, se Jackson era um mercenário, um especialista em ardis contratado para fazer o trabalho, assim como Nixon contratara ex-agentes da Companhia para grampear e roubar o inimigo democrata. E qual a relação que tudo aquilo tinha com o que ainda era uma — senão *a* — pergunta central: quem queria Forbes fora do caminho?

Não que pudesse se abrir com Nick du Caines. Ele sempre insistira que era discreto. "Um túmulo, Mags, juro! Entra por aqui", dissera ele, apontando para o ouvido, "e vai direto para o cofre. Fechadura tripla. Cadeados de titânio." E então imitava o som do fechamento de uma porta pesada. Entretanto, não dava para arriscar. Nick podia ter as melhores intenções, mas, se estivesse bêbado, ou cheirado, e tentasse levar uma estagiária do Banco Mundial para a cama, quem sabe o que poderia dizer?

Eles se encontraram no Eighteenth Street Lounge, um lugar onde os cantos eram escuros o bastante e os estofados gastos o suficiente para satisfazer as fantasias hemingwayianas de Nick: o ex-correspondente de guerra castigado, cansado do mundo. Ele se levantou com um pulo quando a viu entrar pela porta sem placas de identificação e a abraçou, passando as mãos pelas suas costas antes mesmo que ela tirasse o casaco. Ela manteve uma das mãos na bolsa, na qual mantinha o envelope entregue por Sanchez na estação. Não queria se separar do documento um instante que fosse.

Nick já pedira um uísque para ela.

— O seu malte preferido — prometeu.

Falaram primeiro de Stuart, com Nick assentindo nos momentos certos. Então sobre Nova Orleans, com o amigo incitando-a a contar casos engraçados sobre Tim do Telegraph e pedindo que descrevesse a sua hábil integração ao grupo de jornalistas, tomando isso como um elogio à sua competência como professor.

— E então, Mags, pode me dizer do que se trata tudo isso, para que o amado e histórico jornal para o qual trabalho tenha ao menos algo que lembre uma matéria?

— Ainda estão perdendo dinheiro?

— Milhões. E os contadores logo passarão a se perguntar por que precisam de um correspondente nos EUA se podem facilmente contar com "blogueiros". — Ele praticamente cuspiu a palavra, adotando a cadência insípida de um guarda-livros dickensiano, que era como sempre descrevia os contadores que supostamente administravam o jornal.

— Não é nada que você possa usar ainda, mas de fato posso contar alguma coisa.

O rosto de Nick du Caines se iluminou, os olhos se arregalaram em uma expressão de deleite infantil.

— Ela me ama! — exclamou, em um volume constrangedor. — Aleluia, Srta. Costello. As palavras que anseio ouvir dos seus lábios com mais avidez do que quaisquer outras. A não ser, é claro, "Nick, você poderia abrir o meu..."

Ela o encarou, séria.

— Desculpe. Sou todo ouvidos.

— Neste estágio, tenho apenas uma suspeita. Sei que todos têm pensado o mesmo, mas realmente acho que Forbes pode ter sido assassinado.

— Porra.

— Ainda não tenho provas.

— Certo.

— Algo me diz que foi um trabalho profissional.

Ele se empertigou na cadeira: se fosse um cachorro, as orelhas teriam ficado de pé.

— O que quero que você sonde, da forma mais inconspícua possível, é se há evidências, qualquer evidência, do envolvimento da... — Ela abaixou a voz até um leve sussurro — ... CIA.

— Puta merda.

— Nem uma palavra, Nick.

Ele tomou um gole da bebida. Quando voltou a erguer os olhos, a expressão era de absoluta seriedade.

— Você não me pediria isso se não tivesse ao menos algum tipo de evidência. Não posso dar um passo à frente sem vê-lo antes. Ou ao menos saber o que é.

Maggie sorriu, lembrando que Nick du Caines não conquistara uma infinidade de prêmios de jornalismo investigativo por acaso. Ele podia ser um velho beberrão lascivo, mas ainda era um jornalista das pontas dos dedos manchadas de nicotina até o último fio de cabelo.

— Não posso mostrar nada, você sabe disso. Tudo que posso revelar é que tenho motivos para sugerir que investigue nesta direção. Mas precisa compartilhar comigo qualquer coisa que descobrir. Publique antes e não voltará a ter notícias minhas.

— Essa não é uma ameaça das mais fortes, Mags. Não se a CIA tiver dado cabo de um cidadão americano que por acaso ameaçava o presidente. Essa é uma grande história por si só.

— Mas não se for apenas a ponta do iceberg.

— O que você está dizendo?

— Estou dizendo para você ter paciência. Espere até ver o quadro completo.

— Gosto do que estou vendo agora mesmo — respondeu, passando a língua levemente pelos lábios antes de levar o copo a eles.

Ela deixou que Nick a acompanhasse até em casa. E, com agilidade, depois de anos de experiência, virou o rosto para oferecer a bochecha quando ele partiu para o beijo de boa-noite. Como sempre, ele mais ladrou do que mordeu. Nick se insinuava, mas não mais do que isso. Ele pegou a mão de Maggie, beijou-a e se afastou noite adentro.

De volta ao apartamento, ela abriu a bolsa e pegou a ficha de Jackson. Algo não lhe saía da cabeça a noite toda, algo que fizera soar um acorde tênue e abafado em sua mente mais cedo, mas que não foi capaz de identificar.

Maggie voltou à primeira página e a releu lentamente. A mente estava anuviada pelo uísque que bebera no bar. O que diabos seria?

Voltou a analisar os primeiros dados, que antes havia apenas lido por alto. A data de nascimento, a escola, a universidade.

A escola.

Mais uma vez, ela sentiu, ou ouviu, um eco mental distante. O nome era familiar, mas ela não fazia ideia de onde.

James Madison High School, Washington.

Ela pegou o BlackBerry e fez uma busca no Google, que teve como resultado dezenas de escolas com o mesmo nome, algumas em DC, algumas nas proximidades, outras com palestrantes convidados do distrito.

Espere um pouco, e se...

Ela mudou a busca, com um pequeno ajuste.

Estava impaciente demais para esperar que o pequeno aparelho carregasse todos os resultados. Ela foi até a pilha de livros no chão ao lado da estante: os novos, para os quais ainda não havia espaço nas prateleiras já atulhadas. Vasculhou os títulos, jogando de lado os novos volumes sobre o Oriente Médio, o futuro da ONU e "qual será a política externa dos EUA no século XXI?".

Finalmente. *O candidato: Stephen Baker, a busca insaciável por poder e o significado disso para os Estados Unidos.* Por Max Simon, Ph.D.

Era um livro oportunista, devorado pelo público da Fox — com grande sucesso de vendas no Sul — e massacrado pela crítica do *New York Times Book Review* e de blogueiros liberais. Ela o comprara em um aeroporto às vésperas da eleição, dizendo a si mesma que traria sorte. (E não conseguia lembrar a estranha lógica supersticiosa por trás daquela impressão: provavelmente algo como "demonstre respeito pelo inimigo".)

Nunca chegou a ler o livro; depois da vitória arrasadora de Baker, aquilo perdeu a relevância. Mas o folheara e lembrava que ao menos tinha a pretensão de ser uma biografia, com um capítulo breve sobre a infância de Baker. Agora ela virava as páginas furiosamente.

Viu um parágrafo sobre o nascimento de Baker, com alguns detalhes obviamente fictícios sobre a mãe segurando a mão do filho recém-nascido. Ela virou a página.

Naqueles tempos, Cliff Baker levava uma vida nômade, partindo para onde encontrasse trabalho...

Mais encheção de linguiça, que ela pulou. Ali estava.

... trabalho na indústria madeireira significava mudar para o estado de Washington e, para o adolescente Stephen Baker, mais uma nova escola no ensino médio. Ele foi matriculado, para dar início àqueles que seriam os dois últimos anos de estudo antes de Harvard, na James Madison High School, em Aberdeen, Washington.

Era isso. Jackson não estudou em Washington, DC, como poderia sugerir a leitura da sua ficha da CIA, mas no *estado* de Washington. Ela correu de volta ao sofá para pegar o BlackBerry, já com a busca concluída. Como imaginava, ela confirmava que havia apenas uma James Madison High School no estado de Washington.

Maggie escutava o som da própria respiração. Por fim havia descoberto uma ligação entre o presidente e o sujeito que vira ser enterrado numa sepultura solitária em Nova Orleans, mais cedo naquele mesmo dia. Aqueles dois homens — o que alcançara o topo e o determinado a derrubá-lo — tinham algo em comum. Eles compartilhavam um passado.

Stephen Baker e Vic Forbes haviam frequentado a escola juntos.

TRINTA E DOIS

DO SWAMPLAND, POSTADO ÀS 20H13 DE QUINTA-FEIRA, 20 DE MARÇO:

Chamem-me de ingênuo e idealista, mas se algo de bom pode vir da morte de Stuart Goldstein, que seja o seguinte: que a direita americana paranoica cale a boca. Quando o perseguidor do presidente, Vic Forbes, foi encontrado morto — e quando todos os indícios apontavam para suicídio — a direita imediatamente clamou que o sujeito havia sido assassinado. Ou melhor, eles não clamaram; sussurraram, com sugestões e fofocas na blogosfera e na Fox. Gente como Rick Franklin não fez nada para silenciar tais insinuações; pelo contrário, exploraram-nas, permitindo que "alterassem o clima" da opinião pública a respeito de Stephen Baker, de modo a levarem a cabo o pedido espúrio de impeachment do presidente. Em suma, republicanos veteranos usaram as teorias da conspiração sobre Forbes para incubar as condições que permitiriam dar início a um complô para derrubar um presidente legitimamente eleito.

Bem, esperemos que tenham ao menos a decência de se calarem agora. Eles tentaram retratar a Casa Branca de Baker como a família Corleone, que eliminava criminosamente os inimigos. O resultado foi que um bom homem — um homem cuja vida foi dedicada ao serviço público — foi forçado à própria morte. Stu Goldstein amava a política e jogava duro com os melhores do ramo. Adorava o jogo. Mas o que vem acontecendo em Washington nos últimos dias não é um jogo. É política como um esporte sangrento.

Então que haja uma pausa agora, um cessar-fogo, para que os responsáveis pelos caminhos da nossa República respirem. Que ambos os lados façam uma pausa e reflitam. E que esse seja o legado de Stuart Goldstein...

Da coluna de comentários do Fox Forum:

Re: Stuart Goldstein encontrado morto. A grande mídia está dizendo que os conservadores deveriam deixar de acusar a turma de Baker de envolvimento na morte de Vic Forbes, como se de alguma forma fôssemos responsáveis pelo suicídio de Goldstein. Quando soube do suicídio de Goldstein, a minha primeira reação foi: "Soa como consciência pesada".

Do Twitter, quinta-feira, 23 de março:

#stuartgoldstein Talvez Baker o tenha apagado, assim como fez com Vic Forbes, porque ele sabia demais...

#stuartgoldstein E se Franklin matou Goldstein, por ser o único cara na Casa Branca capaz de evitar o impeachment?

#stuartgoldstein Acho que Baker providenciou a morte de Goldstein para que o povo desconfiasse dos republicanos...

TRINTA E TRÊS

ESTADO DE WASHINGTON, SEXTA-FEIRA, 24 DE MARÇO, 11H11 PST

Já era tarde demais para o voo da madrugada para Seattle, então Maggie embarcou no primeiro avião que partiu naquela manhã. Cerca de 35 minutos depois da aterrissagem, ela já estava em um carro branco alugado, do qual não fazia a menor ideia do fabricante, seguindo a autoestrada I-5 para o sudoeste, à beira da exaustão. O cansaço já era cumulativo àquela altura, com dia após dia de noites maldormidas. Além disso, ela não conseguia parar de pensar em Stuart. O choque e a tristeza iniciais deram lugar a novos sentimentos: raiva e medo.

As palavras do presidente ao telefone no dia anterior vieram à mente: *Stuart não era um homem que desistisse de nada. Ele era um lutador. Eu simplesmente não consigo acreditar...*

No entanto, ela quase acreditou naquilo, o que a deixava ligeiramente envergonhada. Aceitara sem questionar que Stuart Goldstein sucumbira à pressão, que fora ao parque de madrugada e cortara os próprios punhos.

Mas agora ela questionava a conveniência daquilo. Baker estava em uma situação desesperadora e Stuart era o seu tenente mais confiável e capaz. Se o presidente estivesse certo — de que enfrentavam nada menos do que uma tentativa de golpe de estado —, não estava fora de questão que o inimigo, quem quer que ele fosse, considerasse adequado matar Goldstein. Afinal de contas, alguém assassinara Forbes.

Entretanto, aquilo não fazia sentido: a morte de Forbes certamente teve por objetivo ajudar Stephen Baker, a de Goldstein apenas o prejudicaria.

Por outro lado, o efeito da morte de Forbes — que aparentemente resolveu um problema para o presidente de forma tão fortuita — foi danoso para Baker, permitindo aos oponentes insinuarem que ele era algum tipo de gângster. E se esse tivesse sido o objetivo desde o início? Neste caso, os assassinos de Forbes e Goldstein não podiam ter sido os mesmos, homens cujo intuito era derrubar um presidente incômodo?

A possibilidade de que Stu Goldstein — grande, desajeitado, perspicaz e com frequência bruto, mas também gentil, benévolo e motivado apenas pelo desejo genuíno de tornar o mundo um lugar melhor — tivesse sido assassinado enchia Maggie de fúria. Ela era atormentada pela imagem de alguém espreitando Stu, agarrando-o por trás, provocando terror em um homem que, graças ao seu corpanzil e à vida de trabalho mental nunca interrompida para a prática de exercícios físicos, estaria completamente indefeso. Imaginava-o gritando quando os pulsos foram cortados, o sangue esguichando. E então o corpo inerte desovado no Rock Creek Park.

Maggie sacudiu a cabeça para afastar as imagens. Quem poderia ter feito uma coisa daquelas a alguém como Stuart Goldstein? A incompreensão transformou-se em medo. Se aqueles homens viram alguma vantagem em matar Stuart, não seria ela o próximo alvo? Se os motivos deles eram barrar os esforços de Baker para se defender, então certamente havia razão para tirá-lo do caminho. Ela e Stuart eram a equipe que cuidava da defesa presidencial. Ela se perguntava se as conversas e as mensagens de texto trocadas por eles haviam sido seguras. Usaram o sistema de criptografia da Casa Branca. Mas, se Stu foi assassinado, foi um trabalho profissional; e gente desse tipo encontraria uma forma de escutar, observar, seguir...

Maggie conferiu o retrovisor. Havia um caminhão atrás dela. Mas e atrás? Não sabia dizer. Ela relaxou as mãos, que apertavam o volante. Estavam trêmulas.

Não estava longe agora. Logo chegaria a Aberdeen. O estado de Washington era o mais distante possível do Distrito de Columbia, do outro lado do país, do outro lado do continente. A viagem havia sido longa, a paisagem monótona, mas disse a si mesma isso era bom. A jornada dera-lhe chance de pensar.

Ela ligou o rádio, procurando uma estação com a mão livre. Queria música como distração, mas cometeu o erro de sintonizar no AM e acabou topando com o programa de Rush Limbaugh.

É isso o que me mata a respeito da imprensa liberal, pessoal. É isso o que me mata. Ele fez uma pausa, de um ou dois segundos, para causar impacto. *Eles têm um Liminar. De atenção. Curto. Demais. Isso mesmo. Eles não prestam atenção. Esquecem de tomar Ritalina ou o que seja, não sei. Deixem-me dar um exemplo. Voltemos alguns dias no tempo. Só se falava em Victor Forbes.* Ele fez outra pausa, então adotou um ritmo monocórdico na próxima frase. *Só Victor Forbes! Era impossível ouvir falar em outra coisa. Por 48 horas, as pessoas só queriam falar nele. Forbes e o episódio 'psiquiátrico' do presidente. Forbes e a Conexão Iraniana. Então Forbes promete o golpe final.* Outra pausa. *O GOLPE FINAL, senhoras e senhores. E o que acontece? Ele é encontrado morto e a imprensa liberal se esquece do que vinha falando até 12 horas antes. Completamente!* Neste momento ele adotou um tom estridente e afeminado, a voz afetada dos liberais da Costa Leste. *"Epa! Onde eu estava? Esqueci!" E é claro, agora são os tributos na MSNBC e no* New York Times *àquele grande liberal, Stuart Goldstein: o campeão dos pesos-pesados dos grupos de interesses, da política de interesses democrata. Era isso o que ele era, meus amigos. E peso-pesado é a palavra certa. O sujeito era mais pesado do que eu! O que é um feito e tanto.*

Ele se permitiu uma risada breve, que fez Maggie desejar arrancar o rádio do painel e atirá-lo pela janela. Depois continuou: *Viram? Até mesmo eu fiz isso agora. Mudei de assunto. Não podemos nos distrair. É assim que eles são, pessoal. E é assim que a elite liberal quer que vocês também sejam. Esquecidos. Eles querem que vocês se esqueçam de que o Sr. Forbes estava a ponto de nos dizer alguma coisa. Bem, nós não esquecemos neste programa. Aqui não. Não senhor. Agora uma ligação. Bloomington, Indiana, você está no...*

Ela escutou o ouvinte por algum tempo, que se identificou como "um fã do programa e das opiniões de Limbaugh". O ouvinte começou a condenar a iminente viagem de Baker à China. Maggie apertou a tecla FM, encontrou uma estação de rock alternativo e pôs no volume máximo, esperando de alguma forma canalizar a raiva que a corroía por dentro. Como ele ousava?

Ela olhou no retrovisor outra vez. Ainda o mesmo caminhão. Ela se esforçou para enxergar o motorista, mas o ângulo não permitia.

Ao menos a paisagem, apesar de monótona, era agradável de olhar. Quilômetros e mais quilômetros de pinheiros cortando o céu como lápis afiados. Lagos resplandecentes, florestas cobertas de neve como nos cartões natalinos, sempre sob uma luz azul cortante. Não fosse pelo barulho dos caminhões das madeireiras, que passavam trovejando, carregados de troncos empilhados como cigarros, ela teria mantido a janela aberta, para respirar o ar frio e fresco.

Ela viajara para Seattle sem ligar para Sanchez. Sabia que deveria "trabalhar em parceria" com ele, mas não passaria a dar satisfações a um rapaz de 27 anos cujo local de trabalho antes da Casa Branca era uma mesa de canto de um Starbucks em Dupont Circle. Além disso, o encontro na estação sugeria que o contato agora era oficialmente difícil, se não proibido. Ela entendia o porquê. Quaisquer e-mails, mensagem de texto ou telefonemas apareceriam nos registros. E Sanchez havia entregado a ficha de Bob Johnson, agente da CIA, para ela. É claro que, racionalmente, isso não deveria ter importância: Johnson estava morto e não havia perigo em revelar a sua a filiação à Agência. Mas a conexão entre razão e política, Maggie aprendera há tempos, era muito tênue.

E também havia a segurança dele. Se realmente enfrentassem um inimigo disposto a matar, não ajudaria ninguém colocar Doug Sanchez na linha de tiro.

E mais, para ser sincera, não queria que ele tentasse dissuadi-la. O que ela tinha? Pouco mais do que uma intuição. Era o que Stuart diria. Ela conseguia ouvi-lo dizer: "Você está andando para trás, Costello. Precisamos saber o que Forbes, Jackson ou seja qual for o nome desse merda, sabia. Você não está escrevendo a biografia do sujeito para me contar a infância dele e essa baboseira toda. Você devia descobrir o que ele tinha em mãos e onde escondeu isso."

A voz não a deixava em paz nem mesmo depois de 160 quilômetros de asfalto desde o aeroporto de Seattle, nem mesmo depois que as florestas deram lugar ao lago e, por fim, à placa de "Bem-Vindo a Aberdeen". Uma tira recém-pintada, com as mesmas cores e letras, havia sido acrescentada logo abaixo: "Antigo lar do presidente Stephen Baker".

Ao correr os olhos pelo lugar — gasto e decadente como qualquer cidade pequena que deixou de exercer um papel proeminente — Maggie se perguntou se havia cometido um erro. Ela estava a um continente de distância de Washington, DC — onde o presidente em quem acreditava lutava pela sua carreira política. Será que realmente o ajudaria bisbilhotando um lugar do outro lado do país, quase do outro lado do mundo?

Ela havia inserido o endereço da escola no GPS do carro, e assim chegou ao estacionamento do local. Ela conferiu o relógio. Graças à diferença de fuso de três horas e ao voo no início da manhã, era apenas o começo da tarde. O local ainda devia estar aberto. Maggie olhou sobre o ombro: nenhum sinal do caminhão — ou de qualquer veículo que reconhecesse.

Havia um retrato emoldurado de Stephen Baker no saguão e, ao lado dele, um trabalho de artes da oitava série cujo tema era: "Caro Sr.

Presidente", no qual os alunos da James Madison expressavam, com desenhos ou poemas, as esperanças para o ex-aluno mais famoso da escola. Quando viu os desenhos sérios de apertos de mão, uma negra e outra branca, ou de um globo terrestre ferido ou enfaixado, ela voltou aos seus dias de escola e à sala de artes do convento. O mundo naquela época era ferido por armas nucleares, não pelo aquecimento global; mas as guerras e a miséria eram recorrentes. Pouco havia mudado. Olhar para os desenhos a fez lembrar-se de si mesma, da seriedade que a inspirou a seguir pela carreira que escolhera, tentando cuidar das mazelas do mundo. E agora aquelas crianças eram inspiradas pelo seu novo presidente. Um bolo veio à sua garganta, lembrando-a do motivo de estar ali.

— Posso ajudar?

Maggie se virou e viu uma mulher sorridente com cabelos lisos compridos. Em um cálculo instantâneo, concluiu que deveria ter a sua idade, mas aparentava dez anos a mais por causa da maternidade e da vida em Aberdeen, Washington.

— Ah, sim. Estou procurando a sala do diretor.

— Sou a secretária do diretor.

— Que bom. Eu gostaria de saber se...

— Ele está ocupado com uns alunos agora. O que deseja? — O sorriso permaneceu fixo.

— É sobre um ex-aluno da escola.

— A senhora é jornalista? Todas as solicitações da imprensa são...

— Não — disse Maggie, com o que esperava ser um sorriso amistoso. — Não sou jornalista e não é sobre ele.

A secretária ficou em silêncio. Ela não facilitaria as coisas.

— Meu nome é Ashley Muir — disse Maggie, estendendo a mão. — Trabalho na seguradora Alpha. Estou aqui porque um dos nossos segurados, infelizmente, faleceu. Ele deixou dados insuficientes acerca de beneficiários e...

— A senhora tem algum tipo de identificação?

— Tenho o meu cartão de visita. — Maggie abriu a bolsa e tirou o cartão que lhe havia sido entregue por Ashley Muir, diretor de relações governamentais da Alpha, durante um desagradável brunch de domingo em Chevy Chase. Ele também telefonara algumas vezes, propondo um encontro. Maggie recusou, mas estava grata por ter em casa o único cartão que combinava uma seguradora e um nome feminino.

A secretária analisou o cartão por um instante.

— Aqui diz algo sobre o governo.

— Uma das minhas atribuições é atender segurados que também são servidores federais. — Mantenha o contato visual, Maggie disse a si mesma. Não abaixe os olhos ou desvie o olhar: um sinal clássico de mentira. Ler a linguagem corporal é uma das habilidades que se adquire ao se atuar nos bastidores da diplomacia; mas ela estava descobrindo que usá-la em causa própria era bem mais difícil.

— Enfim, o que a senhora deseja?

— Ainda estou no começo das minhas pesquisas, entende? — disse Maggie, encaminhando-se para o escritório, esperando que a secretária entendesse a dica subliminar e levasse para lá. — E por isso seria de enorme ajuda se eu pudesse consultar a pasta do segurado em questão.

— Humm — disse a secretária, ao de fato levar Maggie até o escritório. — Bem, não mantemos os arquivos aqui.

Maggie sentiu as esperanças minguarem. Não seria típico dela? Atravessar o continente americano apenas para ser informada de que os arquivos eram guardados em — onde? — algum depósito em Maryland, sem dúvida.

— Na verdade — prosseguiu a secretária voltando a sorrir —, eu não fazia a menor ideia de que eram guardados até o ano passado. — Ela fez uma pausa, como se concluindo que Maggie não havia entendido. — A eleição e tudo mais.

Maggie assentiu, satisfeita por encarnar o papel de aluna.

— Então, de repente, todo mundo queria ver a pasta de Stephen Baker: a *Vanity Fair*, o ABC News, o Inside Edition. Todo mundo. Precisamos procurar os arquivos daquela turma na sala do subsolo. E estava tudo lá, o anuário escolar, serviço completo.

— Então as pastas estão aqui, no escritório, agora?

— Ah, não. Depois de encontrarmos a de Stephen Baker, levamos o resto de volta ao arquivo morto.

— Entendo. — Aquilo era doloroso.

— Ah, foi uma coisa maravilhosa de se ver. Ele estudou aqui apenas um ano e pouco, é claro. Mas fez bonito. E o boletim? Nas alturas! — A secretária riu.

— Sim, parece que ele é um homem muito inteligente.

— Bem, o pessoal da cidade votou nele, isso eu posso dizer.

Maggie sentiu um pouco mais de simpatia pela mulher ao ouvir aquilo.

— E quanto à pasta?

— Bem, você precisará preencher um formulário e nós processaremos o pedido, então o Terry, o nosso supervisor de serviços gerais, terá que ir até o porão para pegá-la. Então, se você puder voltar, digamos, na próxima quinta-feira, eu...

Em vez de um olhar frustrado, Maggie conseguiu dar um sorriso tímido.

— O problema, eu temo, é que trabalho em Washington, DC. Não posso passar uma semana aqui.

— Podemos enviá-la pelo correio. Se deixar o seu endereço, tenho certeza de que...

— Infelizmente, há certo grau de urgência. A Justiça precisará de uma notificação de abintestado, antes que possamos proceder com o inventário. — Ela viu a expressão de confusão no rosto da secretária e seguiu em frente, vasculhando a memória em busca de termos técnicos que soassem adequadamente intimidatórios. — Isso exigirá uma imediata declaração de parentesco, hereditariedade e reivindicações relevantes ao estado. É um processo legal, e a Justiça poderá intimar qualquer instituição ou indivíduo que cause obstrução. O que significaria esta escola. Ou até mesmo a senhora. — Ela sentiu-se cruel ao fazer aquilo com a pobre mulher, mas havia muito em jogo para bancar a boazinha.

O sorriso desapareceu.

— Há mais uma coisa que preciso explicar. O segurado deixou uma soma considerável em dinheiro. Os termos da apólice permitem uma taxa de comissão. — Maggie disse as duas últimas palavras lentamente, para que fossem apreendidas, então as repetiu. — Uma taxa de comissão a ser paga a qualquer um que auxilie no desembolso dos recursos. — Ela curvou-se, cuidando para não quebrar o contato visual. — O que também pode incluir a senhora.

— Não sei se entendi, Srta. Muir.

— O que acontece é que acreditamos que o segurado morreu sem deixar um testamento. Acreditamos que ele deixou muito dinheiro e nenhum herdeiro. O meu trabalho é garantir, com toda a segurança, que ele não deixou família ou dependentes e, uma vez que tiver certeza disso... Bem, a soma precisará ser distribuída de alguma forma, certo?

— Ela riu e a secretária arregalou os olhos. — Em casos semelhantes, escolas foram beneficiárias de tais montantes. E é claro que haveria uma compensação pelo seu tempo e esforço ao ajudar-nos com a investigação.

— Então do que a senhora precisa exatamente?

— Tudo o que preciso é que me leve até onde os arquivos são mantidos, para que eu analise a pasta do nosso cliente, apenas isso.

— Apenas isso?

— Exatamente. Cuido dos interesses de amigos e familiares. É isso o que procuro: amigos e familiares.

O cheiro de baboseira tomava conta das suas próprias narinas, mas, de alguma forma, Maggie sentiu que estava funcionando.

A luz era fluorescente, o cheiro, de mofo. Fileiras e mais fileiras de estantes de aço estavam tomadas por caixas de papelão. Cada uma delas marcada com riscos fortes, mas desbotados, de pincéis atômicos. Ela começou consultando os anos. 2001-2002, 2000-2001...

A secretária acabava de fazer a pergunta difícil que Maggie esperava evitar — de quem é a pasta que procura? — quando foi chamada para lidar com um garoto de 14 anos com o nariz sangrando. Ela conduziu Maggie por outra porta dupla, destrancou uma porta verde e então subiu apressada com uma caixa de lenços de papel na mão.

— Logo estarei de volta! — avisou.

Maggie ficou sozinha, acompanhada apenas pelos sons do encanamento. Ela não tinha muito tempo. Com a cabeça inclinada, ela conferiu as datas escritas nas laterais das caixas marrons: 1979-1980, 1978-1979, 1977-1978...

Depois de ir a outra estante, por fim encontrou o ano certo. Puxou a caixa e, sem uma mesa para colocá-la, ajoelhou-se no chão ao lado dela, tossindo ao inspirar a poeira.

Dentro havia dois trilhos paralelos nos quais estavam encaixadas pastas suspensas verde-escuras. Ela correu os dedos pelas pastas de letra B: a pasta de Baker não estava mais lá, sem dúvida removida durante a campanha do ano anterior, quando jornalistas pediam para consultá-la repetidamente. Alguns Cs, muitos Ds, um punhado de Es e assim por diante, até que, por fim, lá estava.

Jackson, Robert Andrew.

Havia um endereço, que Maggie anotou rapidamente em um caderno, e o nome da mãe, Catherine Jackson. Mas o campo "pai" estava em branco.

Também encontrou cópias dos registros escolares, incluindo elogios pela liderança da equipe de debate e notas altas em história e espanhol, boas em matemática. Não era o que Maggie precisava. Ela folheou as páginas apressada, esperando que surgisse algo, alguma coisa que...

O que foi aquilo?

Um som, próximo. Metálico, mas não produzido por um cano. Veio de um ponto mais distante, mas definitivamente ali embaixo, nas entranhas daquele prédio. Soava de alguma forma *deliberado*. Provocado por alguém.

Ela vasculhou a ficha com os olhos, lendo apressada. Havia outra referência à equipe de debate, escrita por um Sr. Schilling. A data, três anos depois da primeira: Jackson teria 17 anos.

... a contribuição de Robert à equipe de debate não foi tão entusiástica quanto antes. Suspeito de que esteja magoado por não ser mais o capitão. Se quiser mesmo seguir uma carreira política, ele precisa aprender que toda trajetória tem as suas derrotas!

Uma carreira política. Maggie prosseguiu. Uma carta do diretor para a Sra. Jackson, sugerindo uma reunião na escola para resolver "a questão disciplinar discutida ao telefone". Uma referência acompanhada de uma ficha de inscrição para Harvard. Uma carta de rejeição da universidade.

Por fim, a última folha da pasta. Uma fotocópia do anuário escolar. Na fotografia, Jackson tinha a mesma expressão da ficha da CIA: sorridente e esperançoso, mas com uma sugestão de algo mais. Arrogância, determinação ou ambição juvenil, era difícil dizer.

Deixando a pasta no chão, ela guardou a caixa de volta na prateleira e pegava a tampa quando ouviu mais uma vez o som metálico, desta vez mais próximo. Dentro da sala. Ao espiar sobre o ombro direito, só enxergou as fileiras de caixas. Sobre o esquerdo, só conseguiu ver os tubos grossos do sistema de aquecimento da escola. Subitamente consciente de que estava sozinha em uma sala subterrânea fechada e escura, ela sentiu uma necessidade desesperada de sair dali.

O som outra vez. Estava ficando mais próximo.

Ela se agachou para pegar a pasta, pôs algumas folhas soltas no seu interior e, quando se levantou, sentiu uma mudança na luz. O lugar não estava mais imerso em sombras.

Ela se virou. Ali, contra a luz do corredor entre duas fileiras de estantes, a alguns metros de distância, estava a silhueta de um homem. Parado, imóvel — e olhando para ela.

TRINTA E QUATRO

WASHINGTON, DC, SEXTA-FEIRA, 24 DE MARÇO, 12H

— Estamos em uma linha segura?
— Sempre, governador.
— Você não está me dizendo que considera o Congresso dos Estados Unidos seguro, está?
— Não, senhor. Não. Temos o nosso próprio equipamento de criptografia neste escritório.
— Inteligente da sua parte, senador.
— Obrigado.
— Tem certeza de que não é da Louisiana? — Ouviu-se uma risada estrondosa, do tipo que os políticos costumavam dar meio século atrás: o som de um importante homem sulista, capaz de encher uma sala com o seu carisma. Aquela, o senador Rick Franklin concluiu, era a gargalhada de Huey Long. De acordo com o senso comum, não se fazia mais homens como aquele, mas o governador Orville Tett pedia desculpas por discordar disso.
— Também gostaria de agradecer ao senhor por entrar em contato, governador. Sou muito grato...

— Podemos cortar essa baboseira formal. Somos homens ocupados e estamos do mesmo lado, não estamos?

— Sim, estamos.

— Enfim, ao que me parece, o senhor é que está à frente desse imbróglio do Baker. Está liderando as tropas na batalha.

— Fico lisonjeado com a descrição, mas sim. Dei início a essa luta e pretendo concluí-la.

— Ótimo. Esse é o tipo de espírito de luta de que precisamos em nosso partido. Quando Baker venceu no outono passado, tivemos muitos medrosos aí em DC que se contentaram em baixar as armas. É por isso que quero ajudar.

— Fico feliz por ouvir isso, senhor.

— É o seguinte. Você sabe que aquele covil lá em Nova Orleans é administrado por democratas. Então, surpresa, eles meteram a mão na investigação da morte de Forbes. A verdade era inconveniente demais para os liberais! — Outra vaga de risadas estrondou ao telefone.

— Concordo plenamente, governador Tett.

— Apesar de toda a água que o Senhor despejou naquela Sodoma do Sul, ainda há alguns bons homens, tementes a Deus, em Nova Orleans. E um deles está observando tudo de perto. Como se fosse os meus olhos e ouvidos por lá. E ele descobriu algo muito interessante.

Franklin fez um sinal de aprovação com o polegar para Cindy, que assistia à MSNBC com o televisor no mudo. Ela ouvia o farfalhar de papéis no enorme torrão de carvalho que imaginava ser a mesa do governador.

Deixe-me pôr os óculos de leitura; um minuto. — Ele emitiu alguns murmúrios, como que procurando uma passagem, desfrutando do suspense que criava, decidiu Franklin. — Ele notou a presença de uma mulher por lá, bisbilhotando. Alegou ser jornalista, mas atuava de forma independente. O meu sujeito ficou de olho nela. Seguiu-a inclusive até uma casa de sexo.

Franklin sentiu os ombros tensionarem de constrangimento: o governador Tett ganhara fama nacional durante o primeiro mandato, quando foi secretamente filmado em diversos bares de striptease. A sequência fatal — exibida todas as noites durante uma semana no programa de Jon Stewart — mostrava Tett retribuindo uma dançarina com seios particularmente avantajados, enfiando uma nota de vinte não na liga, como mandava a etiqueta, mas diretamente na calcinha da mulher, puxando o elástico e, como mostrava a filmagem, espiando antes de fazê-lo. Na época, o governador foi considerado carta fora do baralho, a conclusão era de que ele seria destituído por impeachment ou clamor popular, o que viesse primeiro. No entanto, Tett foi à Christian Broadcasting Network e chorou ao confessar a vergonha que sentia, clamou ao Salvador que o resgatasse e implorou por perdão. Depois desse apelo direto aos eleitores evangélicos — instantaneamente batizado de "ofensiva de Tett", em referência ao ataque homônimo lançado pelos vietnamitas contra os americanos em 1968 —, os números subiram nas pesquisas de opinião. O resultado foi a reeleição do governador no ano anterior, o que foi de encontro à tendência nacional que culminou com a vitória arrasadora de Baker.

— O que acontece é que a mulher não é jornalista coisa nenhuma — prosseguiu Tett. — Ela disse que se chamava Liz Costello e que trabalhava no *Irish Times*. Mas esse não é o nome verdadeiro. Ela é, na verdade, *Maggie* Costello. — Ele fez uma pausa, como um comediante que acaba de soltar a frase de efeito de uma piada.

Franklin esperou por um instante, então se deu conta de que Tett não continuaria.

— Desculpe, governador. O nome não me é estranho, mas...

— Achava que vocês aí da turma de Washington se conhecessem!

— Eu não sou da turma de Washington, governador Tett. Eu sou um...

— Ah, estou apenas provocando. Maggie Costello era, até a semana passada, conselheira de Política Externa de um certo Stephen Baker. Presidente dos Estados Unidos.

— Ah, mas isso é bom.

— Não achou que eu fosse decepcioná-lo, achou?

— Isso é muito bom — reforçou Franklin, decidido a guardar a informação para si até o momento certo. — Quando ela chegou aí?

— Ainda não sei, mas vou checar. A pergunta que deve fazer a si mesmo é: será que ela é uma faxineira?

— Faxineira?

— Isso! Será que Baker a mandou depois que Forbes foi morto, você sabe, para limpar os rastros deles?

— Entendo.

— Ou talvez Baker a tenha mandado para saber o que diabos aconteceu com Forbes, porque não sabia! Tudo depende de acreditarmos que Baker encomendou a morte de Forbes ou não.

— Sim.

— E não sabemos a verdade sobre isso, sabemos?

Algo no tom de Tett deixou Franklin desconfortável. Mas o governador ainda não havia terminado.

— Quer dizer, o único homem que sabe a verdade a esse respeito é o que ordenou a morte de Vic Forbes. Estou certo?

Franklin não respondeu a pergunta, que suspeitava ter um pouco mais do que uma sugestão de acusação.

— É claro, governador. Afinal, pode ser que Vic Forbes tenha de fato se suicidado.

— Sim, senador Franklin, é possível. Mas pode ser tarde demais para que isso tenha qualquer importância. Tarde demais para Baker, quero dizer. E quem tiver aquela cabeça no seu mural de troféus estará em ótima situação daqui a três anos, não é verdade?

— Bem, não estou pensando nisso, governador.

— Mas deveria, senador. Deveria. E quando o fizer, se lembrará dos seus bons amigos aqui no grande estado da Louisiana, não é mesmo?

— Certamente não esquecerei a sua gentileza, governador Tett. Uma última pergunta: onde está a Srta. Costello agora?

— Estamos cuidando disso, senador. Não se esqueça, tenho colegas solidários por todo o nosso grande país. Governadores com olhos e ouvidos em toda parte, e cada um deles tem patrulheiros estaduais ao seu serviço, assim como eu. É enorme o território sob a nossa mira.

— Bom ouvir isso.

— Entenda desta forma, senador. Onde quer que a Srta. Costello vá, haverá alguém a observado. Sempre.

TRINTA E CINCO

ABERDEEN, WASHINGTON, SEXTA-FEIRA, 24 DE MARÇO, 15H24 PST

— Vejo que já está se sentindo em casa.

Maggie ouvia a própria respiração.

— Você me deu um susto daqueles.

— Dei? Desculpe-me. — A voz era velha, mas firme. Na penumbra do porão, Maggie ainda não conseguia enxergar o rosto.

— O meu nome é Ashley Muir, sou da Alpha Insurance — disse, desafiadora. Pensou em estender a mão, mas o medo a impediu.

— Sim. Foi o que disse a Sra. Stephenson.

Maggie arfava e sentia o coração saltar.

— Mas devo dizer. Não gosto que desçam até aqui. Não sem a minha presença.

Ela olhou para a porta. O desespero a fez deixar a educação de lado e pular as formalidades.

— Quem é o senhor?

— O meu nome é Ray Schilling. Sou o diretor desta escola.

Uma onda de alívio a dominou.

— Ah. Meu Deus. Fico feliz em ouvir isso. — Ela deu um sorriso amplo. — Será que poderíamos conversar no seu escritório?

* * *

— Então a senhora entende a minha preocupação, Srta. Muir.

— Completamente — disse Maggie, grata pelo calor da caneca de café que segurava.

— Não recebemos tantos jornalistas no último verão. Stephen Baker foi aluno desta escola por muito pouco tempo. Mas aqueles que vieram eram pessoas ardilosas, Srta. Muir. Ardilosas.

— Imagino — concordou Maggie.

— Então, quando ouvi essa história de pedido de seguro ou o que quer que seja, pensei "lá vamos nós de novo".

— Claro que sim.

— Mas não que fosse encontrar nada lá, mesmo que a senhorita procurasse. — O diretor, que tinha cabelos brancos e rosto longo e fino, assentiu, como que satisfeito consigo mesmo.

— Por quê?

— Retirei aquela pasta do arquivo pessoalmente assim que Stephen... me desculpe, o presidente entrou na disputa eleitoral.

— Retirou?

— Apenas para guardá-la em um lugar seguro, Srta. Muir. Queria ser capaz de encarar os jornalistas e dizer que a pasta não estava lá.

— Muito perspicaz da sua parte, Sr. Schilling.

— Obrigado. E agora ela nem ao menos está aqui.

— E onde está?

— A senhorita sabia que eles começam a reunir material para uma biblioteca presidencial no momento em que é feito o juramento? — Ele falava lentamente, característica que Maggie a princípio atribui à idade, mas que agora percebia ser simplesmente a cadência de um homem que passara a vida ensinando aos jovens.

— Eu não sabia disso. Não.

— É lá que ela está. Em segurança.

— Bom para o senhor.

— Mas não que vá ser de muita serventia para os pesquisadores.

— Não?

— Não. É muito fina. Talvez porque ele tenha passado muito pouco tempo aqui. Mas é excepcionalmente fina, mesmo assim.

— De fato, eu não estava à procura da pasta do Sr. Baker.

— Alguém morreu, foi o que me informaram.

Ela esperava não revelar o nome, mas não havia outra escolha se desejasse levar aquilo até o fim.

— Exatamente. Robert Jackson.

O rosto do diretor, já pálido, pareceu ganhar um tom ainda mais branco. Ele se recostou.

— Robert Jackson — repetiu em voz baixa.

— Sim. Ele se formou nesta escola há trinta e poucos anos.

— Não. Exatos trinta anos. E nenhum a mais. Eu sei bem, fui professor de ambos.

— Ambos?

— Baker e Jackson.

— É claro! — Maggie sorriu. — O senhor é o Sr. Schilling do relatório. O senhor supervisionava a equipe de debate.

— A senhora viu aquilo? — Agora ele também sorria. — Sim, foi há muitos anos. Ainda era novo aqui. Um jovem, não muito mais velho do que os alunos.

— E agora o senhor é o diretor.

— Há 15 anos. Logo será tempo de me aposentar. Mas que alegria, ver que um dos nossos alunos se saiu tão bem na vida. Um dia esta escola se chamará Stephen Baker High.

Talvez, pensou Maggie. *Mas apenas se ele ficar no cargo por mais de dois meses.*

— Então o senhor se lembra do presidente quando ele estudava aqui?

— Lembro-me de todos os meus alunos. — Ele fez uma pausa, então inclinou o corpo para frente.

Maggie reconheceu a postura. Havia alguns Srs. Schilling no seu bairro em Dublin, como talvez em qualquer cidade mediana. O homem instruído entre provincianos. Ela o imaginou entre os lenhadores e pescadores de Aberdeen, um leitor solitário da *The Economist*, que adorava ouvir as notícias internacionais da BBC. Não era de estranhar que lembrasse o dia em que Stephen Baker entrou na sua vida, iluminando a penumbra.

— Stephen sempre foi especial. Ninguém o esquece. É impossível.

— Ele é mesmo muito carismático — disse Maggie, com a maior neutralidade possível. Ela queria parecer tão distante de Baker quanto Ashley Muir, investigadora de seguros e eleitora, seria. — O segurado de quem busco informações — consultou anotações imaginárias na bolsa, de forma ostensiva —, Robert A. Jackson. Ele era memorável de alguma forma?

— Bem, eu me lembro dele, se é isso que a senhora quer dizer. Mas, na verdade, isso tem mais a ver com Stephen Baker do que com ele. Enfim, imagino que isso seja irrelevante para os seus propósitos. Um seguro, não é?

Maggie se esforçou para forçá-lo a falar mais.

— Estou tentando construir o retrato mais completo possível do segurado. Uma grande soma em dinheiro está envolvida, e, aparentemente, não há beneficiários. Preciso descobrir se há algo que não sabemos.

— E o que isso poderia ser?

— Um parente vivo, talvez um filho de casamento que não deu certo. Decidi começar pelo início e avançar a partir daqui. Minha experiência diz que as informações à primeira vista menos relevantes podem provar-se úteis. O senhor disse que se lembra dele por causa de Stephen Baker?

— Pelo que me lembro, Jackson não era um mau debatedor. Era capaz de ser afiado e preciso. Mas era tão... não há forma simpática de dizer isso... *apagado*.

— Apagado?

— Ele costumava ser o capitão da equipe de debate da James Madison High. Teve sucesso em diversas competições. Chegou até mesmo à final em Olympia. Mas acabou perdendo.

— E então?

— Então Stephen Baker chegou no final do ano. É engraçado, mas eles tinham muito em comum. Ambos tão interessados em política, história. Lembro que se deram muito bem. Stephen costumava provocá-lo, chamava-o pelo nome do meio: Andrew, como o presidente.

— Stephen Baker e Robert Jackson eram amigos?

— Eu diria que sim; sim. Mesma turma, mesmos interesses. Passaram a debater juntos, inclusive se revezando como parceiros para confrontar os adversários. Contra colegas, então outras escolas. Eram muito eficientes.

— Então o que deu errado?

— Bem, falei sobre isso com os jornalistas que vieram até aqui me entrevistar a respeito de Stephen Baker. A respeito do presidente. Ele tinha carisma, mesmo naquela época, um magnetismo tremendo. Onde quer que ele fosse, as pessoas o seguiam. Principalmente as garotas. Nem mesmo os professores eram imunes.

— E o que aconteceu?

— Uma coisa banal, mas à luz do que me disse a respeito do pobre Robert, sinto-me um tanto culpado. Depois de muito pouco tempo na escola, ficou claro para mim que Baker era especial e pensei que, com ele como capitão, a nossa equipe de debates poderia ter uma chance de sucesso.

— Então o senhor substituiu Jackson por Baker.

— Sim.

— E deu certo?

Schilling sorriu.

— Pode crer, como os alunos diriam hoje em dia. A James Madison conquistou a copa estadual. Derrotou todas aquelas escolas grã-finas de Seattle, Redmond e Olympia e venceu. A senhorita deve imaginar o que isso significou para uma cidade pequena como Aberdeen. As coisas não andavam nada bem por aqui na época, as madeireiras estavam em crise, muitos pais estavam desempregados. E então, surgiu aquele... astro.

— Então o senhor foi o caça-talentos do futuro presidente dos Estados Unidos.

— Foi o que eu disse aos jornalistas que vieram até aqui. Essa é a história pública. Mas para Robert foi um duro golpe. Ele rompeu com Baker instantaneamente.

— E isso pesou em sua consciência.

— Por Deus, não! As amizades na escola vêm e vão, Srta. Muir, como tenho certeza de que sabe. Não, não foi isso. O problema foi o efeito disso em Robert. Pareceu mudá-lo. Ele se tornou mais retraído. Nunca foi um jovem com grandes habilidades sociais, mas ficou bastante introvertido. Ele abandonou a equipe de debate: não queria participar se não fosse mais o capitão. — Ele fitou Maggie nos olhos, como que avaliando se podia confiar nela. — Ficou muito amargo. A palavra pode ser forte para descrever um jovem de 18 anos, mas senti que ele ficou *rancoroso*.

— Ele fez alguma coisa?

— Não. Mas se algo parecido acontecesse nos dias de hoje, ficaria de olho nele. Depois de Columbine, ninguém arrisca.

— Meu Deus.

— Desculpe, foi a coisa errada a se dizer. Ele não cometeu qualquer ato de violência. Mas eu o conheci bem e percebi que o ressentimento que sentia por Baker se tornou doentio. Quando Baker tentou se inscrever para uma bolsa em Harvard, Jackson fez o mesmo. Baker, como sabe, foi aceito. Recebia propostas de bolsas de estudo do país inteiro.

— E Jackson foi rejeitado.

— Sim. Sim, ele foi. — Schilling fez uma pausa. — A senhora é mãe, Srta. Muir?

Imediatamente, uma imagem de Liz e o filho de 3 anos, Callum, surgiu na mente de Maggie.

— Não, Sr. Schilling, infelizmente não.

— Bem, ninguém percebe o quanto os jovens são frágeis. Os acontecimentos da juventude podem moldar a personalidade de um rapaz.

— E o que aconteceu com Robert Jackson?

— Eu diria que ele desenvolveu um interesse insalubre por Stephen Baker. Uma obsessão, em outras palavras. Baker se transformou em um tipo de espelho para Robert, e nada que visse nesse espelho era bom o bastante. Robert não era tão inteligente ou atraente, nem tão popular. E não foi apenas uma fase. Encontrei com Robert um ou dois anos depois, e ele ainda parecia ser vítima dessa fixação.

— Como assim?

— Foi estranho, na verdade. Mas Robert carregava um arquivo. Uma dessas pastas escolares com elástico. Ele me mostrou.

— E o que havia dentro?

— Recortes sobre Stephen. Do jornal local, cuidadosamente recortados e arquivados por ordem de data. Organizado demais. Senti um arrepio.

— Eles ainda conviviam nessa época?

— Bem, o pai de Stephen ainda trabalhava aqui, nas madeireiras. Ele não podia se dar ao luxo de se aposentar. Então era para Aberdeen que Stephen vinha nas férias.

Maggie tentou organizar os pensamentos.

— E o senhor temia que Robert Jackson fizesse alguma coisa... algo do que pudesse se arrepender?

— A senhorita acaba de me lembrar de uma coisa que disse à minha esposa naquela época. Meus Deus, já se passaram trinta anos e ainda não esqueci.

— O que o senhor disse?

— Que uma obsessão como aquelas só podia acabar em destruição. Que Jackson destruiria Stephen Baker... ou a si mesmo.

TRINTA E SEIS

CLINTON, MARYLAND, SEXTA-FEIRA, 24 DE MARÇO, 13H23

Ventava, fazia barulho e era o lugar ideal para não se fazer uma entrevista. Mas a fonte de Nick du Caines insistira.

Eles estavam parados em um campo cerrado, de frente para uma cerca telada alta. Para chegar até ali, foi preciso estacionar o carro no acostamento da rodovia e caminhar por uma mata repleta de ervas daninhas até encontrar uma espécie de pequena clareira. O murmúrio alto do tráfego era constante.

O primeiro encontro também tinha sido ali. Não por Daniel Judd desconfiar de encontros em lugares públicos, mas simplesmente porque aquele era o seu local de trabalho e encarava qualquer minuto longe dali como perda de tempo.

Nick fechou o casaco de couro com o emblema do AC/DC nas costas, envolveu o corpo para se proteger do frio e ficou ao lado de Judd, que continuava concentrado no que acontecia à sua frente.

— Trouxe café — disse Nick. — Provavelmente já está gelado a essa altura, mas o que vale é a intenção.

— Coloque-o no chão. Entre os meus pés. Obrigado.

Nick sabia que era melhor não interromper Judd quando ele trabalhava. Do outro lado da cerca telada, a pouco menos de 200 metros de distância, uma equipe de homens vestindo macacões trabalhava em duas aeronaves. Outro dirigia um pequeno veículo elétrico. Para qualquer um que passasse de carro, não pareceria mais do que um dia comum de trabalho no pequeno aeroporto privado conhecido como Washington Executive Airfield.

Judd levou um binóculo aos olhos, então murmurou um prefixo para um pequeno gravador digital: N581GD. Sem desviar o olhar, pegou a câmera SLR com teleobjetiva, que também trazia pendurada no pescoço, e tirou umas vinte fotografias das duas aeronaves, com o obturador clicando ininterruptamente. Apenas então se voltou para Nick.

— Como você está?

— Não vai beber o café?

— Você disse que está gelado.

— Não sou exatamente um bom vendedor, certo?

Judd não disse nada. Du Caines estava acostumado àquele tratamento, que aprendera a não ver como hostil. O sujeito podia ter as habilidades sociais de um toco de árvore, mas havia poucas pessoas que inspiravam mais o respeito de Nick.

Judd era um *airplane spotter*, desses que ficam perto das pistas assistindo a decolagens e pousos. Variantes dos *trainspotters* que Nick e seus amigos perturbavam sem piedade nos tempos de escola, obsessivos que ficavam genuinamente eufóricos ao rabiscarem um número de série num caderno. Mas eles tinham toda razão para isso e, por Deus, Nick ficava feliz por eles se sentirem dessa forma, uma vez que foram aqueles nerds, e alguns outros ao redor do mundo, que perceberam um estranho padrão nos voos de jatinhos executivos que partiam de aeroportos americanos, mas terminavam em lugares como Karachi, Amã ou Damasco. Eles juntaram as peças e descobriram o fenômeno da "rendição extraordinária": os voos secretos por meio dos quais suspeitos de terrorismo que desapareciam de forma misteriosa das ruas de Milão ou Estocolmo eram transferidos clandestinamente na calada da noite para o Egito ou a Jordânia, países com agências de inteligência prontas para fazer o que fosse necessário para "persuadi-los" a falar.

Foram Judd e seus amigos que anotaram o prefixo de um avião que aterrissou primeiro em Shannon, na Irlanda, e reapareceu na Suécia antes de chegar ao destino final, Amã. Os *spotters* então acessaram o site da Federal Aviation Administration e clicaram no registro de aeronaves licenciadas por proprietários americanos. No site era possível consultar não apenas um arquivo com diário de bordo e planos de voo de cada avião registrado, mas também identificar os proprietários. Tudo com o clique de um mouse.

O avião que pousara em Shannon a caminho de Amã pertencia a uma pequena empresa de aviação com sede em Massachusetts. Com alguns cliques, Judd obteve os nomes dos executivos da empresa. No entanto, esses executivos agiam com uma timidez curiosa. Em vez de fornecerem endereços, deram apenas números de caixas postais. O que despertou o interesse de Judd, principalmente porque as caixas postais eram todas do norte da Virgínia, coincidentemente, local da sede da Agência Central de Inteligência, a CIA, em Langley.

Depois disso, Judd já tinha o bastante para ter certeza. Enquanto bebiam um drinque no Adams Morgan, sentados a uma mesa de canto na penumbra, ele fornecera datas, planos de voo e prefixos que permitiram a Nick du Caines revelar ao mundo o avião que ele e seu jornal dominical chamaram de o "Expresso da Baía de Guantánamo". Reportagem que lhe rendeu três prêmios — e deu aos seus aflitos empregadores um pouco de fôlego para continuarem na ativa.

— Você está com aquele olhar, Nick.
— Que olhar?
— O olhar que diz que quer arrumar confusão.
— Ah, o olhar que você vê quando se olha no espelho.

Judd deu um rápido sorriso de canto de boca e voltou a observar o aeroporto.

Nick decidiu ir com calma.

— Afinal, o que está acontecendo aqui? Alguma coisa?

— Talvez. Ainda é muito cedo para dizer.

— Governo?

— Como eu disse, Sr. Du Caines, ainda é muito cedo para dizer.

— Você está certo. Não vou xeretar. Entendido.

Outro longo silêncio. Judd levou o binóculo aos olhos. E voltou a falar ainda observando através das lentes:

— Você não veio até o meio do nada em um dia congelante para admirar o meu belo rosto, veio?

— Não.

— Então o que quer perguntar?

— O problema é esse. Não tenho certeza.

— Esse não é um bom começo.

— Certo. Nova Orleans. O que você sabe a respeito de Nova Orleans?

— Você pode fazer melhor do que isso, Nick.

— Você seria capaz de conferir se uma equipe da CIA desembarcou em Nova Orleans?

— Isso é sobre aquele cara que estava mandando ver no presidente?

— Jesus, você não deixa nada passar, deixa?

— Por que mais um jornalista britânico estaria interessado em Nova Orleans?

— Certo. Sim, é a respeito disso. Eu tenho motivos para acreditar... Ou melhor, *suspeitar*, de que Vic Forbes não morreu exatamente de causas naturais.

— Não me pareceram nada naturais.

— Sim. Verdade. Mas acredito que ele pode ter tido ajuda, se é que me entende.

— E por que a CIA?

— Não posso dizer.

Pela primeira vez, Judd desviou a atenção das aeronaves e fitou Nick nos olhos.

— Achava que *eu* é que devia me recusar a contar as coisas para *você*.

— Eu sei, eu sei. Mas esse é um daqueles casos em que não posso mesmo revelar a fonte.

— Não perguntei quem é a fonte. Perguntei por que você acredita que a CIA está envolvida.

— O que acontece é que se responder essa pergunta posso arriscar revelar a fonte. E não posso fazer isso. — Como Judd permaneceu em silêncio, Nick acrescentou: — Faria o mesmo por você.

— E por que você acredita que eles usaram um avião?

— A verdade é que não tenho nenhum motivo para acreditar nisso. Mas você é o único que eu conheço que já descobriu *alguma coisa* sobre as atividades da CIA, então estou começando por você.

— Você está jogando verde para colher maduro.

— Com certeza. Estou pensando que, se por acaso eles *de fato* usaram um avião, isso é algo que podemos descobrir. Que *você* pode descobrir.

— Você disse "eles"?

— Como?

— "Se por acaso eles *de fato* usaram um avião". Por que *eles*?

Nick franziu a testa como se acabasse de ser confrontado com uma pergunta delicada em um *quiz*.

— Sim, eu disse isso. Acredito que apenas supus... Depois de tudo que já li sobre a CIA, Laos na década de 1970, América Central na de 1980, Afeganistão, Iraque, percebi que atuam em equipes. Não é assim que eles fazem? Foi assim com as transferências de detentos. Quantos participaram daquele trabalho na Itália?

— Treze.

— E isso para pegar apenas um sujeito. E não foi uma execução, como no caso de Forbes.

— Está bem. Vou dar uma olhada. Mas será um tiro no escuro.

— Eu sei.

— O mais provável é que tenham ido de carro. Ou separados, em voos comerciais.

— Mas você vai procurar? Fico te devendo, Dan.

Depois disso, Nick voltou para o Nissan castigado que chamava de carro: não antigo o bastante para ser considerado retrô, apenas velho.

Entretanto, assim como todos que se consideram observadores, que espionam o mundo pelas lentes de binóculos ou câmeras SLR, nem Judd nem Du Caines imaginavam que, naquele exato momento, também eram observados através de uma teleobjetiva.

Os observadores estavam sendo observados.

TRINTA E SETE

ABERDEEN, WASHINGTON, SEXTA-FEIRA, 24 DE MARÇO, 18H23 PST

Maggie concluiu a reunião com algumas das perguntas burocráticas — acompanhadas das devidas anotações — que acreditava que Ashley Muir, agente de seguros de vida, faria.

— E quanto aos pais? Estão vivos ou mortos?

— Ambos mortos — respondeu o diretor Schilling. — O pai de Robert morreu antes mesmo que ele fosse matriculado nesta escola. Talvez essa fosse outra coisa que eu deveria ter reparado: a ausência de uma figura paterna. Hoje em dia, trataria um jovem como ele de forma bem diferente.

— E quanto à mãe de Robert?

— Ela morreu há muito tempo. Mais de vinte anos, acho.

— Além do debate, havia algo mais em que Jackson se destacava como estudante?

— Ele era inteligente. Não se esqueça: antes da chegada de Stephen Baker, ele era um dos principais alunos da escola. Não brilhante, mas competente. Tinha interesse em assuntos internacionais, em política. Era um bom linguista; quase fluente em espanhol.

Maggie fazia anotações no caderno.

— Acho — acrescentou o diretor — que Robert era o que os alunos de hoje chamariam de *geek*.

— *Geek*? — Maggie sorriu.

— É engraçado o quanto lembramos quando nossa mente se concentra em um assunto. Ele era fascinado por computadores. Ninguém tinha computadores em casa naquela época, é claro, mas Robert era muito hábil. Acho que me recordo de ele ter começado um clube de informática aqui na escola. Que acabou extinto, você sabe, depois da mudança de capitão na equipe de debate.

Maggie anotou tudo, juntamente com o número do seguro social e o antigo endereço, fornecidos pelo Sr. Schilling.

— O senhor foi muito generoso com o seu tempo.

— Espero ter ajudado. E Srta. Muir? Se descobrir o que aconteceu com Robert Jackson, não deixe de me comunicar.

Quando Maggie passou pelas portas duplas e saiu do prédio, já começava a escurecer. Ela olhou para o relógio: 18h40 no horário local, 21h40 na Costa Leste. O dia começara com um voo de cinco horas, uma viagem de carro de duas horas: a simples ideia de dirigir de volta a Seattle — o plano original — subitamente deixou de ser interessante. Ela estava exausta. Era mais seguro encontrar um hotel barato em Aberdeen e pegar a estrada pela manhã.

Ela caminhava para o carro alugado quando ficou paralisada.

Imóvel no lusco-fusco ao lado do carro, havia uma silhueta: homem ou mulher, Maggie não sabia dizer. A figura estava de pé, parada, voltada para ela, como se à espera daquele momento. Teria sido assim com Stuart: um vulto nas sombras, impassível, à espera do momento certo para atacar? Maggie sentiu que fechava os punhos, um gesto inútil e involuntário que a fez perceber que estava desarmada e, portanto, completamente indefesa.

Então ouviu uma voz em meio ao estacionamento vazio:

— Fico feliz em vê-la!

Uma mulher. Quando Maggie se aproximou, viu que era uma senhora, com pouco mais de 60 anos, concluiu. Sentiu os ombros relaxarem, aliviada. Deveria ser uma antiga professora ou a avó de um dos alunos. Cabelos grisalhos, óculos de grau e casaco terminantemente fora de moda. Era difícil imaginar alguém menos assustador.

— Nossa, estou tão aliviada, a senhorita nem imagina. A minha bateria arriou... de novo! E preciso desesperadamente de ajuda.

Algo na voz da mulher despertou em Maggie uma saudade instantânea, transportou-a de volta a tardes como aquela: depois da escola, no escuro e no frio, encontrando a mãe na saída. O que não era muito comum: ela e Liz geralmente voltavam para casa a pé ou de ônibus. Mas em um daqueles raros momentos, quando via o rosto sorridente da mãe no portão, ela era tomada por ternura. E por algo mais também — uma sensação da qual sentiu tanta saudade agora que ficou surpresa. De imediato, não sabia qual a palavra certa, mas seria algo entre a segurança e o amor. Percebeu que havia se afastado muito da casa em que crescera.

— É claro que ajudo. Mas não sei se tenho um cabo para fazer uma "chupeta". Esse carro é alugado.

— Ah, não se preocupe com isso, querida. O meu filho me deu tudo. Tenho um no porta-malas. Só preciso de outro carro que funcione!

Maggie observou, impressionada, quando a mulher deu a volta no Saturn prata, abriu a mala e surgiu carregando dois cabos, um preto e outro vermelho. Ela então abriu o capô, sem deixar de falar um minuto sequer.

— Já cometi esse erro antes, já o cometi milhares de vezes. É sempre a mesma coisa. Estaciono o carro, pego a minha bolsa e...

— Não me diga — disse Maggie, se aproximando, observando com admiração a senhora fixar os grampos nos polos positivo e negativo da bateria. — A senhora esquece o farol aceso.

— Ah, não, querida — respondeu, com um olhar ligeiramente ofendido. — Aprendi essa lição há muito tempo. Não, é um erro diferente. Esqueço a chave na ignição.

— E isso descarrega a bateria?

— Sim, descarrega. Não sei, liga o rádio ou algo assim. Não sei. O meu filho é o mecânico da família. Ele entende dessas coisas. — De repente, deu as costas ao motor, um pouco alarmada. — Você não dirá a ele, dirá? Sobre isso?

Maggie sorriu, lembrando-se de como a mãe agia quando começou a aprender a usar o computador. Ela esqueceu uma das principais lições — fechar todos os programas antes de desligar a máquina — e se voltou para Maggie com aquele mesmo olhar. "Você não contará para Liz, certo?"

— Não, não direi nada. Nem sei quem ele é. Sou de outra cidade.

— É mesmo, querida? Não é mãe de um aluno então?

— Estou apenas fazendo uma visita.

— Que pena. Poderia conhecer o meu Mike. Ele é pai de um aluno dessa escola. — A senhora fez uma pausa. — Pai solteiro — acrescentou, como se absorvendo o fato. — Agora vamos pôr o seu carro ao lado do meu e abrir esse capô.

Maggie abriu a porta do carro, sentou-se no banco do motorista e fez a volta, parando de frente para o Saturn. Então desligou o motor e passou a procurar a alavanca do capô, tateando às cegas sob o volante até encontrá-la. Ela puxou a alavanca, escutou um clique e observou, novamente impressionada, quando a mulher não esperou por ajuda para levantar o capô.

— Está bem. Não ligue o motor ainda! Espere que eu dê o sinal.

Enquanto esperava, Maggie voltou a pensar nas palavras do Sr. Schilling. "Uma obsessão como aquelas só podia acabar em destruição." Mesmo três décadas atrás, quando Robert Jackson ainda era adolescente, Schilling estava convencido de que algo perigoso e funesto fermentava dentro dele. *Jackson destruiria Stephen Baker... ou a si mesmo.*

Ela os imaginou ali, naquele estacionamento, fora da escola, em tardes como aquela. Baker sorrindo para as garotas ao pôr a mochila sobre o ombro a caminho de casa, alto e esbelto, com passos largos e naturais.

E, talvez, parado bem ali, na entrada, estivesse Robert Jackson, mais baixo, feio, privado dos dons mais conspícuos de Baker. Maggie conseguia vê-lo à luz do anoitecer, com a raiva adolescente fervendo por dentro.

— Pronto! Pode dar a partida.

Saindo do devaneio, Maggie girou a chave, apertou de leve o acelerador e ouviu a partida do motor. Sem se mover, observou a senhora no antiquado casaco de lã se sentar no banco do motorista do outro carro. Um segundo ou dois depois, escutou o motor do carro voltar acelerando à vida.

Pouco depois, ambas estavam paradas em frente aos motores agora conectados, como dois pacientes num hospital, por um cabo preto e outro vermelho.

— Conseguimos — disse Maggie, com um sorriso amplo no rosto.

— Nada mal para duas garotas, hein? — disse a mulher, apertando o braço de Maggie num gesto de gratidão.

— Nada mal.

— Estou muito agradecida. Agora posso pegar o meu neto no treino de futebol. — Ela olhou para o relógio. Ah, meu Deus. Já deveria estar lá há dez minutos. Precisarei me apressar. Há algo que eu possa fazer por você?

Maggie percebeu que a resposta era não. Ela não poderia dar nome ou endereço verdadeiros, apesar de, apenas aquela vez, desejar que isso fosse possível. Tudo o que pôde fazer foi estender a mão e, com uma pontada de pesar, dizer:

— Fico feliz por ter ajudado. Agora vá pegar o seu neto. E lembre-se de deixar o motor ligado!

Ela observou o Saturn sair lentamente do estacionamento, noite adentro. De alguma forma, a cena a fez tomar uma decisão: ela não pegaria a estrada para Seattle. Encontraria um lugar barato e caloroso em Aberdeen, tomaria um banho e cairia na cama. Percebeu que estava completamente esgotada.

Ela pegou a rodovia que a levara até ali e passou a procurar por placas que sinalizassem o retorno para o centro da cidade. Passou por uma série de sinais verdes e estava a caminho. O trânsito estava tranquilo, apenas algumas luzes esparsas brilhando no escuro. E se perguntou se estaria em uma daquelas cidades americanas sem um centro de fato, apenas prédios espalhados, longe uns dos outros. Talvez devesse apenas dirigir, até que aparecesse o primeiro hotel no caminho.

Havia alguns à frente, à esquerda. Antecipando o retorno, ela pisou de leve no freio, mas a velocidade continuou inalterada. Pisou mais fundo no pedal e desta vez o carro deu um solavanco em vez de frear. Malditos carros alugados.

Quando viu o retorno, passou para a pista da direita, apertando gentilmente o freio.

O carro não desacelerou.

Pelo contrário, continuava a toda velocidade. Maggie pisou no pedal outra vez. Ainda nada. O carro continuava avançando, alheio à vontade dela. Ela enterrou o pé no pedal de freio. Nada!

Àquela altura, a pista do retorno começava a descrever uma curva, distanciando-se da rodovia. Ela olhou no retrovisor da esquerda: havia um carro na outra pista. Não havia como dar uma guinada sem bater. Ela precisaria continuar no retorno.

O ângulo da curva fechava subitamente. Ela agarrou o volante com toda força e passou a girá-lo, seguindo ao dobro da velocidade apropriada. E sentiu a irregularidade na pista quando o carro passou sobre as faixas laterais. As placas refletoras, marcadas com setas, se aproximavam velozmente.

Por fim, conseguiu contornar a curva, mas ainda estava indo rápido demais. Ela viu que mais à frente havia um sinal fechado em um cruzamento, iluminado e movimentado. Dois carros já estavam parados no sinal e ela avançava a toda velocidade. Pisou outra vez no freio, inutilmente, agarrando o volante com todas as forças. Em questão de segundos, colidiria com os veículos ou seria atingida na lateral quando atravessasse o cruzamento.

Ela sabia que tinha apenas uma opção, mas o medo que sentia quase a paralisou. A aproximação rápida do carro à frente, entretanto, com as luzes vermelhas de freio acesas, e, por fim, a visão de duas cabeças baixas no banco de trás — crianças — a levaram a agir.

Travando os dentes, ela deu uma guinada para fora da estrada, avançando para a escuridão indistinta. Ao girar o volante, não sabia o que encontraria. Uma mureta de proteção, árvores, mato? Uma vala? Um barranco? Era impossível saber e agora não tinha mais volta, a não ser dirigir a 110 quilômetros por hora.

Os faróis a iluminaram talvez uma fração de segundo antes do som do impacto de metal contra metal: uma barreira de proteção de aço, que se espatifou sob a força do carro. Um aglomerado de árvores e galhos vinha na sua direção, com o carro saltando e sacudindo a toda velocidade. Ela bateu a cabeça no teto, o impacto com o metal em nada suavizado pelo forro de vinil.

O instinto assumiu o controle quando ela buscou a trava do cinto de segurança e, com a outra mão ainda ao volante, desafivelou-a. Então, vendo o que se agigantava à frente, abriu a porta e saltou, apesar de ver o chão passando a toda velocidade.

Talvez uma fração de segundo antes de chocar-se com o chão, enquanto ainda estava no ar, sentindo o coração bater com uma urgência nauseante, ela viu duas coisas, uma mais nítida do que a outra.

A menos clara foi a árvore maciça contra a qual o carro acabava de se chocar de frente. A mais clara, que viu mentalmente, foi o rosto da senhora que a convencera a abrir o capô do carro, uma mulher com olhos bondosos o bastante para fazer Maggie Costello lembrar-se da própria mãe.

Depois disso ela não viu mais nada.

TRINTA E OITO

VIRGÍNIA, SEXTA-FEIRA, 24 DE MARÇO, 18H25

Ele não esperava receber notícias tão cedo. Nos velhos tempos, quando eram apenas alguns caras com cadernos e lápis, era preciso quase uma semana para montar até mesmo um plano de voo básico. Mas agora, com e-mails, fóruns on-line e todo o resto, as coisas andavam rápido.

O cara inglês, Du Caines, não fornecera muitas informações, mas Daniel Judd entendera o espírito da coisa. Quando recebeu o telefonema de Nick, soube que era algo grande. Grande o bastante para interessar os leitores de um jornal britânico; grande o bastante para que Nick fosse até o meio do nada para encontrá-lo.

E estava certo — quando a CIA entrava em cena, qualquer coisa era grande —, assim como quando supôs que Nick estava jogando verde para colher maduro. O jornalista tinha somente um palpite. Mas depois das "rendições extraordinárias", Judd estava preparado para acreditar que aqueles filhos da puta eram capazes de qualquer coisa. E o mais importante: nos últimos anos ele aprendera muito a respeito de como a CIA operava. A agência tinha um *modus operandi* aéreo, assim como aqueles que, como Judd, os observavam do solo.

Ele entrou na conta de e-mail e digitou o pseudônimo formado pelo seu nome do meio, o nome de solteira da esposa e a inicial de um nome do meio falso — Z —, que esperava despistar os bisbilhoteiros. É claro, se a CIA realmente quisesse hackear a conta isso era possível, mas ele não facilitaria as coisas.

Judd enviou uma mensagem para o seu contato na Louisiana. De Baton Rouge, infelizmente; ele não encontrara nenhum *spotter* de Nova Orleans. Foi cuidadoso com a escolha das palavras. Mesmo que tomasse precauções — softwares de criptografia, mudanças frequentes do provedor de internet, o nome do meio Z — não havia garantias de que os seus colegas entusiastas também fossem cuidadosos. Pelo contrário, numa era de vigilância federal, ele trabalhava com a suposição de ser sempre observado. A esposa e o cunhado divertiam-se à sua custa há anos, afirmando que ele era um maluco libertário e paranoico que logo estaria vivendo nas montanhas à base de comida desidratada. No entanto, quando aquelas histórias sobre escutas feitas pelo governo com base FISA, a lei de vigilância de inteligência estrangeira, vieram à tona, não foi ele que ficou com cara de besta, foi?

Eufemismo, esse era o segredo. Não usar nenhuma palavra que fosse automaticamente detectada pelas autoridades e seus programas caça-palavras.

Espero que esteja tudo bem, grandalhão. Uma pergunta para você. Se os nossos amigos da Companhia planejassem uma rápida viagem de férias para a cidade do pecado, qual seria o melhor destino inicial? Acredito que o Louis Armstrong International é cheio demais etc. O que você aconselharia?

Ele recebeu a resposta quatro minutos depois.

Só os turistas usam o Louis. Eles escolheriam um lugar que conhecessem. *A place they Knew.*

Ótimo. O "K" em caixa alta foi o bastante. Ele recorreu à base de dados da Federal Aviation Administration e esperou que a página certa carregasse antes de digitar a palavra KNEW. As quatro letras foram instantaneamente reconhecidas como o código do aeroporto de Lakefront, localizado, ele descobriu, "apenas quatro milhas náuticas a noroeste do centro financeiro de Nova Orleans".

Então acessou o site do aeroporto e viu uma bela foto do lugar, que contava com terminal art déco e uma escultura em frente à entrada principal: a Fonte dos Ventos.

Judd leu as especificações: aviação geral, com estrutura especial para voos charter e executivos. Ideal para operações secretas, concluiu. Havia até mesmo referências a uso militar ocasional: portanto, o uso prévio pela CIA era bem plausível.

Ele olhou as datas que Nick fornecera, então deu entrada nos detalhes necessários para consultar os planos de voo de aeronaves que usaram o Lakefront naquele período. E estreitou a busca selecionando apenas "Chegadas" e não "Chegadas e Partidas". Depois investigaria se a CIA havia usado um avião para deixar o Lakefront depois da morte de Forbes. Agora ele precisava saber se haviam aterrissado lá.

Como ele esperava, foi premiado com uma lista básica, muito longa de prefixos iniciados em N. Usando a ferramenta de busca do navegador, ele os consultou um a um, para ver se algum fazia parte da lista de 33 aviões que ele e os colegas, além de diversos pacifistas e jornalistas como Du Caines, haviam determinado constituir a frota usada pela CIA em suas missões secretas, principalmente, mas não apenas, nas rendições extraordinárias.

Nenhum.

Ele precisaria percorrer o caminho mais longo. Decidiu ligar para o amigo Martin, cuja maior qualidade era não ser sobrecarregado nem mesmo pelas escassas obrigações domésticas que recaíam sobre os ombros de Judd. Martin não tinha filhos, esposa e, até onde sabia, amigos, a não ser Judd.

Como sempre, Martin respondeu no primeiro toque. Judd colocou-o a par do problema e eles concordaram em dividir a lista. Judd analisaria os voos que chegaram ao Lakefront entre a meia-noite de domingo e o meio-dia de quarta-feira — à procura de prefixos com as características reveladoras — e Martin faria o mesmo com a outra metade da semana, do meio-dia de quarta à meia-noite de domingo.

— Quem encontrar primeiro bebe cerveja de graça por uma noite.

— Fechado.

Isso foi um pouco antes das 18h. Mas apenas pouco antes 23h, bem depois de a esposa ter ido para a cama batendo a porta, perguntando por que ele não enfiava o pau no HD do computador, que obviamente amava tanto, ele viu o primeiro sinal.

Praticamente todos os prefixos iniciados em N pertenciam a empresas regulares de táxi aéreo: licenciadas, conhecidas, com sites elaborados, o pacote completo. Mas um avião, de prefixo N4808P, pertencia à Premier Air Executive Services, baseada em Maryland, cujo site trazia detalhes mínimos — e não identificava os executivos.

Judd acessou o registro de empresas. Nos dados relativos à Premier Air, encontrou os nomes de três sócios. Uma busca mais aprofundada nesses nomes revelou um padrão que Judd já vira diversas vezes: os números de seguro social — disponíveis on-line — haviam sido emitidos depois dos 50 anos. Ele não sabia disso antes, mas aprendera com a saga das rendições extraordinárias que números de seguro social só são emitidos para alguém na casa dos 50 quando se cria uma identidade nova e falsa.

Entretanto, os dados da empresa continham um fato ainda mais curioso sobre as origens da Premier Air Executive Services, algo que o surpreendeu e, suspeitou, interessaria bastante a Nick du Caines. Ele pegou o telefone.

TRINTA E NOVE

ABERDEEN, WASHINGTON, SÁBADO, 25 DE MARÇO, 10H05 PST

Maggie ouvia um zumbido baixo, que supunha vir da própria cabeça. Ela tivera sonhos tão reais que não apenas vira o rosto de Uri diante do seu, como também sentira o toque das mãos dele quando acariciou os seus cabelos. Mas, mesmo então, ao sorrir para essas carícias, o zumbido a incomodou. Não combinava. Então ela se forçou a acordar, para afastar aquele barulho.

Quando abriu os olhos, viu apenas uma parede branca. Não conseguiu discernir as linhas, nem nada que a convencesse de que aquilo era uma parede e não um espaço vazio. Ou talvez uma nuvem. Mas o zumbido permanecia.

Ela mexeu a cabeça e sentiu uma pontada lancinante de dor na base do crânio. Deve ter feito barulho — apesar de o som parecer ter vindo do fundo de um corredor —, já que alguns instantes depois uma enfermeira apressou-se a ir até o quarto, preenchendo o espaço em branco que até então fora uma parede vazia.

— Ah. Bom dia.

Maggie escutou um eco responder:

— Bom dia. — A voz soava arrastada e distante.

— Você sabe onde está?

Maggie tentou fazer que não, provocando outra pontada de dor no pescoço. Ela escutou um gemido sair da própria boca.

— Muito bem. Vamos começar pelo começo. Qual é o seu nome?

— Maggie Costello — murmurou com enorme esforço.

A enfermeira — loira e com braços compridos — consultou uma prancheta.

— Bom. É o que temos também. Tenho mais algumas perguntas, se não se incomoda. Quem é o presidente dos Estados Unidos?

Antes da resposta veio uma sensação, um fluxo súbito de memórias e das emoções que elas despertavam. Ela viu a sala da Residência da Casa Branca, Sanchez, MacDonald, Stuart Goldstein. *Stuart.* Ela sentiu uma pontada de sofrimento, o peso de chumbo da constatação de que um acontecimento terrível não era imaginação ou sonho, mas real. Apenas então surgiu o rosto de Stephen Baker: ainda belo, mas agora talhado pela dor...

— Não se preocupe, ele está no cargo há muito pouco tempo. O nome dele é Stephen Baker. Quantos estados há nos Estados Unidos?

— Onde eu estou?

— Chegaremos lá. Preciso que responda a essas perguntas assim que acordar. Faz parte do nosso protocolo. Quantos...

— Cinquenta.

— E qual o dia da semana que vem depois da...

— Stephen Baker é o presidente dos Estados Unidos. Ele foi eleito em novembro passado com 339 votos no Colégio Eleitoral, derrotando Mark Chester na geral, depois de derrotar o Dr. Anthony Adams nas primárias. Os dias da semana são segunda, terça, quarta, quinta, sexta, sábado e domingo. Na França, *dimanche, lundi, mardi, mercredi, vendredi, jeudi et samedi.* Agora pode me dizer onde estou, por favor?

A enfermeira, que ficara de olhos esbugalhados, deixou o rosto relaxar. Ela colocou a prancheta sobre a cama.

— Está no Grays Harbor Community Hospital, Srta. Costello. Em Aberdeen, Washington. Prometo que isso não é um teste. Você sabe por que está aqui?

Maggie tentou levantar a cabeça do travesseiro, mas mesmo esse pequeno movimento provocou uma dor aguda. Novamente, a lembrança começou com sensações, o aperto forte no volante, a boca seca de pânico, a visão das luzes de freio ficando cada vez maiores...

— Eu sofri um acidente de carro. Algo aconteceu.

— Isso. Ontem à noite. — Ela olhou para o relógio. — Há quase 16 horas. E tem muita sorte de estar viva, Srta. Costello. O policial que a encontrou disse que a frente do seu carro parecia ter passado por um compactador de lixo.

— Um policial me encontrou?

— Sim. Eles virão mais tarde. Têm algumas perguntas a fazer, ao que parece.

Maggie sentiu que fazia uma careta.

— Mas, por hora, você precisa de descanso. Há alguém com quem gostaria que entrássemos em contato?

Ao ouvir aquela pergunta, Maggie sentiu outro tipo de dor, não menos aguda.

— É... — começou ela, com a imagem de um único rosto na mente, um rosto que vira há pouco tempo.

— Um companheiro, talvez? Alguém da família?

— Ainda não, obrigada.

— Mas eles podem estar preocupados...

Maggie pediu algum tempo para pensar e, então, o seu telefone. A enfermeira saiu do quarto e voltou um ou dois segundos depois. Desta vez com um olhar em parte perplexo, em parte melancólico, que apenas deixou Maggie mais confusa.

— Tem certeza de que estava com um telefone, Srta. Costello?

— Maggie — disse com uma voz ainda arrastada. — Sim. Ele está sempre comigo. Estava no bolso do meu terninho. Ou na minha bolsa.

— Temos uma bolsa de viagem. Também dois brincos, um vidro de perfume Allure, um protetor labial... — Ela consultava algum tipo de lista. — Mas não um telefone.

Uma suspeita começou a crescer, como uma mancha que se espalha.

— O que é essa lista que você está consultando? — perguntou ela, percebendo o quanto a sua voz estava estranha. *O qui é esha lishta...*

— É o inventário da polícia. Eles fazem isso em todos os casos do tipo.

Até mesmo arquear a sobrancelha doía, mas a enfermeira entendeu a mensagem de Maggie.

— São os casos em que o paciente é admitido inconsciente no hospital.

— Ah. Tem um bloquinho preto na lista?

A enfermeira correu os olhos pelos itens uma, então duas vezes.

— Não.

Maggie sentiu um calafrio.

— Um laptop? Uma carteira?

A mulher fez que não com pesar.

— Preciso dar um telefonema. Um telefonema urgente.

— Terá bastante tempo para isso mais tarde.

— Não. Agora.

A enfermeira se aproximou e segurou a mão de Maggie. O que ela acreditava ser um gesto de ternura acabou provando ser outra coisa. Uma veia do pulso direito estava puncionada por uma cânula. Dela saía um tubo ligado a uma bolsa com líquido transparente. A enfermeira conferiu o encaixe, envolveu o braço da paciente com um aparelho de pressão, apertou um botão invisível, que fez com que o braço direito de Maggie parecesse inflar instantaneamente, e pôs um termômetro sob a língua dela. Tudo em frações de segundos.

— Não estou muito bem, estou? — disse Maggie apesar do termômetro, as palavras indecifráveis.

— Você caiu de um carro em movimento, então a resposta é sim. Quebrou duas costelas, mas os braços e as pernas estão intactos. E ficaremos de olho na sua cabeça. Mas, pelo que ouvi há pouco, você se sairia melhor do que eu em um *quiz*. Tente descansar.

Por fim, Maggie se permitiu o pensamento que reprimira até então. Ela conseguia ouvir a voz que instantaneamente achou tão reconfortante.

Ah, não se preocupe com isso, querida.

A senhora no estacionamento fora gentil e natural, e Maggie engolira tudo, obedecera à instrução de ficar no banco do motorista enquanto ela mexia no motor — oculta pelo capô e seguramente invisível. Ela agira rápido; uma profissional que sabia exatamente o que estava fazendo.

Um trabalho eficiente. Tão cuidadoso que a mulher, ou um cúmplice, deve ter seguido Maggie até a rodovia, observado enquanto ela disparava fora de controle para o que, sem dúvida, imaginava ser a morte certa e então corrido até o carro, aberto a porta, roubado os itens principais e fugido. Antes da chegada da polícia ou dos paramédicos.

O roubo do telefone, do computador e do bloquinho era uma confirmação. O presidente estava certo. No momento em que aquela sigla — CIA — foi mencionada, ele foi tomado pelo que Maggie viu no momento como alarme excessivo. Falou sobre a trama para assassinar Kennedy, saltou à conclusão de que Stuart não havia se suicidado — apesar do estado de abatimento e melancolia em que se encontrava — e alertou Maggie a ter cuidado, por via das dúvidas. Como era frequente, Stephen Baker percebera a realidade da situação com mais rapidez e amplitude do que qualquer outra pessoa.

O presidente fora muito claro: enfrentavam um adversário implacável e determinado. E agora Maggie sabia que *eles* — quem quer que fossem — eram implacáveis o bastante para matar.

Um lampejo súbito da noite passada: o carro à frente, se aproximando, as luzes de freio emitindo um brilho vermelho opressivo, a visão daquelas duas cabeças, duas crianças...

Eles estavam prontos para matar não apenas ela. O método escolhido — sabotar os freios — quase custara a vida de terceiros.

Ela sentiu o corpo ser tomado por fúria. Aquelas pessoas haviam assassinado Stuart e estiveram determinadas a assassiná-la, mesmo que isso implicasse matar duas crianças inocentes. Ela os odiava de uma forma que mal conseguia conter. Queria salvar Stephen Baker e a sua presidência, é claro, mais do que nunca, agora que sabia que o presidente estava sob tal tipo de ataque a sangue-frio. Mas também queria algo mais: que todos por trás daquilo pagassem pelo que fizeram. Queria vingança.

Maggie sentiu um tremor nas mãos, que fez o tubo vibrar. Provavelmente, uma reação do corpo à infusão súbita de adrenalina provocada pela fúria. Calma, ela disse a si mesma. Calma.

Como tática diversionária, ela tentou pensar em quais exatamente eram as informações em poder das pessoas que tentaram matá-la. Tentou fazer isso de forma metódica, começando pelo telefone. A lista de ligações recentes era um desastre: implicaria a Casa Branca imediatamente. Revelaria telefonemas para a linha direta de Stuart e para Sanchez. Para empresas de táxi em Nova Orleans e DC e para Nick du Caines. Talvez Uri.

O laptop não tinha grande coisa: ela não fizera quase nada por e-mail. Mas o bloco continha todas as revelações de Schilling, o diretor da escola. Quem quer que o tivesse agora, teria todos os dados sobre Jackson/Forbes e a rixa amarga entre ele e o jovem Stephen Baker. Se estava em uma corrida contra esses assassinos, havia perdido.

Ou talvez eles já tivessem conhecimento de tudo o que ela descobrira, soubessem daquilo há anos. O que não aliviava sua angústia. Significava apenas que agora sabiam que ela sabia. Talvez por isso tenha se tornado um alvo. Ela sabia demais.

Ela percorreu o quarto com os olhos, subitamente dando-se conta de que as paredes brancas tinham, na verdade, um tom suave de bege.

Uma onda indistinta de náusea subiu pela garganta. Por que a enfermeira não lhe oferecera água?

De repente foi dominada por um novo temor. Como podia ter certeza de que estava em um hospital? E se a CIA simplesmente a tivesse levado para alguma instalação secreta travestida de hospital, quando na verdade não era nada disso? Aquele podia ser apenas um quarto em uma de suas casas secretas, com algumas máquinas para provocar efeito...

Ela virou de lado e, ignorando a dor que se espalhava pelo peito, levou a mão à mesa de cabeceira, onde havia um robusto telefone bege. Tentou agarrar o aparelho, em vão. Ainda de lado, moveu o corpo mais para a borda da cama, sentindo pontadas agudas nos braços. Estendeu-o outra vez e agora os dedos tocaram o fone.

Ele era seu. Ela usou o fio para trazer o aparelho para junto de si. Ao puxar o fio espiralado, ouviu o zumbido do tom de discagem, um som que proporcionava alguma segurança temporária. A base do aparelho encontrava-se agora sobre a cama, ao lado da sua cabeça. Estava próximo demais para ler com exatidão, mas ela viu três linhas nas quais estavam gravados o nome da instituição e números. As quatro palavras que importavam eram Grays Harbor Community Hospital.

Portanto, a enfermeira não havia mentido. Ou então aquele era um ardil elaborado demais para ser plausível. Navalha de Occam, Maggie. Navalha de Occam.

O tom de discagem ainda era audível. Ela teclou nove e imediatamente escutou uma voz computadorizada.

Desculpe, mas você não tem créditos para telefonemas nesta linha. Para comprar créditos, favor entrar em contato com a sua operadora. Aceitamos MasterCard, American Express...

Merda. A carteira havia sido roubada, com tudo dentro: cartões, carteira de motorista, tudo. Nada de telefone ou computador, nenhum dinheiro. E é claro que ela não se lembrava do número do cartão de crédito. Na modernidade norte-americana, ela estava tão impotente quanto uma criança de colo.

Com grande esforço, apertou a tecla zero do telefone.

— Telefonista, como posso ajudar?

— Eu gostaria de fazer uma chamada a cobrar, por favor.

— Como?

A fala ainda estava arrastada. Ela tentou novamente, desta vez dando o número: 1-202-456-1414.

A telefonista da Casa Branca devia estar esperando a ligação.

— Srta. Costello, é a senhorita? Tenho instruções para transferi-la direto para o presidente.

Houve alguma demora, a alegria da música de espera mais absurda do que nunca. Por fim, um clique decisivo na linha.

— Maggie, onde você está?

— É uma longa história. Tem certeza de que não estou interrompendo o senhor?

— É apenas uma reunião com o Estado Maior. Problemas na fronteira paquistanesa. Sua voz está péssima. Aconteceu alguma coisa?

— Acho que estava certo, senhor presidente. Sobre Stuart. Alguém sabotou o freio do meu carro ontem à noite. Acho que tentaram me matar.

— Meu Deus. Onde você está?

— Grays Harbor Hospital. No seu estado natal.

— Precisamos tirá-la daí. Vou telefonar para o governador. Podemos providenciar um voo para Washington, e então...

— Não, senhor. Com todo o respeito (*"Cum tuto o reshpeto"*), não acho que seja uma boa ideia. Isso o ligará a mim, confirmará o que estou fazendo para o senhor.

— Para o inferno com isso, Maggie. É tarde demais para...

— Tem mais, senhor. Vim até aqui por um motivo. Preciso seguir uma pista.

— Em Aberdeen? O que diabos Aberdeen tem a ver com essa história?

— Robert Jackson, senhor. O senhor frequentou a escola com ele.

Maggie escutou com toda atenção o momento que se seguiu. Será que Baker soube disso o tempo todo, desde que ela telefonou para ele do cemitério em Nova Orleans? Se fosse o caso, por que não disse nada? O que estaria escondendo?

— Robert Jackson? — disse o presidente por fim. — Robert *Andrew* Jackson, da James Madison High? Era ele?

— O senhor não o reconheceu na TV?

— Não parecia ser a mesma pessoa. Você tem certeza?

— Tenho certeza, senhor. — *Tenho chertecha, chenhor.*

— Eu costumava chamá-lo de Andrew na escola. Era assim que costumava pensar nele. Andrew Jackson, como o presidente. Simplesmente não fiz a ligação. Do que se trata isso tudo, Maggie?

— Não sei, senhor presidente. Mas pretendo descobrir.

— Estão me chamando de volta para a reunião, Maggie. Do que você precisa?

— Roubaram a minha carteira e o meu telefone.

— Certo. Sanchez enviará tudo.

— Obrigada, senhor. Mas cuide para que ele não deixe rastros. Stuart não gostaria que o senhor fosse acusado de ter um caixa dois, de pagar alguém como eu para levantar o passado de Jackson. Diga a ele para ter cuidado.

— Maggie, é você quem precisa ter cuidado. Não posso perder outra pessoa de confiança. Sobraram poucos de vocês.

— Obrigada, senhor presidente.

Ela deve ter cochilado logo após o telefonema, exausta pelo esforço que fizera, pois quase uma hora se passara desde quando acordou. Havia um bilhete com um recado deixado por telefone na cama ao lado dela. Do Sr. Doug, de Dupont Circle. Ela sorriu da tentativa de descrição de Sanchez.

A porta abriu com um rangido. Maggie ergueu os olhos, esforçando-se para enxergar. Podia ver que uma mulher havia entrado no quarto, de meia-idade, mas no escuro era difícil distinguir as feições.

— Que surpresa vê-la outra vez — disse. — Aí está você, querida.

Querida.

Maggie fechou os punhos, um gesto fútil para alguém com duas costelas quebradas e um tubo enfiado no braço, mas foi um reflexo, o resultado de uma descarga de medo e fúria.

A estranha chegava mais perto, se aproximava da cama. Ela tinha uma seringa na mão. Maggie encolheu-se.

— Não precisa ter medo, Maggie querida. Não precisa ter medo. Isso é para fazer a dor passar.

QUARENTA

Telegrama diplomático:
Do comandante do Exército dos Guardiães da Revolução Islâmica, Teerã
Para a Seção de Interesses da República Islâmica do Irã, instalada na embaixada da República Islâmica do Paquistão, Washington, DC

ULTRASSECRETO. CONFIGURAÇÃO DE CRIPTOGRAFIA: MÁXIMA.

O senhor deve ser parabenizado. SB pende de um fio de seda. Mas o Líder Supremo está preocupado no que diz respeito ao crédito. Independentemente de como a história era escrita no Ocidente, é imperativo que os fiéis entendam que a República Islâmica teve papel preponderante. Por favor, informe as ações que tomará para garantir que o mundo islâmico entenda, quando o momento chegar, que a cabeça da cobra não caiu simplesmente: foi cortada! Fim.

EDITORIAL DO JORNAL *THE GUARDIAN*, LONDRES, SÁBADO, 25 DE MARÇO:

Na última semana, o mundo observou os acontecimentos em Washington com algo parecido com incredulidade. Sessenta e quatro dias se passaram desde que Stephen Baker fez o juramento na cerimônia de posse como presidente dos Estados Unidos. Com este gesto, não foram apenas os americanos que cultivaram a esperança de estarem prestes a entrar em uma nova era política. O mundo também ousou ter essa esperança.

Entretanto, uma série de acusações, aparentemente programadas para serem detonadas em sequência, como bombas de atentados terroristas, deixaram o Sr. Baker mais vulnerável do que seria imaginável na gelada manhã da sua posse, em janeiro. De forma sem precedentes, tiveram início procedimentos de impeachment contra um presidente que mal se instalou no Salão Oval.

Este jornal deplora tal iniciativa. Os republicanos determinados a derrubar o Sr. Baker deveriam fazer uma pausa e refletir que não estarão simplesmente destituindo o seu chefe de Estado. Por mais bombástico que isso possa parecer, estarão privando o mundo do seu líder *de facto*. Pois esse é o papel do presidente dos Estados Unidos no século XXI.

Este não é o momento. Não quando o mundo enfrenta tantos problemas graves, de guerras cruéis a mudanças climáticas. E o Sr. Baker, que parece entender tais problemas como poucos, não é o alvo certo. Fomos encorajados pela notícia de que um democrata conservador da Comissão Judiciária da Câmara sinalizou que permanecerá leal ao seu presidente. Clamamos que os dois que ainda hesitam — cujos votos, caso se alinhem aos republicanos, permitirão o início formal do processo de impeachment contra o Sr. Baker — façam a coisa certa. Não são apenas os Estados Unidos que precisam que ajam com sabedoria. O mundo inteiro está na expectativa.

QUARENTA E UM

ABERDEEN, WASHINGTON, SÁBADO, 25 DE MARÇO, 11H25 PST

— Não precisa ter medo, querida.

Maggie levou uma das mãos ao copo de café, ainda quente, que fora deixado sobre a mesa de cabeceira. A mulher se aproximava cada vez mais. Se conseguisse pegá-lo, poderia jogar o líquido no rosto dela. Ela fez força para estender o braço...

E, naquele momento, viu o rosto com clareza. Cabelos grisalhos, sim, mas não era, afinal, a senhora de aparência bondosa que sabotara o carro na escola.

— Desculpe — arfou Maggie. — Achei que a senhora fosse outra pessoa.

— É fácil se confundir, querida. Eu estava na ambulância que a trouxe para cá. Você sofreu um acidente e tanto. Agora, o que acha de tomar esses analgésicos?

— Analgésicos?

— Sim, querida. O médico disse que deve tomá-los. — Ela conferiu o relógio. — E já está na hora. Podemos fazer uma administração intravenosa — ela mostrou a seringa —, ou você pode tomar comprimidos. O que prefere?

Maggie gesticulou na direção dos comprimidos. Ela pegou o pequeno copo oferecido pela enfermeira, pôs os comprimidos sob a língua e bebeu um longo gole de água.

— Muito bem, querida.

No instante em que a enfermeira se virou, Maggie tirou os comprimidos da boca e os escondeu debaixo do travesseiro. Ela esperou que a porta fechasse completamente.

Certo, era isso. Quem quer que tenha tentado matá-la sem dúvida tentaria de novo. Ela não ficaria ali um segundo a mais. Deitada naquela cama poderiam injetar algo nela, envenená-la, sufocá-la: seria fácil demais.

Ela olhou primeiro para a mão, para a agulha espetada na veia mais grossa. Fazendo uma careta de dor, puxou-a lentamente e usou o lenço de papel que tirou da caixa ao lado da cama para estancar o sangue.

Depois, se afastou do travesseiro no qual apoiava as costas até ficar sentada com as próprias forças. Afastou a coberta. Pela primeira vez viu que usava uma camisola de hospital, as palavras Grays Harbor estampadas na frente, como num uniforme de penitenciária.

Então, com grande esforço, moveu uma perna e depois a outra para fora da cama e deslizou o corpo para frente até os pés tocarem o chão. Cuidadosamente, transferiu o peso do corpo para eles, e, aliviada, viu que conseguia caminhar. Os piores ferimentos sem dúvida haviam sido na parte superior do corpo.

Ela atravessou o quarto até a cadeira onde a bolsa de viagem a aguardava como uma velha amiga. Maggie puxou o zíper e pegou uma calça e uma camisa. Precisou de quase dez minutos para se vestir.

Estava prestes a sair quando se lembrou da mensagem de Sanchez, ainda perto da cama. Ela procurou debaixo dos lençóis e a encontrou, então parou quando chegou à porta. Um espelho de corpo inteiro projetava uma imagem que a deixou imóvel. A face direita tinha um hematoma e havia linhas escuras e profundas sob os olhos e em volta deles. Ela parecia a interna de um abrigo para mulheres.

Depois de abrir a porta, ela tentou pendurar a sacola no ombro, da forma mais casual possível, um movimento que quase a fez uivar de dor, e deu início à fuga. Com toda força que conseguiu reunir, passou pela sala das enfermeiras lutando para caminhar com naturalidade, sem ousar olhar para trás.

Tinha dado talvez uns cinco passos quando ouviu uma voz vinda de trás.

— Senhora? Com licença.

Estava a apenas alguns metros da porta dupla que dava para a saída.

— Senhora?

— Ela me parece estar muito melhor! Obrigada — respondeu Maggie por sobre o ombro, da forma mais casual possível, então empurrou as portas e saiu.

As placas foram de muito pouca ajuda. Geriatria no andar de cima, obstetrícia no de baixo, salas de raios-X no fim do corredor. E então algo mais: salas dos residentes.

Maggie mancou naquela direção, apertando os olhos de dor ao descer dois lances de escada. Logo ela havia deixado a ala principal e seguia por corredores com diversas portas idênticas.

Por fim encontrou o que procurava: uma placa de saída. O palpite estava certo. Os estudantes de medicina tinham uma entrada separada. Uma entrada que, Maggie esperava, não fosse monitorada por quem quer que a vigiasse.

O ar fresco foi um choque, estava mais frio do que esperava. Foi como uma bofetada no rosto, com o vento fustigando-a com uma percepção súbita e aguda do quanto estava sozinha. Machucada e sem um tostão no meio do nada, ela não tinha como entrar em contato com o mundo exterior, e não havia ninguém, enfim, que pudesse contatar. Seu aliado mais próximo estava morto, quase certamente assassinado. Ela não tinha amigos de verdade, namorado ou família naquele continente.

Então precisaria contar apenas consigo mesma. Não seria a primeira vez.

A caminhada até a avenida principal foi longa e torturante. Ela sabia o quanto seria fácil ser identificada por perseguidores em campo aberto. Por fim parou um táxi e instalou-se no banco traseiro.

— Para onde gostaria de ir? — perguntou o motorista.

— Heron Street. — Ela tentou sorrir, então viu os olhos do motorista cravados nela pelo retrovisor.

— Você está bem?

— Quase.

Ela pegou a mensagem de Doug e a leu atentamente pela primeira vez.

Há uma forma segura de fazer isso. Vá para a Heron Street. E, lembre-se, sempre acreditamos na união ocidental.

A pista era larga, mais para rodovia do que avenida, e quando o motorista passou pelo Sidney's Casino, um prédio com todo o glamour de estufa grande, e por diversas lojas de carros usados, os pátios lotados de Dodges e Chevys surrados, ela sentiu que franzia a testa. Por que Sanchez a mandaria para lá?

Até que avistou o supermercado Safeway com o inconfundível letreiro "a forma segura de fazer compras". Ela sorriu ao perceber a simplicidade do recado e pediu ao motorista para esperar, tentando montar a segunda peça do quebra-cabeça de Sanchez.

Depois de entrar no mercado, precisou de apenas trinta segundos para ver. Um balcão, próximo dos caixas, sob o letreiro amarelo e preto que reconheceu de imediato como o da Western Union — união ocidental.

E, lembre-se, sempre acreditamos na união ocidental.

Ela disse o nome à garota jovem e cheia de piercings do outro lado do vidro, que pediu na hora uma identificação. Maggie começou a explicar que era exatamente esse o problema, que havia sido roubada e que perdera o passaporte, a carteira de...

— Espere um pouco, tenho uma observação no meu sistema. Aqui diz para eu conferir o seu rosto? — disse a atendente com a mesma entonação irlandesa que Maggie teria ouvido em casa, na O'Connell Street.

A garota pegou um envelope A4 que trazia estampado o emblema do estado de Washington. Ela o abriu e pegou um cartão de plástico do tamanho de um cartão de crédito: uma carteira de motorista com a fotografia de Maggie.

— Parece com você — disse a garota.

O bom e velho Sanchez.

— Então essa é a sua identidade, o que significa que posso te dar isso. — A garota desapareceu e voltou com um maço de notas novas. Ela contou os 5 mil dólares em voz alta e os entregou para Maggie.

Em seguida, o taxista a levou até a Jacknut Apparell, uma loja de roupas na qual se sentiu pelo menos 15 anos acima da idade do público-alvo e onde comprou uma camiseta que seria extravagante demais até mesmo nos seus tempos de adolescente: estampadas na frente, ao estilo de grafite, estavam as palavras "evolução, revolução, retribuição", e a peça era tão apertada que deixava os seios em evidência. Em Washington, as mulheres faziam o possível e o impossível para comprar roupas capazes de tornar os seios invisíveis, ou no mínimo irrelevantes. Em DC, a neutralidade feminina era uma virtude. Mas não ali, ao que parecia.

Ela pagou o taxista e lentamente caminhou dois quarteirões até um salão de beleza. Pensou em pedir um visual extravagante, talvez um corte curto e oxigenado como o da gerente do Midnight Lounge, mas concluiu que chamaria atenção demais. Então ficou no meio-termo, pediu ao cabeleireiro que diminuísse o comprimento dos cabelos ruivos à altura dos ombros e fizesse luzes loiras. Não adorou o resultado, mas ficou com aparência diferente, e era o que contava. Olhando para o espelho, com roupas e corte novos, concluiu que ainda parecia ter sido atingida por um trem — mas que não lembrava em nada uma funcionária da Casa Branca, nem mesmo uma que fora recentemente demitida.

Ainda havia compras a fazer. No topo da lista estavam um estoque de analgésicos extrafortes, um BlackBerry, um laptop — com acesso à internet —, alguns cosméticos básicos, uma garrafa de Jameson e um lugar para ficar.

Ela optou pelo Olympic Motel, comum e anônimo o suficiente. Ao abrir a porta, foi atingida por um cheiro que combinava fumaça de cigarros e desinfetante. Perfeito. A cama a convidava a dormir o resto do dia. Mas Maggie sabia que precisaria começar a trabalhar imediatamente.

Ela pegou o BlackBerry, brilhante e novo, e discou o único número, além do da Casa Branca, que sabia de cor.

— Uri, sou eu, Maggie.

— Maggie! Tentei falar com você. Diversas vezes. O que aconteceu?

— É uma longa história.

— Você sempre diz isso.

— Mas dessa vez é verdade.

— Sua voz está... diferente. Está tudo bem?

— Sofri um acidente, mas...

— O quê? O que aconteceu? Você está... — Ele parecia realmente preocupado.

— Estou bem, sério. — Ela se esforçou para manter a voz firme. — Ficarei bem. Só preciso da sua ajuda.

— Você precisa que eu vá até aí, porque...

— Não. Preciso fazer algumas perguntas sobre... inteligência.

Poucas vezes falaram sobre aquilo, e ele sempre evitou fornecer mais do que informações genéricas, mas ambos sabiam que Uri Guttman prestara o serviço militar na divisão de inteligência das Forças Armadas israelenses e chegara a uma patente graduada, apesar de não especificada.

Em seguida, ela fez um resumo dos últimos acontecimentos. Estava investigando um assunto, não podia dizer qual, relacionado a um ex-agente da CIA. Havia seguido o rastro do sujeito até Aberdeen, conversara com o diretor da escola em que ele cursara o ensino médio, ajudara uma senhora simpática com a bateria do carro arriada e então descobriu que os freios do seu carro alugado haviam sido sabotados e precisou saltar do veículo a mais de cem por hora.

— Meu Deus, Maggie. Você não aprende, não é?

— O que quer dizer?

— A ficar longe de encrenca.

— Eu não pedi para...

— A ideia de trabalhar com Baker era que você deixaria de se enfiar em buracos imundos e lidar com desgraçados decididos a matar uns aos outros, que passaria a ter uma bela mesa em Washington e...

— Esse era o plano, sim. Mas não imaginávamos que o presidente estaria lutando pela sua vida política depois de dois meses, não é?

— Você e o perigo, Maggie. É como uma atração química ou coisa parecida.

— Achei que você quisesse me ajudar.

— Está bem, isso pode ficar para depois. Do que você precisa agora?

— No enterro em Nova Orleans, um aposentado da é... Companhia, disse muitas coisas que eu não entendi.

— Mas você fingiu que sim.

— Isso.

— Por exemplo?

— Por exemplo, lençóis.

— Como?

— Ele disse que não faria qualquer diferença matar o homem em questão, pois "ele teria preparado um lençol".

— Foi isso que o sujeito disse? "Ele teria preparado um lençol"?

— Sim, essas palavras.

— Exatamente isso.

— Sim. Anotei-as depois. — Droga, aquilo também estava no caderno.

— Certo. Temos um termo diferente em hebraico, mas parece ser a mesma ideia.

— Que ideia?

— Chamamos de *karit raka*. Significa travesseiro macio. Algo que garanta uma queda suave se você estiver em apuros.

— O meu cérebro não está funcionando no ritmo de sempre, Uri.

— Bem, normalmente usamos o *karit* apenas em emergências, como quando alguém emite um alerta de perigo. Dentro de seu travesseiro, que normalmente fica na base, haverá informações que permitem à organização encontrar o agente e tirá-lo do perigo.

— Ok.

— Mas o *karit* também pode ser usado de outra forma. O sujeito disse que "não faria qualquer diferença" matar o homem tendo em vista o lençol dele, certo?

— Certo.

— Então isso sugere que ele usava um tipo diferente de apólice de seguro. Já ouvi falar disso. — Ele fez uma pausa, como se organizasse as ideias. — Digamos que eu tenha em mãos uma informação delicada.

— Ok.

— E que acredite que existam pessoas dispostas a me matar para manter o que quer que eu saiba em segredo. Pode até mesmo ser a organização para a qual trabalho, ou para a qual trabalhei no passado. Eu posso saber certas coisas que eles não queiram que sejam reveladas.

— Sim. — Maggie estava pensando em Forbes/Jackson e a CIA.

— Portanto, eu posso preparar um *karit*, um travesseiro ou lençol ou algo do tipo, e mantê-lo em algum lugar. Um conjunto de informações que seria automaticamente divulgado no momento em que eu morresse.

— E os assassinos em potencial saberiam disso, o que os dissuadiria de matá-lo. Pois, uma vez que você estivesse morto, o que quer que eles desejassem manter em segredo seria revelado de qualquer forma.

— Precisamente. Isso faz com que eu me sinta mais tranquilo, Maggie. Talvez você não tenha batido a cabeça com tanta força, no final das contas.

— Um conjunto de informações, você disse. Mantidas aonde? Em um cofre ou coisa parecida?

— Costumava ser assim. Agora a maioria dos caras nessa linha de trabalho faz isso virtualmente. Na internet ou coisa parecida. Pelo menos foi o que ouvi falar.

— O que você *ouviu falar*, Uri? — disse Maggie, com o mesmo tom de voz alegre que sempre usava quando tentava arrancar um segredo do passado dele. Ela tentava organizar todas as perguntas que disparavam em sua mente. — Mas isso obviamente não funcionou. O sujeito de quem estou falando morreu. Isso não evitou que o matassem.

— Ou ele não preparou o lençol e os assassinos sabiam disso ou preparou, mas os assassinos tinham certeza de que conseguiriam botar as mãos nele antes que as informações fossem divulgadas. Ou sabiam o que havia no lençol e não temiam seu conteúdo. Ou o lençol ainda está por aí e eles estão desesperados para encontrá-lo.

Desesperados parecia ser o caso: desesperados o bastante para soltar um carro sem freios em uma rodovia, sem medo de matar sabe Deus quantos inocentes.

Ela não disse nada, pensava nas possibilidades. Uri voltou a falar.

— Ao que parece, eles acreditam que você está na frente deles, Maggie.

— Hum.

— Maggie?

— Deixe-me perguntar uma coisa, Uri. Se fosse você. Se você tivesse um lençol, se você tivesse um karot...

— Um *karit*...

— Você entendeu o que eu quis dizer. Onde você...

— Eu não cheguei a esse nível. Mas o meu pai chegou, nos velhos tempos. E sabe o que ele costumava dizer? Não apenas sobre isso, mas sobre tudo relacionado à inteligência. Repetia o tempo todo a mesma citação feita por algum britânico. "Se quiser manter um segredo, anuncie-o no plenário da Câmara dos Comuns."

— Não entendi.

— Esconda-o à vista de todos. Num lugar em que ninguém pense em procurar. Se Churchill quisesse divulgar o código para os desembarques do Dia D, teria feito isso num discurso no Parlamento. Que alemão descobriria isso?

— Você acha que homens da Companhia como Forb... Como o homem em questão...

— Não se preocupe, Maggie. Eu já tinha adivinhado isso.

— Idiota.

— Não esqueça a pergunta.

— Me pergunto se alguém que trabalhou para, você sabe, a Companhia, faria o mesmo. Esconderia uma informação à vista de todos.

— Uma coisa que aprendi a respeito da inteligência é o quanto esses caras são parecidos. Os manuais de espionagem estão certos: um espião de Londres e um espião de Berlim Oriental têm mais em comum um com o outro do que com as próprias esposas.

— Esconda à vista de todos. Isso é bom. Obrigada, Uri. Por tudo.

Ele disse que não havia o que agradecer, que Maggie precisava se concentrar em ficar bem, mas ela não prestou atenção na voz de Uri. Em lugar disso, escutou outros sons atentamente: a porta bater, os ruídos de alguém entrando na sala e então a mudança no tom de voz de Uri. Só podia ser: uma nova namorada, abrindo com a sua cópia da chave a porta do apartamento que Maggie um dia chamara de casa.

Com a voz alterada, ela concluiu a conversa.

— Isso é ótimo! — disse, em tom falso e animado, que irritava os próprios ouvidos. — Fico devendo uma.

— Maggie, escute, se...

— Preciso ir! A gente se fala.

Ela decidiu expulsar da mente os sons que acabara de escutar, os sons da intimidade doméstica de Uri com uma mulher que não era ela.

Esconder à vista de todos. Concentre-se nisso.

Maggie entendia que aquilo teria funcionado para Winston Churchill. Ele era famoso, fazia tudo às claras. Mas o que isso significaria para Vic Forbes/Robert Jackson? O que seria "às claras" para um homem que passou a maior parte da vida escondido nas sombras?

Ela ligou o novo laptop, esperou que todos os programas carregassem e então fez uma busca no Google pelo nome Robert Jackson. Encontrou um acadêmico do Kansas e um vereador de Palo Alto, mas nenhum sinal do agente da CIA. Pelo menos isso significava que era muito provável que a verdadeira identidade de Forbes permanecesse oculta para todos, inclusive para as legiões de detetives anônimos da internet, — com exceção talvez dos sabotadores do carro de Maggie que agora tinham o seu bloco.

Em seguida, ela tentou Vic Forbes, o que resultou em páginas e mais páginas de reportagens da imprensa mundial, incluindo uma matéria curta no site da *Newsweek*: *A vida curta e a estranha morte de Vic Forbes — a anatomia de uma tentativa de chantagear o presidente.*

Ela correu os olhos pela matéria em ritmo feroz, impaciente para ver se a revista descobrira que Forbes também fizera uma tentativa pessoal de chantagear Stephen Baker. Constatou que não: o termo era usado em sentido mais do que literal. A maior parte do texto não passava de especulação, questionava a hipótese de Forbes ter se aliado com os inimigos do presidente, ressaltando que, na visita aos estúdios de TV na terça-feira, Forbes havia se encontrado e tido uma conversa aparentemente "íntima e intensa" com Matt Nylind, organizador da lendária "Sessão de Quinta-Feira", na qual os conservadores de DC traçavam as estratégias da semana. Esse era um dos fatos interessantes revelados pela revista, mas não havia qualquer indício do que ela descobrira. Forbes era descrito apenas como um pesquisador radicado em Nova Orleans.

Ela voltou à página com os resultados da sua busca, e encontrou uma série de vídeos. Clipes das entrevistas de Forbes na TV, além de notícias da sua morte. Ela clicou na primeira entrevista disponível, realizada no dia em que ele havia sido "desmascarado" como fonte das histórias bombásticas da MSNBC sobre Stephen Baker.

O som do computador era fraco e o vídeo, lento, mas Maggie escutou atentamente cada palavra.

— Como eu disse, não tenho intenções ocultas. O meu único interesse é a transparência. O povo americano deve saber tudo sobre o homem que agora o governa. Eles têm esse direito.

Estaria Forbes transmitindo alguma mensagem cifrada, algo que ela seria capaz de identificar se fosse esperta o bastante? Será que ela deveria anotar a primeira letra de cada frase? Ou talvez a última? E, de todas as entrevistas, qual seria a crucial?

Uma onda de cansaço e dor se abateu sobre Maggie. Ela deitou lentamente na cama, sentindo pontadas de dor nas costelas. Mas foi bom descansar a cabeça no travesseiro e fechar os olhos.

Esconder à vista de todos.

A principal característica de um lençol, se ela entendera Uri corretamente, era que a informação que ele continha pudesse ser facilmente acessada — por outros — depois da morte da pessoa que o criou. Se estivesse enterrado fundo demais, não serviria como objeto de dissuasão. O que estava enterrado simplesmente permaneceria enterrado.

Forbes precisava garantir que a informação viesse à tona. E isso significava que algum tipo de temporizador, como um cofre de banco, estava programado para abrir determinadas horas ou dias depois da sua morte.

Agora a mente dela funcionava rápido. Tal mecanismo funcionaria apenas se, de alguma forma, soubesse da morte do dono. Como isso poderia acontecer?

Poderia ser um envelope, em poder de um advogado instruído a divulgá-lo no caso da morte do cliente. Mas isso parecia pouco provável. Forbes sempre agira sozinho: será que confiaria um segredo tão valioso, tão poderoso, a outro ser humano?

Além disso, qual havia sido o meio de ataque ao presidente Baker? Tecnologia. Ele acessara a conta do Facebook de Katie Baker e enviara mensagens a partir de um terminal remoto. Até mesmo *hackeara* o sistema da MSNBC, usando uma identidade virtual falsa.

O que o diretor da escola dissera a respeito de Jackson? *Robert era o que os alunos de hoje chamariam de* geek, um jovem fascinado por computadores numa época em que todos acreditavam que o universo virtual se limitava ao jogo *Space Invaders*.

É claro que Forbes havia escondido o lençol na internet. E nela o mecanismo temporizador poderia ser simples, até mesmo Maggie sabia disso. Era preciso apenas criar um site e assegurar-se de acessá-lo diariamente ou toda semana. Se, por algum motivo, não fosse feito o acesso, o site saberia. Um gênio da informática como Forbes não teria dificuldade em programar um site para fazer alguma loucura depois de ele não ser acessado por determinado tempo, como enviar e-mails com o lençol para quem entendesse exatamente a informação que ele continha e o que fazer com ela — uma lista de endereços fornecida por Forbes antes da sua morte, a sua apólice de vida póstuma.

Maggie sentiu uma onda de energia percorrer o corpo. Ela tinha certeza de que estava certa. Mas uma pergunta permanecia.

Onde diabos estava o lençol?

Murmurando para si mesma as palavras "esconder à vista de todos, esconder à vista de todos", ela digitou o endereço mais óbvio.

Vicforbes.com

Nada. Tampouco com as extensões .net ou .org. O resultado foi o mesmo com victorforbes e robertjackson, robertandrewjackson, andrewjackson e bobjackson.

Como diabos decifraria este enigma? Eram apenas ela e o laptop naquele maldito quarto fedorento de hotel. O que fazer?

E então lhe ocorreu. A única pessoa que saberia a resposta.

QUARENTA E DOIS

ABERDEEN, WASHINGTON, SÁBADO, 25 DE MARÇO, 16H41 PST

Maggie olhou para o relógio. Com a diferença de oito horas, já passava da meia-noite em Dublin. Ela hesitou.

Nos velhos tempos, não teria pensado duas vezes antes de ligar para a irmã Liz às três da manhã: ela teria acabado de chegar em casa ou estaria de saída. Mas a chegada do filho Calum há três anos encerrara as noitadas. A droga pela qual ansiava agora — e pela qual faria qualquer coisa — era o sono. Um telefonema àquela hora da madrugada podia ser considerado uma operação de risco.

Ela discou o número de cabeça.

— Liz? É Maggie.

— Hã?

— Sou eu — sussurrou Maggie, como se estivesse ali, ao lado da cama da irmã.

— Maggie? Você sabe que horas são?

— Sei. Eu sinto muito...

— É o meio da porra da *madrugada*. Onde você está? Aconteceu alguma coisa?

— Estou em Washington. Mas não aquela Washington. É uma longa história.

Maggie escutou alguns ruídos. O som, concluiu, de Liz levantando-se da cama.

— Você está bêbada? Você parece estar com a cabeça enfiada em um balde. — O sotaque carregado da irmã fez Maggie sentir uma imensa saudade de casa.

— Não, não estou bêbada. Sofri um acidente.

O tom de Liz mudou de imediato: ela se transformou em um turbilhão de preocupação, oferecendo ajuda, insistindo que a irmã embarcasse no próximo avião, perguntando o diagnóstico dos médicos, surpresa com o fato — depois de saber da gravidade do acidente — de Maggie ter recebido alta tão cedo. Ao mesmo tempo tocante e estressante.

— Não preciso de nada, Liz. Juro. Nada assim.

— Você jura, Maggie? Por que, sério, posso ir até onde quer que você esteja e nos encontraremos amanhã.

— Na verdade, há duas coisas que você pode fazer por mim.

— Pode dizer.

— Não conte uma palavra disso para mamãe — insistiu, acentuando propositalmente o sotaque irlandês para diminuir a gravidade do pedido, algo que só confirmava o contrário. — É sério. Ela só ficaria preocupada e não quero que saiba de nada. Certo?

— Certo. E qual é a outra coisa?

— Liz!

— Eu prometo.

— Bom. A outra coisa é profissional. Preciso do seu poder de raciocínio.

Liz soltou uma gargalhada.

— Quer dizer que não está me ligando para pedir uma receita de purê de abobrinha? É bom saber que alguém se lembra de quem eu sou de verdade.

— Muitos chás da tarde?

— E reuniões com os pais de coleguinhas! Você não imagina o quanto há para se falar sobre babadores.

— Coitada de você.

— Mas eles são ótimos. Os babadores, quero dizer.

— Liz?

— Desculpe. Continue.

Maggie explicou, cuidadosa e indiretamente, o que precisava.

— Que tipo de homem ele era Maggie? O que ele fazia?

— Ele estava aposentado. Mas trabalhou com inteligência. Na inteligência americana.

— Quando?

— Nas décadas de 1980 e 1990.

Houve uma pausa. Bom: Liz estava pensando. Então ela escutou a irmã pigarrear, como que despertando completamente, pronta para a ação.

— Está bem. Já conversamos sobre a *darkweb*?

— Acho que não.

— Certo. Quando procura alguma coisa na internet, como você faz?

— Uso o Google.

— E, quando faz isso, acha que está buscando em toda a internet, certo?

— Certo.

— É o que todo mundo pensa. Mas não é o que acontece. Na verdade, você está buscando cerca de 0,3 por cento do total de páginas da internet.

— Não entendi.

— Sabe aquela coisa que costumavam dizer na escola, que os seres humanos usam apenas dez por cento do cérebro? Bem, a maioria das pessoas usa apenas 0,3 por cento da internet.

— E onde fica o resto?

— É disso que estou falando: na *darkweb*. Ou *deep web*. Os esconderijos. O que a maioria das pessoas vê e usa é apenas a ponta, mas há um iceberg gigantesco abaixo.

— O que há nela?

— Boa parte é lixo. Sites que deixaram de funcionar, endereços que caíram em desuso, empresas de internet falidas. Você precisa imaginá-la como uma vasta paisagem subaquática, cheia de naufrágios antigos e estruturas abandonadas que desmoronaram e caíram no mar.

Maggie, deitada na cama em nome da convalescência, fez uma careta silenciosa quando mudou de posição, sentindo novas pontadas de dor nas costelas e nos ombros. Ela não queria interromper o raciocínio da irmã. Desde adolescente Liz agia assim: ela era até capaz de ser lírica quando exaltava qualquer tema que tivesse se transformado em sua paixão.

— Mas não são apenas velharias, Mags. Algumas vezes são páginas legítimas, como talvez uma base de dados bloqueada para pesquisas por motivos de copyright, por conter informações importantes do ponto de vista comercial. E, algumas vezes, desprezíveis. Como endereços roubados pelo crime organizado. Os russos são especialistas nisso. Eles gerenciam spam e pornografia infantil a partir desses sites abandonados. A *darkweb* não é um lugar legal.

— E também há...

— Certo. Esqueci. É possível encontrar, meio que repousando sobre o leito marinho, endereços criados logo no início, quando a internet ainda engatinhava, mas que depois foram abandonados. E você se lembra de quem criou a internet, não é?

— As Forças Armadas americanas.

— Isso.

Maggie puxou as cobertas e aninhou-se ao sentir um frio súbito.

— E há alguma forma de investigar tudo isso?

— Sei como podemos começar.

* * *

Maggie escutou, fazendo anotações detalhadas enquanto Liz dava orientações passo a passo. Ela faria aqueles procedimentos e as duas voltariam a se falar pela manhã, no horário de Dublin. Liz estimou que ainda teria quatro horas e 45 minutos de sono até que Calum acordasse.

— Cada um desses minutos é precioso, Maggie. Não ligue antes das seis. Boa noite; e boa sorte.

Maggie sentou-se na cama e, com a folha de papel ao lado e o computador no colo, seguiu a primeira instrução de Liz e digitou "Freenet" no Google.

Dois cliques depois, estava em um site parecido com qualquer outro daqueles que são visitados ocasionalmente para baixar ou atualizar programas: cinza e básico. No entanto, já no primeiro parágrafo, teve a sensação de que estava prestes a entrar em um mundo diferente.

O texto declarava que o Freenet é um software gratuito que possibilita navegação anônima, a publicação de "freesites" acessíveis apenas via Freenet e, de forma reveladora, pensou Maggie, "chats em fóruns sem temor de censura". Liz a alertara que, para cada livre-pensador libertário ou dissidente iraniano que encontrasse, haveria meia dúzia de usuários atraídos por um lugar no qual pessoas com preferências sexuais consideradas ilegais poderiam encontrar-se sem temor.

Estava escrito: *O Freenet é descentralizado de modo a ser menos vulnerável a ataques e, se usado no modo "darkweb", no qual os usuários se conectam apenas a amigos, é muito difícil de ser detectado.*

Maggie baixou e instalou o programa e então respondeu às perguntas feitas por ele. "De quanta segurança você precisa?" Havia uma guia que ia de "NORMAL: Vivo em um país relativamente livre" a "MÁXIMA: Preciso acessar informações que podem me levar a ser detido, preso ou coisa pior".

Maggie engoliu em seco, então optou pela segurança máxima. Apesar de estar sentada em uma cama de hotel, com as costas apoiadas em três travesseiros, ela sentiu como se, naquele momento, mergulhasse em uma piscina de águas escuras e profundidade desconhecida.

Ela chegou a um índice bem mais extenso e mais básico do que qualquer um encontrado na internet normal. A lista relacionava freesites, páginas que permaneceriam ocultas para quem navegava na superfície.

Lá estavam sites como o "Arson Around with Auntie", um guia introdutório para ativistas pelos direitos dos animais que ensinava como atacar laboratórios com bombas incendiárias. Não foi surpresa esbarrar também com o *Livro de receitas do anarquista*, sobre o qual se cochichava mesmo quando Maggie ainda era estudante. Mas foi mais chocante encontrar o site "O manual do terrorista: um guia prático sobre explosivos e outros assuntos de interesse".

Logo, Maggie se deu conta de que a *darkweb* era o lar não apenas de 57 variedades de radicais, mas também daqueles que os caçavam. Nem militantes radicais, nem agentes de inteligência perderiam a oportunidade de acessar os sites mais questionáveis sem deixar rastros. Ela sentiu como se estivesse em um labirinto que fosse o hábitat natural tanto do gato quanto do rato. Pelo que conhecia de Vic Forbes, imaginou que ele teria se sentido em casa.

Ela fez uma busca por Vic Forbes e foi recompensada com um resultado instantâneo. Ela foi redirecionada para uma URL que não se parecia com nenhuma antes vista. E clicou no endereço, fechando os olhos em um momento de oração supersticiosa.

A página demorou um pouco para carregar, com a tela exibindo apenas um fundo branco e uma mensagem de "carregando dados" que prometia mais. E então, três ou quatro segundos depois, lá estava. Maggie encolheu-se, surpresa com o que viu. Não que fosse uma imagem das mais espantosas. Era apenas o mero fato do que ela representava. Pois, diante de seus olhos, estava a confirmação de que Vic Forbes contemplara e se preparara para a própria morte — escondendo o seu segredo mais precioso em um dos recantos mais profundos do submundo da internet.

Ela olhou outra vez para o endereço do site, tão simples e tão óbvio. Só precisou pensar no próprio e-mail que, quando trabalhava na Casa Branca, pelo menos, terminava em .gov. Tudo o que precisou fazer foi digitar victorforbes.gov e lá estava.

Sem dúvida, ele havia sido um dos usuários pioneiros da internet, capazes de criar domínios pessoais quando quase ninguém nem ao menos sabia o que era isso. Talvez tivesse abandonado sua página on-line, deixado que assentasse no leito marinho virtual, como definira Liz. Talvez ela tenha sido reativada apenas recentemente, décadas depois, e usada como lençol. Mas lá estava, o site pessoal de Forbes. Que era dele indiscutivelmente. A página inicial consistia em uma única fotografia, um retrato de rosto. Não o Vic Forbes que aparecera na televisão algumas horas antes da morte, tampouco o jovem Robert Jackson no início da carreira e cheio de esperança, cuja foto ela vira no dossiê da CIA. Aquele era Forbes sete ou oito anos atrás, pouco depois de fazer 40: esse era o palpite de Maggie.

Não era um retrato posado como a fotografia da CIA — com aquele olhar de anuário do colegial, concentrado à meia distância e ligeiramente à esquerda. Forbes encarava a câmera, fixamente, sem sorrir. A impressão que se tinha era de olhar para uma fotografia de passaporte, ou talvez até mesmo de fichamento pela polícia. No entanto, por preencher toda a tela, a imagem tinha um aspecto ainda mais sinistro, como se Forbes fosse o Grande Irmão observando Winston Smith pela teletela. Maggie percebeu na hora que o próprio Forbes tirou a fotografia. Tudo naquele retrato, a começar pelos olhos, gritava solidão.

Ela clicou na imagem, esperando ser redirecionada para outras páginas, mas nada aconteceu. Não havia links nas laterais ou na base da tela. Não havia qualquer tipo de texto, na verdade.

Ela clicou outra vez, então outra, para ver se o site ganhava vida. Faltava algo. Ainda assim, estava mais certa do que nunca de que aquele era o esconderijo, o cofre onde Forbes — antevendo o próprio assassinato — escondera o seu lençol.

Havia apenas uma forma de entrar — algo que, apesar de doloroso, ela estava disposta a tentar.

QUARENTA E TRÊS

ABERDEEN, WASHINGTON, SÁBADO, 25 DE MARÇO, 19H PST

Pela 11ª vez em oito minutos, ela olhou para o relógio. Dezenove horas de sábado em Aberdeen, três horas da manhã de domingo em Dublin. Ela prometera à irmã que a deixaria em paz. E já a incomodara uma vez.

Maggie pôs de lado a caixa de pizza vazia e suja de queijo solidificado e processado, seu jantar, entregue à porta do quarto de hotel. Estava desesperada para ligar para Nick du Caines, que bem podia saber como sair daquele buraco, mas o número foi um dos muitos perdidos com o celular.

Ela ligou a TV e a tela foi iluminada com uma retransmissão do pronunciamento semanal do presidente no rádio, que, num sinal de boa vontade com o século XXI, agora também era filmado.

Ela encontrou o controle remoto e aumentou o volume.

Por tempo demais, essas armas lançaram sombras sobre o nosso mundo. Sou de uma geração que cresceu olhando para um relógio que, permanentemente, mostrava cinco minutos para a meia-noite. Estávamos sempre à beira da catástrofe. E, enquanto as bombas nucleares existirem, ainda estaremos olhando para esse relógio.

Apesar das contusões e da dor nas costelas, ela não conseguiu reprimir um sorriso de surpresa e admiração, quase de incredulidade. Ela redigira uma declaração sobre aquilo durante a campanha, acreditando que nunca sairia da gaveta. Como poderia? Afinal de contas, eles viviam no mundo real. No mundo da política.

Mas lá estava ele, o presidente dos Estados Unidos — sendo atacado como nunca, combatendo um escândalo triplo e defrontando-se com um exército de inimigos determinados a arrancá-lo da Casa Branca em tempo recorde, chegando ao clímax de um discurso que ela nunca imaginou que ouviria.

Por isso me orgulho de dizer que acabo de falar ao telefone com o meu colega russo e que nós concordamos em nos encontrarmos nas próximas semanas para dar os primeiros passos a fim de livrar o mundo dessas armas, completamente. Enviarei uma proposta ao Congresso...

Ela olhou para o computador, ainda no site de Vic Forbes. Aquele homem se lançara na missão de destruir a Presidência de Stephen Baker. Forbes dera início à cadeia de eventos que deixara o homem em quem ela acreditava — e tudo o que ele, e ela, defendiam — pendurado por um fio dos mais finos. Ali, naquela tela, estava a mina terrestre que ele enterrara fundo e fora de visão — e o tempo ainda estava correndo.

Maggie amava a irmã, amava de verdade. Mas havia coisas mais importantes do que o sono de Liz. Ela discou o número.

O telefone tocou duas vezes. Então veio um resmungo notável pela coerência — e pela hostilidade:

— É bom que seja importante.

— Liz, me desculpe...

— Estou falando sério. É bom que seja importante. Como em "a minha vida está prestes a acabar, Liz, e essas são as minhas últimas palavras".

— Bem, não é assim tão bom.

— Maggie, sua vaca estúpida, são três da manhã!

— Eu sei, mas...

— Você sabe? Então nem pode botar a culpa no acidente! Eu teria perdoado se você estivesse confusa com o acidente.

— Ah, tá. Pode ser que eu esteja um pouco confusa...

— Tarde demais. — Maggie ouviu o som de uma colcha sendo furiosamente atirada para o lado. — Eu só consegui dormir há dez minutos, droga. Meu Deus, Maggie, tô com vontade de te estrangular.

— Desculpe, Liz. Mas estou desesperada. — Ela não mencionaria Baker e a necessidade, pelo bem do mundo, de mantê-lo no cargo. Faria daquilo algo pessoal, apelaria para a compaixão da irmã. — Será que preciso lembrar que alguém tentou me matar ontem à noite? Acho que estão tentando descobrir alguma coisa. A minha única chance é descobrir antes. Se eu conseguir isso...

— É isso que não consigo entender em você, Maggie. Você parece acreditar que se descobrir o que não devia, tudo vai ficar bem. Quando a verdade é o maldito oposto. Você só está nessa situação de merda porque sabe demais!

— Não acho que isso seja verdade.

— Mas é! Eu não sei nada e não tem ninguém atrás de mim, tem? A maldita Sra. O'Neil da Limerick Street, ela não sabe de porra nenhuma e está dormindo nesse momento. Viu como funciona? Se ficar a um milhão de quilômetros desse problema, nada acontecerá. Simples.

— Não é tão simples assim...

— Não, eu imagino que não. — Liz abaixou a voz. Maggie não sabia se era para não acordar Calum ou se a irmã estava prestes a lançar-se em um dos seus acessos de fúria silenciosos, e por isso ainda mais assustadores. — Estou vendo que é muito mais complicado. Isso diz respeito à sua necessidade de adrenalina, não é? Para convencer a si mesma de que a sua vida tem sentido?

— Do que você está falando?

— Estou falando de você, Maggie. Estou falando dessa forma insana como você vive. Sempre se metendo em buracos, sempre desviando de balas. Por que você faz isso, Mags?

— Tenho o pressentimento de que você está prestes a me dizer.

— Não, eu realmente quero ouvir de você. Vá em frente. Diga.

— Liz, estou exausta. Estou em um hotel ordinário no meio do nada. Sozinha. Sinto dores no corpo todo. Preciso de ajuda e procurei a minha irmã. É pedir demais?

— Conheço todas as suas respostas, Maggie. "Para salvar o mundo" e essas baboseiras. "Para melhorar a vida das crianças em zonas de guerra", e todo esse lance de Miss Universo. Mas não acredito em uma palavra. Talvez no passado, quando você começou. Mas agora é outra coisa.

Maggie sentia duas emoções conflitantes pulsando nas veias, como se disputassem uma corrida para ver qual chegaria primeiro ao cérebro — ou ao coração. Ela apostava as fichas na raiva, apesar de a tristeza não estar muito para trás.

— Vá em frente, Dra. Liz. Esclareça.

— Você tenta compensar, Maggie.

— Compensar o quê?

— Compensar — e agora Maggie escutou o primeiro segundo de silêncio no que havia sido, até então, um fluxo irrefreável — o que você não tem. O marido que não tem, os namorados que não tem, os...

— O que mais, Liz? O que mais estou compensando? O que mais eu não tenho?

Mas ambas sabiam.

— É por isso que acho que me telefona no meio da maldita noite, Maggie. Você quer arruinar o que eu tenho porque sente inveja.

— Isso NÃO É VERDADE! — O som do grito ecoou pelo quarto de hotel, reverberando nas paredes. — É claro que eu adoraria ter o que você tem: um ótimo marido, um filho adorável. Mas por motivos que não vou me dar o trabalho de explorar, não tenho. Faço o que faço porque sou boa nisso, está bem? Não sei como ou por que, mas é assim que as coisas são. Está bem? É assim que eu sou. Tentei agir diferente, escrever memorandos e frequentar reuniões, vestir uma droga de terninho e fazer o que se deve fazer, mas não funcionou. Não sou tão boa como nisso.

Seguiu-se um silêncio na linha, com ambas chocadas pelo que acabavam de ouvir. Maggie rompeu-o primeiro, sentindo necessidade de abrandar o clima.

— Portanto, apesar ter sido muito interessante ouvir os pontos de vista do seu analista, seria possível botar Liz Costello de volta na linha? Preciso perguntar uma coisa para ela.

— Há quanto tempo você não fala com Uri?

— Liz! Estou falando sério. Eu não teria ligado se não precisasse da sua ajuda. Você vai me ajudar ou não?

Houve outra longa pausa. Maggie escutava a respiração de Liz. Ouviu o ritmo mudar lentamente até ficar suave. Então o clique de um abajur sendo ligado.

— Do que você precisa?

Maggie explicou o beco sem saída em que se encontrava: o software Freenet havia funcionado, levando-a até o site victorforbes.gov, mas não ultrapassou este muro. Ela rezava para que a irmã desse uma de suas explanações técnicas, como quando a ajudava a resolver um problema no computador — "Abra a barra iniciar, abra configurações, ferramentas e..." —, disparando uma série de instruções enigmáticas que instantaneamente resolvia a charada.

Liz rosnou com um "hum". Com qualquer outra pessoa, atribuiria o resmungo a uma discussão fraternal que ainda não havia sido totalmente esquecida ou à contrariedade em função da hora. Entretanto, Maggie sabia — tendo crescido em uma casa onde as brigas mais ferozes podiam passar tão rápido quanto uma tempestade de verão — que isso significava apenas que Liz se confrontava com um impasse técnico.

Uma série de ruídos confirmou que Liz havia ligado o computador.

— Se Calum acordar, eu prometo que só volto a falar com você no enterro da mamãe.

— Liz! Não fale assim.

— Certo. Estou on-line. Diga a URL outra vez.

— O que você está fazendo?

— Estou no lado negro. No Freenet. Como era mesmo o nome do cara? Victor qualquer coisa?

Após pressionar algumas teclas depois, Liz voltou a murmurar:

— Que cara sinistro. Então me lembre, o que estamos fazendo?

Maggie explicou que estava convencida de que Forbes, um pioneiro da internet, havia de alguma forma escondido o seu lençol on-line e que aquele site desativado e subterrâneo era o esconderijo mais provável.

— Mas não há nada aqui, Mags. Apenas a fotografia. É um site clássico de apenas uma página. Apenas uma bandeira fincada no chão. Você sabe, Forbes reservando o domínio.

— Você tem certeza? Essa é a minha melhor chance.

— A *darkweb* é assim. Um lugar cheio de porcaria. É como aquele lugar no oceano Pacífico para onde vai todo o lixo plástico. Isso é provavelmente um site que o cara criou e esqueceu que existia.

— Quando aconteceu o pioneirismo na internet?

— No início dos anos 1980. E os únicos envolvidos eram militares americanos, alguns acadêmicos e meia dúzia de hippies estranhos.

— Mas essa fotografia é mais recente.

— Certo, digamos que você esteja certa, que isso não é um experimento antigo. Mas continua sendo apenas uma fotografia. Não há nada mais.

— Ele trabalhava na CIA, Liz. Será que ele não...

— Ah, mas isso é muito legal. É *demais*, na verdade.

— O quê?

— Ah, isso é genial.

— O que foi, Liz?

— Já li sobre isso, mas não imaginei que já tivesse sido feito. Mas se alguém o fez, esse definitivamente é o cara.

— Do que você está falando?

Maggie ouvia a digitação feroz do outro lado da linha.

— Quando esse cara trabalhou na CIA?

— Dos anos 1980 até alguns anos atrás.

— Perfeito. Aposto que estou certa. Liz Costello, você pode não ter desvendado os segredos da amamentação, mas desvendou os desse filho da puta.

O entusiasmo de Liz era contagiante. Pela primeira vez em dias, Maggie sentiu que sorria de verdade. Os músculos faciais doeram, enviando uma pontada de dor para o pescoço, mas ela não se importou.

— Esteganografia, Maggie. Esteganografia. — Ela falava cada vez mais rápido. — Sem dúvida, a forma de criptografia mais incrível jamais criada. Em vez de um código que todos sabem ser um código, e que, portanto, passam a tentar decifrar, a informação é ocultada de tal forma que ninguém nem ao menos suspeite de que há uma mensagem ali. Apenas você e o destinatário. Segurança por meio da obscuridade.

— Liz, você me deixou completamente confusa.

— Aquele programa não funcionou. Não se preocupe, há dezenas.

— Do que você está falando?

— Era você que só tirava A em grego e latim. Esqueceu tudo?

— Cada palavra.

— Esteganografia. Significa escrita oculta. Acontece quando uma mensagem parece ser outra coisa. Então você acredita ter nas mãos uma lista de compras, mas a verdadeira mensagem está escrita nas entrelinhas, com tinta invisível.

— Mas não há nada escrito aqui. É uma fotografia.

— E quem disse que precisam ser palavras? Pode ser qualquer coisa. Um tirano persa certa vez raspou a cabeça do escravo de sua maior confiança, tatuou uma mensagem no escalpo dele e esperou que o cabelo crescesse até cobri-la. Então enviou o escravo a um aliado com instruções para que, quando chegasse lá, raspasse a cabeça e revelasse a mensagem. Feito.

— Então há palavras ocultas nessa imagem?

— É no que eu acredito.
— Como diabos ele faria isso?
— Você não quer saber, Maggie.
— Quero sim.
— Basicamente, cada pixel de uma imagem digital é construído a partir de valores de cor, formados por sequências de uns e zeros. Se você mudar um desses uns para zero, isso será invisível a olho nu. A imagem ainda parecerá ser a mesma. Mas todos os pequenos uns ou zeros mudados podem conter informações adicionais, além das cores de uma imagem. Só que é preciso um programa para organizá-los.

Liz estava certa: Maggie não queria saber nada disso.

— Então você acha que Forbes fez isso com a fotografia?

— Sim. Em meio ao volume maciço de dados contidos na fotografia, deve haver um pequeno pacote de dados ocultos. Poucas mudanças seriam o bastante. Não é difícil. Ao que parece, a al-Qaeda faz esse tipo de coisa. Alguém envia a fotografia de um passeio. Os caras que a recebem a processam em um programa básico e *voilà*, lá estão as instruções orientando como explodir a Estátua da Liberdade.

Maggie fez uma careta. Aquele não era o tipo de coisa que se conversa ao telefone, não nos dias de hoje.

— Então é isso que você está fazendo, processando a fotografia em um programa?

— Sim.

— Posso ver?

— Não. — Houve uma pausa. — Na verdade, sim. Acessarei você remotamente.

— Você o quê?

— Assumirei o controle do seu computador e o usarei a partir daqui.

— Você pode fazer isso?

— Com a maior facilidade.

— Qualquer pessoa pode fazer isso?

— Apenas se der a ela as informações que vai me dar.

Metodicamente, Liz orientou Maggie pelo computador. Disse para ela abrir as configurações do sistema um momento, no seguinte para escolher uma opção no menu Acessórios — um passo atordoante atrás do outro. Até onde Maggie sabia, todo aquele processo podia muito bem ser magia negra. E ela não conseguia afastar o pensamento de que, se Liz Costello, uma jovem mãe de Dublin, podia assumir o controle do seu computador com tanta facilidade, aqueles que a espreitavam na escuridão com as piores intenções também podiam.

— Pronto — disse Liz, movendo o cursor pela tela do computador de Maggie de forma invisível, como se a máquina estivesse possuída por um demônio. Ele pairava sobre a fotografia de Vic Forbes. — Estou aqui. E acho que estamos com sorte. Você disse que ele queria que a fotografia fosse decodificada, certo?

— Sim. Em algum momento.

— Por isso ele escolheu o Mozaik. Nada muito obscuro.

Maggie se conteve para não dar uma risada irônica.

— Certo. Aqui vamos nós. — Liz murmurou "tã-tã-tã-tã", o que geralmente fazia quando esperava que o computador executasse uma função. — Ah, está criptografada — disse por fim.

Uma caixa de diálogo familiar até mesmo para Maggie apareceu no meio da tela, como um curativo na ponte do nariz de Forbes. Pedia uma senha.

— Deixe que eu faço isso, Liz.

Maggie respirou fundo, fechou os olhos e se permitiu sorrir por um segundo. Aquele era o lençol de Forbes, a apólice de seguro criada para impedir qualquer tentativa de silenciá-lo, o mecanismo que garantiria que a sua informação mais letal viesse à toda estando ele vivo ou morto. Sem hesitar, ela digitou as 12 letras que, tinha certeza, desvendariam o código.

S-T-E-P-H-E-N-B-A-K-E-R

QUARENTA E QUATRO

WASHINGTON, DC, DOMINGO, 26 DE MARÇO, 8H41

— É o senhor, senador?
— Sim.
— É uma honra, senhor. Desculpe-me por ligar para a sua casa em um fim de semana. Está de saída para a igreja?
— Sim. — Rick Franklin tirou vantagem do mecanismo de reclinação da cadeira, contemplou a vista que apreciava do seu apartamento de sexto andar no Watergate e admirou-se com o absurdo da etiqueta de Washington. Cargos eletivos sempre garantiam deferência formal, mesmo daqueles que claramente tinham mais poder. De forma que o chefe do Executivo de uma cidadezinha qualquer no meio do nada seria saudado como senhor prefeito pelo âncora do *Good Morning America*, mesmo que em qualquer parâmetro de influência o genuflector superasse o objeto da sua deferência.

Não era assim com Matt Nylind e Rick Franklin. Franklin era não apenas um senador, mas o senador que ditara o clima político da última e turbulenta semana. Ainda assim, a Sessão de Quinta-Feira de Nylind o tornava uma força genuína na cidade. Em termos de influência política, eles eram ao menos iguais. Apesar disso, lá estava Nylind, agindo com toda deferência.

— Tenho alguns assuntos a tratar com o senhor, senador, se estiver tudo bem.

— Pode dizer.

— O projeto da Lei Bancária será votado em breve. Os democratas estão em polvorosa. Acreditam que têm votos o bastante.

— Na Câmara?

— Sim.

— Já têm os 218 votos?

— É o que dizem.

— E quanto a Delaney?

— É, mesmo o de Delaney.

— Mas ele é de Delaware.

— Um dos desafios iniciais.

— Sim — disse Franklin, imaginando se haveria qualquer pergunta que fizesse sem que Nylind tivesse uma resposta imediata. — Então isso quer dizer...

— ... que precisamos nos concentrar no Senado.

— O senhor quer dizer, adaptar o projeto de lei lá para anular qualquer resultado da Câmara.

— Eu não colocaria nessas palavras, senador. Prefiro dizer que uma lei forte, com o intuito de incentivar a prosperidade dos Estados Unidos, deve vir do órgão que cuida dos interesses de longo prazo do país. É o que espera o povo americano.

Aquele era um dos grandes talentos de Nylind. Ele nunca idealizava uma tática, muito menos uma política, sem talhar a linguagem com a qual seria vendida. Graças a ele, uma proposta democrata para tributar os americanos mais ricos de modo a viabilizar o aumento de fundos para a saúde pública passou a ser conhecida como "imposto da doença" — e foi imediatamente derrotada. "Defina os termos, defina o campo de batalha." A declaração virou um dos bordões de Nylind, e o restante do partido Republicano e do movimento conservador mais amplo — do conselho editorial do *Weekly Standard* aos escritórios de produção dos programas de Rush Limbaugh e Glenn Beck — aferrou-se a cada palavra.

— Verdade — disse Franklin. — Mas, como sei que você sabe, não sou o líder da bancada republicana na Comissão Bancária. Você não deveria estar falando com Gerritsen?

— Como posso explicar a questão, senador? Qualquer que seja a hierarquia formal, o Movimento o vê como o líder nisso. O nosso representante, se preferir.

Se o objetivo de Nylind era bajular, ele conseguira. Franklin era incapaz de questionar a premissa: Ted Gerritsen era um dos últimos republicanos liberais no Senado, senão no planeta. Velho "moderado" do Maine, amado pela burocracia de Washington e pela imprensa, ele vinha de uma era em que o country club era a base republicana, e não a megaigreja. O sujeito era simpático a Stephen Baker — que conquistara o seu estado para os democratas em novembro —, e havia rumores de que estaria sendo cotado para um dos ministérios "bipartidários" do presidente. Talvez o do comércio ou o United States Trade Representative, o USTR. De qualquer forma, não era de surpreender que Nylind não confiasse nele.

— Preciso de apoio — disse Franlin, rompendo a pausa regulamentar de dois segundos, exigida em Washington de modo a mostrar uma cuidadosa reflexão sobre o assunto, peça crucial da armadura da reputação.

— Já tem.

— Apoio maciço. A minha equipe nunca cuidou de projetos de lei como esse.

— Temos tudo. Economistas, advogados, estatísticos. Que diabo, temos até uma versão preliminar do projeto de lei!

— Ah, é? E de onde veio isso?

— Bem, como o senhor sabe, muitos nesta cidade têm interesse direto em garantir que o Congresso aborde esse tema de forma adequada. Eles compreendem a sabedoria de compartilhar recursos.

Tradução feita por Franklin: *os lobistas do setor bancário haviam escrito a versão preliminar do projeto de lei.* Ele se lembrou do homem que falara na última Sessão de Quinta-Feira.

— Está bem. Vamos marcar uma reunião. Cindy, do meu gabinete, e quem você recomendar.

— Ótimo, senador. Ótimo. Próximo item: alguns de nós temem a perda do embalo no projeto do impeachment.

— O que você quer dizer?

— Ainda não conquistamos os nossos democratas na Comissão Judiciária da Câmara.

— Mas não é minha culpa! — retorquiu Franklin, instantaneamente lamentando o tom defensivo, como se fosse um aluno chamado à sala do diretor para se explicar. Numa tentativa de reafirmar a autoridade, ele baixou o tom de voz em uma oitava. — Isso é trabalho da liderança na Câmara. Essa, sem dúvida, é uma responsabilidade deles.

— Concordo, senhor. Mas para que isso aconteça, eles precisam de mais.

— Mais? Você leu o *Post* hoje? — perguntou, referindo-se a uma matéria de capa do *Washington Post* sobre a Conexão Iraniana, que explorava, em exaustivos detalhes, os fundos, as contas no exterior e as empresas de fachada nas Ilhas Cayman por meio dos quais o dinheiro podia, possivelmente, ter sido transferido de Teera para a campanha de Baker para Presidente.

Imediatamente, Franklin instruíra Cindy a enviá-la por e-mail para todas as figuras significativas no caso, inclusive Nylind. Era perfeito. A abundância de números, datas e minúcias técnicas e tediosas dava credibilidade e tom sério às acusações, mesmo que ninguém se desse ao trabalho de ler as letras miúdas.

— Claro, mas não me refiro a isso — disse Nylind. — Estou falando de Forbes.

— O que acontece é que não temos evidências fortes a esse respeito, Matt. Nós dois adoraríamos ter algo concreto que implicasse o presidente na morte de Forbes. Mas até que tenhamos, as alegações sobre esse caso não podem fazer parte da fundamentação do pedido de impeachment. Neste momento, os "crimes e delitos graves" previstos na Constituição só podem ter relação com a Conexão Iraniana. É tudo que temos.

— Tecnicamente, isso é verdade, senador. Mas apenas tecnicamente. Forbes é a música ambiente. Ele é a *trilha sonora* do impeachment.

— A forma como ele morreu, você quer dizer?

— E a merda que estava prestes a jogar no ventilador. As duas coisas.

— O problema — disse Franklin, adotando o tom superior dos bem-informados — é que alguém pode estar limpando essa sujeira. Uma faxineira.

— Foi o que fiquei sabendo, senador.

— Foi o que o senhor ficou *sabendo*?

— Muito pouca coisa acontece sem o meu conhecimento. E, convenhamos, senador, o senhor não estaria falando isso comigo agora se não fosse verdade.

Franklin ficou inquieto. Como aquilo era possível? Ele não contara a ninguém, a não ser à Cindy, sobre Costello. Guardava para si aquela informação, transmitida em uma linha segura pelo governador Orville Tett, de modo a usá-la da forma mais oportuna e com o maior impacto possível. Entretanto, lá estava Nylind, sugerindo que já tinha conhecimento do caso.

Franklin sentiu um tremor de pânico. *Muito pouca coisa acontece sem o meu conhecimento.* Seria aquilo algum tipo de ameaça? Será que Nylind sabia a respeito de Cindy? Será que o Movimento tinha conhecimento de cada ação, cada pequena indiscrição, cada encontro sexual até mesmo dos seus integrantes? Naquele momento, escutando a respiração calma e imperturbável de Nylind na linha, ele ficou aterrorizado com a possibilidade de a resposta ser "sim".

— Então sejamos sinceros um com o outro. O que exatamente você ficou sabendo?

— Tenho poucos detalhes.

Agora irritado, ressentido de que aquele... aquele *ativista* estivesse tão bem-informado quanto ele, senão mais, Franklin não ergueu o tom de voz, mas tornou-a mais grave, dando ênfase às palavras.

— Por que não me diz os detalhes que *tem*?

— Não estou blefando com o senhor, senador. Realmente não sabemos muito.

— Entendo. Mas repito. O que é o *pouco* que você sabe?

— Parece haver uma operação solitária de coleta de informações confidenciais. Uma mulher, ex-funcionária da Casa Branca, do Conselho de Segurança Nacional.

Merda. Então ele realmente sabia.

— A nossa preocupação é que ela se interponha entre nós e a nossa história.

— A nossa história?

— Sim, senhor. Sobre Forbes. Se ela estiver limpando a bagunça, isso interfere no nosso projeto de impeachment. Precisamos daquela bagunça, senhor, e ela está entrando no nosso caminho.

Aquela coisa de "senhor" estava irritando Franklin mais do que nunca agora. Ele sentiu uma forte ânsia de que Cindy estivesse ali. Era a melhor forma de drenar parte da agressividade que sentia. Como açúcar no álcool, ele descobrira que a sua raiva podia transformar-se suavemente em luxúria, e isso certamente era muito melhor do que uma hora de exercícios na academia do Congresso.

— Então o que você está me pedindo, Matt? — *Matt*. Coloque-o no lugar dele.

— Acredito que estou sugerindo que continue a fazer o que vem fazendo, talvez um pouco mais. Independentemente dos recursos reunidos pelo senhor e outros colegas, precisamos acelerar o processo. Precisamos levar isso adiante. Lançar mão de ações radicais, se necessário.

Não diga?, pensou Franklin consigo mesmo. Mas foi comedido.

— Ok. Algo mais?

— Ah, sim. Boas notícias. A Coalizão Cristã está planejando uma nova campanha, antes do novo ciclo de eventos para arrecadar fundos. O tema é a Verdadeira Família Americana. Eles querem louvar alguns baluartes dos valores familiares. Alguns representantes do esporte, aquele grande golfista, outros da música, um ou dois políticos. Sugeri que o senhor, a sua esposa e os seus três filhos fossem um exemplo perfeito da Verdadeira Família Americana. Eles ficaram muito animados.

— Uau — disse Franklin, sem entusiasmo, pensando apenas em Cindy com a lingerie tapa-olho, curvada sobre a mesa. — Isso é ótimo.

— E dará um grande impulso na sua arrecadação de fundos, senhor.

— Eu sei.

— Entenda, senador, o Movimento não apenas recebe. Ele também dá.

— Agradeço, Matt. Agradeço de verdade.

Franklin desligou e esfregou as têmporas. O telefonema em si sugeria progresso. Seria confiado a ele um papel ideológico central no projeto da Lei Bancária; ele era visto como a figura central no caso Forbes e agora seria transformado em garoto-propaganda dos valores familiares. Tudo sugeria um grande salto na carreira. As primárias de Iowa e New Hampshire seriam daqui a uns três anos.

Apesar disso, algo o perturbava. Não era apenas a aparente onisciência de Nylind, era o tom do sujeito, como se ele fosse o general e Franklin um subordinado, de quem se esperava que seguisse instruções. De que outra forma entender a tentativa de reter informações, a sugestão implícita de que estava acima do nível de Franklin? Acima do seu nível salarial, como se dizia naquelas bandas. Talvez sempre tivesse sido assim entre os figurões dos bastidores e os políticos, mas Nylind fazia menos questão de mascarar o fato do que a maioria.

Franklin olhou para a sua parede do poder, a coleção de retratos emoldurados à direita. Alguns mostravam líderes estrangeiros de cujos nomes mal se lembrava, que estavam ali para sugerir uma expertise em termos de segurança nacional que ele não tinha. Em outro, posava com o comandante americano no Iraque, incluída pelo mesmo motivo e para salientar o seu patriotismo. E, no centro, um aperto de mão sorridente com o último presidente republicano. Ele adorava aquela fotografia.

Precisava voltar logo ao trabalho. Mas antes precisava lidar com aquele comichão.

Ele pegou o telefone, encontrou a última mensagem recebida e apertou responder.

Mestre precisa da sua pequena dama, imediatamente e sem atraso.

QUARENTA E CINCO

ABERDEEN, WASHINGTON, DOMINGO, 26 DE MARÇO, 8H55 PST

— No final das contas somos um ótimo time, Mags — dissera Liz quando encerraram o telefonema de uma hora de duração no meio da madrugada dublinense.
— Mesmo que você tenha dito que eu estou desperdiçando a minha vida por não ter marido e filhos.
— Eu não disse isso. — Houve uma pausa. — Disse? Culpe a falta de sono.
A senha funcionara imediatamente. Não foi necessária qualquer variação, apenas o nome do presidente. Assim que digitou as letras, a imagem no site victorforbes.gov subitamente pareceu transformar-se em um quadrado cinza escuro, quase preto. A princípio Liz temeu não ter seguido o protocolo programado por Forbes, ou que tivesse acionado um alarme que impedia o acesso de invasores. Mas logo consultou um site sobre esteganografia e descobriu que o escurecimento da imagem era um truque recorrente. Ela só precisou aumentar o brilho da tela de Maggie — uma ação tão simples que até mesmo a irmã entendeu — para que uma nova imagem fosse revelada.

Apesar de não ser, na verdade, uma imagem. Apenas seis números grandes no centro da tela, separados por duas barras.

Uma data, no formato americano. Mês, barra, dia, barra, ano.

Com um pouco mais de investigação, Liz descobriu que Forbes havia acrescentado mais um recurso ao site aparentemente abandonado. Ele estava programado com um tipo de temporizador: se não fosse acessada por três dias, a página emergiria lentamente do Freenet, despindo-se das restrições da *darkweb*, para a internet comum.

— Por que três dias? — perguntara Maggie. — Por que não imediatamente?

— Porque três dias significa que você está mesmo morto. Pode-se ter um infarto e ficar longe do computador por 48 horas, mas isso não quer dizer que se esteja morto. Três dias é um intervalo de tempo mais contundente.

Na verdade, quatro dias tinham se passado desde a descoberta do corpo de Forbes, então o algoritmo sensível ao tempo já estava em ação: o código subjacente do site havia mudado de tal forma que ele logo apareceria em buscas realizadas não apenas por usuários do Freenet, mas por qualquer um que digitasse o nome Victor Forbes no Google. Neste ponto, explicou Liz, a imagem codificada também passaria a revelar seus segredos. Hora a hora, os pixels do autorretrato de Forbes seriam alterados, de modo que a imagem oculta, a data, afloraria mesmo que ninguém soubesse que estava ali.

— Sujeito esperto, o seu Victor Forbes.

— Ele não é meu.

— Enfim. Mas ele encontrou uma forma de garantir que, se alguém o apagasse, esse segredinho emergiria do leito marinho para a superfície.

Maggie sorriu.

— Você tem certeza de que não quer voltar a escrever, Liz?

— Você está dizendo que a minha escolha de ser mãe em tempo integral não é válida?

Por um segundo, Maggie temeu que a irmã estivesse prestes a desencadear outra discussão eterna. Então Liz riu, disse que Calum estava se mexendo na cama e desligou.

Maggie ficou parada, olhando para a tela. A data era 15 de março, há pouco mais de 25 anos atrás, quando tanto Robert Jackson quanto Stephen Baker deveriam estar terminando a faculdade. De repente, ela teve certeza de que qualquer que fosse a mensagem que Forbes desejava mandar do túmulo, devia estar relacionada ao passado em comum daqueles dois jovens que passaram de amigos a inimigos mortais.

Precisava pesquisar mais, e rápido. Mas por onde começar? Jornais locais da época... Os dedos disparavam pelo teclado quando ela digitou "Aberdeen Public Library" na ferramenta de busca. Para o seu grande alívio, o site a informou que, devido a uma "iniciativa de envolvimento com a comunidade", a biblioteca passou a funcionar também nas manhãs de domingo. E mais, que mantinha os arquivos do *The Daily World*, o jornal de nome grandioso de Aberdeen, sem dúvida criado numa época em que as cidadezinhas do Oeste americano realmente acreditavam não haver limite para o seu potencial.

Ela tomou um banho, sentindo dores por todo o corpo com o esforço, então arrumou as malas e pediu para mudar de quarto, solicitando que alguém levasse a bagagem para o novo aposento mais tarde e a informasse do novo número quando retornasse. Esse era um truque usado por israelenses e palestinos durante negociações secretas. Se estiver sob vigilância, não facilite a vida de quem o vigia. Se for um alvo, ao menos seja um em movimento.

Às 10h ela estava em frente à bela entrada abobadada da biblioteca pública na East Market Street, como os consumidores nas lojas durante as liquidações de janeiro: esperando pela abertura das portas. Assim que a porta foi destrancada, ela seguiu direto para o arquivo de jornais.

— Infelizmente não mantemos mais exemplares físicos — explicou o bibliotecário. Trinta e poucos anos, acima do peso, "s" sibilante. — Eles estão armazenados em microfichas.

— Microfichas? Não imaginava que ainda existissem.

O homem encarou Maggie com um olhar grave que transmitia tanto ressentimento pela condescendência da Costa Leste quanto desdém pela ignorância em relação aos métodos de arquivamento.

— Você precisa que eu mostre como usar a leitora — agora ele se permitiu um sorriso irônico —, ou talvez ainda se lembre delas dos tempos da faculdade? Devia ser tudo microfilmado naquela época, certo?

Engolindo uma resposta desaforada, Maggie sorriu serenamente e pediu uma demonstração, explicando que precisava consultar as edições de dois ou três dias de um ano específico: 15, 16 e 17 de março. O bibliotecário arqueou uma sobrancelha, mas não disse nada. Ele a levou até uma sala no segundo andar, vazia e funcional, e reapareceu 15 minutos depois com caixas pequenas que a fizeram lembrar os velhos filmes de 16mm do pai, os rolos guardados em latas. O bibliotecário carregou o primeiro rolo na máquina e saiu da sala.

Maggie ajustou-se ao design dos jornais de outra geração e passou a vasculhar a primeira página em busca de algo relevante. Uma manchete sobre uma crise orçamentária na capital do estado, Olympia; a demissão de um funcionário do conselho escolar local. Nas páginas internas, acidentes de carro, um jogador de basquete do ensino médio que ganhara uma bolsa de estudos na Duke University e uma coluna de receitas.

Ela não desanimou. A lógica ditava que o jornal de 15 de março podia ser inútil. O que quer que tivesse acontecido naquele dia podia ter sido reportado apenas no dia seguinte ou no próximo. Ela passou para a edição do dia 16 e concentrou-se na capa, na imagem em preto e branco que tremia na tela grande. A reportagem de capa desta vez fazia referência a uma declaração do governador, algo sobre subsídios agrícolas. Havia uma matéria com a resposta de um sindicalista e outra prevendo lucros robustos para a atividade madeireira. Passou para a segunda página.

Agora ela lia mais lentamente, linha a linha, em busca das palavras Forbes, Jackson ou Baker. Olhava cada fotografia, e quase deu um salto quando leu uma manchete na página quatro, "Destinados à grandeza", acima de um grupo de jovens sorridentes. Tinham a idade certa: estudantes da Washington State prontos para embarcar numa viagem para algo inédito na época: cursar o primeiro ano da universidade no exterior. Havia um Locke, um Chan, um Rosenbaum e um Massey. Nenhum Baker ou Jackson à vista.

Ela passou para a página seguinte: seis. Nada também. Basicamente anúncios na sete, cartas dos leitores na oito, mais anúncios na nove e então uma coluna de conselhos, dicas financeiras e, por fim, esportes. Maggie sentiu uma onda de desânimo e a volta da dor latejante nas costelas. A busca na edição de 17 de março também terminou de forma infrutífera.

Ela voltou o filme, lendo tudo de novo, agora ainda mais lentamente. Ainda nada. Então fez o mesmo com a edição de 16 de março. Primeira página, notícias: nada. Dois, preenchida por um anúncio com cupons para recorte do supermercado Safeway e uma matéria sobre o mercado de carros usados. Três, uma continuação da notícia da véspera sobre as negociações orçamentárias em Olympia e uma tentativa pouco entusiasmada de notícias internacionais com três matérias breves, incluindo uma sobre a morte de um soldado em Belfast.

Quatro, a fotografia dos jovens de Washington a caminho da Europa. Ela olhou os rostos. Forbes seria um deles, sob um terceiro nome? Baker estava ali? Mas não importava o quanto olhasse, ainda não conseguia vê-los.

Em seguida vinha a página seis, com a reportagem sobre um rali de carros antigos que seria disputado no fim de semana. Então os anúncios na página sete.

Ela voltou. Teria acionado o controle da máquina rápido demais? O que acontecera com a página cinco?

Ela voltou à quatro e girou o disco. Lá veio a página seis. Repetiu a operação, ainda mais devagar. Não havia dúvida. A página quatro era seguida pela seis. A página cinco havia sumido.

Quando encontrou o bibliotecário, o homem não fez nenhuma questão de disfarçar a irritação por ser interrompido por um assunto tão banal. Enquanto acompanhava Maggie escada acima, ele fez uma série de perguntas, concluindo que o erro fora dela, ao atrapalhar-se com os comandos de uma máquina simples.

— Veja — mostrou Maggie, um tanto aliviada por ver que o problema não tinha se resolvido como num passe de mágica, algo que, na sua experiência, acontecia com todas as máquinas quando se buscava ajuda. — Quatro. Então seis. Nada de página cinco.

— Talvez fosse uma página com anúncios, não transferida para microfilme.

— Pensei nisso — respondeu Maggie, imediatamente mostrando a inclusão de diversas páginas microfilmadas que continham apenas anúncios.

— Bem, isso é estranho, pode ter certeza — disse ele por fim, com voz mais branda. — Nunca vi nada assim antes. Precisarei reportar a falta imediatamente. Isso é propriedade da biblioteca. Você tem certeza de que não fez nada?

Outra vez, Maggie engoliu uma resposta desaforada.

— Absoluta. Há outras cópias do jornal daquele dia? Na sede do *The Daily World*, por exemplo?

— Eles mandaram todos os arquivos físicos para nós há oito ou nove anos.

— Então há cópias físicas em algum lugar?

— Havia. Mas não tínhamos orçamento para arquivá-las. Então microfilmamos tudo.

— Os originais foram destruídos?

—- Infelizmente. — A decepção parecia sincera. — Isso aconteceu com dezenas de jornais americanos. Arquivos completos foram incinerados. Algumas edições foram salvas por colecionadores. Mas não essa.

— Então você está me dizendo que a página cinco do *The Daily World* desta data evaporou? Que ela não existe mais?

— Não exatamente. O *The World* digitalizou parte do arquivo. Então, se você souber o que está procurando, pode fazer uma busca na base de dados deles. Só é preciso...

— O problema é exatamente que eu não sei o que estou procurando.

Ele a olhou como se acabasse de confirmar a impressão negativa que tivera antes.

— O que quero dizer é que saberei quando encontrar — continuou Maggie. — A matéria está relacionada a essa cidade ou essa região naquele dia.

— Mas não sabe o que é, certo?

— Isso.

O bibliotecário empertigou-se e adotou uma postura de autoridade. Maggie percebeu que ele olhava para o hematoma na sua testa.

— Você tem certeza de que precisa fazer isso hoje? Não pode fazer uma pausa e voltar amanhã...

Maggie respirou fundo. É claro, ela estava com uma aparência péssima; ou pior, parecia uma louca. De repente, teve uma ideia.

— Desculpe por ser tão exigente. E agradeço pela ajuda. Pode ser que tenha me enganado com o ano. Seria um incômodo muito grande se eu pedisse os microfilmes desse mesmo jornal e das mesmas datas, mas do ano seguinte?

Ele a olhou desconfiado, como se lidasse com um animal domesticado que podia se tornar selvagem a qualquer momento.

Ela sorriu, um gesto que normalmente fazia milagres, mas que parecia ter pouco impacto naquele homem. Quando ficou claro que ela não desistiria, ele suspirou.

— Dias 15, 16 e 17 de março, certo? Do ano seguinte?

— Se não for muito incômodo.

Desta vez ela conferiu a numeração das páginas antes. As três edições estavam completas, não faltava nada. Ela começou pelo jornal de 15 de março, exatamente um ano depois da data que Victor Forbes tanto se esforçara para garantir que alcançasse a posteridade.

Novamente, a primeira página não trazia nada com relevância imediata, uma matéria sobre um novo contrato que beneficiaria a Boeing, um dos maiores empregadores do estado, com efeitos imediatos para os fornecedores instalados em Aberdeen. Mais notícias locais, banais e tediosas nas páginas seguintes.

Talvez ela estivesse no caminho errado. Talvez o acontecimento visado por Forbes tivesse projeção nacional ou internacional, algo com relevância política, distante de Aberdeen e da pequena novela Jackson-Baker. Talvez ela devesse pesquisar não no *Daily World* de Aberdeen, mas no *New York Times* ou no *Washington Post*.

Ela faria uma última busca, da última à primeira página. Esportes, coluna de conselhos — nenhuma confissão emocional de inveja de um R. Jackson, ela conferiu — cartas dos leitores, finanças, anúncios, uma reportagem laudatória sobre a reinauguração de um hotel local...

Maggie não tinha lido a reportagem da primeira vez, apenas conferira o título e correra os olhos pelo texto em busca de nomes. Mas dessa vez leu o subtítulo.

Funcionários do Meredith Hotel preparam-se para a grande reinauguração de hoje, exatamente um ano depois do incêndio que praticamente destruiu o estabelecimento.

QUARENTA E SEIS

TRANSCRIÇÃO DO PROGRAMA *MEET THE PRESS*, DA NBC, DE DOMINGO, 26 DE MARÇO:

Apresentador: Tópico A — a Presidência em perigo de Stephen Baker. Uma semana de revelações extraordinárias e agora uma ameaça iminente de impeachment. Qual é a situação do presidente? Com a palavra, os nossos convidados. Tom, comecemos por você: Baker é capaz de sobreviver a isso?

Tom Glover, do Politico.com: As duas únicas pessoas capazes de dar essa resposta são os dois democratas conservadores da Comissão Judiciária da Câmara, David.

Apresentador: E são apenas dois agora, já que o terceiro integrante daquele grupo...

Tom Glover: Exatamente, ele deixou claro que não votará pelo impeachment, a decisão agora pesa apenas sobre aqueles dois. Você sabe, a maioria é tão apertada na Câmara — pouquíssimos votos separam o número de integrantes dos partidos — que basta uma pequena deserção e o presidente estará em grandes apuros.

Apresentador: E o que passa pela cabeça deles, Michelle?

Michelle Schwartz, *Wall Street Journal*: Bem, neste fim de semana, acredito que ouvirão seu eleitorado, David. O que pensam a respeito de Stephen Baker? Ainda confiam nele?

Apresentador: E o que você tem ouvido?

Michelle Schwartz: Tenho ouvido que ele continua em grande perigo. O povo foi pego de surpresa pelas revelações médicas...

Tom Glover: Sim, Michelle, mas acredito que o resultado foi positivo para o presidente. A população foi receptiva à honestidade, à sinceridade dele, e à mensagem de que a saúde mental...

Michelle Schwartz: Talvez, se tivesse parado por aí. Essa revelação e o grande discurso do presidente. Todos sabemos que Stephen Baker é um orador *brilhante*.

Apresentador: Você fala como se isso fosse algo ruim, Michelle. [Risos.]

Michelle Schwartz: O que quero dizer é que ele não estaria enfrentando problemas se a situação houvesse parado por aí. Mas então nos deparamos com a Conexão Iraniana e...

Tom Glover: Que ainda é apenas uma conjectura. Ninguém provou nada a não ser que um cidadão iraniano, Hossein Najafi, esteve presente em uma recepção na Casa Branca. Você sabe que Stephen Baker não foi o primeiro presidente a receber penetras em suas festas.

Apresentador: Bem, vejamos o que sabemos a esse respeito. O *Washington Post* publicou uma reportagem extensa sobre a Conexão Iraniana. Vamos dar uma olhada numa citação:

Especialistas em perícia contábil dizem que é possível que a doação feita pelo Sr. Najafi, apesar de paga por um banco americano registrado em Delaware, pode ser proveniente das Ilhas Cayman e, antes disso, de um banco em Teerã usado pelo Exército dos Guardiães da Revolução Islâmica, mais conhecido como Guarda Revolucionária.

Tom Glover: Há muitos "ses" nisso, David.

Apresentador: Esta é a citação. O que você acha, Michelle?

Michelle Schwartz: Como sempre acontece, o que importa é o contexto. Acho que devemos ser honestos e mencionar a terceira base desse tripé — a morte de Victor Forbes. E se...

Tom Glover: Ah, por favor...

Michelle Schwartz: ... não fossem as indagações persistentes resultantes disso...

[Interferência na transmissão.]

Tom Glover: ... sobre Stuart Goldstein? Quer dizer, se formos mencionar mortes misteriosas. E, aí? Vamos nos sentar aqui no *Meet the Press* e debater qual republicano matou Goldstein? E, ao contrário de Forbes, aquele sim era um servidor comprovado do povo americano. Quer dizer, isso é indigno...

Michelle Schwartz: Eu não estava dizendo...

Tom Glover: ... e improvável.

Apresentador: Muito bem, previsões para a semana. Michelle?

Michelle Schwartz: Não quero voltar a ofender Tom, mas acredito que tudo depende do que mais for revelado a respeito do falecido Sr. Forbes. Se descobrirmos algo, com o acréscimo da Conexão Iraniana, acho que o fim do presidente será decretado.

Apresentador: Tom?

Tom Glover: Bem, odeio concordar com a minha colega, mas acho que ela está certa. Não *deveria* depender do incidente Forbes, mas temo que seja assim. Se outra bomba estourar, algo que mude a nossa visão sobre como ele morreu ou o que estava prestes a dizer, acho que a situação ficará bem delicada.

Apresentador: Muito bem, obrigado a ambos. Foi um prazer tê-los conosco. Voltaremos depois dos comerciais...

QUARENTA E SETE

ABERDEEN, WASHINGTON, DOMINGO, 26 DE MARÇO, 11H29 PST

Maggie tentou agir primeiro pelos canais oficiais, e verificou se havia rastros documentais em instituições públicas a serem seguidos e investigados. Mas deparou com uma série previsível de obstáculos, ainda mais definitivos pelo fato de ser domingo e as sedes administrativas estarem fechadas. Ela telefonou para o Corpo de Bombeiros de Aberdeen e perguntou se mantinham registros das ocorrências — o que ela tinha em mente era um simples livro de registros, com as ocorrências de uma noite em especial há quase trinta anos. Após quatro ligações, foi transferida a um oficial de plantão que confirmou a existência dos registros, mas que não sabia a partir de que ano. Além do mais, eles não podiam simplesmente fornecer informações desse tipo a um cidadão comum: era necessária uma autorização por escrito do comandante. Seria preciso preencher uma solicitação...

Em seguida, tentou o Departamento de Polícia e recebeu a mesma resposta de forma menos educada.

Então foi ao Meredith Hotel, dirigindo ao recepcionista — um senhor oriental na casa dos 60 anos — o mesmo sorriso que não conseguiu derreter o bibliotecário.

— Eu sei que a pergunta pode parecer muito estranha — começou, fazendo o máximo para aprender com o erro cometido com o bibliotecário e não bancar a doida. — Mas será que o senhor poderia me dizer qual é o funcionário mais antigo do hotel?

— Como?

— Quem trabalha neste hotel há mais tempo?

Sem uma palavra, ele saiu detrás do pequeno balcão, passou pela porta giratória do hotel e ergueu o braço, chamando um táxi que ele avistara como uma águia-pescadora espreita um peixe abaixo da superfície do oceano a quarenta metros de altura.

Depois de acompanhar o hóspede que aguardava até o carro, ajudar com as malas e embolsar uma gorjeta de um dólar com um sorriso de gratidão, ele voltou a atenção para Maggie e sua estranha pergunta. Para um hotel pequeno em uma cidade estagnada, ele era um recepcionista e tanto.

— O funcionário mais antigo? Seria eu, senhora.

Bom. Exatamente como ela esperava.

— Estou pesquisando a história da região e gostaria de saber se o senhor pode me ajudar com uma coisa. Soube que ocorreu um incêndio aqui há muitos anos.

— Antes do meu tempo, senhora.

— Achei que tivesse dito que...

— Trabalho aqui há 15 anos. Mas isso foi...

— Há mais de 25 anos.

— Sim.

— E não há ninguém que possa saber algo sobre aquela noite?

— Como eu disse, ninguém trabalha aqui há mais tempo do que eu.

— E quanto aos donos?

— O hotel foi vendido há oito anos. Faz parte de uma rede da Pensilvânia agora.

O rosto de Maggie deve ter traído a decepção que sentia, pois o recepcionista pareceu ficar condoído, ansioso por ajudar.

— O que a senhora quer saber?

— Qualquer coisa que o senhor saiba.

Ele apoiou-se no balcão.

— Ouvi dizer que foi um grande incêndio. Destruiu o interior do hotel. Precisaram reconstruir e redecorar. O hotel ficou fechado por um ano.

Tudo aquilo já fora mencionado na reportagem sobre a reinauguração.

— E ninguém sabe como começou?

— Dizem que foi um mistério. Apesar de uma das antigas faxineiras, ela já morreu, ter dito que foi um cigarro. Que incendiou as cortinas, no terceiro andar.

— Mas ninguém morreu.

— Onde a senhora ouviu isso?

Maggie tirou do bolso uma fotocópia da reportagem do *Daily World* sobre a reinauguração, que pegara na biblioteca. Com uma olhada rápida, conferiu o texto outra vez. Não havia qualquer menção a vítimas. Ela concluíra que todos haviam sobrevivido. Ela voltou a olhar para o recepcionista.

— Entendi errado?

— Acho que sim, senhora. O aniversário do incêndio foi há algumas semanas, certo?

— Sim, foi. — Ela sorriu outra vez. — Estou impressionada que se lembre da data.

— Bem, é difícil esquecer. Eles vêm todo ano.

— Quem vem?

— A família. Em 15 de março, todo ano. Colocam uma coroa de flores em frente ao hotel. Muito educados, sempre pedem permissão.

— Que família?

— Da pessoa que morreu no incêndio.

— E eles fizeram isso duas semanas atrás?

— Sim. Como sempre.

— Qual é o nome da família?

— Ah, não sei. Eles nunca dizem.

— E a coroa ainda está aqui?

— Joguei fora ontem.

Droga. Ela pensou em oferecer uma nota de 20 dólares ao recepcionista, pedir que conferisse se a coroa ainda estava nos fundos do prédio, mas achou melhor não. Podia levantar suspeitas. Então agradeceu ao senhor pelo tempo, entregou-lhe uma nota de 5 dólares e saiu. Cinco minutos depois, estava na entrada de carga e descarga nos fundos do hotel, com seus latões de lixo gigantes e algumas vagas. Antecipando o fedor, abriu a tampa do primeiro latão. Apenas garrafas de vidro. Havia um latão azul cheio de papel e, ao lado deste, um preto, com a tampa afastada.

Maggie puxou a tampa preta e foi atingida pelo fedor. O latão estava cheio de sacos de lixo escuros, mas muitos haviam rasgado, espalhando restos de comida e cascas apodrecidas. Respirando pela boca, ela puxou com agilidade um saco para o lado e curvou-se sobre o latão. Então ouviu o som de passos às suas costas. Ela se virou, o coração batendo forte, imaginando como seria fácil se alguém quisesse simplesmente empurrá-la para dentro da lixeira. Havia um homem a alguns metros de distância — mas era apenas um hóspede do hotel, que abria o carro e se preparava para sair.

Ela voltou à tarefa, rasgando cada saco, olhando para entranhas de peixe, pedaços duros de pão e lenços de papel sujos de sangue.

E estava para desistir quando viu uma ponta verde. Usando a beirada do latão como apoio, com o corpo curvado sobre ele, puxou-a. A coroa estava em péssimo estado, as flores mortas e amarronzadas, as folhas murchas. Mas um pequeno cartão branco ainda estava preso a ela, úmido, amassado e fedido. Depois de jogar de volta a coroa no lixo, ela examinou o cartão. Havia uma única palavra, escrita à mão em tinta manchada, mas ainda legível.

Pamela.

QUARENTA E OITO

ABERDEEN, WASHINGTON, DOMINGO, 26 DE MARÇO, 11H51

Ela esperava mais, o sobrenome pelo menos. Perguntou-se se não estaria dando mais um passo no caminho errado, cometendo um equívoco atrás do outro, entrando em um retorno errado após o outro. E se a data de Forbes fizesse referência a algo completamente diferente, sem qualquer relação com Aberdeen? Mesmo que tivesse relação com algo que acontecera naquela cidade, como podia ter certeza de que era o incêndio que ele tinha em mente? Era possível que nada daquilo estivesse associado à morte de Victor Forbes. Ela viu um reflexo de si mesma ao deixar o hotel — o novo corte de cabelo, o hematoma, o rosto ainda com expressão dolorida pelos ferimentos sofridos há menos de dois dias — e se questionou o que diabos estava fazendo.

Por um momento, imaginou-se tomando um táxi para o aeroporto e fugindo. Podia comprar uma passagem para qualquer lugar. Talvez pudesse aparecer no apartamento de Liz, pedir para dormir no sofá, conhecer o sobrinho. Sempre haveria uma cama para ela na casa dos pais. Mas então Maggie se lembrou da senhora simpática que sabotara o seu carro na noite de sexta-feira, pronta para matar sem discriminação, e de Liz dizendo que ninguém tentava *matá-la* porque *ela* não sabia de nada. Já havia arrastado a irmã fundo demais — até as profundezas do Hades que espreitava nos recônditos da internet —, não seria justo expô-la a coisa pior.

Nova York? A ideia a fez sentir uma ternura imediata. Instantaneamente, rápido demais para que pudesse evitar, uma imagem flutuou em sua mente — ela estava no apartamento de Uri, os dois sorrindo um para o outro da forma como sorriam antes de se beijarem.

Logo um pensamento racional aflorou, envolvendo a imagem e sufocando-a com a realidade. Aquele apartamento não era mais seu território. Ela não ouvira os passos de outra mulher no piso de madeira? Não havia agora outra mulher saindo do chuveiro e enxugando os cabelos em frente ao estranho espelho tunisiano manchado, outra mulher dormindo naqueles lençóis?

É claro, ela podia voltar para Washington com o rabo entre as pernas. Entretanto, Washington não era simpática com os fracassados. E o presidente estava lá, o presidente que contava com ela: ela também o condenaria ao fracasso.

Não, ela não fugiria. Devia aquilo a Stephen Baker, a Stuart e a si mesma. Descobriria o quê — e quem — estava por trás daquilo, arruinando a presidência Baker e diversas vidas durante esse processo. Não descansaria antes disso.

Ela pegou o BlackBerry e fez uma aposta consigo mesma. Se havia um homem que, por princípio, teria o seu telefone residencial no catálogo, seria ele. Maggie discou o número de auxílio à lista e pediu o telefone do diretor Ray Schilling.

Ela se perguntou se Schilling ficaria surpreso por ter notícias de Ashley Muir, ainda viva e bem. Mas, e se o diretor também estivesse envolvido na trama para colocá-la fora do caminho, de uma vez por todas, na última noite de sexta-feira? Se estivesse, fizera um bom trabalho ao esconder esse fato.

Depois das amenidades de praxe e das desculpas por incomodá-lo em casa no fim de semana, ela foi direto ao assunto.

— Sr. Schilling, algo que o senhor disse não me saiu da cabeça. "Lembro-me de todos os meus alunos." Foi o que o senhor disse.

— Verdade. Eu disse isso. E me lembro.

— Posso testá-lo?

— Vá em frente.

— Pamela.

Seria imaginação ou houve mesmo uma inspiração do outro lado da linha?

— Precisa me dar mais do que isso, Srta. Muir. É difícil acertar a cesta com um braço atado atrás das costas.

— Infelizmente não tenho o sobrenome. O melhor que posso fazer é dizer que ela foi contemporânea de Robert Jackson e Stephen Baker.

— Da mesma turma, a senhorita quer dizer?

— Sim.

— Não, acho que não. Deixe-me visualizar a turma. É assim que faço, visualizo-a como via os alunos sentados durante as aulas. — Ele passou a murmurar nomes, como se fizesse uma chamada.

Maggie, parada à porta do minimercado Swanson's, fechou os olhos numa prece silenciosa.

Schilling murmurou um pouco mais, então voltou a falar:

— Não, era como eu pensava. Não havia nenhuma Pamela naquela turma.

Maggie suspirou.

— E quanto à turma anterior à deles, um ano mais nova?

— Então essa seria a turma de, quando mesmo? Ah, sim, me lembro daquela turma. Ninguém que se destacasse, infelizmente. Equipe de debate muito fraca.

— E havia uma Pamela nela? Desculpe, Sr. Schilling, mas é muito importante.

— Deixe-me pensar. — Mais alguns murmúrios. — Você quer dizer Pamela Everett?

— Não tenho certeza. Quem era ela?

— Bem, ela se destacava. Mas não da mesma forma que Baker e Jackson. Ela era muito bonita. Os colegas a chamavam de Miss Estados Unidos. — Ele faz uma pausa. — Terrivelmente triste.

— Por que triste? — A pulsação de Maggie acelerou.

— Ela morreu apenas dois anos depois da formatura. Trágico.

— E como ela morreu?

— Uma doença. Esqueci os detalhes. Mas foi muito rápido, acredito.

Maggie sentiu a dor de cabeça voltar quando franziu a testa de forma involuntária.

— Uma doença? O senhor tem certeza?

— Sim, claro.

— O senhor a viu?

— Não — disse o Sr. Schilling, um pouco surpreso com a pergunta. — Ela já havia deixado a escola na época. E, além do mais, foi muito súbito. Mas os pais me pediram para ler um trecho da Bíblia no enterro. A epístola de São Paulo aos coríntios.

Maggie pensava rápido.

— O senhor acredita que eu posso falar com eles?

— Eles deixaram Aberdeen pouco depois da morte de Pamela. Queriam ir para o mais longe possível daqui.

— O senhor tem alguma ideia de para onde eles foram?

— Não. Infelizmente não.

Ela estava quase encerrando a conversa, mas algo na forma como Schilling respirava sugeria hesitação. Maggie ficou em silêncio, para não interferir. Por fim, e cautelosamente, ele falou:

— Srta. Muir, não fui inteiramente franco. Eu *sei* onde os Everett moram e não será difícil conseguir o endereço: posso acessar o computador da escola da minha casa. Mas preciso que algumas condições fiquem muito claras.

— É claro. — Condições? Ele pediria dinheiro?

— Mantivemos o endereço dos Everett arquivado todos esses anos sob a condição de que não o daríamos a ninguém. A escola nunca quebrou esse acordo. Nunca.

— Entendo.

— A senhorita deve ter notado que não fiz nenhuma pergunta a respeito do seu trabalho. Não quis me intrometer. E não o farei agora. Mas quando me procurou na sexta-feira, disse que uma grande soma em dinheiro estava envolvida. Trabalho sob a suposição de que não estaria fazendo todas essas perguntas sobre Pamela Everett se ela não tivesse sido mencionada, por qualquer que seja o motivo, pelo falecido Robert Jackson em seu testamento.

Maggie não disse nada, esperando que ele entendesse o seu silêncio como uma confirmação.

— Não posso, em sã consciência, impedir que algum conforto financeiro chegue aos Everett. Deus sabe que eles tiveram a sua cota de sofrimento.

— O senhor é um bom homem, Sr. Schilling.

— Confio na senhora, Srta. Muir. Mas espero que tenha trazido as suas botas de neve. Se a senhora acha que Aberdeen fica no meio do nada, espere até ver onde os Everett vivem.

QUARENTA E NOVE

LOCALIZAÇÃO DESCONHECIDA, DOMINGO, 26 DE MARÇO 16H GMT

— Meus agradecimentos a todos por terem reservado tempo para esta teleconferência. Eu sei que os fins de semana são preciosos.

Murmúrios de concordância foram transmitidos pelas caixas de som do computador. Aqueles homens eram como ele, não tinham tempo ou talento para conversa fiada.

— Queria deixá-los a par dos últimos desdobramentos do caso que discutimos da última vez. Fico feliz em dizer que enviamos... — Ele hesitou, incerto sobre o termo mais adequado para tal linha de trabalho — ... uma *equipe* muito experiente, e tive todas as garantias de que teremos resultados muito em breve.

— *Quando?* — perguntou a Alemanha outra vez. Claro.

— Bem, coloquemos da seguinte forma: se vocês lerem os jornais atentamente nas próximas 24 horas, tenho certeza de que não ficarão decepcionados.

— *Essa é uma ótima notícia.* — Manhattan. Talvez ele tivesse rompido aquela aliança Estados Unidos-Alemanha: era o que esperava.

— *Podemos dizer que estamos de volta aos trilhos no rumo certo?* — Nova voz. O sotaque, do Oriente Médio, foi difícil de discernir a princípio. — *Li algo na imprensa esse fim de semana que sugere que ainda temos motivos para nos preocuparmos.*

— Ainda não resolvemos o assunto por completo, é verdade. Como todos sabemos, política é um negócio imprevisível. — Ele deu o seu sorriso mais insinuante, apesar de saber que o desperdiçava por só ouvirem a sua voz.

— *Mas é exatamente por isso que estamos aqui, não é verdade?* — disse a Alemanha, com a tensão de volta à voz. — *Para fazer com que a política seja o mais previsível possível. Estou certo?*

CINQUENTA

COEUR D'ALENE, IDAHO, DOMINGO, 26 DE MARÇO, 20H55 PST

Em circunstâncias normais, Coeur d'Alene, Idaho, seria um lugar adorável de se visitar. Não que Maggie lembrasse o que eram circunstâncias normais. Mas uma semana ali, naquela estação de esqui coberta de neve, com seus chalés alpinos e suas acolhedoras lareiras crepitantes, seria um regalo. Com a pessoa certa.

Foram precisos dois voos em aviões pequenos para chegar até ali, primeiro para percorrer o trecho curto entre Aberdeen e Seattle, e então a conexão para a viagem mais longa até Coeur d'Alene — com Maggie usando de bom grado o dinheiro dado por Sanchez para comprar uma garrafinha de uísque em cada um, a melhor forma de esquecer que o seu corpo castigado e dolorido estava agora curvado em uma lata de sardinha, que avançava por céus gelados e era impulsionada por nada além de uma hélice.

Ela pensou no encontro iminente com os Everett. Deveria manter a história que o Sr. Schilling imaginara? Que era uma agente de seguros à procura de possíveis beneficiários de uma boa e inesperada herança? Cruel demais. Então ela pensou em uma alternativa. Nada brilhante, mas dava para o gasto.

O táxi saiu da rua principal da cidade, com seus cafés e uma livraria charmosa, passou por diversas ruas residenciais e finalmente chegou a uma estrada vicinal que seguia serpenteando montanhas acima. Depois de subirem bastante, ela pediu ao motorista para conferir se o navegador GPS estava funcionando. O sujeito a olhou de uma forma que dizia que ela não estava em Nova York.

Ela consultou o relógio. Quase 21h. Era loucura fazer aquilo no meio da noite: quem abriria a porta da sua casa isolada para um estranho que surgia no meio da escuridão? Mas a urgência a fazia seguir em frente.

O carro avançava com o farol alto; a iluminação pública acabara e o último veículo avistado ficara para trás há quase dez minutos. Maggie olhou sobre o ombro: duas luzes ainda brilhavam ao longe.

— A senhora é jornalista? — perguntou o motorista de súbito, rompendo o silêncio.

Aquilo a surpreendeu.

— Por que diz isso?

— Não fazemos muitas corridas aqui para cima. A não ser para visitar o complexo, e geralmente levamos jornalistas.

— O complexo?

— Isso. O complexo das Nações Arianas. Não fica longe daqui.

Maggie se lembrou vagamente de ter lido sobre o grupo de supremacistas brancos que tentou montar uma colônia racialmente pura nas colinas nevadas de Idaho.

— Já havia me esquecido. A quantos quilômetros?

O motorista apontou para o canto direito do para-brisa.

— A duas montanhas naquela direção.

— Mas por aqui não...

— Ah, não. Não posso dizer nada de negativo do pessoal que vive aqui em cima. Eles não são daquele jeito, não.

Maggie captou um tom de "mas" na voz dele.

— Mas?

Ele olhou por cima do ombro.

— Tudo que estou dizendo é que ninguém vem aqui para cima pela vida noturna. Elas tentam deixar alguma coisa para trás. Ou alguém.

Maggie assentiu.

— Com a turma das Nações Arianas são os negros. Com outros, como o pessoal daquelas cabanas — eles haviam passado por uma ou duas silhuetas quase indistintas de construções distantes da estrada, cercadas por hectares de nada —, são os federais. A senhora sabe, esse pessoal que acha que o governo federal vai tirar as armas deles. E outras simplesmente querem sumir.

Como Anne e Randall Everett, pensou Maggie.

Eles continuaram a subir por mais dez minutos, a estrada cada vez mais íngreme, até que o GPS informou que o destino se aproximava, à direita.

Maggie pediu que o motorista estacionasse a 20 metros da casa e esperasse: ela pagaria a corrida quando estivessem de volta ao que agora pareciam ser as luzes brilhantes da grande Coeur d'Alene.

— Quanto tempo a senhora vai demorar?

— Esse é o problema. Pode ser 30 segundos, pode ser uma hora ou mais. Mas deixe o taxímetro ligado.

O taxista resmungou, mas por fim assentiu e ela saiu para o ar revigorante. Não era apenas frio, mas fresco o bastante para fazer a pele formigar, como acontece depois de um mergulho na água gelada. Parada ali escutando, ela teve consciência de um som que provavelmente não ouvia há anos: o silêncio completo e imperturbado.

A escuridão também era total. Não havia mudanças de tonalidade ou o opaco brilho alaranjado da iluminação pública no horizonte. As únicas luzes que cortavam a escuridão vinham das estrelas e da lâmpada sobre a porta de entrada do que ela esperava ser a residência dos Everett.

Aquela casa era muito mais próxima da estrada do que as outras. Havia uma cerca modesta, mas nenhum sinal dos complexos de aparência quase militar que vira no caminho. Na verdade, ao se aproximar, ela se deu conta de que a casa era típica da maioria dos subúrbios americanos. A fachada era de madeira, com dois degraus de acesso, uma varanda com duas cadeiras de jardim posicionadas com esmero e cobertas com lonas, à espera do fim do inverno, e um mensageiro dos ventos, que tilintava à brisa fria.

A luz acesa na varanda era encorajadora, mas era difícil dizer se havia alguma lâmpada acesa no interior da casa. As duas janelas do segundo andar estavam cobertas com cortinas pesadas. Era tarde, sem dúvida. Os moradores que viviam por ali — em Idaho, pelo amor de Deus — costumavam dormir cedo. E os Everett já deviam estar na casa dos 60 anos...

Maggie fez o que sempre fazia quando deparava com o medo: fechou os olhos por um instante, então deu um passo à frente. Ela bateu na porta.

Houve um rangido e o som de uma porta sendo aberta dentro da casa, seguido por um breve brilho, visível por um painel de vidro acima da porta. Então outra luz foi acesa. Maggie esperou por uma voz perguntando quem era. Mas ela não veio. Em lugar disso, sem medo ou hesitação, a porta foi aberta.

Maggie soube instantaneamente que aquela era a mãe de Pamela Everett. Tudo o que o diretor Schilling lhe dissera foi que Pamela era incrivelmente bonita, era chamada de Miss Estados Unidos pelos colegas. Aquela mulher tinha os traços bonitos, as linhas suaves de uma antiga beldade.

— Olá — sorriu Maggie, odiando a si mesma pelo que estava prestes a fazer. — O meu nome é Ashley Muir. Sinto muito por incomodá-la tão tarde. Mas fiz uma longa viagem para realizar o desejo de um homem no seu leito de morte. Um homem já falecido. Meu marido. Fiz uma promessa a ele. Sei que parece loucura, mas posso perguntar se a senhora é Anne Everett?

A mulher pareceu ficar horrorizada, como se a simples verbalização de seu nome violasse um tabu sagrado. Mas ela não fechou a porta. Tampouco chamou o marido.

Maggie prosseguiu.

— Meu marido morreu há alguns meses. Em uma das nossas últimas conversas, ele me falou sobre o seu primeiro amor. A sua filha, Pamela.

De repente, o rosto da mulher ficou pálido, foi como se ela tivesse envelhecido vinte anos.

— Como você me encontrou?

— Meu marido fez isso. Trabalhou naquele computador por meses, não sei como ele fez. Mas estava determinado, Sra. Everett.

A mulher continuou imóvel, ainda segurando a porta, incapaz de falar.

— A senhora acha que podemos conversar lá dentro, Sra. Everett? Prometo que será rápido.

Ainda muda, olhando para Maggie como que para uma aparição, Anne Everett abriu a porta para que ela entrasse. Maggie entrou hesitante, desejando que o corpo dissesse como se sentia: agia com cautela, pois não queria levar ainda mais dor àquele lar de sofrimento.

Havia lembranças por todo lado: um retrato grande de Pamela Everett a caráter para a formatura da escola, diversas fotografias menores de uma menina na praia, em um cavalo de balanço, soprando as velas de um bolo de aniversário. Pela segunda vez em uma semana, Maggie olhou para uma mulher que nunca vira e pensou na mãe.

— Podemos nos sentar?

Ainda em silêncio, a Sra. Everett conduziu Maggie até uma sala de estar cujos móveis eram dispostos ao redor de um televisor; próxima do aparelho, havia uma mesa de canto e, sobre ela, uma bandeja com o que restava de um jantar que consistia em carne fria e batatas cozidas.

Maggie sentou-se em um sofá cujo estofado sem dobras sugeria ser pouco usado. Anne Everett sentou-se na beirada do assento de uma poltrona.

— Meu falecido marido estudava na turma um ano abaixo da de sua filha. Ele me disse que ela nunca o notou. Mas ele a amava platonicamente. Pamela foi o seu primeiro amor. — Maggie sorriu, o sorriso melancólico de uma viúva. — Ele disse que não pensou nela por muitos anos, até receber o diagnóstico. Então ele lembrou o que ouvira sobre Pamela Everett. A "bela Pamela", como a chamava. A forma como ela morrera de uma doença fulminante. E ele sofreu, Sra. Everett. Sofreu ao pensar que talvez acreditassem que a sua filha havia sido esquecida. Entretanto, ele não a esqueceu. Ele se lembrava de Pamela. E era importante para ele que a senhora soubesse disso. Porque, e isso foi o que ele disse, se os outros se lembram de nós, então ao menos uma parte de nós continua viva.

Maggie se convenceu de que aquela era uma mentira inofensiva, ainda assim a vergonha pelo que estava fazendo não diminuiu. Quando viu uma lágrima rolando lentamente pelo rosto de Anne Everett, sentiu um desprezo ainda maior por si mesma. Ela percebeu que fora longe demais. Nada — Stuart, a Presidência Baker, Forbes ou a sua própria segurança — justificava aquilo. Ela fez menção de se levantar, murmurando o começo de um pedido de desculpas.

— Por favor, não vá! — A mulher falou com tal urgência na voz que Maggie voltou a se sentar no sofá frio e duro.

Anne Everett enxugou a lágrima e, para grande surpresa de Maggie, revelou o início de um sorriso.

— Minha jovem, esperei 26 anos por esse dia.

De forma involuntária, o rosto de Maggie formou uma máscara de surpresa.

— Ah, sim. Por 26 anos e nove dias, esperei que alguém aparecesse e dissesse o que você acaba de dizer. Que a minha filha *viveu*. Que a vida dela significou alguma coisa.

— Por que a senhora duvidou disso?

— Duvidar? Nunca me foi permitido acreditar.

— Não estou entendendo.

— É claro que não. Como poderia? Como alguém poderia? Ninguém jamais soube. A não ser eu. E Randall. — Agora desperta, ela se levantou da poltrona com um movimento ágil. — Gosta de uísque, Sra. Muir? Eu gosto — disse, sem esperar pela resposta de Maggie. Ela tirou uma garrafa debaixo da mesa de canto, com cerca de um terço de bebida, e um copo usado. Serviu uma dose generosa e bebeu metade.

— A única "doença" da minha filha foi ter um rosto bonito. Essa foi a sua doença. Ela não estava *doente*. Pamela nunca caiu de cama, uma vez sequer na vida. Era saudável como um touro, assim como a mãe dela. Os mesmos ossos, os mesmos genes.

Ela olhou para a parede, para uma fotografia de Pamela num vestido de baile, na festa de formatura da James Madison High.

— Nós *dissemos* que ela ficou doente. Esse foi o acordo.

— O acordo?

— Foi o que ele nos fez dizer. Depois do incêndio.

Maggie sentiu um calafrio.

— Que incêndio? — Mas ela já sabia a resposta.

— Há 26 anos, em 15 de março, houve um incêndio no Hotel Meredith, em Aberdeen, Washington. De grandes proporções. Eles disseram que todos haviam se salvado. Tiraram todos os hóspedes dos quartos, que foram para a rua vestindo apenas pijamas. — Ela fez uma pausa, e uma sombra voltou a cobrir-lhe o rosto. — Mas não era verdade.

— Pamela estava naquele hotel?

Lentamente, como se o peso da cabeça fosse enorme, a Sra. Everett assentiu.

— Não sabemos com quem. Algum rapaz que passava as férias de verão na cidade. Usando-a para sexo. Ela foi amaldiçoada com um corpo que os homens desejavam. — Anne Everett olhou para as mãos, apertadas uma contra a outra. — Não sabíamos que ela estava naquele hotel. Achávamos que tinha ido dormir na casa de uma amiga.

Ela sorriu com melancolia da própria ingenuidade.

— Era cedo na manhã seguinte. Não sabíamos que ela estava desaparecida. Não havíamos chamado a polícia. Apenas esperávamos que ela voltasse para casa, como sempre fazia aos domingos, depois da noite de sábado. E então ele apareceu na nossa porta.

— Quem apareceu?

— O homem. Do hotel, achei a princípio, pelo menos. Ele explicou que havia ocorrido um acidente. Que Pamela estava morta. — A última palavra foi dita com a voz embargada. — Desculpe.

— Não tenha pressa.

Anne Everett serviu o que restava da garrafa no copo e bebeu de um gole só.

— Entenda — disse, olhando para Maggie. — Carreguei isso por muito tempo. Randall nunca me deixaria contar. Mas esse segredo me consumiu. Meu marido o levou para o túmulo, mas isso também o matou.

Maggie assentiu, sabendo que devia permanecer em silêncio.

— O homem disse que Pamela estava morta. E que não havia nada que pudéssemos fazer para trazê-la de volta. Tudo o que restava era a reputação da nossa filha. Ela poderia ser lembrada como uma "garota atirada", essas foram as palavras usadas por aquele homem, que havia morrido na cama de alguém, ou como a rainha do baile de formatura da James Madison High. Dependia de nós. Tudo o que precisaríamos fazer era dizer, a partir daquele dia, que Pamela não estava se sentindo bem, que estava doente. Que não podia receber visitas. Uma semana depois, deveríamos dizer que ela piorara. Que estava sendo transferida para Tacoma. Que ainda não eram permitidas visitas. Então, na semana seguinte, seria feito o anúncio da morte dela. Ele cuidaria de tudo. Não precisaríamos fazer nada, a não ser ficar em casa e mentir, dizendo que a nossa filha estava doente.

"Em contrapartida, ele nos daria muito dinheiro, mais do que Randall ganharia em um ano. Que diabo, em cinco anos. Para mostrar que estava falando sério, ele trazia uma daquelas maletas de executivo. Do tipo que os homens tinham na época. E dentro havia dinheiro. Muito dinheiro. Acho que nunca tinha visto tanto dinheiro na vida. E ele prometeu bem mais.

"Bem, Randall o botou para fora, é claro. Disse que aquele dinheiro estava sujo de sangue. Como ele ousava? Foi a maior discussão. Mas o homem deixou a maleta. No chão daquela sala em Aberdeen onde Pamela deveria estar.

"As horas passavam e nós chorávamos pela nossa filha, o nosso bebê. Mas também olhávamos para aquele dinheiro. Todo aquele dinheiro. Devia haver 50 mil dólares naquela maleta."

Naquele momento ela se curvou, soluçando em silêncio. Maggie cruzou o amplo espaço entre elas e colocou uma das mãos no ombro de Anne Everett. Instantaneamente, como num reflexo animal, a mãe de Pamela a agarrou e a segurou com força. Ao erguer a cabeça, os olhos marejados de lágrimas, ela soltou um gemido de angústia.

— Eu disse que deveríamos aceitar aquele dinheiro! Que Deus me amaldiçoe por isso. Eu aceitei. Eu aceitei.

— Eu entendo — disse Maggie, abalada.

— Eu acreditei no que ele disse, entende? Ele disse que poderíamos ir embora dali. Que *deveríamos*. Que Aberdeen seria para sempre um lugar de morte para nós. Que poderíamos usar o dinheiro para criar algum memorial para Pamela. Ou talvez para financiar os estudos de outra pessoa. Alguma coisa que mantivesse a memória dela viva. Então dissemos sim. Telefonamos para o número no cartão. Randall telefonou. — É claro que nunca criamos memorial nenhum. Estávamos envergonhados demais. Todos lá, no enterro, acreditando que Pamela havia sido vítima de uma doença terrível. Imagine isso, mentir sobre a morte da própria filha. Merecíamos ser banidos. Então foi o que fizemos. Nós nos banimos. Para o lugar mais distante possível. No meio do nada. Para que nunca mais precisássemos ver ninguém. Mas é impossível fugir da própria vergonha. Ela fica com você.

— E o dinheiro? O homem o pagou? — perguntou Maggie com delicadeza.

Anne Everett ergueu os olhos, como que arrancada de um sonho.

— Ah, sim, uma quantia enorme. Continuou a ser depositado no banco, alguns mil dólares a mais, mês após mês. Eu não consegui gastar um centavo, é claro. Nem Randall. É um dinheiro imundo.

— E quem fazia os pagamentos?

— Como eu disse, nunca soubemos. O sofrimento era grande demais para pensarmos em perguntar. A idiotice também, acho. Falávamos sobre isso, é claro. Nos perguntávamos, especulávamos. Até que Randall parou de falar nisso, há alguns anos. A boca dele apenas se fechou. De vergonha.

Uma pergunta queimava na língua de Maggie e ela não podia segurá-la mais.

— E quanto ao... rapaz com quem ela estava naquela noite? A senhora...

Anne Everett fez que não furiosamente.

— Nunca soube, nunca quis. Teríamos matado ele com as próprias mãos se houvéssemos descoberto.

— A senhora suspeita de alguém?

— Bem, é estranho você perguntar isso.

— Por quê?

— Bem, nesses últimos dois anos, me perguntei quando alguém bateria na porta perguntando sobre Pamela. Ninguém apareceu, mas achei que apareceria. Achei que algum jornalista viria até aqui.

— Por que um jornalista?

— Por causa do rapaz por quem Pamela era apaixonada nos tempos da escola, o rapaz que ela amou até o dia de sua morte.

— Que rapaz?

— Você ainda não sabe? Achei que já soubesse a essa altura. — Ela olhou para o fundo do copo como se ele fosse um poço profundo. — Pamela era apaixonada por Stephen Baker.

CINQUENTA E UM

DO BLOG DAILY DISH, POSTADO ÀS 18H46 DE DOMINGO,
26 DE MARÇO:

Vocês viram os <u>rostos da multidão</u> que se concentrou no Mall hoje? A incrível diversidade de rostos? Foi impressionante e inspirador — a razão pela qual aqueles de nós que decidiram ser cidadãos americanos podem se sentir orgulhosos, apesar dos acontecimentos dos últimos e insanos dias, de fazer parte desse país extraordinário.

Com o mínimo de publicidade — este que vos escreve ouviu falar do que estava acontecendo apenas uma ou duas horas antes do início —, nos reunimos esta tarde na escadaria do Capitólio para dar uma mensagem ao Congresso: tirem as mãos do nosso presidente.

Foi esta, a Nação Baker, os Estados Unidos jovens e esperançosos, que elegeu o nosso presidente jovem e esperançoso há alguns meses. E eles se ressentem de que <u>uma quadrilha de republicanos radicais</u>, ao lado de uma <u>dupla covarde de desertores democratas</u>, possa tirar do cargo o homem que representa a chance do nosso país de ser, por fim, o que deve ser.

A TV estimou a multidão em 10 mil pessoas. Eu diria, ao ver as imagens, que me parece bem mais. Porém, mesmo que se aceite o número mais modesto, foi um feito incrível. Quase não houve preparação ou organização. A manifestação foi o mais próximo que se pode chegar de uma demonstração orgânica e espontânea de ultraje popular. Chamemos de resistência sem liderança, ao estilo americano.

Mas qualquer que seja o nome, esperemos que Stephen Baker — ainda de luto pela perda do assessor mais próximo e velho amigo, Stuart Goldstein — tenha visto tudo da sua janela na Casa Branca. Esperemos que nos tenha visto e tirado força da iniciativa. O senhor não está sozinho, senhor presidente...

CINQUENTA E DOIS

COEUR D'ALENE, IDAHO, DOMINGO, 26 DE MARÇO, 22H03 PST

As palavras fizeram disparar uma corrente elétrica por seu corpo. *Pamela era apaixonada por Stephen Baker*. As palavras e o sorriso melancólico nos lábios de Anne Everett ao pensar no possível futuro da filha.

Instantaneamente, Maggie concluiu o óbvio: Vic Forbes sabia o que acontecera com Pamela Everett e acreditava que Stephen Baker estivesse de alguma forma envolvido na morte dela. Era por isso que aquela data — e apenas a data — representava o lençol de Forbes. Era a apólice de seguro dele, a bomba não detonada que ameaçava lançar sobre Baker, a bomba que, sem dúvida, destruiria o rival para sempre. Entretanto, a beldade do Midnight Lounge chegara a ele primeiro e o deixara enforcado numa viga da própria casa, travestido.

Nada disso explicava, contudo, o aparecimento de um estranho na porta da casa dos Everett, pronto para oferecer uma boa soma em dinheiro para proteger a reputação de um rapaz mal saído da adolescência. Pamela era dois anos mais nova que Baker, dissera Schilling, mas, mesmo assim, Baker não poderia ter mais do que 20 anos à época do incêndio, 21 no máximo. Por que alguém chegaria a tanto para protegê-lo?

Anne Everett observava o rosto de Maggie, estudava sua reação. Ela a antecipara antes mesmo que Maggie tivesse tempo de organizar os pensamentos.

— Se você está achando que foi ele, está enganada — disse com firmeza. — Pamela estava na cama com alguém no Meredith Hotel aquela noite, mas não era Stephen.

Maggie franziu a testa.

— Como a senhora pode ter tanta certeza?

Anne Everett ficou de pé.

— Venha comigo.

Ela subiu uma escadaria estreita e acendeu uma luz no patamar. Era apenas uma lâmpada, que pendia de um fio. De nada adiantou a fortuna que os Everett receberam para ficarem calados sobre as circunstâncias da morte da filha.

Anne Everett abriu uma porta que instantaneamente levantou uma nuvem de mofo típica dos quartos fechados. Uma série de memórias de infância arrebatou Maggie, arrastando-a de volta ao sótão da casa da avó. Ela sentiu um tremor ao percorrer o quarto com os olhos. Pôsteres de Prince e Jimmy Connors nas paredes, um urso de pelúcia na cama. Uma prateleira com livros e fitas VHS — incluindo uma do programa de exercícios físicos de Jane Fonda —, outra com CDs.

— Mas vocês não se mudaram depois...? — indagou Maggie, incapaz de terminar a frase.

— Sim, mudamos. Randall não queria que eu fizesse isso. Ele disse que o objetivo de vir para cá era seguir em frente. Mas... Você tem filhos, Ashley?

— Não tenho. Não.

— Bem, acredito que a maioria das mães entenderia. — Ela olhou para o chão, então para a cama vazia. — Nem sempre é possível seguir em frente. Algumas pessoas não conseguem.

Elas ficaram em silêncio por algum tempo, então a mãe de Pamela agachou-se ao lado da cama, ergueu a colcha e abriu uma gaveta oculta pelo tecido. Dentro havia um lençol, dobrado com esmero. Ela olhou para Maggie.

— Randall não sabia nada sobre essa gaveta. Era um segredo meu.

Abaixo do lençol havia um álbum grande, com capa preta. Anne Everett o pegou, colocou-o sobre a cama e o abriu. Ela deu um tapinha ao seu lado na cama, convidando Maggie a se sentar.

— Olhe — disse.

Colada no álbum havia uma folha dupla amarelada do *Madisonian*, o jornal da James Madison High. No centro, aquela mesma fotografia de Pamela Everett, mas dessa vez rodeada de tributos de colegas. "Você era um anjo, enviado pelo céu. Agora voltou ao seu lugar entre as estrelas."

Ela virou a página, e Maggie reconheceu um recorte do *Daily World*. "Incêndio em hotel do centro", dizia a manchete.

Gentilmente, Maggie puxou um pouco o álbum para ler a matéria. A reportagem descrevia um incêndio no Meredith Hotel tarde da noite e como o treinamento dos funcionários possibilitou que todos os hóspedes fossem levados para a rua, em roupas de dormir, enquanto o inferno devorava diversos andares do hotel, culminando com o desmoronamento de pisos e paredes. O jornalista afirmava que "não foram divulgados dados conclusivos acerca das vítimas quando do fechamento da edição". A matéria era ilustrada por uma fotografia preto e branca grande, ainda que mal ampliada, da fachada do prédio em chamas.

Maggie olhou para o canto superior direito do recorte. Página 5, 16 de março. *A página desaparecida.*

Ela sentia a cabeça latejar. Quem fizera aquilo? Quem roubara o microfilme? Teria sido Forbes, para ter exclusividade sobre as evidências? Ou ele saberia a respeito da Sra. Everett e seu esconderijo? Seria aquela página amarelada, colada em um álbum escondido no quarto fielmente reconstruído de uma rainha do baile de formatura morta há tantos anos — escondido sob um lençol, inclusive — o seguro, o lençol de Forbes?

— O que quero lhe mostrar é isso — disse a Sra. Everett em voz baixa. Ela virou mais algumas páginas do álbum.

Outra folha dupla do *The Daily World*.

— Aqui está ele — disse Anne Everett com o mesmo sorriso melancólico.

Não havia dúvida, lá estava um Stephen Baker jovem, ávido e atraente, trocando um aperto de mão com um homem mais velho, que usava óculos enormes. Abaixo, uma legenda extensa:

> O veterano senador de Washington, Paul Corbyn, cumprimenta o primeiro washingtoniano a ser agraciado com a bolsa de estudos Rhodes desde que ele próprio a conquistou, há quase quarenta anos. O jovem de sorte é Stephen Baker, formado pela James Madison High School, e que, a partir deste verão, será aluno de Harvard. A fotografia foi tirada no gabinete do senador Corbyn, em Washington, DC, no dia 15 de março.

Anne Everett não disse nada enquanto Maggie relia o texto. Então ela voltou a olhar para a data no topo da página: 18 de março. Se tivesse conferido os arquivos daquele dia, teria visto a matéria.

— Essa fotografia prova que não foi ele — disse Maggie em voz baixa.

— Sim — concordou a Sra. Everett, com um gesto sutil de cabeça.
— Ele estava do outro lado do país naquele dia. Em Washington, DC. No ano passado, durante a campanha, me perguntava se alguém bateria à minha porta. Fazendo acusações. E fiquei feliz por ter guardado isso. Todos tinham muitas esperanças em relação a Stephen Baker. E não apenas nos Estados Unidos. No mundo todo. Esperança no futuro. Mas não eu. As minhas esperanças estão todas no passado,

Ashley. Mas às vezes penso em como poderia ter sido diferente se Stephen Baker tivesse saído com Pamela naquela noite, e não com aquele *cretino* — Ela cuspiu a palavra com o veneno de uma mulher que nunca prageja. — A minha Pamela estaria viva hoje. Tenho certeza disso.

CINQUENTA E TRÊS

NOVA YORK, DOMINGO, 26 DE MARÇO, 23H01

As altas horas da noite lhe caíam bem. Era o melhor momento para trabalhar: nada de e-mails, telefonemas, distrações. Nem mesmo uma olhada pela janela, apenas a escuridão.

Assim podia concentrar-se apenas na tela à frente. Era incrível o que os computadores podiam fazer hoje em dia. Quase qualquer coisa.

Havia um copo ao lado do teclado com uísque. Mas ele mal o tocara. O gelo tinha derretido há muito tempo, diluindo a coloração âmbar da bebida em um tom mais pálido, menos sedutor. Era bom que estivesse ali, provava que estava absorto no trabalho.

O que ele realmente estava. Ele não via Maggie há algum tempo, mas isso apenas o motivava mais: ela estava claramente em apuros, então era o seu dever fazer o possível para ajudar. Além disso, com Maggie nunca era apenas dever.

Ele moveu o mouse pela tela e clicou no ícone do vídeo de 51 segundos que, por fim, fez com que a ficha caísse. Era uma filmagem crucial; era inacreditável que a houvesse descoberto apenas agora. Assim que Maggie voltasse para DC, ele lhe mostraria o vídeo e tudo finalmente seria esclarecido. Mas por que esperar? Ele pegou o telefone e discou o número de Maggie, mas a chamada caiu na caixa postal. O mesmo aconteceu na segunda tentativa. Suspirando, guardou o aparelho no bolso da calça.

Ele voltou à tela e assistiu ao vídeo outra vez, percebendo algo novo. Ajeitou-se na cadeira. Aquele som estivera ali antes, um tinido metálico abafado, mas nítido? Ele voltou o filme e assistiu outra vez a mesma sequência. Nenhum som desta vez. Deve ter sido lá fora.

Ele precisava pensar em como organizar aquele material para alcançar o maior impacto. O que seria melhor? Apesar da infinidade de softwares ultramodernos ao seu alcance, entre os quais talvez meia dúzia de editores de texto de primeira linha, ele preferiu pegar o caderno e uma caneta e passou a fazer anotações.

Lá estava outra vez. Não o mesmo barulho, parecia mais um rangido desta vez e um pouco mais alto.

— Oi?

Nada.

— Tem alguém aí?

Ele conferiu o relógio no canto superior direito da tela. Já passava das 23h.

Então voltou ao caderno, rabiscando com uma caligrafia tal que ninguém a não ser ele seria capaz de decifrar a sequência finalmente compreendida. E se imaginou explicando-a para Maggie, vendo um sorriso se formar no rosto dela, um sorriso de compreensão quando entendesse o padrão que ele agora conhecia. O sorriso capaz de fazer um homem se apaixonar por Maggie Costello.

Ao chegar a um ponto crítico na sequência lógica que tentava deslindar no papel, roeu a caneta e sentiu um pedaço de plástico se soltar. Antecipando um engasgo, levou a mão ao copo de uísque aguado, olhando para a escuridão da janela ao fazê-lo.

A visão do rosto de um homem o observando o fez dar um salto. Numa reação idiota, se perguntou como alguém podia estar do outro lado da janela — ali, em um apartamento de quinto andar.

No entanto, em uma fração de segundo, compreendeu. O rosto que o observava com olhos frios era na verdade o reflexo de alguém dentro do apartamento — bem atrás dele.

Tarde demais. As mãos do homem estavam em seus ombros, forçando-o a permanecer sentado na cadeira, e então passaram para o pescoço. Ele tentou se libertar mas foi impossível: o aperto era forte demais.

A reação que teve o surpreendeu. Ele se contorceu e tentou agarrar o agressor, mas a força daquelas mãos era insuperável; havia naquele ataque, ele percebeu instantaneamente, um profissionalismo que garantia o sucesso. De repente, e com uma certeza aterrorizante, ele soube que iria morrer.

Tudo foi medido em segundos. E, o tempo todo, o único rosto que conseguia ver era o de Maggie. Mesmo naquelas circunstâncias desesperadoras, registrou esse fato curioso. Ainda não percebera o quanto ela significava para ele. Mas, subitamente, tudo o que importava era saber que, se estavam decididos a matá-lo, estariam decididos a matá-la também — e esse pensamento deu-lhe determinação. Soltando as mãos como que em submissão ao seu destino, ele enfiou a mão no bolso e então, reunindo forças para um empurrão forte, projetou o corpo para a direita, numa tentativa de se desvencilhar do homem. Sabia que isso não lhe salvaria a vida, mas ao menos retardaria a morte em um minuto ou dois.

Quando o agressor tropeçou para trás, ele inspirou com sofreguidão. Toda a concentração estava na mão esquerda. Acostumado a usar o telefone sem olhar para o aparelho, ele apertou as teclas. O agressor voltou a agarrar o pescoço dele, tentando estrangulá-lo enquanto ele se retorcia, mantendo a mão no bolso, tateando em busca da tecla verde que iniciaria a ligação. Com esforço sobre-humano, ele se conteve para não começar logo a gritar, sabendo que precisava esperar alguns segundos para que a máquina atendesse e a mensagem chegasse ao fim.

Agora. Ele o faria agora.

Com a mão direita, tentou atacar o assassino às suas costas, que, mais uma vez, precisou tirar uma das mãos do pescoço da vítima para anular a tentativa de golpe.

— Eeennnnee! — Ele arfou, com o que parecia uma expiração de dor desesperada.

O agressor o puxou com força para fora da cadeira e o deixou de joelhos; agora todo o peso do assassino brutal pressionava seus ombros. De alguma forma, precisava reunir forças para gritar outra vez.

— Iiiiiii! — gritou, mas o som que emitiu estava mais para um sussurro.

Talvez por frustração, o agressor tirou as mãos do pescoço da vítima e o socou com força no queixo. Mesmo assim, ele não se encolheu, aproveitando a oportunidade para gritar.

— Cêêêeee!

Aquilo continuou por talvez mais dez segundos, mesmo que parecesse a hora mais aterrorizante de sua vida. De alguma forma, ele encontrou energia suficiente para forçar o algoz a interromper a asfixia — chegando até mesmo a socar o homem na virilha — e para gritar cinco vezes.

Foi então que as forças o abandonaram. Ele não conseguia mais repelir o homem de olhos frios e terno ordinário que lhe arrancava a vida com as mãos. Por fim se rendeu, permitindo que o matasse — e sabia que o algoz teria consciência disso.

Ele acabou no chão do próprio escritório, encolhido e inerte.

Um barulho no corredor. O assassino, intimidado pelos sons dos vizinhos que chegavam ao apartamento ao lado, agiu com rapidez — arrancou a primeira folha do bloco de anotações sobre a mesa e então usou o aparelho que lhe fora entregue para apagar o disco rígido do computador.

A batida na porta o interrompeu quando revistava o homem que acabara de matar.

— Oi? Está tudo bem aí? — As batidas continuavam e ficavam mais altas.

O assassino prendeu a respiração, esperando que quem estivesse do outro lado da porta fosse embora. Então ouviu uma voz.

— Acho que é melhor arrombarmos.

Apressado, correu os olhos pelo apartamento à procura da escada de incêndio. Encontrou-a na cozinha, onde uma porta dava para uma sacada e uma escada de metal estreita que ziguezagueava pela parede externa do prédio. Ele fugiu, descendo de dois em dois degraus até chegar à rua.

Calmamente, caminhou até o carro.

Cinco andares acima, o corpo da vítima jazia inerte. Os dedos do morto aferravam-se a um telefone celular como se agarrassem a mão da pessoa amada pela última vez na vida.

CINQUENTA E QUATRO

COEUR D'ALENE, IDAHO, DOMINGO, 26 DE MARÇO, 22H55 PST

Para seu grande alívio, o taxista ainda estava parado em frente à casa. Ele esperara por quase duas horas, com apenas uma rádio cristã e o aquecedor do carro como companhia. Mas esperara. Ele não fora atirado para fora da estrada, os freios do seu carro não haviam sido sabotados. Ele ainda estava ali.

Maggie perguntou quanto tempo demoraria uma viagem até Boise. O taxista soltou um riso cético, irritado.

— A senhora pode me mostrar o dinheiro? — Ele queria ver o dinheiro antes de concordar em sair dali. — Temos muita gente doida neste estado — disse, como que se justificando.

Maggie sentiu prazer ao pegar cinco notas de cem dólares e oferecer o dinheiro como pagamento pela corrida noturna.

— Mas posso fazer uma pergunta?

— Claro — respondeu o taxista, com o humor devidamente restabelecido.

— Se acabarmos rodando a noite toda, o senhor se incomodaria se não falarmos durante a maior parte da viagem?

Ele sorriu e ligou o motor.

A escuridão do céu de Idaho e as estradas vazias eram reconfortantes. Lembravam-na os inúmeros voos durante a campanha, quando admirava o vazio através da janela. Aqueles foram alguns dos momentos em que refletiu com maior clareza.

Por um breve e jubiloso momento, acreditou ter finalmente desvendado o enigma deixado por Vic Forbes. Quando Anne Everett admitiu que a filha fora apaixonada pelo atual presidente dos Estados Unidos, Maggie quase conseguiu visualizar mentalmente uma série de símbolos estranhos transformando-se em palavras — o código sendo decifrado.

O jovem e atraente Baker — o filho preferido de Aberdeen, o advogado recém-formado em Harvard — levara uma adorável rainha do baile de formatura alguns anos mais nova para a cama em um hotel do centro da cidade e lá, de alguma forma, ela morrera. Era um escândalo de grandes proporções que permanecera oculto todos aqueles anos, esperando para ser detonado por Forbes, que o conhecia e — sozinho, ao que parecia — estava decidido a revelá-lo. Mas aquela teoria caiu por terra em menos tempo do que precisou para formulá-la. A fotografia do jovem e ávido Baker com o senador Corbyn, tirada do outro lado do país no mesmo dia do incêndio, era definitiva. Se revelada, a chantagem de Forbes podia ser rebatida por Baker apenas com a apresentação da reportagem. Era um álibi inquestionável.

Teria Forbes cometido um erro tão elementar? Teria ele realmente investido tanto da sua vida em uma acusação provavelmente falsa — e construído um lençol com base nela?

Entretanto, não era isso o que incomodava Maggie. Ela recostou-se no banco do carro, apoiando a cabeça no encosto para aliviar as dores que ainda sentia no pescoço, enquanto relembrava a visita à biblioteca. Por que diabos aquela página havia desaparecido dos arquivos? Apenas uma: a página cinco. Nenhuma outra. Quem a removera?

A resposta era clara: só podia ter sido o mesmo homem que apareceu na casa de Anne e Randall Everett na manhã seguinte à morte da filha do casal para dar a notícia, ofertando uma quantia improvável de dinheiro para comprar o silêncio deles. Por que alguém faria isso? Se não foi Baker quem abandonou Pamela Everett para morrer, quem teria sido? Quem seria esse outro rapaz, por cuja reputação um homem esteve disposto a pagar dezenas, talvez centenas de milhares de dólares e deu-se ao trabalho de destruir parte dos arquivos de um jornal de modo a manter o segredo para sempre oculto?

Maggie sentia as costelas doerem, além da cabeça. Ela precisava desesperadamente falar sobre aquilo com alguém. Ela olhou para o telefone. Não registrado, descartável. Devia ser uma linha segura, mas era mais prudente não arriscar. Ela inclinou-se para frente e deu um tapinha no ombro do motorista.

— Ofereço outros 100 dólares para usar o seu celular.

O homem lhe entregou o aparelho, botando um dedo sobre os lábios de forma teatral para mostrar que respeitava o acordo à risca: nada de conversa.

Pela terceira vez, ela ligou para a casa de Nick du Caines, o único número do jornalista que lembrava. Mais uma vez, caiu na caixa postal. Onde diabos ele estaria? Em uma bacanal de sexo, drogas e bebida com alguma estagiária da ABC e evitando o telefone? Provavelmente.

Ela conferiu o relógio. Meia-noite em Idaho, 8h em Londres. Valia a pena arriscar.

Ela usou o navegador do BlackBerry para encontrar o telefone do jornal eternamente em dificuldades de Nick, em Londres, discou-o no telefone do taxista — esperando que o homem não percebesse — e pediu para falar com a editoria internacional.

Uma secretária atendeu.

— Esta é uma ligação incomum — começou Maggie, com o tom mais polido possível, então explicou que era um contato regular de Nick du Caines em Washington e que estava tentando falar com ele, mas, infelizmente, perdera o número do celular do jornalista. Ela tinha uma história que certamente o interessaria. Será que poderiam ajudar?

— Acho que é melhor a senhora falar com o editor — disse a mulher, com um tom que Maggie não gostou.

Ela esperou algum tempo e então um homem — 40 e poucos anos, educado — atendeu a ligação.

— Fui informado de que a senhora é amiga de Nick.

— Isso mesmo.

— Infelizmente, tenho más notícias. Acabamos de ficar sabendo. Nick está morto.

CINQUENTA E CINCO

BOISE, IDAHO, SEGUNDA-FEIRA, 27 DE MARÇO, 4H13 PST

Maggie passou o restante da noite alternando-se entre dois tipos de dor. O choque pela morte de Nick foi tamanho que transcendia as lágrimas: ela ficou anestesiada. Estava vazia, oca. Ficou sentada no táxi, toda encolhida, incapaz até mesmo de respirar, esforçando-se para não pensar. Mas o corpo parecia determinado a forçá-la a voltar à realidade. Ao sair do táxi, depois que o motorista parou em frente ao aeroporto de Boise nas primeiras horas da manhã, ela sentiu que a dor nas costelas estava mais forte do que nunca.

O editor internacional dissera que o apartamento de Nick havia sido invadido e que foram encontrados indícios de luta. Ele fora gravemente espancado e "apresentava sinais de morte por estrangulamento". A polícia estava entrevistando os vizinhos, coletando impressões digitais. Mas até o momento não havia testemunhas.

É claro que não havia testemunhas, pensou Maggie. Os assassinos de Nick eram os mesmos de Stuart. Eram profissionais: não deixariam rastros.

Com algumas horas de espera até o primeiro voo da manhã, ela sabia que devia tentar dormir. Tentou ajeitar-se em uma cadeira plástica dura de aeroporto, mas, apesar de exausta, o sono não veio.

Ela cochilou algumas vezes, apenas para ser acordada pelo frio que lhe percorria a pele, apesar do casaco, e pela percepção clara de que um homem — com o rosto oculto — a observava, com o sorriso satisfeito do perseguidor que finalmente encurralou a presa. Maggie acordou do sonho e sentou-se na cadeira, agarrando a bolsa de viagem como se fosse uma arma e como se estivesse se preparando para fugir, com o coração martelando as costelas doloridas.

E, de uma vez, a outra fonte de dor voltou. *Nick está morto*. As palavras ouvidas ao telefone repetiam-se sem parar em sua mente.

Agora a culpa a atingiu como um tapa. Era tudo culpa sua. Ela oferecera a cabeça ébria, degenerada, lasciva e brilhante de Nick para aqueles homens. Era como Liz dissera. Aquela mulher em Dublin não seria estrangulada na calada da noite porque não sabia de nada relacionado àquela maldita história. E tampouco Nick du Caines — até que Maggie o arrastou para aquilo. E agora ele estava morto.

Será que ela carregava algum tipo de maldição que transformava todos em que tocava em pedra? Ela pensou em Stuart morto, o corpo grande e inchado no Rock Creek Park, com sangue escorrendo dos pulsos, e então em Nick, espancado, estrangulado e deixado morto no apartamento em Nova York. Tudo por causa dela.

A bile lhe subiu, acre, pela garganta. Agarrando a bolsa de viagem, ela disparou para o banheiro feminino e vomitou no vaso, segurando as bordas de forma compulsiva, soltando o que tinha no estômago em espasmos até que as entranhas ficassem tão vazias quanto o coração.

Ela pegou um pedaço de papel higiênico e limpou a boca e o queixo, deu a descarga e foi lavar as mãos. O enorme espelho iluminado era inclemente em seu julgamento. Havia bolsas escuras sob os olhos injetados, os cabelos louro-alaranjados recém-tingidos tinham coloração opaca sob a luz fria: ela parecia a fugitiva que sentia ser. Por um momento, foi dominada pelo desejo urgente de fugir, de embarcar em um avião e ir para algum lugar, qualquer lugar, distante dali — onde não causasse mais danos. Não poderia falar com ninguém, para não transmitir qualquer que fosse o vírus letal que carregava. Ela se tornara tóxica, irradiava morte.

A ideia permaneceu na mente por algum tempo. Ela se viu em alguma ilha distante do Pacífico Sul, escondida em uma casa da qual ninguém sabia da existência. Então pensou nos homens que estrangularam Nick e enfiaram aquelas pílulas na boca de Stuart, e a raiva cresceu até substituir a culpa. Havia pessoas que matavam para evitar que a verdade viesse à tona e aquilo cessaria apenas quando fossem detidos. Ela precisava encontrá-los e caçá-los. Precisavam pagar pelo que fizeram.

Ela ergueu os ombros. Já era hora de parar de sentir culpa pelos crimes dos outros. Ela se defenderia e traria a verdade à luz do dia. Maggie passou a andar pelo aeroporto, caminhando e pensando, examinando todos por quem passava. Você faz parte disso? Você faz? Alguns minutos depois notou um homem parado próximo ao painel de partidas, aparentemente imerso no *Idaho Statesman*, e se perguntou há quanto tempo estaria ali.

Pense, ela disse a si mesma. Ela pedira a Nick para investigar um único e específico aspecto da história de Forbes: haveria alguma evidência que ligasse seus antigos empregadores, a CIA, à sua morte? Ela não pensara que essa pergunta implicasse risco de morte, não quando Nick já conquistara um punhado de troféus investigando a conduta da CIA na Guerra ao Terror. Ele expusera os métodos de trabalho da Agência — e vivera para contar a história e beber o prêmio.

Entretanto, esta última investigação era, sem dúvida, diferente. O que quer que ele tenha encontrado cutucou a CIA fundo demais para ser tolerado. Seus agentes haviam sido flagrados arrastando homens que não foram condenados por crime algum para aviões fretados e levados para cantos distantes do mundo, onde podiam ser torturados com impunidade. Ainda assim, essa exposição internacional não levara a Agência a acabar com a vida de Nick du Caines. Alguém, em algum lugar, claramente vira a revelação do envolvimento da CIA na morte de

Vic Forbes como algo mais sério e comprometedor do que as matérias sobre as rendições extraordinárias — e estava disposto a matar para impedir que a verdade viesse a público.

Pouco depois das 4h30 da manhã, ela sentiu a vibração que alertava para a chegada de uma mensagem no BlackBerry. Era da irmã:

Ligue para mim. É urgente. Algo estranho está acontecendo. Liz.

Ela começava a discar o número em Dublin quando recebeu outra mensagem. Desta vez de Sanchez.

A polícia quer falar com você. Agora. Embarque no primeiro avião para Nova York.

CINQUENTA E SEIS

NOVA YORK, AEROPORTO JFK, SEGUNDA-FEIRA, 27 DE MARÇO
14H41

Eles a receberam imediatamente depois do desembarque. Um detetive vestindo roupas civis e dois policiais uniformizados que pairavam à sua volta. Eles a conduziram para longe dos outros passageiros, até o que chamavam de "sala de entrevista", na verdade um aposento vazio com uma mesa e três cadeiras.

O detetive se apresentou como Charles Bridge. Quarenta e poucos anos, negro e carrancudo, ele foi direto ao assunto.

— Gostaria de agradecê-la por ter vindo a Nova York imediatamente.

Maggie assentiu, com o coração batendo forte. Do que se tratava aquilo?

O detetive olhou para uma folha de papel.

— Precisamos de algum tempo para encontrá-la, sabe?

— Ah, foi? — disse Maggie, relutando em falar mais.

Ele assentiu enquanto continuava a olhar para a folha de papel.

— Um bom tempo. Tentamos o seu celular. As ligações caíram na caixa postal. Os nossos e-mails não tiveram resposta. Parecia que a senhora simplesmente havia desaparecido.

— Meu telefone foi roubado. Junto com a minha carteira e o meu computador. No estado de Washington.

— É mesmo? — Bridge voltou a olhar para o papel e então ergueu os olhos para Maggie. — A senhora sabe por que queremos vê-la, Srta. Costello?

— Eu sei que o meu amigo Nick du Caines está morto.

— Sim. E por que mais? Se precisasse supor.

Maggie pensou no drinque que eles haviam tomado na quinta-feira. Se mencionasse o encontro, precisaria dizer o que discutiram.

— Não tenho certeza.

— Porque, Srta. Costello, a última ligação feita pelo Sr. Du Caines foi para a senhorita. Para o seu telefone.

— Para mim?

— Sim. Para o telefone da sua casa.

— Quando?

— O aparelho dele informa que a ligação foi feita às 23h03 da noite de ontem. Sua secretária eletrônica confirma isso. E, com base nas informações dos vizinhos, sobre o barulho vindo do apartamento do Sr. Du Caines, acreditamos que essa foi a hora da morte.

— O senhor disse que a minha secretária eletrônica confirma essa informação? Como vocês conseguiram isso?

— Estamos com o aparelho, Srta. Costello.

— Vocês o quê? Como?

— Tentamos contatá-la de todas as formas possíveis, telefonamos para a sua casa, para o seu celular. Entramos em contato com seus empregadores — ele voltou a olhar para a folha de papel que tinha na mão —, desculpe-me, os seus antigos empregadores na Casa Branca, e eles não faziam ideia de como encontrá-la. Não tivemos alternativa a não ser solicitar um mandato, entrar no seu apartamento e pegar o aparelho.

— Vocês invadiram o meu apartamento?

— Os nossos colegas de Washington tiveram acesso à residência por solicitação nossa, sim.

— Meu Deus! — A mente de Maggie disparava, cogitando o que havia no apartamento, o que poderia ter sido visto. Será que esquecera em casa algum indício da investigação sobre Forbes? — E o que encontraram? Isto é, gravado na secretária eletrônica.

— Chegaremos lá, Srta. Costello. Neste momento, me pergunto por que um homem que está sendo espancado e estrangulado, que devia ter consciência de estar prestes a morrer, teria ligado para o seu telefone enquanto agonizava. Ouvimos a mensagem. Ele nem ao menos tenta falar com a senhorita. Por que alguém faria isso?

— O que o senhor está sugerindo, detetive?

— Não estou sugerindo nada. Estou apenas me perguntando. Quer dizer, ele não ligou para o seu celular, ligou?

— Eu já disse, o meu celular foi roubado. O número não funciona mais.

— Mas ele telefonou para a sua casa. Quase como se essa fosse a única forma de fazer com que chegássemos à senhorita.

— Chegassem a mim? Não estou entendendo.

— Não há nada para entender agora, Srta. Costello.

— Não estou gostando do seu tom, detetive. — Maggie sentia o rosto corar. — Não gosto do que o senhor está insinuando. Nick du Caines era um amigo muito querido. E eu estava do outro lado do país quando ele morreu. Acabo de chegar do maldito Idaho.

— A senhorita precisa ficar calma. Não estou insinuando nada. Estou apenas fazendo algumas perguntas.

— Quero ouvir a mensagem.

— Bem, eu não tenho certeza...

— É minha propriedade. Estava na minha secretária eletrônica, ele a deixou para mim.

— É uma prova do caso agora, Srta. Costello. Eu não posso...

— Aquela secretária eletrônica me pertence legalmente. E, neste momento, eu sou uma testemunha, nada mais. Se quiser me prender, vá em frente. Mas, até que o faça, tenho o direito de ouvir o que está naquela fita.

O detetive tirou o celular do bolso e foi até o canto da sala fazer uma ligação. Ele falava em voz baixa, aparentemente com um superior. Ao voltar para a cadeira, estava contrariado.

— Ao que parece, a orientação é permitirmos que a senhorita escute a mensagem. Para vermos se consegue entendê-la.

O detetive pegou um laptop, apertou algumas teclas e depois clicou em um arquivo de áudio. Pelos pequenos alto-falantes do computador, Maggie escutou um bipe, seguido pelo som distante de objetos caindo de uma mesa.

Então escutou Nick, berrando de dor. Ele devia ter sido atingido por um soco poderoso: *Eeeenne!*

Era terrível de ouvir, o horror real e claro. Apesar de distorcidas pela transmissão da secretária eletrônica e pela conversão do som do aparelho para o arquivo de áudio, ela conseguia escutar as pancadas infligidas ao corpo de Nick, seguidas por exalações de dor: *Iiii!*

E pensar que era responsável por aquele sofrimento. Era como se estivesse ali, observando Nick sufocar e ser espancado até o último sopro de vida ser arrancado de seu corpo.

A gravação durou mais um minuto terrível, até que uma voz eletrônica anunciou: *Você tem dez segundos para concluir a sua mensagem.* Seguiu-se um último arquejo de Nick: *Maaais!* — Então a gravação finalmente acabou.

Maggie estava de cabeça baixa, olhava para o chão. O detetive voltou a falar.

— É angustiante de ouvir. Eu sei. Mas por que ele faria isso? Como eu disse antes, ele não faz nada a não ser deixar uma gravação da própria morte. Não há uma mensagem para a senhorita.

Um lampejo súbito atravessou a dor de Maggie.

— O senhor pode reproduzi-la outra vez, por favor?

— Por quê?

— Não tenho certeza. Apenas reproduza-a outra vez.

— A senhorita escutou alguma coisa?

— Talvez.

Com relutância, ele clicou no arquivo uma segunda vez e observou Maggie atentamente enquanto ela escutava. Noventa segundos depois, ele arqueou as sobrancelhas.

— E então?

— Desculpe, detetive. Eu estava enganada. — Ela precisou evitar os olhos do policial ao mentir, repetindo mentalmente o que escutara, apenas para ter certeza.

— Alguma ideia do que o levou a ligar para a senhorita em um momento desses?

— Escute, Sr. Bridge. Isso é estranho. Bebi um drinque com Nick na semana passada. Ele era um velho amigo, mas sempre quis algo mais. Ele me disse algumas coisas. — Ela fitou o detetive brevemente, para que seus olhos se encontrassem. — Coisas românticas. Acho que Nick estava apenas tentando se despedir.

O detetive sustentou o olhar, e Maggie reuniu forças para não se esquivar ou corar. Então, aparentemente satisfeito, ele fez um gesto de cabeça para os policiais uniformizados, sinalizando que a entrevista estava encerrada, fechou o computador e acompanhou Maggie até a porta, depois de pegar o número do seu novo celular.

— Entraremos em contato se precisarmos de algo mais, Srta. Costello.

Já no saguão do aeroporto, Maggie tentou andar da forma mais despreocupada possível, para o caso de os policiais estarem-na observando. Ela forçou a si mesma a ser paciente, a tomar o elevador para outro andar antes de ligar o computador e usar a informação transmitida por Nick du Caines como o seu último ato, nos estertores da vida.

CINQUENTA E SETE

NOVA YORK, SEGUNDA-FEIRA, 27 DE MARÇO, 15H35

Ela repetiu a sequência mentalmente outra vez, da forma como a escutara. Não havia dúvida. Era NICK+.

Sentada no portão de embarque de um voo para Albuquerque, ela certificou-se de que nem o detetive Bridge nem seus homens — ninguém, por sinal — estava por perto. Ninguém que ela pudesse identificar. Ela ficaria ali, cercada de pessoas. Era plena luz do dia; o lugar estava cheio. Sem dúvida, isso a deixaria em segurança.

Não lhe saía da cabeça o sermão da irmã sobre salvar documentos on-line, e não em discos ou pendrives, que podiam sumir entre as almofadas do sofá ou serem destruídos por café. E então lembrou como o próprio Nick du Caines, na aula relâmpago sobre jornalismo, confessou que dera tantas mancadas que passara a escrever tudo on-line e a fazer os backups "na rede".

Ela se lembrou dos sons que escutara, afastando as imagens terríveis que evocavam enquanto o amigo era brutalmente assassinado. Concentre-se, Maggie disse a si mesma com fúria. Você precisa fazer isso por Nick: ele morreu tentando entrar em contato com você. Seja forte e pense. Havia uma mensagem ali: disso estava certa. A princípio, pensou que não fossem mais do que urros desesperados de dor. Mas Bridge estava certo. Existia um motivo para Nick, enquanto lutava pela vida, ter pegado o telefone e discado o número de Maggie. Ele só podia estar comunicando algo. E quando Bridge tocou a gravação pela segunda vez, ela escutou. Cada som aparentemente de dor emitido por Nick era diferente do anterior. Aquele grito — *Eeeenne!* — não era apenas uma expressão de terrível agonia, de um homem sendo fustigado por um soco, apesar de poder muito bem ser exatamente isso. Também era a letra N. *Iiii* era terrível de ouvir, mas podia ser traduzido como a letra I. E o martírio continuou até o último som desesperado — *Maaais*. Ela se surpreendeu com a força e a perspicácia daquele feito e, não pela primeira vez naquele dia, sentiu-se feliz por ter conhecido Nick du Caines.

Maggie ligou o computador, observando a tela enquanto a máquina conectava-se ao sinal wi-fi do aeroporto. Alguns cliques depois, estava no site Googledocs. Ela entrou, digitou o nome de Nick com cuidado e sem espaços: nickducaines. Então a senha, construída a partir das letras e do dígito que ele gritara: Nick+.

Nome e senha incorretos.

Ela tentou outra vez, digitando o nome de Nick em letras maiúsculas. Outra mensagem de erro apareceu.

Senha incorreta, caracteres insuficientes.

Droga. O esforço de Nick, por mais audaz, fora em vão. Ele não resistira tempo o bastante para dizer as letras finais.
Ela olhou para a tela. *Nick+*. O que aquilo poderia dizer? A que se referiria o sinal de adição? Em outra tentativa, ela digitou Nick+duC.

Senha incorreta. Você está se aproximando do número máximo de tentativas. Uma tentativa permitida.

Ela olhou em volta, observando os rostos por perto: uma mãe com crianças, um estudante com um iPod, escutando música de olhos fechados.

Pense.

Então ela olhou novamente para a tela — Nick+ — e teve uma recordação da adolescência. Todos faziam aquilo, gravavam aquelas mensagens em bancos e carteiras escolares. Ela o fizera uma vez: Maggie+Liam. Seria possível que Nick du Caines tivesse um coração tão mole? Ela não o via daquela forma. Mas digitou Nick+Maggie no campo da senha.

Estava para apertar Enter, na sua última tentativa, quando algo a deteve. Ela ouviu a voz de Nick, ao telefone ou na mesa do bar. *Agora escute, Mags, quando você finalmente vai passar a mover esses seus lábios maravilhosos e começar a dar forma a uma matéria para o meu jornal?*

Mags.

Com todo cuidado, para não apertar Enter por acidente, ela digitou a nova senha: Nick+Mags.

Sem estardalhaço, como se esperasse por ela, a página se transformou em uma lista de documentos. Ela conseguira. Pobre e doce Nick, enviando uma mensagem típica de namoros adolescentes mesmo em seus últimos momentos. Ela nunca, uma única vez sequer, levara o seu interesse a sério.

Com uma olhada rápida, ela viu as matérias mais recentes classificadas por data. E, no topo da lista, um documento com o título *Nova Orleans*. Ela clicou para abri-lo, esperando um memorando longo e detalhado que explicasse todas as suas descobertas. Em lugar disso, havia uma única linha. Daniel Judd, especialista em aviação — seguido por um número de telefone.

Maggie pegou o celular e discou o número. Depois de dois toques, uma voz, masculina e cautelosa, atendeu.

— Sou uma amiga de Nick du Caines — começou ela. — Ele deixou uma mensagem na minha secretária eletrônica antes de morrer. Acho que...

— Morto? Nick?

— Me desculpe, foi muito insensível da minha parte. Achei que já soubesse. Você o conhecia bem?

Maggie explicou as circunstâncias que culminaram com o telefonema. Houve um longo silêncio e, por um momento de pânico, ela temeu que o homem fosse desligar. Mas ele voltou a falar:

— Como posso confiar em você? Como posso saber que não foi você quem matou Nick e agora está atrás de mim?

Maggie ficou aturdida.

— Não sei. Tudo o que posso dizer é que Nick abriu mão de lutar pela própria vida para me dizer como entrar em contato com você. Ele usou os últimos suspiros para deixar uma mensagem na minha secretária eletrônica. Ele foi...

— Está bem. Saia dessa linha. Ligue para um telefone público daqui a trinta minutos. O número é... — Houve um barulho de folhas de papel e então ele disse o número do telefone.

— Espere, espere. — Maggie vasculhou a bolsa com uma das mãos em busca de uma caneta. — Repita o número.

— Você tem trinta minutos. Compre telefones descartáveis sem registro, quantos puder. Ligue de um deles. Depois, jogue o aparelho fora. Nunca use nenhum duas vezes. E não dê o número para ninguém. — Ele repetiu o número do telefone público, tão rápido que Maggie mal teve tempo de anotá-lo, e desligou.

Maggie seguiu as instruções. Correu até uma loja de celulares no Terminal 3, comprou cinco aparelhos com a reserva de dinheiro agora definhante e discou o número do telefone público fornecido por Judd. Ele atendeu no segundo toque:

— Você disse que ele deixou o meu número na sua secretária eletrônica?

— Não. Nick era mais esperto do que isso. Uma senha, então um documento.

— Ninguém mais o viu? — A voz soava preocupada.

Maggie olhou para a tela e viu que a data de salvamento do arquivo Nova Orleans era 22h54 da noite anterior — alguns minutos antes de Nick lutar pela própria vida — e, de acordo com as propriedades do documento, parecia não ter voltado a ser aberto desde então.

— Acho que não. — Ela precisava fazê-lo falar, antes que ele fosse dominado pelo medo. — Escute, senhor...

— Nada de nomes ao telefone!

— É claro, me desculpe. Escute, fui eu quem... é... botei o nosso amigo em comum a par do... hum... assunto que acredito que ele tenha discutido com você. Fui eu que o mencionei para ele. Acredito que ele queria que eu soubesse de tudo o que você o informou.

— Vou ser rápido e falar apenas uma vez. Ok?

— Claro.

— Depois que conversarmos, você destruirá o telefone. Fui claro?

— Sim. Eu entendo a sua ansiedade, senhor...

— Nada de nomes! Pode ter certeza de que eu estou ansioso. Essa merda na qual você se envolveu é séria, mocinha, pode ter certeza. — Ela ouviu o som de tráfego.

— Eu sei disso.

— Ótimo. Apenas uma vez. À meia-noite no horário local, 22 de março, um jato executivo decolou do aeroporto Lakefront, em Nova Orleans, com sete passageiros a bordo. O prefixo da aeronave era November-4808-Papa. Ela está registrada em nome de certa uma Premier Air Executive Services, sediada em Maryland. O histórico anterior sugere que já foi usada pela Companhia.

Como Maggie suspeitava, a CIA.

Judd não havia terminado.

— Mas este foi um uso *prévio*. Há dois anos, ela mudou de dono. E hoje está a serviço de um único cliente.

— Que tipo de cliente?

— Uma vez. E não vou repetir, entendeu? A Premier opera com exclusividade para o AitkenBruce.

Maggie não conseguiu conter a surpresa.

— AitkenBruce? O banco?

Mas Judd não estava com humor para conversa. Ele tinha mais uma informação a transmitir.

— A Premier registrou outro plano de voo hoje. Um Gulfstream 550 partirá de Teterboro, Nova Jersey, com destino a Reagan, Washington, às sete da noite. Analisei o histórico do voo, e apenas uma pessoa faz essa viagem nesse avião. O presidente do banco.

CINQUENTA E OITO

NOVA YORK, AEROPORTO JFK, SEGUNDA-FEIRA, 27 DE MARÇO, 16H25

Maggie estava desnorteada. Um banco? Que relação tudo aquilo poderia ter com um banco? E com o AitkenBruce em especial. Não fazia sentido. Forbes não tinha qualquer relação com instituições financeiras. O que poderia...
    O telefone que comprara em Aberdeen vibrou, sobressaltando-a.

    Número restrito.

Mas ninguém conhecia aquele número. E por que telefonariam assim que ela terminou de falar com Judd? Será que alguém estivera escutando, à espera para atacar?
    Ela pegou o aparelho como se ele estivesse coberto de veneno e apertou a tecla verde para atender a ligação, mas não disse nada. E então escutou aquela voz.
    — Maggie? É você?
    Uri.

Ela foi tomada por pânico. Falou rápido, pensando em Stuart e Nick e na maldição que parecia matar todos em quem ela tocava.

— Nunca mais ligue para este número. Me dê o número de algum lugar onde eu possa encontrá-lo.

A brusquidão dela pareceu chocá-lo. Quando voltou a falar, ele usou um tom cauteloso.

— Estou em um estúdio de edição. O número é, espere um pouco, qual é o número daqui? — Ela escutou uma segunda voz, praticamente inaudível. *Rápido.* Por fim, Uri lhe deu o número. Maggie o anotou e ordenou que ele desligasse.

Ela jogou fora o celular que usou para falar com Judd, apesar de o descarte de um telefone em perfeito estado ir contra a sua formação. Pegou outro e ligou de volta para Uri.

— Maggie, o que diabos está acontecendo?

— É uma longa...

— Não me diga "É uma longa história".

— É sério, Uri. Qualquer um que fale comigo corre perigo. Perigo real.

— Ah, peraí, Maggie. Isso é um tanto melodramático. Há...

— Lembra o meu amigo Nick? Ele foi assassinado ontem à noite.

O comentário foi seguido por alguns momentos de silêncio.

— Meu Deus. Sinto muito, Maggie.

— Eu quero muito falar com você, Uri. Apenas ter uma chance para conversarmos. O tempo que quisermos.

— Onde você está?

Ela hesitou. Sabia que não deveria falar em voz alta. Mas aquele era um telefone virgem, seria seguro.

— Estou no JFK.

— Estou indo. Agora.

Ela tentou argumentar, insistiu que era longe demais, que não havia tempo, mas ele enfrentou a resistência de Maggie e ela cedeu, algo que só se permitia com Uri. Quando disse exatamente onde estava, ele já se encontrava dentro de um táxi.

O pulso estava acelerado agora, por um novo e mais gentil tipo de medo. Há quanto tempo não via Uri? Desde a cerimônia de posse; há mais de dois meses. Ela olhou para o seu reflexo em um espelho: mal se reconhecia. E havia tanta coisa que não disseram um ao outro...

Ela voltou ao computador, ainda na conta de Nick no Googledocs. Concentre-se, disse a si mesma. Concentre-se. Havia apenas uma coisa na qual devia pensar agora. Ela clicou no campo de busca e digitou "AitkenBruce".

Já ouvira falar do banco, é claro; todos o conheciam. Era famoso pelos corretores e executivos zilionários, que remuneravam a si mesmos com salários que continham o mesmo número de dígitos de um número de telefone e gratificações ainda maiores. Mas como podiam estar envolvidos naquilo, ela não fazia ideia.

O Google a direcionou para o site do AitkenBruce, repleto de balela corporativa: fotografias de funcionários sorridentes — a maioria dos quais parecia ser jovem, mulher ou negro, projetando uma imagem de diversidade inclusiva — e depoimentos sobre as ações filantrópicas da "família AitkenBruce" em todo o mundo. Ela saiu da página quase que imediatamente.

Com uma nova busca descobriu uma longa matéria da revista *Sunday Times*, sob o título "Os verdadeiros mestres do universo: por dentro do banco mais rico do mundo".

Ela correu os olhos pelos primeiros parágrafos, que revelavam uma instituição com mais dinheiro nos cofres do que muitos governos, cujos ativos superavam um trilhão de dólares e cuja cúpula rotineiramente assumia cargos de destaque nas maiores economias do mundo. As fileiras da associação de veteranos do AitkenBruce podiam incluir o secretário de Tesouro dos EUA, o ministro das Finanças alemão ou o presidente do Banco Central Europeu — e muitas vezes os três ao mesmo tempo.

Em seguida, vinham informações mais conhecidas sobre as remunerações astronômicas. "No ano passado, o presidente e diretor-executivo Roger Waugh embolsou incríveis 73 milhões de dólares, que apenas engordaram os 600 milhões que detém em ações do AitkenBruce", dizia o texto, antes de detalhar os iates ancorados em Mônaco e apartamentos com vista para o Central Park, as ilhas particulares em Dubai e as casas de campo em Oxfordshire de propriedade dos altos executivos.

A matéria explicava que homens nesse patamar de riqueza usam o dinheiro em parte para isolar-se dos mais pobres, o que em última instância significa todo mundo. O termo usado era "campo de força": eles nunca embarcavam em voos comerciais, viajavam apenas em jatinhos particulares; nunca colocavam os pés em um táxi, muito menos no transporte público, em lugar disso viam o mundo apenas através das janelas escurecidas de limusines Lincoln Town Car.

Maggie continuou a ler, em busca de qualquer ligação entre o AitkenBruce e Forbes, ou ao menos uma explicação de por que um jatinho da Companhia poderia ter sido enviado a Nova Orleans para cuidar do assassinato. Teria Forbes, talvez em uma encarnação anterior, atuado como um informante, um delator? Ou será que estaria chantageando o banco, além do presidente?

Ela parou no trecho que detalhava como o AitkenBruce reunira a vasta fortuna. Para começar, aqueles banqueiros trabalhavam o dia todo, nunca tiravam férias e às vezes ficavam no trabalho até tão tarde que só chegavam em casa de madrugada. Além disso, o AitkenBruce não desperdiçava tempo com joões-ninguém. Os clientes do banco eram governos, da Europa ao Golfo Pérsico, megacorporações multinacionais e apenas indivíduos riquíssimos — o bilionário recluso que esconde a fortuna em algum esconderijo no Caribe, o xeque árabe ou mesmo o líder corrupto de um Estado pária.

Mas informação era a arma secreta do banco. Se um investidor avaliasse a possibilidade de atuar, por exemplo, no setor madeireiro, o

AitkenBruce era capaz de ajudar, uma vez que tinha como clientes as maiores empresas madeireiras do mundo. Além disso, grandes investidores do mesmo setor provavelmente também contratavam a consultoria do banco, de modo que a instituição também sabia quais eram os seus planos. O AitkenBruce tinha todas as frentes cobertas, o que só podia ajudar quando decidia como investir os próprios recursos. A matéria citava um crítico de identidade não revelada que afirmava que investir em um mundo que incluía o AitkenBruce era como apostar em um cassino no qual o estabelecimento conhece todas as cartas na mesa: o jogador até podia faturar alguns dólares, mas a casa sempre vencia.

Maggie desceu um pouco mais, passou por um trecho que detalhava as carreiras estelares dos executivos do banco, e parou em uma fotografia de Waugh, o presidente. Ele tinha 50 e poucos anos, era calvo e tinha aparência comum. Se fosse descrito na legenda como "contador radicado em Nova Jersey", seria plenamente plausível. Ainda assim ele era o cabeça da instituição. Se alguém sabia o que ligava o AitkenBruce a Forbes, certamente era Waugh.

Ela voltou alguns parágrafos. "Ninguém questiona o acesso e a influência extraordinários de uma instituição como o AitkenBruce. As relações com a Casa Branca são sólidas..." Maggie procurou a data. A matéria havia sido escrita quase um ano antes da eleição de Stephen Baker. "E o banco acompanhará de perto a próxima campanha presidencial. Mais uma vez, os donos da grana investem em todas as possibilidades. Dados trimestrais publicados pela Comissão Eleitoral Federal confirmam que Waugh e seus companheiros no AitkenBruce fizeram doações vultosas tanto para os democratas quanto para os republicanos."

Maggie desviou os olhos da tela do computador e observou os passageiros daquela tarde. Alguns folheavam revistas, outros olhavam para monitores mudos sintonizados na CNN. Então moveu o cursor até o campo de busca e digitou "Stephen Baker + Roger Waugh".

Para sua surpresa, a primeira ocorrência era classificada como um resultado de "Notícias" e fora postada havia poucas horas. Era uma página do site Politico.com listando a agenda do presidente para o dia seguinte. Às 9h, "Encontro do presidente Baker com membros da comunidade financeira dos Estados Unidos". Abaixo, uma relação das pessoas envolvidas.

Então era por isso que Waugh viajaria para Washington naquela noite. Ele se encontraria com o presidente.

Mas, de alguma forma, Waugh estava envolvido na morte de Forbes e talvez em tudo mais que acontecera naquela semana tresloucada. Um alarme súbito a percorreu como um choque elétrico. Seria loucura permitir que Waugh chegasse a cem metros do Salão Oval antes que o presidente soubesse o que estava acontecendo. E isso significava que Maggie precisaria descobrir tudo.

Ela abriu uma nova aba e consultou aeroporto de Teterboro, o qual descobriu ser um pequeno aeroporto "auxiliar" em Nova Jersey, muito usado em voos "particulares e executivos" por ficar a apenas 19 quilômetros de Manhattan. Era um pouco distante do JFK, mas ela conseguiria chegar a tempo se fosse pelo caminho certo.

Foi então que sentiu a mão em seu ombro.

Ela congelou, então ouviu a voz.

— Quase não a reconheci. Qual é a história do corte de cabelo?

Ela não planejara, não fazia ideia do que sentiria naquele momento. Mas a visão dele vestindo a sua marca registrada, calças jeans escuras e camisa branca, dos seus cabelos lustrosos, quase pretos, a fez se levantar e abraçá-lo.

Eles ficaram assim, em silêncio, se abraçando como qualquer casal que se despede em um aeroporto, por um minuto ou mais. Já fazia algum tempo desde que sentira o calor de outro ser humano, tempo demais desde que sentira o toque dele. Ela queria aspirar aquele cheiro, o cheiro que instantaneamente a transportou de volta para os milhares de momentos de amor que eles viveram.

Foi Maggie quem por fim desfez o abraço, dando um passo para trás para admirá-lo.

— Isso é loucura. Agora eles podem vê-lo.

— Sei tomar conta de mim mesmo, Maggie. É com você que precisamos nos preocupar.

Ela sorriu, sentindo um prazer infantil por Uri não ter soltado a sua mão.

— Então, por que não conseguiu esperar, por que precisou correr para cá como um *manyak*?

— Eu já disse, Maggie, essa palavra não significa o que parece. Mas o seu hebraico está melhorando. Estou impressionado. — Ele sorriu. — Está melhor do que o seu cabelo, de qualquer forma.

— Uri.

Ele sentou-se na cadeira ao lado da dela, de modo que ambos ficaram de frente para as janelas de observação.

— Sabe o filme sobre Baker que estou fazendo? Descobri uma coisa, não sei, estranha.

— Como assim, estranha?

— Maggie, você sabe como Baker foi eleito governador?

— Uri, eu adoraria falar sobre isso, mas estou sob...

— Apenas escute, Maggie. Como Baker foi eleito governador, você sabe?

— Sei que foi uma vitória confortável.

— Sim. Muito confortável, na verdade. Ele concorreu com um desconhecido que não morava no estado havia mais de vinte anos.

— Ok.

— E você sabe por quê? Porque o adversário republicano que ele deveria enfrentar implodiu três meses antes da eleição. Os documentos do divórcio dele vieram misteriosamente à tona durante a campanha, mostrando que ele sentia prazer em ver a mulher fazer sexo com outros homens. Ele se escondia em um armário e filmava tudo.

— Eu realmente não vejo...

— Mas isso não é tudo. Baker nem ao menos deveria *ser* o candidato democrata. Todos achavam que ele seria derrotado nas primárias.

Ele concorreu com o prefeito de Seattle, muito popular. Só que alguém apareceu com a gravação de uma conversa telefônica do prefeito, dizendo que havia "chinas e chicanos" demais na cidade. Baker simplesmente seguiu com tranquilidade até a indicação.

— Aonde você quer chegar, Uri?

— Não sei. Só me parece que, até essa história de impeachment, alguém gostava de verdade de Stephen Baker. Muito mesmo.

Antigamente aquilo seria o bastante para Maggie mandar Uri ir passear. Quando namoravam, Baker era uma fonte constante de tensão: Uri apontava as falhas nos seus discursos, pequenos deslizes em suas estratégias, e Maggie sempre ficava na defensiva. Isso soava ridículo agora, mas ela suspeitava de que Uri sentia ciúme do outro homem na sua vida, e aproveitava a menor das oportunidades para criticá-lo.

Neste momento, contudo, ela estava disposta a ouvir qualquer coisa que pudesse ajudar a explicar a bizarra e letal cadeia de eventos iniciada na semana anterior. Não que visse como aquilo podia ter qualquer relação com os acontecimentos.

— Uri, preciso ir andando. Se precisar falar com você, como posso encontrá-lo?

— No estúdio de edição. Está impossível trabalhar em casa nos últimos dias. A minha irmã chegou de Tel-Aviv e decidiu que a missão da vida dela é limpar cada superfície do meu apartamento.

Uma nova engrenagem passou a girar na mente de Maggie.

— A sua irmã? — Então havia sido ela a mulher que Maggie ouvira ao fundo naquele último telefonema para o apartamento em Nova York. Não uma nova amante, afinal de contas. Ela sentiu um nó dentro de si, um nó do qual teve consciência apenas naquele momento, começar a folgar e se desfazer.

— Tem certeza de que eu não posso ir com você para onde quer que você vá? Posso ser útil. Tenho alguma experiência, sabe? — Ele fez um gesto que imitava um homem de ação.

— Eu sei, Uri. E sou muito grata. Mas já arrastei gente demais para essa confusão.

Maggie viu que ele queria insistir, mas se conteve, ciente de que não estava em posição de fazê-lo.

— Está bem. Mas tenha cuidado, Maggie. — Estavam de pé agora, próximos um do outro, com a mesma hesitação que sentiam antes de se separarem na Penn Station na noite de domingo, quando ela partia para Washington. — Estou falando sério. Faça isso por mim, não por você. — Ele se aproximou e a beijou na testa. Então se virou e partiu. Maggie o observou por muitos e longos segundos, se perguntando se Uri se viraria. Mas ele não o fez.

Um anúncio no sistema de som fez com que ela consultasse o relógio: precisaria partir imediatamente se quisesse chegar no Teterboro a tempo. Mas tinha a sensação incômoda, culposa, de que algo ficara por fazer, uma tarefa deixada incompleta. Já estava para fechar o computador quando se lembrou: Liz.

A irmã lhe enviara uma mensagem de texto havia horas — *Ligue para mim. É urgente. Algo estranho está acontecendo* —, quando Maggie ainda estava no aeroporto em Idaho. Mas então, logo em seguida, recebera a mensagem de Sanchez sobre a polícia e todo o resto entrou em segundo plano.

Ela pegou um dos telefones descartáveis e discou o número de Liz.

— Nossa, graças a Deus.

— Liz, o que foi?

— Meu Deus, quando não tive notícias suas achei que talvez...

— Estou bem, Liz, se acalme. — Maggie ouvia a respiração rápida da irmã, como se ela estivesse à beira das lágrimas.

— Você consegue lidar com isso, Maggie, mas eu não sei se posso. Não se algo acontecesse com você. Mamãe e eu...

— Você não contou nada para ela!

— Claro que não. — Uma fungada alta. — Mas meu Deus, Maggie, você me deixou preocupada. — A tensão parecia ser contagiosa, pois a ligação foi preenchida pelo choro de uma criança. — Está tudo bem, Calum querido. A mamãe está bem. — Seguiram-se alguns sons indistintos e mais fungadas. — Pronto, amor. Ah, olhe que legal, está passando o desenho do porquinho.

— Liz, eu posso ligar outra hora.
— Não! Você precisa ver isso.
— Ver o quê?
— Ligue o seu computador. Acesse a internet.
— Espere um pouco. Não tenho muito tempo, eu...
— Não vai demorar.
— Liz, é melhor que isso... — Ela ligou o laptop e esperou que a máquina começasse a funcionar. — Pronto, estou conectada.

— Certo, acesse a página do Freenet onde... Quer saber? Esqueça. Ainda tenho acesso remoto, deixe que eu faço.

Maggie observou o cursor se mover, como num passe de mágica, na tela. Do navegador, ele a levou ao Freenet e de lá para o retrato soturno que constituía o site victorforbes.gov. Maggie viu que Liz digitava a senha — as doze letras de "Stephen Baker" surgiam na caixa de diálogo como asteriscos — que transformava aquela imagem em uma página na qual surgia apenas uma data. O dia 15 de março de 25 anos atrás.

Agora, todavia, somente um vestígio da imagem original era visível. Ela parecia sumir lentamente na tela, à medida que, quadrado a quadrado, era substituída por outra.

De alguma forma. Liz inseriu um post-it eletrônico na tela, e uma mensagem passou a ser digitada. *Observe com muita atenção.*

Uma fotografia se materializava perante os seus olhos. Era um preto e branco antigo e granulado, mas vagamente familiar.

Conforme os pixels eram preenchidos, dando cada vez mais definição à imagem, Maggie reconheceu o que estava vendo. Era a fotografia do Meredith Hotel publicada no jornal de Aberdeen, tirada na noite em que o prédio foi quase completamente destruído por um incêndio. Em primeiro plano estavam os hóspedes, espalhados pela rua, atordoados, a maioria vestindo pijamas e roupões de banho.

Outra mensagem de Liz: *Você vê quem eu estou vendo?*

Maggie aproximou os olhos da fotografia cuja resolução aumentava a cada segundo. Um grupo de três pessoas tinha foco mais definido, os rostos com as expressões de pânico de quem acaba de escapar de um desastre. De repente, com um calafrio, ela o reconheceu.

Ali, encolhido contra o frio da noite, observando o Meredith Hotel arder em chamas, estava o homem cujo rosto se tornara tão familiar a Maggie, a todo o povo americano e agora ao mundo. Mais jovem, desalinhado, mas inegavelmente a mesma pessoa.

Ela olhava para Stephen Baker.

CINQUENTA E NOVE

DO TPM MUCKRAKER, POSTADO ÀS 16H45 DE SEGUNDA-FEIRA, 27 DE MARÇO:

Vocês vão adorar isso. Com o timing preciso dos amaldiçoados, um dos principais inimigos do presidente acaba de sofrer o que podemos chamar de avaria ética. O senador Rusty Wilson estava pronto para desempenhar o papel de inquisidor ao lado de Rick Franklin caso o processo de impeachment contra o presidente Baker fosse aprovado na Câmara e passasse para o Senado. Algo me diz que agora os republicanos devem estar revisando esses planos.

Pois o senador Wilson acaba de virar o pivô de um vazamento infeliz: a saber, transcrições de mensagens de texto, e-mails e telefonemas trocados entre ele e uma lobista da indústria farmacêutica de 37 anos do seu estado e que, por feliz acaso do destino, é uma loira com decote avantajado que tem entre as qualificações para um trabalho tão intenso na política um emprego anterior como garçonete no Hooters. As transcrições revelam o senador como um amante ansioso e exigente, disposto a permitir que os doentes do seu estado paguem preços exorbitantes por remédios controlados, desde que isso garanta a lealdade de sua jovem amante.

Talvez seja por isso que os republicanos são chamados de Grande Velho Partido. Os caras têm realmente muita experiência quando o assunto é curtir a vida.

Será interessante ver se os perseguidores de Baker na Comissão Judiciária da Câmara continuarão tão ansiosos por manter a cruzada moralista contra o presidente quanto há vinte horas. Ou talvez eles devam consultar as escrituras. Será que o TPM Muckraker pode sugerir Mateus 7'3? "E por que reparas tu no argueiro que está no olho do teu irmão, e não vês a trave que está no teu olho?"

É muito cedo para dizer se Baker está são e salvo, mas o pessoal da Casa Branca deve estar respirando um pouco mais aliviado...

SESSENTA

AEROPORTO DE TETERBORO, NOVA JERSEY, SEGUNDA-FEIRA,
27 DE MARÇO, 18H42

Por quase quarenta minutos, Maggie ficou sentada na ponta do banco traseiro, instigando o taxista — um sujeito de turbante que escutava as notícias internacionais da BBC — a ir mais rápido. O homem lançou-lhe diversos olhares reprovadores, como se a ansiedade da passageira fosse fumaça de cigarro maculando o interior do seu carro. Quando pegou o estojo de pó compacto, ela entendeu por quê. Estava com uma aparência terrível, como uma viciada com síndrome de abstinência, pálida e descomposta, com olheiras profundas; dificilmente uma aparência adequada para a próxima fase do plano. Ela consertou o máximo que pôde do estrago, dando alguma ordem ao novo corte de cabelo, aplicando corretivo, rímel e um toque de batom. Tudo o que conseguiu foi tapar os buracos, mas era tudo o que podia fazer naquelas circunstâncias.

No restante do trajeto ela se alternou entre olhar para trás, conferindo se estavam sendo seguidos, e para a fotografia que mantivera na tela do computador, agora off-line. Tentava analisá-la de ângulos diferentes, para ver se havia alguma chance de o jovem magro e atraente na imagem não ser Stephen Baker.

Ela se esforçou, mas falhou.

Será que a imagem fora manipulada? O Photoshop faz qualquer coisa hoje em dia. Mas, mesmo ao se agarrar a isso, sabia que Forbes não teria se empenhado tanto para ter como trunfo uma fotografia falsificada. Aquele era o seu "lençol", a apólice de seguro destinada a proteger-lhe a vida. A foto deveria ser real.

Mas, ainda assim, ela vira a fotografia que por tanto tempo dera esperanças a Anne Everett, o recorte do *Daily World* que exibia o jovem Baker em Washington, DC, do outro lado do continente, no mesmo dia do incêndio. Aquilo não fazia sentido.

O táxi passou finalmente pela placa que sinalizava a chegada ao terminal do aeroporto e Maggie desceu, estendendo um maço de notas ao motorista. Ela consultou o relógio: o avião deveria decolar em 14 minutos.

Ela fez o possível para empertigar-se e caminhar com naturalidade. Precisava aparentar ser o tipo de mulher acostumada a frequentar aeroportos particulares usados pelos mais exclusivos clientes corporativos.

Ela se dirigiu ao balcão de informações.

— Temo que isso seja urgente. Estou aqui para entregar documentos muito importantes para os passageiros do voo do AitkenBruce para Washington que parte em poucos minutos.

— Eles usarão a pista 19 ou a 24 hoje?

— Não me informaram. Você poderia confirmar?

A mulher consultou o computador.

— Pista 19. Informarei que a senhora está aqui.

Maggie se virou e seguiu para a porta, acompanhada pela voz da recepcionista.

— Senhora! Desculpe-me! Alguém virá encontrá-la aqui! A senhora não pode ir até lá. Senhora!

Ao avançar contra o vento, feroz naquela amplidão asfaltada, foi uma luta manter o caminhar confiante e a cabeça erguida. Por fim, começou a correr. Passou pela placa da Pista 1 e, cinco minutos depois, pela da pista 6. O esforço seria em vão. A distância era grande demais. O corpo doía, as costelas doloridas reclamavam. Ela olhou para o relógio: seis minutos para a decolagem. Não conseguiria. Mas precisava: talvez fosse o único obstáculo entre Roger Waugh e Stephen Baker, a única pessoa capaz de desvendar o mistério que os ligava. Respirando fundo, passou a correr mais rápido, amaldiçoando os danos provocados nos pobres pulmões pelo cigarro e pela maldita recusa a frequentar uma academia.

Finalmente, viu uma placa indicando que estava na Pista 19. Três minutos para a decolagem. Ela permaneceu onde estava, próxima a três veículos de aeroporto parecidos com carrinhos de golfe, e olhou para frente.

Não muito longe, do outro lado de um trecho gramado com talvez 70 metros de extensão, estava a fuselagem esguia de um jato Gulfstream. A metade superior era branca, com uma longa faixa preta abaixo das janelas dos passageiros. Os motores, um de cada lado do leme, já estavam ligados. O barulho era tão alto que ela sentia uma vibração dentro da caixa torácica.

Ao lado da porta e da escada de acesso à aeronave, estava estacionado um veículo não menos elegante, uma limusine Lincoln preta. Aquilo confirmava que estava no lugar certo. Agora não restava dúvida de que aquele avião pertencia ao AitkenBruce, e de que dentro do carro estava o presidente e diretor-executivo do banco, Roger Waugh.

O que fazer agora? Deveria se aproximar do veículo e agitar os documentos fictícios? Mesmo que isso funcionasse, o que faria então? Ela chegara até ali, mas agora que estava tão próxima não tinha certeza.

Uma pergunta aflorou em sua mente: o que Stuart diria? Ela começava a formar uma resposta quando sentiu um aperto súbito e forte nos braços. Um segundo depois, sua boca foi tapada e então só restou a escuridão.

SESSENTA E UM

AEROPORTO DE TETERBORO, NOVA JERSEY, SEGUNDA-FEIRA,
27 DE MARÇO, 19H01

— Agora me diga se essa não é a única forma de se viajar. — O sotaque era de Nova York, a atitude, satisfeita. Ele voltou a falar, rápido, como se houvesse esquecido algo. — Desculpe-me. Onde estão os meus modos? Rapazes, podemos tirar tudo isso agora.

Quando o capuz preto foi retirado, a luz lhe ofuscou os olhos. Ela ouviu um som abafado de protesto, emitido por ela mesma. Agora, um dos guarda-costas que a arrastaram até o avião puxou bruscamente a tira de *silver tape* que a amordaçava, e o primeiro som que emitiu foi um urro. Misturado a um arfar de alívio, pois agora era capaz de aspirar o ar com sofreguidão — e não apenas o oxigênio confinado dentro do capuz.

— É bom vê-la, Srta. Costello. Bem-vinda a bordo. Decolaremos a qualquer momento. Não precisa afivelar o seu cinto.

Ao ouvir aquilo, Maggie tentou se mover e apenas então se deu conta de que estava amarrada aos braços da poltrona, com cotovelos e pulsos atados com tal força que ela parecia uma passageira tensa agarrando-se ao assento. Também não conseguia mover as pernas: estavam amarradas uma à outra.

Ela sentia o avião taxiando na pista. Então a velocidade aumentou e o som dos motores ficou mais alto. Estavam decolando.

— Para onde você pensa que está me levando? Isso é sequestro. Que merda você acha que está fazendo?

— Vamos, Maggie. Não comecemos com o pé esquerdo. — Ele olhou para as pernas dela. — Ironias à parte.

Maggie encarou o homem bem à frente. O rosto correspondia à fotografia que vira de Roger Waugh. Era calvo, tinha olhos pequenos e malignos e, para a sua surpresa, vestia um terno amarrotado e uma gravata de um tom banal de azul. Para os que não sabiam, era difícil acreditar que aquele era o presidente do maior banco do mundo.

Mas a cabine daquele jatinho oferecia uma boa pista disso. Ela estava de frente para Waugh, acomodado em uma poltrona com estofado de couro bege macio. Entre eles, havia uma mesa de carvalho reluzente. Eles pareciam ser os únicos passageiros, além dos dois sujeitos de meia-idade com pescoços grossos vestindo ternos impecáveis: os seguranças. Os mesmos, ela acreditava, que a agarraram na pista do aeroporto.

— Você tem um conceito interessante de sequestro, Maggie. O bar deste avião conta com uma seleção de vinhos do Château Mouton Rothschild, que você pode beber em taças de cristal Baccarat. Apenas os tapetes custam mais do que o seu apartamento. E se você quiser tirar um cochilo, ou melhor, se eu quiser tirar um cochilo, posso ir até a suíte com cama de casal e descansar a cabeça em um dos quatro travesseiros cujas fronhas, você vai adorar isso, Maggie, são feitas exclusivamente com tecidos da Hermès.

— Não dou a mínima para o quanto você é rico: você me sequestrou. — Maggie ouviu um toque de sotaque irlandês, um sinal evidente de que estava sob estresse.

— Prefiro pensar nisso como uma reunião. Está claro que você não foi até aquele buraco em Nova Jersey para admirar a paisagem: você queria me ver.

A mente de Maggie girava. Talvez fosse falta de oxigênio, ou simplesmente o choque com a situação. Ela precisava se acalmar.

— Como você sabe o que eu queria? Como diabos sabe quem eu sou?

Os olhos daquele homem eram penetrantes de uma forma perturbadora, algo que não se percebia à primeira vista. Pareciam enxergar dentro dela.

— Ora, vamos, Maggie. Não se chega na minha posição sem saber o que acontece. Nós a seguimos, desde o primeiro passo. Nova Orleans, Aberdeen, Coeur d'Alene, o JFK esta tarde. Não me decepcione: você já sabia, certo?

Maggie pensou no homem do outro lado da rua no Midnight Lounge; nos faróis distantes na estrada a caminho da casa de Anne Everett. Não era paranoia: os seus instintos estavam certos o tempo todo.

— Então por que simplesmente não me mataram, como fizeram com Stuart Goldstein e Nick du Caines? Não que não tenham tentado.

— Um ato de cautela excessiva. Chamemos de exuberância irracional. — Ele deu um sorriso de canto de boca, como se fossem dois conspiradores compartilhando uma piada. — Temo que estivesse sob pressão dos meus colegas. Apesar de detestar falhas, houve um ponto positivo neste caso. Pude reavaliar a situação, repensá-la, se preferir. E cheguei à conclusão de que, para nós, você é muito mais útil viva.

O sorriso ficou mais amplo, como se ele esperasse intrigar Maggie com o comentário.

Entretanto, ela se recusou a entrar no jogo. Evitando aquele olhar penetrante, fitou a janela, tentando fazer o cérebro funcionar. Quem eram os "colegas"? E como podiam acreditar que ela lhes seria útil? Incapaz de chegar a qualquer conclusão, ela fez uma pergunta.

— Para onde estamos indo?

— Chegaremos a isso. Agora por que não me pergunta o que deseja perguntar? As perguntas que a trouxeram até aqui? — Ele se recostou na poltrona, sorrindo como se estivesse prestes a dar início a um jogo divertido.

Neste momento, surgiu uma mulher — 30 e poucos anos, de uma beleza absurda — com duas taças de champanhe. Ela assentiu de forma sutil para Waugh ao colocar uma taça diante dele, sobre a mesa, e dirigiu o mesmo gesto a Maggie, aparentemente alheia ao fato de que ela estava amarrada ao assento. Então saiu discretamente.

Maggie agarrou-se a um pensamento.

— Deve haver testemunhas. Do que aconteceu no aeroporto. Esses homens me agarrando, amordaçando, vendando.

— Ah, eu não me preocuparia com isso. Sabe o que esse pessoal dos aeroportos particulares aprendeu com a rendição extraordinária? Que é surpreendente o que pode ser feito com impunidade à luz do dia. Aquela parte do aeroporto é meio que reservada para nós. Não há uma alma ali por perto. E os que trabalham por ali são muito bem remunerados para fazerem vista grossa. — Ele bebericou o champanhe. — Hmm. Isso é muito bom. Você realmente deveria... ah, aqui vou eu outra vez. Desculpe-me, você não pode. Que tolice a minha. Gostaria que a ajudasse?

Maggie o encarou.

— Fique à vontade. Sempre achei que as reuniões são mais produtivas com champanhe. Enfim, aos negócios. Precisamos confiscar o seu telefone. Ou melhor, telefones. Eram tantos, Maggie! Dá até para ficar desconfiado das suas intenções. Mas nada de telefones. Não podemos arriscar que essa conversa seja gravada. E Harry e Jack aqui disseram que a revistaram e que você não tinha escutas. O que é bom. Então vamos direto ao assunto. Fui informado de que você falou com a Sra. Everett. Então agora sabe de quase tudo.

Maggie sustentou o olhar de Waugh.

— Sei que ela guardou um segredo terrível por muito, muito tempo. Que alguém, provavelmente você, ofereceu muito dinheiro para que ela ficasse em silêncio quanto ao que aconteceu com a filha. Mas não acredito que ela saiba por quê.

Waugh baixou os olhos e tirou um fiapo da calça amarrotada. Maggie decidiu que as roupas eram deliberadas, uma forma de o banqueiro bilionário não aparentar ostentação em público: ternos amarrotados à vista de todos, cristal Baccarat na privacidade.

— Concordo com você. Não imagino que ela saiba. — Ele voltou a erguer aqueles olhos que brilhavam como diamantes, perfurando-a. — E era assim que deveria ser.

— E por quê? — Maggie pensava na fotografia revelada a cada pixel no site de Vic Forbes.

Waugh colocou a taça de champanhe de lado, um sinal de que a conversa estava para ficar mais séria.

— Deixe-me fazer uma pergunta, Srta. Costello. Você é uma mulher inteligente. Trabalhou no Conselho de Segurança Nacional até a semana passada. Eu sou um humilde contador de centavos, mas você compreende a política. Então me responda. Você já pensou em como os grandes líderes políticos chegam ao topo?

— Não estou com disposição para uma aula de ciência política.

— Nunca pensou em como o caminho deles é suave, sem obstáculos? Em como a sorte sempre parece favorecê-los?

Subitamente, Maggie pensou na conversa com Uri.

Waugh entusiasmou-se com o assunto.

— Tomemos Kennedy como exemplo. Ele venceu por uma pequeníssima margem em 1960. De um total de quase 70 milhões de votos, o belo e inteligente JFK foi eleito com uma diferença de 100 mil. Que, por sua vez, foi computada no final da contagem de cédulas em Chicago. Podia muito bem ter acontecido o contrário. Mas não. A vantagem ficou com Kennedy. Ou Reagan. Lembra-se de 1980? Carter suava noite após noite para tirar aqueles reféns do Irã. O que não o ajudou em nada. Ele perdeu a eleição porque os aiatolás simplesmente não cediam. Então, minutos depois de Reagan fazer o juramento, abracadabra, os iranianos os libertaram. A todos. Ele pareceu um herói.

"Ou a Flórida em 2000? Bush perdeu no voto popular, mas, de alguma forma, acabou cumprindo dois mandatos na Casa Branca. Tudo graças a algumas recontagens publicadas na última hora e à determinação da Suprema Corte, que se resumiu à decisão de um único juiz. Gore era um homem decente, acredito, mas por algum motivo a sorte simplesmente não sorriu para ele."

— Aonde você quer chegar?

— Quero que me diga, Maggie. Quero que chegue à conclusão por si mesma. Você é a inteligente aqui. E não acontece apenas nos Estados Unidos, como você bem sabe. Na Grã-Bretanha, aquele sujeito sorridente, lembra-se dele? Ele foi primeiro-ministro por dez anos, e isso porque o coração do líder do partido não aguentou no momento crucial. Está mesmo me dizendo que nunca pensou nessas coisas? Achou realmente que foram apenas felizes acasos?

A cabeça de Maggie latejava. Ela disse a si mesma que o motivo era o choque por ter sido arrastada e amordaçada pelos brutamontes de Waugh, ou talvez os ferimentos e as costelas quebradas no acidente em Aberdeen ou ainda a simples exaustão. No entanto, temia que fosse outra coisa: a antecipação de uma verdade que ela vislumbrara tempos atrás, mas que não queria ver.

— Não existe acaso, Maggie. Não existe sorte. Há um padrão em todos esses eventos. Sempre houve e sempre haverá.

Waugh olhou pela janela. O sorriso evaporara e subitamente o sujeito frugal também desapareceu, substituído por um predador reptiliano. Maggie estremeceu. Aquele era um assunto perigoso e, para ela, provavelmente letal. Ela vira o que acontecia com qualquer um que soubesse demais.

— Por que você está me dizendo tudo isso?

Waugh se voltou para ela.

— Ah, sempre contamos para eles no final. Sempre encontramos uma forma de fazer com que saibam. Faz parte do processo.

— Quem são *eles*?

— Aqueles que escolhemos.

— Que vocês escolhem?

— Maggie, você está sendo lenta demais. Vamos, você tem uma reputação a zelar. Sim, que *escolhemos*. Identificamos Stephen Baker no ensino médio. Temos gente em toda parte, em escolas, universidades, de olho nos mais espertos, carismáticos, as futuras estrelas. Ouvimos falar do jovem Sr. Baker: capitão da equipe de debates e tudo mais. Enviamos alguém para observá-lo melhor. E o emissário percebeu de imediato: atraente, inteligente. E a história pessoal? O filho de um lenhador! Era o próprio Abraham Lincoln!

— Na escola? Você é um banqueiro e passou a observar Stephen Baker quando ele estava na *escola*? O que diabos é isso?

— Ah, mas não era eu naquela época, Maggie. Foram os meus antecessores no AitkenBruce, assim como os antecessores deles, e isso vai longe, remonta aos tempos de McKinley e Taft e todos os outros de que você dificilmente ouviu falar. E também não é apenas o AitkenBruce. Nós trabalhamos juntos, todos os grandes bancos. Percebemos décadas atrás que temos mais semelhanças do que diferenças. Que temos os mesmos interesses. E isso também não se limita mais apenas aos Estados Unidos, como nos velhos tempos. Hoje vivemos em uma economia global, o dinheiro atravessa fronteiras como nuvens no céu. Então trabalhamos com os nossos colegas em Londres, Frankfurt, Paris. E também na Ásia: é impossível progredir sem Tóquio ou Pequim. E o Oriente Médio, é claro: há petróleo e dinheiro demais por lá para ignorá-los, mesmo os lugares onde os regimes são um pouco, digamos, desagradáveis. Esse é um empreendimento global. Precisa ser.

— E o que exatamente é esse empreendimento? — Maggie sentia as pernas ficando dormentes; estava desesperada para alongar o corpo.

— Identificação de talentos. Somos os melhores. Sempre fomos. O Aitken original construiu uma reputação dessa forma, há mais de um século. É isso o que fazemos, o que sempre fizemos. E o fizemos com Baker. Nós o identificamos no ensino médio e o observamos. Ficamos de olho nele. Na época em que ele chegou a Harvard, já havíamos tomado a decisão.

— Que decisão?

— De que seria ele. O nosso escolhido.

SESSENTA E DOIS

ESPAÇO AÉREO DOS EUA, SEGUNDA-FEIRA, 27 DE MARÇO, 19H21

— Permita-me corrigir isso. Ele foi *um* dos nossos escolhidos. Sempre houve vários. Dezenas, na verdade, em cada geração. Uma garantia contra eventualidades: precaução, se preferir. Mas de todo esse grupo, Baker era o nosso preferido. Se tudo corresse como planejado, era ele quem queríamos na Casa Branca. E adivinhe? Apesar de alguns percalços no caminho, tudo correu como planejado.

Waugh sorriu, então bebeu outro gole de champanhe.

Maggie sentiu a garganta arranhar. Então Baker era um pistoleiro de aluguel, comprado e remunerado pelas instituições mais mercenárias possíveis, os maiores bancos do mundo. A decepção — com ele, com o sistema, consigo mesma — parecia sufocá-la de dentro para fora. E de nada serviu toda aquela conversa grandiosa sobre ética e ideais, sobre mudar o mundo. Baker era tão podre quanto o resto e a enganara, pois não passava de uma tola.

A decepção deu lugar a um ressentimento crescente, uma raiva que ela agora tentava canalizar.

— Então foram vocês que tiraram os adversários dele do caminho na campanha para governador.

Waugh colocou a taça sobre a mesa.

— Bem, sim e não, Maggie. Sim, no sentido de que fomos nós que divulgamos informações relevantes no momento oportuno. E não, não fui eu ou nenhum dos meus colegas quem forçou o candidato republicano ao governo do estado de Washington a filmar a esposa fazendo sexo com outros homens. Ele fez tudo por conta própria. O mesmo vale para o prefeito de Seattle: ninguém o forçou a usar termos pejorativos para referir-se às comunidades sino ou hispano-americanas. — Ele voltou a sorrir, desta vez zombando das convenções do politicamente correto. — Raramente forçamos alguém a fazer o que quer que seja. Essa é a beleza da política. É um negócio humano. Pontuado por erros humanos. Essa é a beleza, mas também pode ser um pé no saco. E é disso que procuramos proteger os nossos clientes: da imprevisibilidade. Para que eles, e nós, possamos olhar para o futuro e dizer: o que quer que eu tenha agora, manterei. Na verdade, passarei a ter mais.

Maggie não queria ouvi-lo filosofar. Apenas desejava que tudo ficasse claro; precisava de algo firme em que se apoiar.

— E o filho bastardo de Chester, isso também foi culpa de vocês?

— Bem, foi mais culpa dele do que nossa, mas sim.

— Essa revelação mudou a corrida presidencial. Chester não teve a menor chance depois disso.

— Verdade.

— Vocês fizeram isso por Baker?

— Sim.

— Mas por quê? Por que vocês se esforçariam tanto para que ele fosse eleito? Ele nem ao menos *concorda* com vocês. Ele quer usar pulso firme com os bancos.

— Isso, Maggie, só faz com que ele tenha mais credibilidade. Até o dia em que pegar a caneta e vetar o projeto da Lei Bancária que ameaça o meu negócio. Isso ameaça negar a mim e aos meus colegas o dinheiro que é nosso por direito.

Uma pequena luz brilhou na escuridão. Seria possível que Stephen Baker não *soubesse* que havia sido escolhido, que o seu caminho fora preparado ao longo de todos aqueles anos? Talvez *ele* tivesse sido enganado aquele tempo todo. Maggie fez um movimento de negação com a cabeça, confusa.

— Ele nunca faria isso. Por que Baker vetaria uma lei na qual acredita?

— Srta. Costello, quando você vai *crescer*? Esta conversa está se provando uma grande decepção. Temos analistas júnior na indústria da cerveja mais perspicazes do que você. Vamos. Como eu poderia ter certeza absoluta de que ele vetaria a lei? Porque um dia bateríamos na porta dele e diríamos o que sabemos. Colocaríamos as cartas na mesa. Mostraríamos o que temos e contaríamos tudo, como na escola primária. Mostraríamos as fotografias do Meredith Hotel ardendo em chamas. Lembraríamos que sabemos que ele estava lá. Talvez isso nem fosse necessário. Provavelmente diríamos uma única palavra. — A voz de Waugh ficou mais baixa e ele soltou um sussurro sexy, como se dissesse o nome de um perfume em um comercial. — Pamela.

— Mas o *The Daily World* publicou uma foto dele trocando um aperto de mão com um senador em Washington. A imagem foi feita no mesmo dia. — Maggie percebia o desespero na própria voz.

— O senador Corbyn sempre foi um bom amigo do nosso setor. Um amigo muito atencioso. Se pedíssemos para ele trocar um aperto de mão com um jovem brilhante do seu estado, por que ele se negaria? E quanto à data, bem, quem poderia culpar os editores do *The Daily World* por acreditarem na informação que receberam? Eles não tinham a vantagem que tínhamos: uma cópia da fotografia devidamente datada, provando que o encontro entre o senador e o futuro presidente, na verdade, ocorreu em 17 de março. Dois dias *depois* do incêndio no Meredith Hotel. — Waugh fez uma pausa para que a informação causasse impacto e fosse absorvida, satisfeito consigo mesmo. — Então mostraríamos a ele o que temos e ofereceríamos uma escolha, é claro. Vete o projeto de lei ou revelamos que você abandonou uma jovem à própria sorte, uma jovem que acabou morta. É simples. É assim que fazemos. Não me diga que nunca se perguntou por que os políticos sempre quebram as suas promessas, Maggie. Bem, agora você sabe.

Maggie sentiu como se houvesse levado um soco poderoso no estômago. Ela se agarrara àquela foto do jovem Stephen Baker cumprimentando o senador com tanta força quanto Anne Everett. Ambas queriam desesperadamente que aquilo fosse verdade. Mas ela não podia fugir da revelação de Waugh.

É claro que tinha acreditado mais em Baker do que em qualquer outro político que conhecera na vida. Assim como todo mundo. Mas não era essa a dor que sentia agora. Ela acreditara mais em Baker do que em qualquer *homem* que conhecera, com talvez duas exceções. Esteve disposta a virar a vida de cabeça para baixo por ele, por acreditar de verdade que ele era diferente: que era uma pessoa rara, um bom homem disposto a usar seus talentos para transformar o mundo em um lugar melhor e mais seguro. Cercado por um pântano de mentiras e intrigas, ele pareceu ser... sólido. Como uma fundação sobre a qual se pode construir um edifício.

Entretanto, ele não era melhor do que o irmão caçula de Kennedy, o homem que deixou uma jovem se afogar para salvar a própria pele.

O engraçado é que ela não sentia raiva de Stephen Baker, não de verdade. Estava furiosa com outra pessoa. Não com Stuart Goldstein, por ter insistido que Baker era "autêntico". Não com Nick, que dissera que ela seria louca se não aceitasse um emprego no governo do presidente mais incrível que veriam na vida. Ela estava furiosa consigo mesma, por se permitir acreditar. Baixara a guarda, erguida a duras penas com o passar dos anos, e aquela era a recompensa.

No entanto, estava determinada a não permitir que Waugh percebesse a inquietação que sentia. Que o banqueiro pensasse que ela já conhecia, há muito tempo, a verdade sobre Baker e Pamela.

— Então Vic Forbes trabalhava para vocês — disse por fim. — Aquela chantagem vinha, na verdade, de vocês.

Ele bateu as palmas das mãos sobre a mesa com tanta força que as taças estremeceram.

— Cristo, não! Você acha que nós trabalhamos como aquele imbecil? Dê-nos algum crédito, por favor. Agendamos uma reunião no Salão Oval. Somos fotografados entrando. "Hoje o presidente recebeu líderes do setor financeiro", e toda essa baboseira.

Como a reunião agendada para amanhã, pensou Maggie, mas ficou quieta.

— Entramos pela porta da frente. O que Forbes fez foi vulgar, ordinário. — Waugh parecia sentir-se afrontado.

— Então ele não trabalhava para vocês?

— Forbes? Por acaso, ele *trabalhou* para nós. No passado. Há muito tempo. Pelo que sei, foi responsável pelo início do trabalho de campo com Baker, coletando material em Aberdeen. Ele nos deu a informação sobre o incêndio no hotel, depois de ter seguido Baker até lá, acredito. Ficou se masturbando do lado de fora do quarto depois que Baker entrou com Pamela, até onde sei. E nos informou sobre o psiquiatra, o que nos permitiu destruir todos os registros médicos e as cópias dos recibos, para que isso nunca fosse revelado.

— Como fizeram isso? — perguntou Maggie, surpresa com o alcance daquilo.

— Invadimos o escritório. Nada demais. Então Forbes nos ajudou no início. Fui informado sobre a rixa pessoal entre ele e Baker, o que sempre é útil, dá motivação ao trabalho. Mas depois, não. Ele passou a trabalhar para a CIA, foi para Honduras ou outro buraco qualquer. Sumiu do nosso radar. Ficamos de olho nele, é claro, mas com o tempo os rastros ficaram menos nítidos. Outros assumiram o trabalho. E parecia que ele havia deixado Baker no passado. E então, na semana passada, ele apareceu na TV fazendo todas aquelas acusações.

— Não sob ordens suas?

— Você está louca? Ele estava estragando tudo! O sujeito começou a agir como um embusteiro por conta própria. Não sei por quê. Talvez quisesse extorquir Baker; esperou até que ele estivesse acomodado no Salão Oval, imaginando que conseguiria mais dinheiro de um presidente empossado. Mas até isso me parece loucura. Talvez fosse inveja, pura e simples. Ele o odiava. Baker era tudo o que ele não era. Enfim, não nos importava o que se passava pela cabeça dele. Simplesmente sabíamos que precisava ser detido. Ele ameaçava comprometer o nosso maior ativo antes mesmo que tivéssemos a chance de usá-lo. Todas aquelas décadas de trabalho teriam sido em vão. Ficaríamos de mãos atadas para controlar Baker.

Maggie pensava com todas as suas forças, apesar da dor nas costelas ficar cada vez mais intensa, beirando o insuportável. Ela precisava se mexer desesperadamente. Por um momento, pensou em pedir a Waugh que afrouxasse as amarras, mas não podia fazer isso. Não queria ficar em débito com aquele homem. Ela se mexeu alguns milímetros, na medida do possível.

— Você disse que ele só trabalhou para vocês no início, em Aberdeen. Então como ele sabia a respeito da doação iraniana?

— Bem, essa foi a confirmação de que agia por conta própria, pois isso não tinha absolutamente nada a ver conosco. Nem mesmo *nós* tínhamos conhecimento daquilo. As informações que levantamos sugerem que foi uma iniciativa de Teerã, os mulás tentando constranger Baker. Não se esqueça, Maggie, tem muita gente mundo afora que não gosta da ideia de Stephen Baker como presidente. Ele é diferente demais.

— Então como Forbes sabia?

— Não tenho certeza. Mas, como eu disse, o sujeito era obsessivo. Não é impossível que tenha analisado e rastreado cada uma das doações recebidas por Baker. Ele era louco o bastante para isso.

— Então vocês o tiraram do caminho. Enviaram uma isca para um bar de striptease, tiraram-no de lá e acabaram com ele.

Waugh ficou em silêncio.

— E fizeram tudo isso para salvar Stephen Baker? — prosseguiu Maggie.

— Eu não colocaria exatamente nesses termos. Precisávamos mantê-lo no cargo. Para que ele vetasse o projeto de lei.

— Por que não se pouparam o trabalho e permitiram que Chester vencesse?

— Até poderíamos, mas o problema era que o nosso principal trunfo em relação a Chester era o filho bastardo. E não tínhamos certeza de que a informação permaneceria só nas nossas mãos, que continuaria a ser exclusiva e permaneceria em segredo. Havia envolvida e gente demais envolvida e bisbilhotando. Os boatos circulavam há anos. Com Baker, a informação sobre Pamela era hermeticamente fechada. Ninguém sabia.

— A não ser Forbes.

— Sim.

— Então vocês enviaram uma equipe para Nova Orleans, em um jatinho executivo. Uma CIA particular.

Waugh pareceu ofendido outra vez.

— Gosto de pensar que o nosso controle de qualidade é bem superior ao deles.

— Mas não foi um plano dos mais brilhantes, foi? — insistiu Maggie, tentando repelir o desconforto. — Vocês apagam Forbes e, no minuto seguinte, a blogosfera entra em polvorosa, comparando Baker a Tony Soprano.

— Chamemos isso de consequência inesperada.

— Ele está sob ameaça de impeachment!

— Acho que descobrirá que as coisas estão de volta aos trilhos agora.

— Você quer dizer o... — Ela fez que não, anestesiada demais para concluir a frase. Então até mesmo aquela última ajuda a Baker, a história do senador republicano e a lobista siliconada, viera de Waugh e seus amigos. Eles estavam por trás de tudo. Talvez até mesmo daquela manifestação no domingo, que pareceu ter surgido do nada. A dor e o cansaço de Maggie foram substituídos por um súbito arroubo de raiva.

— Então por que Stuart? E por que Nick? Por que vocês precisaram matá-los?

— Ei, ei, Maggie. Não banque a histérica. Você é melhor do que isso. No caso de Stuart, não tivemos alternativa. Não depois da conversa que você e ele tiveram ao telefone.

— Eu? Que conversa nós tivemos ao telefone?

— A conversa em que Goldstein, você sabe, "o homem que o presidente escuta mais do que qualquer outro", ameaçou convencer Baker a renunciar. "Antes sair com alguma dignidade", disse ele. Não, não e não. Não poderíamos admitir isso. Não antes que o projeto da Lei Bancária estivesse morto e enterrado.

— Então vocês o mataram?

— O relatório do legista diz que ele tirou a própria vida.

Uma onda nauseante de culpa abateu-se sobre ela ao imaginar, mais uma vez, o corpo inerte de Stuart no Rock Creek Park. Ela esteve prestes a acreditar no suicídio de Goldstein, exatamente como aquele canalha, Waugh, pretendera. Ela flexionou os músculos contra as amarras, mas as algemas plásticas enterraram-se na pele, impedindo qualquer movimento. Waugh teve razão em imobilizá-la: se pudesse, teria enfiado a mão na cara dele. Será que seria uma boa forma de "bancar a histérica"?

— Quanto a Nick — continuou ele —, temo que tenha sido culpa sua. Você o envolveu. Ele descobriu isso — Waugh gesticulou, indicando o interior refinado e silencioso do jatinho — e Nova Orleans. A linha de investigação que a trouxe até nós. Não podíamos arriscar que publicasse isso em um jornal. De jeito nenhum.

— Então por que não eu?

— Como?

— Perguntei antes e você não respondeu. Por que não me matar? Eu sei que queriam me matar, uma vez que, como já disse, vocês tentaram isso.

Waugh a olhou e deu um sorriso sutil. Era arrepiante.

— Eu repito, chegamos à conclusão, Maggie, querida, de que você é mais útil para nós viva do que morta. Pelo menos por enquanto.

— E por quê?

— Por que você trabalhará para nós. Negociará o acordo. Não é esse o seu maior talento? Maggie Costello, a grande negociadora? Além disso, sabemos que você é próxima de Baker, uma das poucas pessoas em quem ele confia. Dotada de toda essa "integridade" que vocês compartilham. — Ele deu um sorriso, breve e aversivo. — Em dez minutos, este avião pousará em Washington, DC, e você fará uma visita ao presidente.

SESSENTA E TRÊS

WASHINGTON, DC, SEGUNDA-FEIRA, 27 DE MARÇO, 20H16

O carro deslizava com elegância pela George Washington Memorial Parkway, com vista para o Potomac, agora brilhando à luz do luar. Haviam confiscado o telefone e por isso ela não pôde avisar sobre sua chegada. Portanto, precisaria ir até a entrada de visitantes da Casa Branca e se explicar.

Quando a soltaram, ela pensou em dar uma resposta atrasada, porém, mais do que merecida, ao seu aprisionamento, cuspindo no rosto de Waugh. Mas hesitou ante a futilidade daquilo: por maior que fosse a satisfação, os brutamontes retribuiriam aquela atitude com juros e correção.

Além disso, Waugh não a libertara sem um alerta. Na pista de decolagem do aeroporto Reagan, reservada aos jatinhos executivos, antes que entrassem nas duas limusines reluzentes que estacionaram a poucos metros da aeronave, ele dissera:

— Maggie, não sou presidente da nossa pequena fraternidade há muito tempo. Alguns dos meus colegas, de Frankfurt, Londres ou Dubai, dizem que eu deveria ter sido mais firme com você há algum tempo. Mas confio que fará jus à sua reputação: que chegará a termos melhores do que eu chegaria. Por isso lhe contei tudo. Para que Baker não acalente qualquer ilusão de desafiar a nossa vontade. Confio que transmitirá minhas palavras, de modo que ele entenda que não tem escolha. E, se cometerem qualquer ato de heroísmo, ele pagará e você também. Bem caro. Assim como aqueles que você ama. — Ele a encarou com aqueles olhos frios, sustentando o olhar por dois, três, quatro segundos. — Não imagino que duvide de que somos capazes disso. Então, ao trabalho, e não me decepcione.

Com isso, ele entrou no Lincoln e afastou-se noite adentro, deixando-a na companhia de apenas um dos guarda-costas. Ela olhou de relance para o homem. Será que conseguiria fugir correndo? Ele era musculoso, corpulento; ela tinha costelas quebradas e estava completamente fora de forma. O sujeito a alcançaria num piscar de olhos. Precisaria ser mais esperta do aquilo, precisaria dar tempo ao tempo.

O homem olhou para um lado e para o outro antes de falar na lapela:

— O diretor partiu. Repito, o diretor partiu.

Aquele breve momento permaneceu com Maggie quando eles pegaram o retorno da rua 14 na I-395 a caminho do centro de Washington. *O diretor.* Roger Waugh tinha a própria equipe de serviço secreto, além da sua própria versão do *Air Force One*, no qual ela fizera uma viagem involuntária. Aquele homem em quem ninguém votara e conhecido por pouquíssima gente comportava-se como se fosse o verdadeiro poder sobre a Terra, e o presidente eleito dos Estados Unidos seria um mero fantoche cujos cordões ocasionalmente formavam nós e precisavam ser desembaraçados.

Ao deparar com a paisagem e os prédios familiares emergindo na noite, Maggie foi acometida pelo terrível pensamento de que, no que dizia respeito ao verdadeiro equilíbrio de poder naquele país e no mundo, Waugh tivesse dito a verdade.

Ela bocejou longamente. Queria com todas as forças cair em um sono profundo capaz de clarear-lhe a mente, um sono que a permitisse fazer uma nova tentativa de desvendar aquela charada estranha e terrível. Queria ter tempo para pensar, conversar com Uri e traçar um plano.

Uri.

Waugh havia sido explícito. Sua advertência não dava margem para dúvidas. *Você pagará*, foi o que disse, *assim como aqueles que você ama*. Eles estavam no JFK: devem tê-la visto com Uri. Esse pensamento a fez estremecer.

Eles não hesitaram em matar Stuart ou Nick quando defrontados com a mera possibilidade de ter os planos comprometidos. Até que ponto estavam dispostos a chegar, caso se defrontassem com a exposição total? Ainda assim, ela era capaz de fazer aquela ameaça pairar sobre eles: afinal, eles próprios haviam colocado aquela arma em suas mãos. Mas isso era justamente o que tão poucas pessoas entendiam a respeito da informação. Ela era de fato uma arma, uma espada com uma lâmina de dois gumes.

Eles haviam chegado. O guarda-costas assentiu, instruindo-a a sair e concluir a missão incumbida pelo seu chefe, "o Diretor".

Ela desceu na esquina da rua 15 com a Hamilton Place e olhou para cima, vendo as duas luzes vermelhas no pináculo do Monumento a Washington, estreitando os olhos à luz do luar. E lembrou-se de ter olhado para aquela agulha fria e sólida depois do primeiro dia de trabalho na Casa Branca. Ela se permitira pensar na possibilidade de estarem prestes a fazer história, de um dia haver um Monumento a Baker naquela cidade. Maggie balançou a cabeça, sem acreditar que apenas pouco mais de dois meses haviam se passado desde então.

Ela se aproximou da guarita de segurança da Casa Branca, a construção com pé direito baixo larga o bastante para acomodar duas máquinas de raios X e um detector de metais, pelo qual todos os visitantes precisavam passar. Um guarda, jovem e com corte de cabelo militar, orientou-a a abrir a porta de vidro e entrar. Ela explicou que era Maggie Costello, ex-funcionária da Casa Branca, e que Doug Sanchez a esperava. Os seguranças procuraram o nome na lista de visitas agendadas e fizeram um gesto negativo. Relutante, sentindo-se como uma traidora que entra no quartel dos antigos camaradas para envená-los enquanto dormem, ela pediu ao segurança de plantão que ligasse para o escritório de Sanchez.

Enquanto esperava, tentou digerir tudo o que ouvira naquele voo curto e vil. A escala e a abrangência daquela empreitada eram assustadoras. Eles haviam pensado em tudo, não apenas em oferecer dinheiro aos pais desolados de Pamela Everett, mas também em arranjar uma foto publicada no jornal local de um senador com o jovem Baker para que ele tivesse um álibi inquestionável. Haviam se dado ao trabalho de retirar a página relevante dos arquivos do *The Daily World* em Aberdeen, tal era a determinação de não deixar rastros.

Uma lembrança lhe veio à mente: a observação do diretor Schilling de que, ao enviar a pasta de Baker para a biblioteca presidencial, percebera que esta era "excepcionalmente fina". Agora ela entendia por quê.

— Maggie! É você? — Era Sanchez, aparentando estar cinco quilos mais magro e ter tido apenas dez horas de sono desde que ela o vira pela última vez. Ele passou pelos equipamentos de segurança e, apesar de ter se aproximado com relutância, veio abraçá-la. Maggie permitiu que ele a envolvesse com os braços, odiando a si mesma pelo que estava prestes a fazer. Ela sentia os olhos arderem: estava completamente exausta.

— O que é isso, você some do mapa no noroeste do Pacífico e muda completamente o visual? — disse Sanchez ao levá-la até o saguão, antes de entrarem à esquerda, rumo ao gabinete do secretário de Imprensa.

Maggie manteve a cabeça baixa ao caminhar, esperando não fazer contato visual com nenhum conhecido, não precisar falar ou dar explicações a ninguém. Não saberia por onde começar. Inevitavelmente, viu de relance quem menos queria ver: Magnus Longley, o chefe de gabinete de cabelos brancos, que saía de um corredor em direção a outro com uma pasta debaixo do braço. Ela sentiu um calafrio. Longley também a viu. Precisando de um segundo para confirmar que era mesmo ela, apesar do novo visual, ele lhe dirigiu um olhar que dizia claramente: "O que você está fazendo aqui? Eu a demiti."

— Afinal, o que diabos aconteceu, Maggie? — perguntou Sanchez, atraindo sua atenção novamente.

— É uma história longa demais, Doug. E a única pessoa para quem posso contá-la é o presidente. Desculpe.

O olhar demorado e compassivo de Sanchez fez com que se sentisse mais culpada do que nunca. Então ele assentiu, gesticulou para que ela se sentasse em uma cadeira do escritório e saiu, a caminho da sala da secretária pessoal do presidente.

Maggie olhou para a TV, sintonizada na MSNBC. Estivera ali havia poucos dias, mas agora parecia ter sido em outra vida. O jovem comentarista político da *New Republic* estava sendo entrevistado:

— ... Acredito que a expressão do momento seja "retirada estratégica". Conversei com alguns deputados e eles me disseram que os republicanos não têm votos o bastante na Comissão Judiciária para levar essa história adiante. Os democratas estão cerrando fileiras ao redor do presidente e os dois indecisos cruciais não estão mais indecisos. Então, como eu disse, acredito que a pressão agora recaia sobre os republicanos, que buscam uma saída para essa situação com o mínimo de prejuízo político.

O entrevistador assentiu.

— E o que fez com que a situação se invertesse a favor do presidente? — perguntou ele.

— Bem, a implosão do senador Wilson foi certamente um fator importante...

Maggie suspirou, sabendo que todos no prédio deviam estar radiantes com aquela notícia, acreditando que tratara-se de um raro golpe de sorte. Que a sorte de Baker finalmente estava de volta.

Mas tudo o que lhe vinha à mente era o sorriso soturno de Waugh Sanchez surgiu na porta.

— Ele vai recebê-la agora.

SESSENTA E QUATRO

WASHINGTON, DC, TERÇA-FEIRA, 28 DE MARÇO, 10H58

De alguma forma, apesar de tudo, Maggie tivera uma noite decente de sono. Recebera de Baker apenas uma tarefa, que delegara a Uri. Ele concordara com uma única condição: que ela fosse direto para casa dormir.

A reunião com Baker havia sido estranha, não restava dúvida. Encurralado atrás da mesa no Salão Oval, ele ficara lívido quando Maggie finalmente proferiu o nome Pamela Everett. O sangue pareceu ter sido drenado do rosto do presidente. Ele balançara a cabeça, murmurara que era aquilo que temia — que sempre temera. Estava prestes a se explicar, a dizer a Maggie o que acontecera naquela noite, quando se deteve.

Isso é algo que Kim tem o direito de ouvir antes.

Baker olhara para Maggie e ela vira nos olhos do presidente que a sua condenação era desnecessária: ele julgava a si mesmo com dureza o bastante.

Então ele usara o telefone sobre a mesa e pedira que todos os compromissos fossem cancelados até segunda ordem; dissera também que não queria receber ligações a não ser em caso de emergência nacional.

E passara a ouvir em silêncio, com assombro crescente, à medida que Maggie reproduzia as palavras de Waugh: que o haviam identificado ainda na adolescência e que tinham visto nele o potencial para grandes realizações — que ele fora o escolhido. Ela explicara como Waugh e seus antecessores haviam preparado o caminho de Baker, removendo os obstáculos um a um. Cada vez mais pálido, ele dissera mais para si mesmo do que para ela:

— Toda a minha carreira foi uma mentira.

Então ela transmitira o ultimato de Waugh: vete o projeto da Lei Bancária ou ele divulgará tudo. Fora doloroso para ela proferir aquelas palavras, mesmo contra a sua vontade, como uma agente daqueles homens. No entanto, considerava aquilo seu dever e, à custa de muita determinação, forçara-se a avaliar e apresentar todas as opções ao alcance do presidente. Ela queria deixar de lado o choque do momento e expor tudo com praticidade. Queria, em outras palavras, fazer o que Stuart a treinara para fazer.

Baker assentira e questionara nos momentos certos, reagira quando ela buscara abordar o problema de todos os ângulos possíveis, respondera quando ela perguntara que nível de apoio o projeto da Lei Bancária tinha no Congresso, oferecera uma opinião sobre a reação popular. Até mesmo permitira que ela sugerisse possíveis acordos, algo que, depois de anos de trabalho como negociadora, aprendera que sempre podia ser concretizado se ambas as partes estivessem dispostas a tal.

Ele escutara tudo, mas Maggie percebera que o fazia em respeito a ela. O coração dele não estivera na conversa, nem mesmo naquela sala. Ao final da reunião, ele simplesmente assentira e dissera que precisava tomar uma decisão.

Eles se despediram com um aperto de mão, o presidente agradecendo a Maggie pelo serviço "extraordinário". Então Baker havia concluído o encontro com algumas palavras.

— Eu sei que a decepcionei. Mas encontrarei uma forma de fazer a coisa certa.

Agora Sanchez estava ao telefone, dizendo a Maggie para ligar a TV.

— Em qual canal?

— Qualquer um.

O presidente estava prestes a fazer um pronunciamento ao vivo à nação, transmitido por todas as redes. Um buraco começou a crescer no estômago de Maggie. Ela se deu conta de que, apesar de terem discutido diversas opções, não sabia qual seria a escolhida pelo presidente. Será que ele cederia, anunciaria um adiamento na votação do projeto da Lei Bancária, uma atitude com a qual ao menos eles ganhariam tempo para decidir como agir em relação a Waugh? Ou ele optaria pelo outro e mais arriscado cenário que se apresentara: vetar a lei, como solicitado por Waugh, e então embarcar em um esforço secreto para obter os votos necessários no Congresso para contornar o veto e transformar o projeto em lei?

Se fizesse isso, desafiando a chantagem do AitkenBruce e dos outros bancos, Maggie seria obrigada a admirar a sua coragem, mas o resultado seria desastroso para ela — e para Uri. E, tendo em vista a extensão dos tentáculos daquela gente, talvez também para Liz, Calum e sua mãe. *Você vai pagar, assim como aqueles que você ama.*

Ela sabia, contudo, que era errado pensar na própria segurança, em suas necessidades, quando algo muito maior estava em jogo. É claro que, se Baker cedesse, ela, Uri e a família dela estariam livres, mas o que isso significaria para o país? Waugh tornaria Baker impotente, o destruiria. Tudo o que ele planejava fazer — pelos Estados Unidos e pelo mundo — ficaria em ruínas.

O que ele vai fazer? Ela se deu conta de que não tinha ideia, e o nó no estômago apertou.

Então, subitamente, lá estava ele, sentado à sua mesa, com a bandeira americana ao fundo

— Caros americanos. Vocês enfrentaram uma semana e tanto. Peço desculpas pela minha participação nesses acontecimentos. Prometi trazer um espírito de calma a Washington, reduzir a temperatura da nossa política, e esses sete ou oito últimos dias não foram nem um pouco calmos. — Ele deu aquele sorriso luminoso e Maggie sentiu um aperto no coração. — Na noite passada, finalmente descobri a verdadeira explicação para uma cadeia de eventos que começou com as chocantes e dolorosas revelações feitas pelo falecido Sr. Vic Forbes sobre o meu passado e o financiamento da minha campanha. Esses acontecimentos acabaram por culminar com boatos infundados sobre a minha participação em sua morte, o clamor por impeachment e o aparente suicídio do meu assessor mais próximo e melhor amigo, o tão admirado Stuart Goldstein. — Ele olhou para a mesa, pareceu criar coragem e prosseguiu: — Os detalhes a esse respeito e muito mais serão divulgados no devido momento, e haverá consequências para os envolvidos. Mas permitam-me falar a respeito de algo cuja responsabilidade recai apenas sobre mim.

"Como sabem, passei o final da adolescência em uma pequena cidade chamada Aberdeen, em Washington. Um lugar onde, mesmo que nem todos soubessem o seu nome, conheciam detalhes da sua vida. — Ele deu um sorriso grave. — Um lugar de gente trabalhadora e tão honesta quanto os seus dias são longos.

"Deixei a cidade para cursar a universidade, mas sempre voltava nas férias. Arrumava um emprego, geralmente nas madeireiras, para custear as minhas despesas. E foi durante uma dessas férias que conheci uma jovem chamada Pamela Everett. Ela era muito doce, muito bonita e, quem a convencesse a cantar, teria um vislumbre do paraíso. Embora fôssemos muito jovens para ficarmos noivos ou nos casarmos, eu a amava muito e ela sabia disso. Ficávamos acordados até tarde da noite, imaginando o nosso futuro juntos.

"Bem, uma noite estávamos juntos em um hotel, adormecidos nos braços um do outro. No início da madrugada, acordei subitamente e vi fumaça entrando pela fresta da porta do nosso quarto. Sentia o calor e o cheiro de fumaça. Um cheiro terrível, aterrador, que nunca esqueci. Sacudi Pamela, mas não fiquei tempo o bastante para ver se ela havia despertado. Tomado pelo pânico, corri e salvei a minha vida. E, apesar de ter dito aos bombeiros que ela estava lá, não voltei para salvá-la. No final, já era tarde demais, e Pamela Everett morreu naquela noite.

"O que aconteceu foi o erro de um jovem assustado, e não se passa um dia sem que eu pense naquela noite. Eu deveria ter sido honesto a respeito dessa verdade terrível há muito, muito tempo, mas nunca disse uma palavra a respeito. Nem mesmo para as pessoas mais próximas.

"Revelo isso agora porque peço o seu perdão. O que fiz foi tão errado que não acredito merecê-lo, ao menos não por um longo tempo. Digo isso porque descobri que um grupo de homens, que se escondem nas sombras e tentam influenciar os destinos da nossa república sem nunca exporem-se à luz do sol, têm conhecimento deste erro há muitos anos. E agora o usam para me chantagear."

Maggie ficou boquiaberta, sem acreditar no que estava vendo. Eles não haviam discutido *aquilo*.

— Em troca do seu silêncio, eles desejam que eu abra mão de um elemento fundamental do meu programa de governo, um programa de governo no qual vocês, o povo americano, votaram às dezenas de milhões no último outono. Eles acreditavam que, se eu fosse confrontado com essa escolha, salvaria a minha pele em lugar de fazer o que acredito ser o certo para o país que amo.

"Bem, esses homens, que passam a vida calculando lucros e prejuízos, contando centavos, não entendem que é impossível dar um preço ao valor do coração humano ou da consciência humana. Eles calcularam errado. Eu sei que fiz uma coisa terrível e pretendo pagar pelos meus atos. É por isso que renunciarei à Presidência ao meio-dia de amanhã. O vice-presidente Wilson será empossado neste horário, neste salão. Eu sei que demonstrarão a ele o mesmo apoio e a mesma simpatia que demonstraram a mim. E espero que a sorte, a *verdadeira* sorte, brilhe sobre ele.

"Que Deus abençoe a Presidência dele. Que Deus os abençoe a todos. E que Deus abençoe os Estados Unidos da América, e o mundo frágil e precioso que compartilhamos."

SESSENTA E CINCO

WASHINGTON, DC, TERÇA-FEIRA, 28 DE MARÇO, 11H07

Maggie ficou sentada, as mãos espalmadas no rosto, balançando a cabeça de um lado para o outro. Ela queria calar o comentarista que matraqueava na TV, mas não conseguia se mover. Estava paralisada, tanto pelo choque como pela decepção. Na verdade, era mais do que isso, era algo que apenas dois homens a fizeram sentir no curso da sua vida: ela estava com o coração partido.

Então aquilo explicava a tarefa que Baker lhe dera. Ele lhe pedira para redigir um breve resumo da carreira de Bradford Williams, o mais pessoal possível: "os triunfos e as tragédias". Exausta, ela pediu que Uri o fizesse, que desse à vida de Williams o mesmo enfoque detalhado dirigido a Baker durante as pesquisas para o documentário sobre o presidente. Sabendo o quanto Maggie estava próxima do colapso, ele virara a noite trabalhando.

Ela temera que aquele fosse o motivo da solicitação de Baker; é claro que sim. O que não tornava menos dolorosa a aceitação da notícia. Ele havia renunciado, sacrificando tudo pelo que trabalhara a vida toda.

E então, teve um pensamento mais egoísta. Baker desafiara o AitkenBruce — e isso significava que ela pagaria. Ela e todos que amava.

O telefone tocou vinte minutos depois. Era uma voz feminina, uniforme e calma.

— Por favor, aguarde a ligação do presidente.

Seguiu-se um clique, outro, e então:

— Maggie, sinto muito.

— Eu também, senhor presidente. E sei que muitos se sentem exatamente como eu neste momento, no mundo todo. Não havia outra forma?

— Eu pensei nisso, Maggie, muito. Falei a respeito com Kim. Mas não vi alternativa. Lembre-se, ninguém é insubstituível, Maggie. Nem mesmo eu.

— Mas e quanto a tudo em que acreditávamos? Tudo pelo que trabalhamos?

— Williams também acredita em tudo isso. Acredita de verdade. Ele é um bom homem, Maggie. O trabalho prosseguirá. — Houve uma pausa. — Nós dois já estamos trabalhando juntos no primeiro plano de ação.

— E que plano de ação é esse, senhor?

— Um dossiê que reúne provas que ligam o AitkenBruce e outros bancos aos assassinatos de Forbes, Stuart e Nick du Caines, além de muitas outras mortes. Advogados do Departamento de Justiça e do FBI já estão trabalhando no caso. Estão em contato com a Interpol.

— Fico feliz por ouvir isso, senhor. — O pânico ameaçava dominá-la. Ela o deteve. Recompondo-se, ficou em silêncio por alguns instantes e então perguntou: — O que o senhor fará agora?

— Não sei, Maggie. Preciso de algum tempo para pensar. Mas tenho um plano imediato.

— Sim?

— Vou direto daqui para Idaho amanhã para ver Anne Everett. Desculpar-me pessoalmente. A primeira de muitas conversas, suspeito. — Ele pigarreou. — Também tenho pensado em você, Maggie. Em como protegê-la. Precisamos fazer para você o que Forbes fez para ele.

— Um lençol, senhor.

— Sim, um lençol.

— O senhor também precisa de um.

— Eu terei o Serviço Secreto cuidando de mim e da minha família pelo resto das nossas vidas, Maggie. Mas acho que descobri uma forma de você ter alguma paz de espírito.

— Que forma?

— Uma das vantagens de ser presidente é ter acesso à base de dados da Agência de Segurança Nacional. Mesmo depois do 11 de Setembro, eles têm satélites de olho nos nossos aeroportos, em tempo real. "Olhos no céu", como chamam. Eles gravam tudo. Você só precisa saber onde procurar e pode ampliar a imagem, centenas de vezes. É possível focar a imagem em um carregador de bagagem e ver o jornal que ele está lendo.

— Não sei como...

— Isso significa, Maggie, que temos imagens tanto do aeroporto de Teterboro quanto do Reagan que mostram claramente você sendo agredida e então levada para uma aeronave registrada pelo AitkenBruce, com Roger Waugh na lista de passageiros. Essas imagens estão agora em poder da agente Zoe Galfano e seus colegas do Serviço Secreto. Se algo acontecer com você, Waugh pessoalmente, e não apenas o banco, será o principal suspeito.

— Obrigada, senhor presidente. — Não se sentiu no direito de verbalizar o temor de que aquilo talvez não fosse o bastante. Waugh não dissera que se tornara o líder do grupo de banqueiros apenas recentemente? Mesmo que ele ficasse de mãos atadas, certamente havia outros que viriam atrás dela. E de Uri. E de Liz... e de Calum. Ela sentiu um calafrio.

— Sou eu quem precisa agradecer, Maggie. Por tudo. Eu sei que você arriscou a sua vida por mim nos últimos dias. Enfrentou o perigo e homens preparados para matar... E fez isso por mim. Nunca me esquecerei disso, Maggie. Assim como nunca esquecerei a sua paixão, a sua devoção por aqueles que não têm voz a não ser a sua. Você é uma mulher extraordinária, Maggie Costello. Espero um dia poder encontrar uma forma de retribuir tudo o que fez.

— Não sei o que dizer, senhor presidente.

— Também preciso agradecer por algo mais imediato. O documento que enviou esta manhã, sobre o vice-presidente Williams. Muito útil.

— Foi, senhor?

— Ah, sim. Confirmou o que eu já suspeitava, me deixou ainda mais confortável em transmitir o cargo para ele.

— E o que o senhor suspeitava, senhor presidente?

— Bem, você viu o tipo de carreira que ele teve, Maggie. Tentou uma vaga no Congresso três vezes, sem sucesso. Tinha 42 anos quando conquistou o primeiro cargo eletivo.

— Entendo.

— Ninguém facilitou o caminho de Bradford Williams, não é verdade? Ele o trilhou por conta própria. O que significa que ninguém será capaz de controlá-lo. A não ser os eleitores, é claro.

Maggie sorriu.

— Acho que tem razão, senhor.

— E sabe por quê, Maggie? Porque eu tenho uma teoria.

— E qual é, senhor?

— Os nossos amigos banqueiros não apostaram em Bradford Williams, apostaram? Não identificaram o talento dele. E acho que isso aconteceu por um motivo muito simples. Eles nunca acreditaram que um negro pudesse se tornar presidente.

SESSENTA E SEIS

MATÉRIA DA ASSOCIATED PRESS, PUBLICADA EM 28 DE MARÇO, ÀS 11H45 EDT:

As polícias de pelo menos quatro cidades ao redor do mundo lançaram operações relâmpago contra as sedes de alguns dos maiores bancos do mundo, o que parece ser uma ação com coordenação internacional motivada pelo surpreendente pronunciamento de renúncia do presidente Stephen Baker.

O principal alvo foi o banco AitkenBruce, que declarou um lucro de 12 bilhões de dólares no último ano. As sedes em Londres, Nova York e Dubai foram invadidas com uma diferença de poucos minutos, e agentes da Interpol apreenderam imediatamente registros computadorizados, ordenando o que foi chamado de um "bloqueio total" para que provas cruciais não fossem destruídas.

ATUALIZAÇÃO PUBLICADA ÀS 12H01:

Agentes federais prenderam Roger Waugh, presidente e diretor-executivo do banco AitkenBruce, em sua mansão de 35 milhões de dólares em Long Island. O Sr. Waugh foi conduzido para fora da casa perante jornalistas, algemado e com as pernas acorrentadas. De acordo com uma fonte do FBI que falou com a AP sob a condição de não ter a identidade revelada, um sinal de que os promotores pretendem fazer "acusações da mais alta gravidade" contra o gigante bancário e o seu principal executivo...

SESSENTA E SETE

Uma semana depois...

— Senhoras e senhores, o presidente dos Estados Unidos!

Maggie observou atentamente para ver quais deputados e senadores estavam ansiosos para apertar a mão do novo presidente e quais agiam de forma mais reservada. Quando Baker fez um pronunciamento televisionado em uma seção conjunta do Congresso, os democratas estavam todos desesperados para tocá-lo, esperando roubar um pouco daquele brilho. Mas os republicanos se mantiveram à distância.

Agora ambos os lados estavam ansiosos, aplaudiam com entusiasmo, se esticavam para cumprimentar Bradford Williams enquanto ele abria caminho pela multidão que obstruía a entrada do plenário. Os democratas estavam determinados a usar a ocasião para apoiar o novo presidente; os republicanos, suspeitava Maggie, estavam dispostos a demonstrar naturalidade com o fato de terem um presidente negro a partir de então.

Foram precisos quatro minutos para que cessassem os aplausos de todos os 435 deputados e cem senadores, além dos nove juízes da Suprema Corte e dos chefes do Estado-Maior das Forças Armadas em seus uniformes engomados. Então Williams começou a falar:

— Caros americanos, daria de bom grado tudo o que tenho para não estar aqui neste dia. A partida de Stephen Baker foi um duro golpe para a nossa nação, um golpe que pareceu abalar as fundações do nosso sistema. Precisaremos de muito tempo para nos recuperarmos. Não será fácil. Na verdade, será difícil. Para mim, assim como para vocês. Mas juntos, acredito que isso seja possível.

Outra rodada de aplausos. Maggie notou que a testa de Williams já estava brilhando.

— Foi um choque não apenas porque esta nação depositou confiança em Stephen Baker e lhe concedeu um mandato para governar há apenas poucos meses. Foi um choque pelo que descobrimos. Que existia uma conspiração para negar ao povo americano o direito de ser livre e soberano, uma conspiração para controlar o homem que esta nação escolheu como o seu presidente. Estou aqui esta noite para dizer a vocês e àqueles por trás dessa conspiração, quem quer que eles sejam: isso não ficará impune.

Um trovão de aplausos. Maggie se mexeu na cadeira, inquieta.

— Amanhã assinarei uma lei que regulará esses bancos, não apenas aqueles que ganharam importância demais para deixarem de ter apoio do governo, mas também os que se tornaram simplesmente importantes demais. Ponto. Planejo dar um basta à forma imprudente como essas instituições recebem e usam o nosso dinheiro. A nossa economia deixará de ser um cassino. Ela é importante demais para isso.

Recebeu uma nova onda de aplausos, mas prosseguiu em um tom mais alto.

— Planejo limitar a remuneração dessas instituições, para que ela reflita o mundo em que vivemos, para que aqueles que trabalham duro possam seguir em frente, mas aqueles que mentem, roubam e trapaceiam deixem de ser recompensados pelas suas ações.

Maggie notou que todos, a não ser um punhado de conservadores linha dura, aplaudiam. Os políticos sabiam o efeito que uma mensagem populista como aquela teria em suas bases: eles estariam fritos se ousassem discordar do que Williams acabava de dizer.

O novo presidente falou em seguida sobre educação e meio ambiente, com uma breve referência à previdência social. Ele parecia estar encontrando seu rumo. Então passou para questões internacionais.

— Não posso prometer ser igual ao meu antecessor. Somos diferentes. Mas Stephen Baker tinha muitos planos grandiosos e alguns desses planos agora recaem sobre mim. Quero mencionar um em especial esta noite.

"Há muito tempo acontece um massacre longe daqui, no Sudão. Uma guerra terrível contra crianças, mulheres e homens que desejam apenas viver em paz. Não, não ameaçarei invadir esse ou qualquer outro país que nos desagrade. Essas intervenções coercitivas não funcionam. Mas tampouco estou sugerindo ficarmos parados sem fazer nada.

"E é por isso que esta noite ordenarei que o Departamento de Defesa prepare o envio de trezentos dos nossos helicópteros mais bem-equipados para a União Africana. Eles serão os olhos que vigiarão aquela terra turbulenta. Se a matança continuar, que os assassinos tremam, pois estarão sendo observados."

Maggie balançou a cabeça, com deleite e incredulidade. Ela acreditava que o plano para Darfur discutido com Baker seria engavetado no instante em que ele renunciou. Era um projeto com forte carga pessoal para ambos e não para angariar votos. Ainda assim, ele claramente o entregara ao seu sucessor. Baker deve ter dito que aquela também era uma prioridade, ou nunca teria sido mencionada em uma ocasião importante como aquela. E então ela se lembrou das palavras de Baker: *Espero um dia poder encontrar uma forma de retribuir tudo o que fez.*

SESSENTA E OITO

WASHINGTON, DC, TRÊS MESES DEPOIS

Maggie correu os olhos pela multidão no bar Dubliner, tentando descobrir quem trabalhava para quem, qual grupo era de republicanos e qual era de democratas, quais trabalhavam na administração e quais no Congresso. Um minuto depois, desistiu. Os homens vestiam camisas, calças chino e blazers azuis; as mulheres, os obrigatórios terninhos Ann Taylor. Todos pareciam ser iguais. E ninguém ali reconheceria um verdadeiro bar irlandês, mesmo que entrasse em um por acidente.

Ela virou o que restava de uísque no copo e pensou em pedir outro. Uri enviara uma mensagem de texto dizendo que se atrasaria, então não havia sentido em vigiar a porta. Mas ainda assim ela não se continha, ansiosa por vê-lo entrar. Ela o imaginava, a pele morna depois de um dia sob o sol de junho. Ele estaria de bom humor: acabara de ser informado pelos distribuidores sobre a seleção do seu documentário, *A vida, os tempos e a curiosamente curta Presidência de Stephen Baker*, para o Festival de Toronto.

Mas, ainda assim, ela não conseguia evitar a tensão. Por que Uri sugerira um encontro ali, e não no apartamento? Um território neutro é escolhido apenas quando se acredita que as negociações serão tensas e complicadas, como ela aprendera há muito tempo. Então que águas agitadas Uri desejava negociar?

Ela levou o copo aos lábios outra vez, apesar de saber que estava vazio. Era verdade que as últimas semanas não haviam sido das melhores. Depois daqueles lunáticos dias finais de março, eles decidiram se afastar, tirar férias juntos. E escolheram a ilha vulcânica de Santorini, no mar Egeu.

Um planejamento absurdo se seguiu, para garantir que o destino permanecesse em segredo. Por insistência de Zoe Galfano, a agente do Serviço Secreto responsável pelo que foi oficialmente chamado de "acompanhamento posterior", o cônsul americano na região foi notificado e uma equipe de segurança "discreta" foi providenciada. Quando Maggie fez objeções, afirmando que Roger Waugh e companhia estavam atrás das grades, Zoe disse apenas que o ex-presidente Baker havia sido inflexível: Maggie Costello adquirira por mérito a proteção do governo americano.

Ela gostaria de culpar os agentes pelo que se seguiu, mas não podia. Eles foram, de fato, discretos: ficaram próximos o bastante para deter qualquer um com más intenções, distantes o bastante para que pessoas comuns não notassem a sua presença.

Tudo começou bem, com Maggie saboreando a chance de pôr o sono em dia, comer bem... e desfrutar da companhia de Uri. Eles acordavam tarde, ela acenava para Uri quando ele saía para correr nas areias negras e então tomavam café juntos, sem pressa. Faziam amor de forma lenta e hesitante às tardes, um tanto incertos um com relação ao outro depois de tanto tempo separados, então caminhavam e conversavam até o pôr do sol e comiam tarde. Ela olhava para Uri, ainda bonito o bastante para virar a cabeça de outras mulheres, estivesse ele tomando banho de mar ou cochilando na rede, e se admirava da própria sorte. No entanto, depois de alguns dias de paz e tranquilidade, ela se viu com as mãos coçando para pegar o BlackBerry. A princípio, Uri apenas mostrou uma leve impaciência.

— O que você está fazendo?

— Nada.

— Um tipo especial de nada que requer um dispositivo portátil.

— O *New York Times* está publicando uma série sobre os cem primeiros dias de Williams.

— E você quer lê-la. Apesar de estar de férias.

— Não tem nada a ver com você, Uri. Por que precisa ficar contrariado?

— Eu não estou contrariado. Só quero saber por que você não consegue ficar deitada numa praia e relaxar como uma pessoa normal.

— Porque não gosto de sol. Sou irlandesa. Eu me queimo.

— Mas você está na sombra.

— Para não me queimar.

Os desentendimentos acabavam passando, mas com o avançar da semana eles voltavam com cada vez mais frequência.

— Que tal um banho de mar? — sugerira Uri.

— Já tomei um.

— Mas isso foi ontem.

— Acho que você está enganado. Foi hoje.

— Tenho certeza de que foi ontem.

— Fico impressionada que se lembre: um dia é exatamente igual ao outro.

— Estamos aqui há apenas cinco dias, Maggie! Por que você não lê um pouco?

— Eu não quero ler. Não quero nadar. Não quero correr e não quero me queimar. Quero *fazer* alguma coisa.

Maggie sorria agora, lembrando que Liz sempre dizia que a sua definição de inferno era uma viagem de duas semanas sozinha com ela. E ela fora impossível, não havia dúvida. Irritável, mal-humorada e entediada.

Desde então, Uri trabalhara sem parar para concluir o filme. Maggie passara algum tempo com ele em Nova York e ele viera a DC para algumas entrevistas de última hora. E agora que a produção estava concluída, ele estava em Washington para um jantar com executivos da PBS, para discutir as datas de transmissão. E sugerira que se encontrassem para um drinque imediatamente depois.

Ela estava para ir ao banheiro arrumar os cabelos, já de volta ao comprimento e à cor de sempre, quando o viu entrar. Aqueles olhos, ao mesmo tempo de um homem corajoso e de um menino assustado, a derreteram como sempre. Ele sentou-se ao seu lado na mesa de canto que mantinha com zelo desde que chegara ao bar, vinte minutos antes. Mas, quando tentou beijá-lo nos lábios, ele lhe ofereceu o rosto, o que provocou um leve tremor de ansiedade.

— Parabéns pela seleção para o festival de Toronto!
— Obrigado.
— O filme vai ser um sucesso, Uri. Tenho certeza.
— Obrigado.
— Quem sabe? Pode ser que entre para a história como a única verdadeira realização da Presidência de Baker.
— Não se esqueça da "Ação pelo Sudão". Dos helicópteros.
— Verdade.
— Seu legado, Maggie.

Ela assentiu, sentindo uma ligeira pontada de culpa pelo que não lhe contara, então pediu as bebidas. Outro uísque para ela, uma cerveja para ele.

Uri bebeu um gole direto do gargalo.

— Maggie, precisamos conversar
— Isso soa agourento.
— Me escute.
— Isso soa ainda pior.
— Apenas escute. Lembra-se daquela noite na praia em Santorini, depois que nos instalamos e fomos caminhar na praia? A lua estava cheia.

— É claro que lembro. — Ela sentiu a garganta ficar seca.

— Eu tinha um discurso preparado para aquela noite. Ia dizer que não suportava ficar longe de você, que deveríamos ficar juntos, que a vida é muito curta e preciosa, por isso precisamos fazer escolhas. Que em certos momentos, simplesmente precisamos fazer escolhas.

Maggie assentiu, mas não disse nada.

— Eu havia feito a minha escolha. E ia dizer: "Eu quero você, Maggie. Você é a mulher que escolhi para mim."

Ela buscou a mão de Uri, mas ele a puxou.

— Era isso o que eu ia dizer. Havia planejado tudo.

— E o que aconteceu? — A própria voz soava distante para Maggie. Ela sentia o que estava por vir.

— Você sabe o que aconteceu. Você já estava desesperada para ir embora no momento em que chegamos.

— Não acho que isso seja justo.

— Você é sempre tão inquieta, Maggie. Começa a trabalhar na Casa Branca, um bom emprego, e então, quando menos se espera, está cruzando o país, fugindo de assassinos em Nova Orleans, no noroeste e...

— Aquela foi uma semana louca, insana, Uri.

— É sempre louco e insano com você, Maggie. Alguma coisa sempre acontece. Quando nos conhecemos em Jerusalém, você estava fugindo para salvar a própria vida. E, de repente, estava fazendo a mesma coisa aqui, a mesma coisa.

— Ah, peraí, foi apenas uma coincidência. Quando...

— É mesmo, Maggie? De verdade? Porque não sei mais se acredito em coincidências.

— O que você quer dizer com isso?

— Quero dizer que não pode ser apenas o destino, a falta de sorte ou coincidências que sempre a deixam no meio de uma tempestade.

— Então o que é, professor Guttman?

— Eu acho que você gosta.

— Você tem conversado com a minha irmã?

— Estou falando sério, Maggie. Acho que, de alguma forma, você gosta. Você *precisa* disso.

— Ah, pelo amor de Deus...

— Vive acontecendo. Você tenta voltar, estabelecer-se em uma vida normal, ter um emprego que a manteria atrás de uma mesa, com uma jornada de trabalho normal, e então algo sempre dá errado.

— Eu fui demitida, Uri!

— Por chamar o secretário de Defesa de idiota! Quem escreve isso em um e-mail, a não ser que queira sabotar tudo que tem? E funcionou. No minuto seguinte, bum! Lá está você, quase sendo assassinada.

— Alguém tramava destruir o presidente! E, caso você não tenha notado, Uri, eles conseguiram. — A voz dela ficava mais alta: todos no bar a olhavam.

— Não estou dizendo que não tenha sido por uma boa causa, Maggie. Só quero saber por que sempre precisa ser você.

— Uma boa causa? Uma boa *causa*? — Agora o sangue dela estava esquentando. — Você não sabe nada a meu respeito?

— Sei o que você me contou.

— E o que eu contei, Dr. Freud?

Qualquer outro se irritaria com o sarcasmo, mas Uri manteve a voz baixa e controlada.

— Você disse que, apesar de o lugar ser um buraco, de pessoas morrerem à sua volta a torto e a direito e de ir dormir ao som de tiros de fuzil, você nunca foi tão feliz quanto na África.

— Isso foi há muito tempo. Eu era jovem.

— Eu vi por mim mesmo. Em Jerusalém. Você escapava da morte por um triz todos os dias e quer saber? Estava adorando. Até mesmo disse. "Nunca me senti tão viva."

Era verdade. Maggie se lembrava. Ela voltou a falar, em voz baixa agora.

— Então o que você está me dizendo?

435

— Estou dizendo que quero você, Maggie. Mas também quero uma vida. Viver em um único lugar. Ter filhos.

— Mas eu também quero isso! — Ela olhava para ele agora, seus olhos começavam a ficar injetados. — Quero de verdade.

— Maggie, eu não tenho certeza *do que* você quer. Mas *sei* que você sempre quer algo mais. Salvar o mundo, ou pelo menos não ficar em um mesmo lugar tempo o bastante para se entediar. Isso já aconteceu vezes demais.

A ânsia por defender-se começava a perder força. Ela não conseguiria dizer nada que o fizesse mudar de ideia, assim como nunca convencia Liz. E isso porque, apesar de ter se esforçado muito tempo para não admitir, sabia que tinha um pouco de verdade no que eles diziam. Mesmo nos piores momentos, quando foi atirada para fora da estrada em Aberdeen ou quando esteve frente a frente com Roger Waugh, ela sentira a adrenalina pulsando nas veias. Ela era boa no que fazia, e o fazia por um bom motivo. O que Uri disse era verdade: ela se sentira viva.

Ela fitou Uri, aqueles olhos pretos e intensos, o rosto impassível. Ele tentara de verdade estar com ela e ela quisera muito estar com ele. Tentaram fazer com que funcionasse em diversas cidades e de diversas formas diferentes, em tempo integral e parcial, enquanto trabalhavam e durante as férias, e toparam com a mesma barreira todas as vezes. Era exatamente como Liz lhe dissera em uma de suas incontáveis discussões, apesar de a irmã ter sido mais explosiva do que Uri seria capaz. "Uma viciada em adrenalina com complexo de messias", essa fora a última tentativa de Liz de descrevê-la. Maggie batera o telefone, mandando Liz ir passear, mas a descrição pegou. Em parte porque era sonora, em parte por parecer um juiz proferindo uma sentença de morte.

Ela sentia as lágrimas aflorando, mas, desesperadamente, não queria chorar: não ali. Ao desviar os olhos, perscrutou os rostos à volta e uma repugnância súbita aflorou — pelo bar, seus ocupantes, por Washington. Não suportaria passar mais um dia sequer naquela cidade. Enganara tanto a si mesma quanto a Uri ao fingir que as coisas dariam certo ali.

Por um breve momento, lembrou-se do telefonema que recebera — mas não o mencionara a Uri — do chefe de gabinete do presidente Williams, oferecendo-a o cargo de coordenadora do plano Ação pelo Sudão. Ela o aceitaria com uma condição: se pudesse trabalhar in loco, na África.

Vinha afastando a oferta da cabeça, como se fosse uma iguaria culpada que não devesse ser experimentada. Entendia isso agora. Talvez estivessem certos a seu respeito, Liz e Uri; talvez a conhecessem mais do que ela se conhecia.

Maggie voltou-se para ele, contendo as lágrimas à força.

— Quer saber, Uri? Eu preciso *sim* saber que o que faço faz diferença. E *sim*, perco a cabeça quando me vejo a cem metros de bater ponto para entrar em um escritório. E digamos que você esteja certo, que eu goste da emoção provocada pelo perigo. Digamos que tudo isso seja verdade. É um crime, Uri? Sério? É um crime ter visto coisas terríveis em lugares terríveis e desejar usar cada grama de energia que tenho para fazer com que a realidade seja melhor? Pode chamar de complexo de messias se quiser, mas...

— Eu nunca disse nada sobre...

— ... É assim que eu sou. E estou farta de me desculpar por isso. Com você, com a minha irmã, com o maldito Magnus Longley. Não quero estar no divã, não quero ser analisada. Aprendi a lidar com o perigo, aprendi a resolver problemas que deixam todos à minha volta roendo as unhas, e sou boa nisso.

Uri fez menção de falar, mas ela ergueu a mão.

— Não consigo ser como essas pessoas, Uri. — Ela gesticulou para os lobistas, advogados e assessores legislativos com seus uniformes da Banana Republic. — Não consigo continuar a correr na minha pequena roda de hamster, perseguindo a próxima promoção, nunca desafiando as regras, nunca pensando em nada no mundo além dessa cidade minúscula

Maggie o fitou nos olhos.

— Eu queria estar com você. Queria de verdade. Mas não posso ser outra pessoa, Uri. Precisei de muito tempo para me dar conta disso, mas é assim que eu sou. Desculpe-me.

Ela curvou-se sobre a mesa e lhe deu um beijo longo e intenso. Então se levantou, reuniu suas coisas rapidamente e caminhou para a porta antes que as lágrimas rolassem.

EPÍLOGO

Naquela mesma noite...

O senador Rick Franklin da Carolina do Sul deixou de lado o memorando que acabara de receber, detalhando os resultados de uma pesquisa encomendada pela CPAC, a Conferência pela Ação Política Conservadora, em que prováveis eleitores republicanos eram convidados a dar notas a figuras de destaque do partido. Para deleite da sua equipe, ele estava em segundo, pouco atrás do superastro republicano e ex-candidato a vice-presidente, que sempre ficava em primeiro naquelas pesquisas, em parte por seu nome ser reconhecido instantaneamente.

Ele sabia por quê. Apesar de a maioria dos americanos ter ficado abalada com a renúncia de Stephen Baker — que desencadeou vigílias na Casa Branca, com milhares de pessoas do lado de fora dos portões segurando velas e cantando velhas músicas de protesto —, aquele havia sido um dia de festa para a direita radical, e Rick Franklin passou rapidamente a ser visto como um herói. Afinal, era o homem cuja persistência expulsara Baker do cargo. O *The Weekly Standard*, os comentaristas políticos da Fox, a página de editoriais do *The Wall Street Journal*, todos eram unânimes ao apontar o senador Franklin como principal nome republicano para concorrer com o presidente Bradford Williams na eleição que ocorreria dali a uns três anos.

Sua base de apoio estava em êxtase; assim como a sua esposa. No entanto, ele sentia uma pontada de ansiedade com toda aquela conversa presidencial.

Ele vira Baker ser forçado a confessar todos aqueles deslizes do passado. Aquilo o destruiu. E não seria ele, Rick Franklin — pai de família, garoto-propaganda da direita cristã —, tão vulnerável quanto? O caso com Cindy já durava quase dois anos; não havia nada que não tivessem experimentado, inclusive coisas ilegais em muitos estados. Ele seria destruído.

Era bom que estivesse fora naquela semana, em uma conferência no Colorado. Ela se divertiria e, quando voltasse, ele terminaria a relação. Cindy entenderia que era por um bom motivo. Franklin estava decidido.

Talvez vinte minutos depois, ele recebeu um telefonema de Charleston.

— Senador, é Brian. — Um dos seus assessores menos graduados. Ele soava ansioso, tinha a voz trêmula, como se fosse uma colegial em uma cerimônia de entrega de premiações.

— O que foi, Brian? Vamos, fale de uma vez.

— É Cindy, senhor. Acabamos de receber um telefonema de...

— O que aconteceu?

— Ela está morta, senhor. Morreu em um acidente de esqui.

Fraklin sentiu o coração disparar. Estaria prestes a sofrer um infarto? Ele pôs o fone no gancho de forma lenta e cuidadosa e respirou fundo diversas vezes. Disse a si mesmo que a dor no peito era sofrimento, e em parte era. Ele gostava muito de Cindy; ela era uma garota adorável, com um corpo talhado pelas mãos do Criador...

Porém, havia mais naquela tensão no peito do que sofrimento. Um pensamento fermentava. Seria aquilo a Providência interferindo nos assuntos dos homens, agindo para remover o último grande obstáculo entre ele e a Casa Branca? Seria aquilo obra do mesmo Deus benevolente que lhe estendera a mão em tantos outros momentos delicados da sua carreira?

Rick Franklin passou a tarde ao telefone, com os pais de Cindy e sua equipe, oferecendo-se para fazer um discurso no velório. Mas, em determinado momento, olhou de relance para o memorando e os números da pesquisa.

Eles eram, de fato, muito encorajadores.

De todos os telefonemas que recebeu, um foi inesperado. Foi feito por um veterano de Washington, Magnus Longley, o homem que fora chefe de gabinete de Baker e que estava por lá há mais tempo do que o Memorial de Lincoln.

— A que devo o prazer, Sr. Longley?

— Senador, acabo de saber da tragédia com a sua talentosa coordenadora de Assuntos Legislativos.

— O senhor é bem informado, Sr. Longley: ainda não foi feito um anúncio, apenas amigos e familiares sabem do acontecido.

— Acredito que fui um dos primeiros a saber. — Uma longa pausa. Ele pigarreou. — Enfim, os meus pêsames. Esperava que pudéssemos ter uma conversa.

— É claro. Sim, Eu...

— Permita-me começar dizendo, e isso pode surpreendê-lo, que eu e meus colegas temos o senhor na mais alta consideração, senador Franklin. Sempre tivemos.

AGRADECIMENTOS

Mais uma vez, recebi auxílio de amigos generosos o bastante para dividirem comigo a sua sabedoria. Richard Adams, John Arlidge, Andy Beckett, Laura Blumenfeld, Jay Carney, Steve Coombe, Tom Cordiner e Monique El-Faizy, em especial, merecem destaque.

Pelo quinto livro sucessivo, Jonathan Cummings provou ser um investigador infatigável de fatos elusivos: trabalhar com ele sempre é um prazer. Na HarperCollins, Jane Johnson — novamente auxiliada com competência por Sarah Hodgson — foi incansável, chegando ao ponto de manter uma jornada de trabalho lunática como a minha para darmos vida a este livro. Ela foi não apenas meticulosa, mas também sensível e perspicaz. Sou um homem de sorte por tê-la como minha editora. Uma palavra também sobre Jonny Geller: muita gente refere-se a ele hoje em dia como um "superagente". O que poucos sabem é que ele é um superamigo, uma fonte constante de conselhos, incentivo e compreensão.

Por fim, a minha esposa Sarah, ao lado dos meus filhos Jacob e Sam, tiveram a paciência testada por este livro, como tantas vezes no passado. Ele me ocupou por mais tempo do que qualquer um de nós desejaria. Mas Sarah nunca demonstrou nada que não amor, oferecendo a palavra certa de apoio no momento exato. Sinto-me grato todos os dias por tê-la escolhido — e por ela ter me escolhido.

Jonathan Freedland,
março de 2010

Este livro foi composto na tipologia Palatino Lt Std,
em corpo 10,5/16,65, e impresso em papel off-white,
no Sistema Cameron da Divisão Gráfica
da Distribuidora Record.